Katharina Herzog

FAYE

Herz aus Licht und Lava

Loewe

Für Lilly,

*die sich eine Welt wünscht,
in der viel mehr Platz für Magie ist*

FSC
www.fsc.org
MIX
Papier aus verantwortungsvollen Quellen
FSC® C014496

ISBN 978-3-7432-0191-0
1. Auflage 2019

Dieses Buch wurde vermittelt von der Literaturagentur erzähl:perspektive, München
(www.erzaehlperspektive.de)
Das Zitat auf Seite 5 aus: Tor Åge Bringsværd:
Die wilden Götter. Sagenhaftes aus dem hohen Norden. Aus dem Norwegischen
von Tanaquil Enzensberger und Hans Magnus Enzensberger.

Umschlagillustration: T. Thinnapat / shutterstock.com, Elonalaff / shutterstock.com,
Zukerman / shutterstock.com, Bubica / shutterstock.com
Umschlaggestaltung: Ramona Karl
Printed in the EU

www.loewe-verlag.de

Am Anfang waren Kälte und Hitze.
Auf der einen Seite gab es die Gegend Niflheim
mit Frost und Nebel. Auf der anderen Seite
war Muspellsheim, ein Meer von lodernden Flammen.
Zwischen ihnen lag nur eine große, gähnende Schlucht,
Ginnungagap. Hier in dieser gewaltigen Leere mitten
zwischen Licht und Dunkel sollte alles Leben
seinen Anfang nehmen. In der Begegnung
zwischen Feuer und Eis.

PROLOG

»Komm, wir laufen zum Wasserfall.«

Das Mädchen gab dem Jungen einen Stups und fing an zu rennen. Zu Hause, in Deutschland, konnte sie kaum hundert Meter am Stück joggen, ohne völlig aus der Puste zu geraten. Hier auf Island dagegen fiel es ihr viel leichter. Und sie war schnell. Ihre Füße flogen fast über den weichen Grasboden. Frau Winter, ihre Sportlehrerin, wäre begeistert, wenn sie sie jetzt hätte sehen können.

Sie kicherte übermütig, und als sie seinen Atem dicht hinter sich hörte, wurde sie noch ein bisschen schneller. Auch ihre Sinne waren hier schärfer. Den Duft der Mohnblumen und der kleinen gelben Blüten, deren Namen sie nicht kannte, den tiefblauen Himmel und die sattgrüne Wiese, dazu das fast schon ohrenbetäubende Zwitschern der Vögel um sie herum – hier nahm sie all das viel deutlicher wahr. Oder schien ihr einfach alles viel leuchtender, strahlender und berauschender, seit sie ihn kannte?

Kaum hatten sie den Wasserfall erreicht, dessen Tropfen im hellen Sonnenlicht wie kostbare Schmucksteine funkelten, holte er sie ein. »Du entkommst mir nicht.« Er umschlang sie mit beiden Armen.

Sie nahm sein Gesicht in ihre Hände und strich mit den Daumen zart über seine hohen Wangenknochen. Er war so schön: das weiche Haar, das ihm über seine unglaublich blauen Augen fiel, die Sommersprossen auf der Nase, seine Lippen … Immer noch bekam sie weiche Knie bei jedem seiner Küsse.

»Woran denkst du?«, fragte er. »Immer wenn du deine Stirn in so tiefe Falten legst, grübelst du über etwas nach.«

»An Mohnblumen«, wich sie ihm aus. Sie bückte sich und pflückte einen der blassgrünen haarigen Stängel. »Hast du auch immer die Knospen aufgemacht, als du klein warst? Um zu sehen, welche Farbe sich darin versteckt? – Rot war nichts Besonderes, das sind ja fast alle. Aber bei Weiß und Rosa hatte ich immer das Gefühl, einen Schatz gefunden zu haben.« Sie öffnete eine Knospe. »Rot! Wie schade!« Sie fuhr mit den Fingerspitzen über die Blütenblätter.

Er zuckte mit den Schultern und zog sie fester an sich. »Ich brauche keinen Schatz«, raunte er ihr ins Ohr, »ich habe meinen schon gefunden.«

Er zog sie auf den weichen Grasboden, und sie legte ihren Kopf auf seine Brust. Während er ihr zärtlich über ihr langes dunkles Haar strich, lauschte sie dem ruhigen Klopfen seines Herzschlags. Sie fragte sich, ob es möglich war, vor Glück zu zerspringen. Die Sonne schien warm auf ihr Gesicht, prächtige tiefblaue Schmetterlinge tanzten um sie herum …

Sie hätte noch stundenlang in seinen Armen liegen bleiben und seinen immer langsamer und tiefer werdenden Atemzügen lauschen können, doch bald würden sich die anderen aus dem Abschlussjahrgang fragen, wo sie nur blieb. Besser, sie machte sich auf den Rückweg. Sie hatte sich nur zu einem kurzen Spaziergang verabschiedet, und wenn sie nicht zum Abendessen auftauchte, würden Frau Winter und die anderen Lehrer anfangen, sich Sorgen zu machen.

Der Gedanke, dass sie ihn in drei Tagen verlassen musste und erst nach ihrem Abitur wiedersehen würde, ließ ihr Herz jetzt schon schwer werden. Obwohl sie sich erst ein paar Tage kannten, konnte sie sich ein Leben ohne ihn nicht mehr vorstellen. Sie stützte ihr Kinn in ihre Handfläche und schaute sehnsüchtig auf ihn hinunter. Seine Augen waren geschlossen, der Mund leicht geöffnet. Ein Grashalm bewegte sich gleichmäßig im Rhythmus seines Atems. Sie strich eine wirre Haarsträhne aus seiner Stirn.

»Was ist?« Verschlafen blinzelte er zu ihr hoch.

»Ich muss zurück«, sagte sie. »Ich bin schon viel zu lange bei dir. Wenn ich zum Abendessen nicht da bin, gibt es Ärger.«

»Bis dahin ist noch viel Zeit. Ich habe dir doch erzählt, dass sie bei uns viel langsamer vergeht.«

Diesen Eindruck hatte sie gar nicht. Im Gegenteil. Wenn sie bei ihm war, verging die Zeit viel schneller. Zu schnell.

»Ich muss jetzt wirklich los.« Mit einem Seufzer drückte sie sich nach oben und winzige Blütenpollen stoben auf. Sofort spürte sie einen Niesreiz in ihrer Nase. Von ihrer Gräserallergie blieb sie leider auch hier nicht verschont. Sie griff in ihre Jackentasche, um ein Papiertaschentuch herauszuholen, und ihre Finger stießen an seidigen Stoff. Sie zog ihn hervor und erschrak, als sie sah, was sie da in der Hand hielt. Minutenlang starrte sie auf das grüne Halstuch, das sie sich vor ihrer Abreise nach Island gekauft hatte. Alle hatten gesagt, dass es dort immer so kalt sei. Kalt war ihr bisher nie gewesen. Nun aber war plötzlich alle Wärme, die sie gerade noch durchflutet hatte, verschwunden. Eine Gänsehaut bildete sich auf ihren Armen.

Ohne einen letzten Blick auf ihn zu werfen, drehte sie sich um und rannte über die Wiese zurück zum Baum. Jetzt war sie sogar noch schneller als vorhin. Angst trieb ihre Füße voran. Die Angst, für immer in diesem Paradies gefangen zu sein.

Endlich erreichte sie den mächtigen Holunderbaum, dessen Äste so weit reichten, dass sie fast die ganze Lichtung überspannten. Sie schlug gegen den Stamm, und die blauen Falter, die sich auf ihm niedergelassen hatten, flatterten erschrocken. Doch kein Spalt tat sich vor ihr auf, durch den sie schlüpfen konnte. Sie versuchte, die Rinde mit Gewalt auseinanderzubrechen, bis ihre Fingernägel brachen und ihre Fingerkuppen anfingen zu bluten. Verzweifelt trommelte sie mit den Fäusten gegen den harten Stamm. Schließlich konnte sie nicht mehr und ließ sich auf den Boden sinken. Ihre Eltern, ihre beste Freundin Sonja und Kater Justus, sie würde sie alle nie wiedersehen! Selbst nach den Lehrern sehnte sie sich auf einmal zurück.

Ihre Kehle schnürte sich so fest zusammen, dass sie nur noch mit einem pfeifenden Geräusch Luft holen konnte. Sie verbarg ihr Gesicht in ihren Händen.

»Liebste …« Er war ihr gefolgt und stand nun schwer atmend wieder vor ihr.

Sie nahm die Hände vom Gesicht und sprang auf. »Warum hast du das getan?«, fragte sie.

Er ergriff ihren Arm. Sie aber riss sich los, als hätte sie sich an ihm verbrannt. »Fass mich nicht an. Und wage es nicht, mich anzulügen! Warum hast du mir das Halstuch in die Tasche gesteckt? Du warst es doch, der mir gesagt hat, dass ich etwas von mir in der Nähe des Holunderbaums zurücklassen muss, wenn ich wieder nach Hause will.«

Er hob beschwörend die Hände. »Ich hatte Angst. Angst, dass du mich verlässt.«

»Das hätte ich nie getan.« Sie schluchzte auf.

»Aber du liebst deine Welt so sehr.«

»Und deshalb willst du mich in *deiner* Welt einsperren?« Eine Träne lief über ihre Wange.

»Es tut mir leid.« Er streckte die Hand aus und wollte sie fortwischen, aber sie stieß ihn weg.

»Du hast alles kaputt gemacht! Hau ab!«, schrie sie.

Er ließ die Hand sinken.

»Ich hasse dich, und ich will dich nie mehr wiedersehen!«

Mit hängenden Schultern stand er da. Dann drehte er sich um und ging davon.

KAPITEL 1

Liams blauer VW-Bus parkte am Englischen Garten und wurde fast vollkommen von der Finsternis verschluckt.

»Bist du dir wirklich sicher, dass du das tun willst?« Doro sah mich mit ihren Kulleraugen flehend an. »Stell dir vor, ihr werdet erwischt. Das wird riesigen Ärger geben.«

Nervös schaute ich in die düstere Gasse. Angst, erwischt zu werden, hatte ich nicht. Wer hielt sich um diese Uhrzeit und bei diesem Sauwetter schon freiwillig draußen auf? Mir machte viel mehr die Dunkelheit Angst. Ich mochte die Nacht nicht. Aber das konnte ich vor Liam nicht zugeben. Deshalb musste ich die Sache so schnell wie möglich hinter mich bringen.

»Ich bin mir sicher, und es wird nichts schiefgehen. Wenn alles vorbei ist, ruf ich dich an.« Ich drückte Doro an mich und lief, die Kapuze tief ins Gesicht gezogen, durch den prasselnden Regen.

Liam saß im Bus und rauchte. Als er mich sah, ließ er das Fenster hinunter und warf die Zigarette auf das nass glänzende Pflaster. »Hey, Faye! Hast du die Babys dabei?«

»Was denkst du denn!« Ich öffnete meinen Rucksack und zeigte ihm die fünf Stecklinge, die ich heimlich gezogen hatte.

»Die sind ja riesig geworden. Dabei habe ich dir die Samen erst vor ein paar Tagen gegeben.« Er lächelte mich anerkennend an.

Ich war froh, dass es draußen so dunkel war. Mein Gesicht fühlte sich heiß an, bestimmt war ich ganz rot geworden.

Liam war so cool. Er wohnte in seinem Bus, und den ganzen Sommer über hatte er draußen in der freien Natur übernachtet. Meistens in den Isarauen. Einmal hatte ich ihn dort besucht. Wir hatten die ganze Nacht auf dem Dach des Busses gelegen und gequatscht. Seine Wohnung hatte Liam gekündigt, weil er sich in geschlossenen Räumen auf Dauer eingesperrt fühlte, und er studierte Politikwissenschaften an der LMU. Er roch nach Wald, und wie ich liebte er Pflanzen. Deshalb hatte Liam auch die *Green Devils* gegründet, eine Gruppe, die es sich zum Ziel gemacht hatte, unsere Stadt grüner zu machen. Nach wie vor konnte ich es nicht glauben, dass er Doro und mich vor ein paar Monaten gefragt hatte, ob wir bei ihnen mitmachen wollten.

Meiner Mum war es ein totaler Dorn im Auge. Dabei war das, was wir machten – abgesehen von der Aktion heute Nacht –, nur ein winziges bisschen illegal. Wem tat es schließlich weh, wenn wir Stiefmütterchen auf Verkehrsinseln pflanzten oder Samenbomben auf verwaisten Grünflächen auswarfen? Wir taten etwas Gutes. Etwas fürs Gemeinwohl. Auch wenn manche Spießer in der Hinsicht etwas anderer Ansicht waren. Und die Polizei. Letztens hatten zwei aus der Gruppe Bußgeld zahlen müssen, weil sie nachts vor dem Landtagsgebäude Kohlrabi angepflanzt hatten. Gab es etwas Harmloseres als Kohlrabi? Wohl kaum! Und deshalb hatte Liam gemeint, es sei Zeit für einen Gegenangriff. Er wollte in dem leeren Blumenkübel vor der Eingangstür des Polizeireviers Hanfpflanzen einsetzen, und ich hatte mich bereit erklärt, ihm dabei zu helfen. Weil es gegen meinen Gerechtigkeitssinn ging, wegen ein bisschen Gemüse mehrere Hundert Euro Strafe zu zahlen – und weil ich Liam echt süß fand.

Liam stellte den Bus in einer Seitengasse ab. Das Polizeirevier war einer dieser hässlichen Bauten, die ganz aus Glas und Beton bestehen. Nur ein Fenster war erleuchtet; glücklicherweise lag es ein Stück von der Eingangstür und dem Blumenkübel entfernt.

Wir stiegen aus dem Auto und liefen hinüber. Inzwischen nieselte es zwar nur noch, aber überall auf der Straße hatten sich Pfützen gebildet. Nässe kroch durch meine Chucks.

Unter einer Straßenlaterne blieb Liam stehen. Sie gab nur äußerst funzeliges Licht ab. »Du setzt die Pflanzen ein. Ich passe auf, dass niemand kommt.«

»Ich hatte gedacht, dass wir es genau andersherum machen.« Schließlich war es seine Idee gewesen.

»Nein. Du bist viel geübter als ich.« Er zündete sich eine Zigarette an.

Wieso bitte musste man denn Übung darin haben, Stecklinge in die Erde zu drücken? Dieser Satz lag mir auf der Zunge.

»Du machst das schon.« Er drückte mich in Richtung des Polizeireviers.

»Hast du eine Taschenlampe dabei?« Die Ecke, in der der Blumenkübel stand, wirkte ziemlich dunkel.

»Wieso das denn? Willst du unbedingt erwischt werden?«

»Nein. Aber … ich könnte die Polizisten damit blenden, wenn sie mich entdecken.«

Trotz seiner Kapuze, die er sich tief ins Gesicht gezogen hatte, konnte ich sehen, wie Liam die Augenbrauen hob. »Klar könntest du das. Oder du haust sie ihnen gleich auf den Kopf.«

»Okay. Es geht auch ohne.« Ich atmete tief durch. Meinen Blick nach vorn gerichtet schlich ich vorwärts und versuchte, alle zuckenden Schatten, die vor mir lauerten, auszublenden. Stattdessen konzentrierte ich mich auf das schmatzende Geräusch, das meine Turnschuhe auf dem nassen Pflaster erzeugten.

Der Blumenkübel lag nicht nur ziemlich, sondern komplett im Dunklen, stellte ich beim Näherkommen fest. Doch als ich ihn erreichte, verschwand die Wolke, die den Mond gerade noch verdeckt hatte, und er wurde von schummerigem Licht beschienen.

Erleichtert öffnete ich meinen Rucksack und zerrte eine kleine Harke heraus. Mit ihr entfernte ich das traurige, trockene Gestrüpp, das sich darin befand, und lockerte die Erde ein wenig auf.

»Was machst du denn da?«, hörte ich Liam unterdrückt rufen. »Du sollst hier keine Schönheitspflege betreiben, sondern einfach nur die verdammten Pflanzen einsetzen.«

»Aber die Erde ist so hart …«

»Ja, und? Mach einfach!« Ich konnte den Qualm von seiner Kippe bis zu mir riechen.

Während er die Straße auf und ab tigerte, drückte ich vorsichtig den ersten Steckling in die Erde. Dann die nächsten drei. Beim letzten spürte ich, dass mein Handy in meiner Hosentasche vibrierte. Ich verfluchte Doro gerade dafür, dass sie mich um diese Zeit anrief – ich hatte doch gesagt, dass ich mich bei ihr melden würde! –, als ich sah, dass Liam mir mit der Zigarette in der Hand hektisch zuwinkte.

Mist! Das war eine Warnung! Sofort ging ich in die Knie.

Die Eingangstür des Polizeireviers öffnete sich und ich hörte Schritte. Sie näherten sich dem Kübel, hinter dem ich kauerte. Jemand hustete. Mit angehaltenem Atem linste ich über den Rand des Blumenkübels. Nur wenige Meter von mir entfernt stand ein Polizist mittleren Alters, mit Bierbauch und einer ziemlich großen Nase. Er telefonierte. Erschrocken tauchte ich wieder ab.

»Noch eine Stunde, dann bin ich bei dir, Erdbeerbienchen«, säuselte er in das Gerät.

Erdbeerbienchen!!! Hatte er seine Freundin oder Frau wirklich Erdbeerbienchen genannt? Obwohl ich hinter meinem Blumenkübel gerade tausend Tode starb, war ich schockiert.

Das Erdbeerbienchen sagte etwas, worauf der Polizist dröhnend auflachte. »Hoho, du trägst Rot. Meine Lieblingsfarbe. Da freue ich mich doch gleich ein bisschen mehr auf dich.« Er senkte seine Stimme. »Möchtest du wissen, was ich anhabe?«

Was war denn das für eine bescheuerte Frage? Der alte Knacker trug eine Uniform. Schließlich war er im Dienst und das wusste das Erdbeerbienchen doch auch.

»Ich gebe dir einen Tipp.« Das heisere Timbre in der Stimme des Polizisten ließ die schreckliche Vorahnung in mir aufsteigen, dass ich etwas zu naiv an die Sache herangegangen war. »Es ist klein, schwarz und ...«

Oh nein! Kein Wunder, dass er zum Telefonieren das Revier verlassen hatte. Spätestens jetzt sollte ich mir die Ohren zuhalten, bevor ich für immer ein Trauma davontrug.

»… aus Lack. Ich weiß doch, was dir gefällt.«

Uah! Zu spät! Das Trauma war da. Und es war irreparabel.

Jetzt, wo geklärt war, was der Polizist und sein Erdbeerbienchen für Unterwäsche trugen, hatten die beiden zum Glück fast alles gesagt und nach vielen Küssen und »Ich liebe dich«, »Ich liebe dich mehr«, »Nein, ich liebe dich mehr« war das Gespräch beendet.

Ich wollte schon aufatmen, als ich das Geräusch eines Reißverschlusses hörte – und gleich darauf ein äußerst verdächtiges Plätschern. Oh nein! Ich rutschte ein Stück nach vorne. Dabei berührte ich blöderweise die Harke, die neben mir auf dem Asphalt lag, und es schepperte.

»Ist da jemand?«, fragte der Polizist. Das heisere Säuseln in seiner Stimme war verschwunden.

KAPITEL 2

Der Polizist zog den Reißverschluss seiner Hose hoch und kam näher. Ich konnte es an dem Geräusch seiner Schritte hören und an seinem Atem. Zwei schwarze Schnürschuhe drängten sich in mein Blickfeld, ein kegelförmiger Schein erhellte den nassen Asphalt. Ich hielt die Luft an. Er leuchtete mit der Taschenlampen-Funktion seines Handys die Straße ab. Gleich würde ihr Lichtschein mich erfassen. Wenn der Typ die Harke sah, würde er doch bestimmt gleich vermuten, dass ich zu den *Green Devils* gehörte. Wenn er sich außerdem noch ein kleines bisschen in der Botanik auskannte, wusste er auch, was ich gerade in den Kübel gepflanzt hatte. Oh Mann! In was für eine blöde Situation hatte ich mich nur hineinmanövriert. Ich war geliefert! Mein Herz fing an zu rasen. Wieso hatte ich mich nur auf diesen Blödsinn eingelassen? Und was um Himmels willen sollte ich denn jetzt tun? Wenn ich nur so einen Ring wie Frodo hätte oder einen Tarnumhang wie Harry! Etwas, mit dem ich mich unsichtbar machen könnte. Jeden Moment würde der Polizist mich entdecken. Er musste mich entdecken! Seine Bundfaltenhose und seine Halbschuhe waren kaum noch einen Meter entfernt. Ich konnte mich nicht erinnern, jemals solche Angst gehabt zu haben.

Bitte geh weg!, flehte ich stumm, doch ich wusste, dass es vergeblich war. Der Schein huschte auf mich, streifte schon meine Knie und Turnschuhe. Schicksalsergeben senkte ich die Wimpern. Ich hörte ein Knistern, und vor meinen Lidern wurde es schwarz.

»Scheiße!«, fluchte der Polizist.

Verdutzt öffnete ich die Augen wieder. Nicht nur, dass sich die Wolke wieder vor den Mond geschoben hatte, auch der Lichtkegel des Handys war erloschen. Mit verbissenem Gesicht drückte er darauf herum. Als das Gerät trotzdem nicht mehr anging, steckte er es mit einem erneuten Fluch in die Gesäßtasche seiner Uniformhose und marschierte schimpfend in Richtung Polizeirevier.

Ich wartete noch eine Weile. Dann stopfte ich den letzten Steckling in den Rucksack und schlich mit wackligen Knien zu Liam zurück.

»Gut gemacht.« Liam hob die Hand. Er saß schon wieder im Auto.

Nur sehr zittrig klatschte ich ab. Gerade hatte ich mehr Glück als Verstand gehabt. Was für ein Zufall, dass das Handy des Polizisten in dem Moment kaputtgegangen war, in dem er mich fast entdeckt hätte!

»Hat der Bulle echt in den Blumenkübel gepinkelt?«

Ich nickte. »Keine Ahnung, ob die Hanfpflanzen jetzt noch leben.«

»Bestimmt. Die sind zäh.« Liam feixte. »Das wird ein Spaß,

wenn die Öffentlichkeit herausfindet, was hier vor dem Polizeirevier wächst.«

Er startete den Motor und fuhr mich nach Hause.

»Bist du morgen Abend wieder dabei?«, fragte er, nachdem er sein Auto vor dem Mehrparteienhaus abgestellt hatte, in dem ich zusammen mit meiner Mutter wohnte. »Ein paar Wände im Bahnhofsviertel könnten ein Moosgraffito vertragen.«

»Klar«, antwortete ich, obwohl ich viel lieber Nein geantwortet hätte. Die Aktion mit den Cannabissetzlingen steckte mir noch in den Knochen. Mum wäre total ausgeflippt, wenn der Polizist mich erwischt hätte.

»Cool. Ich hole dich um neun ab. Wir können vorher noch was trinken gehen.« Er beugte sich zu mir und streichelte nur mit seinem Daumen über meine Wange. Oh Gott! Er würde mich gleich küssen. Ich konnte seinen Atem auf meiner Haut spüren und seine Lippen streiften fast schon meine Wange, sodass mein Herzschlag ganz schön ins Stolpern geriet. »Sag mal«, fuhr er beiläufig und ohne seine zarten Berührungen zu stoppen fort. »Wie geht es eigentlich dem Hibiskus, den ich dir vor ein paar Wochen geschenkt habe?«

Wie es dem Hibiskus ging? War das sein Ernst? Unsere Gesichter waren nur wenige Zentimeter voneinander entfernt, und *ich* dachte im Moment definitiv nicht an Blumen. Aber vermutlich zeigte es nur, wie sehr Liam sich für alles, was grünte und blühte, verantwortlich fühlte. Er hatte die halb vertrocknete Staude an einer viel befahrenen Straße gesehen und sie ausgebuddelt, weil sie ihm leidtat, und sie mir zum Aufpäppeln gegeben.

Ich räusperte mich. »Das war kein Hibiskus. Aber davon abgesehen geht es der Pflanze super. Sie ist schon fast hüfthoch und blüht ununterbrochen.«

»Im Ernst? Sie blüht sogar schon? Wenn ich dich morgen abholen komme, musst du sie mir unbedingt zeigen. Du hast echt ein Händchen für Pflanzen.« Liams Gesicht näherte sich meinem noch ein weiteres Stück und ich wollte schon abwartend die Augen schließen, als ein schwarzer Schatten auf die Windschutzscheibe zuschoss.

Liam und ich fuhren auseineinander.

Ein Vogel war gegen das Glas geprallt. Ich sprang aus dem Wagen. Es war ein Rabe. Benommen saß er auf dem Asphalt und schüttelte den Kopf.

»Hey! Hau ab! Schsch!«, machte Liam, der ebenfalls ausgestiegen war.

Der Vogel bewegte seine Flügel, blieb aber sitzen. Liam ging zur Fahrertür zurück und hupte.

»Spinnst du!«, fuhr ich ihn an. »Du weckst ja alle auf. Außerdem ist der Rabe vielleicht verletzt.«

»Ja, und? Willst du deswegen einen Notarzt holen? Das Scheißvieh hätte mir fast meine Windschutzscheibe demoliert.«

»Ich schaue nach, ob ich ihm helfen kann.«

»Quatsch! Dem fehlt doch nichts.« Er machte einen Schritt auf ihn zu. Mit einem entsetzten Kreischen erhob sich der Rabe in den Nachthimmel und stob davon.

Ich verdrehte die Augen. »Das wäre auch etwas sanfter gegangen. Ich muss jetzt los!« Falls Mum von dem Gehupe wach geworden war, wollte ich nicht, dass sie mich bei Liam im Auto sah. Sie fand, dass er für mich viel zu alt war … Dabei war er erst zweiundzwanzig.

»Schade.« Liam lächelte auf mich herunter. »Ich hätte gerne noch ein bisschen mit dir im Bus gesessen und geredet. Das war eine tolle Aktion heute Abend, Süße!«

Süße! Hach! Okay, wenn es um seinen geliebten Bus ging, verstand Liam keinen Spaß, aber dafür hatte er eindeutig andere Vorzüge. Gerade beugte er sich zu mir rüber. Jetzt war es aber wirklich so weit! Ich öffnete schon die Lippen, nur ganz leicht, schließlich wollte ich mich ihm nicht an den Hals werfen. Doch sein Mund zog an meinem vorbei und traf meine Wange.

»Bis morgen!«, sagte er und da saß er auch schon wieder im Bus und startete den Motor.

KAPITEL 3

»Faye! Jetzt geh endlich an die Tür. Es hat geklingelt.«

»Kannst du nicht selbst aufmachen?« Ich erwartete keinen Besuch. Bis Liam kam, würde es noch zwei Stunden dauern. Ich strich Nala, meiner zahmen Bartagame, über den schuppigen Rücken.

»Nein. Ich stehe unter der Dusche. Hopp, hopp!«

Hopp, hopp?! War ich ein Pferd? Ich setzte die Echse zurück in ihr Terrarium. Drei Kreuze würde ich machen, wenn Mum morgen im Flieger nach Island saß. Eine Woche ohne ihren Kommandoton würden mir echt guttun. Wenn sie da war, musste ich ständig aufräumen, irgendwelche Aufgaben für sie erledigen – und Mathe lernen.

Mum verstand einfach nicht, dass ich mich lieber mit etwas Lebendigem umgab als mit irgendwelchen blöden toten Zahlen. Aber bis zum Abitur in ein paar Monaten würde ich mich noch damit herumärgern müssen. Das Abi wollte ich nämlich bestehen. Unbedingt. Um danach Biologie zu studieren.

Es klingelte noch einmal. Dieses Mal ziemlich nachdrücklich.

»Faye!!!«

Mit einem genervten Stöhnen richtete ich mich auf. »Ich gehe ja schon.«

»Grüß Gott, wohnst du hier?«

Erschrocken wich ich einen Schritt zurück. Vor der Tür standen zwei Polizisten.

»Ja. Wieso?« Mein Herz klopfte heftig. So ein Mist! Die Sache mit der Cannabispflanze im Polizeiblumenkübel war aufgeflogen. Hatte der Lacktanga-Polizist nur so getan, als ob er ins Polizeirevier zurückgegangen wäre – und Liam und mich stattdessen unauffällig verfolgt? So musste es gewesen sein. Woher sonst konnten die Polizisten wissen, wo ich wohnte?

»Mein Name ist Kraus«, stellte sich der eine Polizist vor. Er war etwa so alt wie Mum und hatte hellbraune Haare und ein kantiges, glatt rasiertes Kinn. »Und das ist mein Kollege Schlemmer.« Die beiden hielten mir ihre Ausweise vor die Nase. »Bist du allein zu Hause?«

»Nein, meine Mutter ist da.«

»Können wir mit ihr sprechen?«, fragte der rothaarige Polizist.

Hatte Mum vielleicht etwas angestellt? So spießig, wie sie war, konnte ich mir das nicht vorstellen. »Sie duscht gerade. Was wollen Sie von ihr?«

»Uns wurde gemeldet, dass es in diesem Haus Pflanzen gibt, die unter das Betäubungsmittelgesetz fallen«, sagte Kraus.

Unter seinem bohrenden Blick schrumpfte ich zusammen. Oh nein! Der letzte Hanfsteckling. Er steckte immer noch in meinem Rucksack. Wieso nur hatte ich ihn nicht weggeschmissen?

»Meinen Sie etwa Rauschgift? Das kann nicht sein«, log ich.

»Wer ist denn da?«, rief Mum. Im Hintergrund konnte ich die Dusche plätschern hören.

»Die Polizei«, krächzte ich. »Kannst du mal rauskommen?«

Stille. »Das ist doch nicht dein Ernst, oder?«

»Doch.« Das *leider* verkniff ich mir, denn der dunkelhaarige Polizist sah ziemlich bedrohlich aus. Seine ganze Haltung war so angespannt, als befürchtete er, dass ich ihn gleich zur Seite stoßen und fliehen würde. Mit meinem zentnerschweren Sack Drogen auf dem Rücken.

Die Dusche wurde ausgestellt und nur wenige Augenblicke später trat Mum aus dem Bad. Sie trug einen Bademantel und ihre langen dunklen Haare fielen nass über ihre Schultern.

»Ist etwas passiert?« Nervös spielte sie mit einem losen Faden an ihrem Gürtel, während ich meinem Rucksack einen Tritt gab, um ihn so unauffällig wie möglich noch ein wenig tiefer in der Garderobennische verschwinden zu lassen.

Es folgte das gleiche Prozedere wie bei mir vorhin. Kraus und Schlemmer, hier die Ausweise, illegale Pflanzen in der Wohnung … Die Augen von Mum wurden zwar immer größer, aber genau wie ich war sie der Ansicht: Das kann unmöglich sein! Bei ihr klang es jedoch leider nicht ganz so überzeugt wie bei mir.

»Dürfen wir uns umschauen?«, fragte Kraus, aber es hörte sich viel mehr wie ein Befehl an als wie eine Frage.

»Natürlich. Kommen Sie mit! – Wissen Sie, meine Tochter liebt Pflanzen. Schon seit sie ganz klein ist«, plapperte Mum auf dem Weg zum Wintergarten. »Ständig buddelt sie in der Erde, pflanzt etwas ein, topft um … Sie spricht sogar mit den Pflanzen. Und wie Sie sehen, wachsen sie bei ihr wie verrückt. Ist das nicht unglaublich? Das kann sie nicht von mir haben. Ich habe es als Teenager sogar einmal geschafft, einen Zierkaktus vertrocknen zu lassen.« Sie lachte gekünstelt. »Schauen Sie nur!«

»Hier sieht es ja toll aus«, meinte der rothaarige Polizist verblüfft. Er hörte sich beeindruckt an, und wenn ich nicht so furchtbar aufgeregt gewesen wäre, hätte ich mich geschmeichelt gefühlt. Denn mein Wintergarten war mein ganzer Stolz. Zitronen- und Orangenbäumchen wuchsen darin, ein Duftjasmin, zwei Petticoatpalmen, Kanarenblumen, Löwenohr … Die Passionsblumen und die Zylinderputzer blühten gerade besonders schön … Als Highlight lag Nala im Terrarium unter ihrem Höhenlicht und sonnte sich.

Durch die Blätter der Petticoatpalmen sah ich draußen einen dritten Polizisten. Mit hinter dem Rücken verschränkten Händen stand er genau vor unserem Wintergarten. Hatten Schlemmer-Kraus ihn dort postiert, damit ich nicht auf die Idee kam, die Scheibe einzuschlagen und hinauszuspringen?

Ich sah auch Herrn Jung, unseren Nachbarn. Er brachte gerade seinen Biomüll raus, und wie immer trug er dabei Plastikhandschuhe. Verstohlen schaute er zu uns hinauf, während er gleichzeitig versuchte, mit seiner freien Hand einen Raben zu verscheuchen, der es sich auf seiner Tonne bequem gemacht hatte. Ob das der Vogel von gestern Abend war? Unbeeindruckt von Jungs Gehampel blieb er sitzen. Hack dem blöden Kerl in die Hand!, murmelte ich lautlos.

Die Papiertüte mit dem Biomüll fiel auf den Boden. Bananenschalen, abgenagte Apfelbutzen und ein halber Kopfsalat machten sich auf dem Asphalt breit und unser Nachbar hüpfte wie

Rumpelstilzchen drum herum. Dabei keifte er – ich konnte es an seinem wutverzerrten Gesicht sehen – und hielt sich die Hand. Ich riss die Augen auf. Konnte der Vogel meine Gedanken lesen, oder war es Zufall gewesen?

Was auch immer, der Jung hatte es verdient. Bestimmt hatte er die Polizei gerufen.

Im Gegensatz zu mir hatte Polizist Kraus überhaupt kein Interesse daran, was sich gerade vor dem Fenster abspielte. Und auch nicht an den exotischen Schönheiten in meinem Wintergarten oder meiner Zwergbartagamendame. Er fixierte die Staude, die Liam mir geschenkt hatte.

»Weißt du, was das ist?«

»Klar.« Wusste er es nicht? »Das ist Klatschmohn, *Papaver rhoeas*, aus der Familie der *Papaveraceae*. – Normalerweise blüht er um diese Jahreszeit nicht mehr, aber hier im Wintergarten ist es auch Ende Oktober noch schön warm«, referierte ich nervös weiter, weil Kraus mich mit bewegungsloser Miene und vor der Brust verschränkten Armen anstarrte. »Die Pflanzen blühen hier immer etwas länger als in der freien Natur und …«

»Verkauf uns nicht für dumm«, fuhr er mich an. Seine Augenbrauen waren so fest zusammengezogen, dass sich zwei senkrechte Falten zwischen ihnen gebildet hatten.

Ich presste die Lippen zusammen. »Das ist Mohn. Ganz bestimmt.«

»Und was machst du damit?«, fragte Schlemmer, sein Kollege, sanft. Er war eindeutig der Nettere der beiden, aber seine Frage brachte mich innerlich zum Kopfschütteln. Was sollte ich denn schon damit machen? Ich schaute ihn mir an. Er war hübsch.

Sonst konnte man nicht allzu viel mit ihm anfangen. Das wusste doch jeder. Die Volksheilkunde schrieb ihm zwar eine beruhigende Wirkung zu, aber medizinisch erwiesen war das nicht.

Um mich kooperativ zu zeigen, erwähnte ich aber, dass ich die getrockneten Blütenblätter manchmal unter meine selbst gemachten Kräutertees mischte. »Auch in Seifen oder Badezusätzen sehen sie hübsch aus. Bei meinen Freundinnen sind sie sehr beliebt.«

Nun schnellten Kraus' Augenbrauen in die Höhe. »Du gibst sie also weiter?«

Wenn er das so ausdrücken wollte, ja. Ich nickte.

»Auch die Kapseln?« Sein Gesichtsausdruck bekam etwas Lauerndes, und langsam fragte ich mich, ob er nicht vielleicht selbst Drogen eingeworfen hatte. Was interessierte ihn denn nur so an diesem Mohn?

»Ja, die auch. Meistens schneide ich nämlich nur die Blüte ab, und meine Freundinnen trocknen die Blätter selbst. Da ich nächstes Jahr Abitur mache, muss ich die ganze Zeit lernen und habe leider überhaupt keine Zeit für irgendetwas anderes.« Ich warf Mum einen trotzigen Blick zu.

»Gut. Das genügt.« Kraus wirkte auf einmal sehr zufrieden. Er wandte sich an Mum. »Ich muss Sie und Ihre Tochter bitten, mit aufs Revier zu kommen.«

»Weil sie getrocknete Mohnblüten unter ihren Tee mischt?« Sie sah genauso fassungslos aus, wie ich mich fühlte.

»Nein. Weil sie einen illegalen Handel mit Schlafmohn betreibt.«

KAPITEL 4

Schlafmohn?«, entfuhr es Mum.

»Ja, *Papaver somniferum*«, erklärte der rothaarige Polizist. »Aus seinen Kapseln kann man Opium gewinnen.«

Ich hörte, wie sie keuchte, und auch mein Herz setzte für einen Schlag aus.

»Das kann nicht sein«, stotterte ich. »Wir haben die Staude auf einer Verkehrsinsel in Neuperlach ausgegraben, und *Papaver somniferum* wächst nur im östlichen Mittelmeerraum und in Indien …«

»Wir?«, schnitt Kraus mir das Wort ab. »Arbeitest du mit jemandem zusammen?«

Oh Mann! Liam, dieser Arsch. Er hatte mir eine verbotene Pflanze untergejubelt. Von wegen Hibiskus!

»Nein, ich … äh … ich war allein. Es war niemand dabei.« War ich denn noch ganz dicht? Warum deckte ich diesen Blödmann denn noch?

Mum warf mir einen vernichtenden Blick zu. »Du sagst jetzt gar nichts mehr«, herrschte sie mich an und schaffte es auf bewundernswerte Weise, trotz ihres Bademantels und der nackten Beine autoritär zu wirken. »Ich rufe einen Anwalt an.«

Einen Anwalt! Aber ich war doch kein Schwerverbrecher!!

Der Ansicht waren die beiden Polizeibeamten nicht. Zwar legten sie mir keine Handschellen an, aber Mum und ich mussten mit auf das Präsidium fahren, damit sie meine Aussage aufnehmen konnten. Im Streifenwagen! Wie peinlich!

Trotz des Anwalts hielt man uns fünf Stunden auf der Polizeiwache fest.

Ich musste den Beamten eine Liste mit Namen und Adressen der Freundinnen geben, die von mir Mohnkapseln bekommen hatten. Erst nachdem alle den Polizisten versichert hatten, keine Ahnung gehabt zu haben, dass es sich dabei um Schlafmohn handelte – Doro konnte ihnen zum Glück einen Badezusatz und eine Teemischung zeigen –, war Kraus endlich bereit zu glauben, dass ich wirklich nicht gewusst hatte, was da in unserem Wintergarten wuchs.

Liam hatte ich herausgehalten. Dabei verdiente er es überhaupt nicht. Die Enttäuschung und die Demütigung trieben mir die Tränen in die Augen. Ich hatte mich so über die Pflanze gefreut, und ich hatte gedacht, dass er mich mochte. Aber er hatte mich nur benutzt. Um Drogen für ihn anzubauen. Ich blöde Kuh war so verliebt in ihn gewesen, dass es mir noch nicht einmal aufgefallen war, was er mir da untergeschoben hatte. Als angehende Biologin. Dabei waren die Kapseln des Schlafmohns doch viel runder als die von Klatschmohn.

Endlich konnten wir gehen, und Kraus brachte uns zur Tür.

»Behalten Sie Ihre Tochter besser im Auge. Dieses Mal belassen wir es bei einer Verwarnung. Beim nächsten Vorfall kommt sie nicht so glimpflich davon«, sagte er und schaute erst sie, dann mich noch einmal finster an. »Richten Sie das auch Ihrem Mann aus!«

Mum nickte brav.

Klar würde sie es ihm sagen! Wenn es einen gäbe.

Lange Zeit hatte ich gedacht, es sei normal, dass es nur Mum in meinem Leben gab. Irgendwann im Laufe meiner Kindergartenzeit war mir jedoch klar geworden, dass unsere Familienkonstellation nicht die gängigste war. Mein Erzeuger war nämlich nicht einfach ausgezogen wie die Väter so vieler anderer Kinder. Ich hatte ihn nie kennengelernt, und Mum weigerte sich, mit mir über ihn zu sprechen.

In der vierten Klasse der Grundschule mussten wir einen Familienstammbaum anfertigen. Die linke Seite meines Baumes blieb vollkommen leer, und ich wurde deswegen von ein paar Mitschülern geärgert. Mum war schockiert gewesen. Aber nicht so schockiert, dass sie mir verraten hätte, wer mein Vater war. Ich nahm es ihr immer noch übel.

Als wir nach Hause kamen, saß der Rabe wieder auf der Biomülltonne vom blöden Jung. Ich näherte mich ihm, und er blieb sitzen.

»Was bist du nur für ein furchtloser Kerl!« Langsam streckte ich meine Hand aus und strich dem Vogel über das glänzende Gefieder. Es überraschte mich, dass ich ihn anfassen durfte.

»Faye!« Mums Stimme war scharf wie eine Rasierklinge. Sogar

der Vogel erschrak und flog heiser krächzend auf den Dachfirst. War ja klar, dass mir eine Standpauke nicht erspart bleiben würde. »Komm jetzt rein! Sofort!«

Mit zusammengebissenen Zähnen folgte ich Mum hinauf zur Wohnung. Im Wohnzimmer warf ich mich auf das Sofa und legte die Füße auf den Tisch, weil ich wusste, dass sie das überhaupt nicht ausstehen konnte.

Heute ließ sie sich davon nicht provozieren. Mit kerzengeradem Rücken setzte sie sich mir gegenüber in einen Sessel.

»Der Polizist hat recht«, kam sie ohne Umschweife zum Thema.

Ich verschränkte die Arme vor der Brust. »Damit, dass du meinem Vater erzählen sollst, was passiert ist?«, fragte ich höhnisch. »Da bin ich mit der Polizei ausnahmsweise einer Meinung.«

Natürlich ignorierte Mum diesen Einwurf. »Ich kümmere mich einfach zu wenig um dich.«

»Das finde ich überhaupt nicht«, protestierte ich. Meiner Meinung nach kümmerte sie sich viel zu viel um mich. »Und nachdem das geklärt ist und du kein schlechtes Gewissen mehr wegen mir haben musst, möchte ich gern in mein Zimmer gehen und mit Doro telefonieren. Sie hat mir schon sieben WhatsApps geschickt, weil sie denkt, dass ich im Knast sitze.«

»Du bleibst hier. Wir sind noch nicht fertig!«

Ich verdrehte die Augen. »Was gibt es denn noch?«

»So kann es nicht weitergehen. Ich arbeite zu viel. Und du bist zu oft allein zu Hause.«

»Und was willst du dagegen machen? Willst du deinen Job aufgeben oder von jetzt an nur noch im Homeoffice arbeiten?« Es fehlte nur noch, dass sie mir vorschlug, direkt nach der Schule zu ihr ins Büro zu kommen. Um meine Hausaufgaben dort zu machen. Womöglich noch unter ihrer Aufsicht …

»Nein. Aber ich werde dich nächste Woche definitiv nicht alleine hier in München lassen. Du wirst mit mir nach Island fliegen.«

Ich schnappte nach Luft. »Nie im Leben! Es sind Ferien! Ich habe Pläne!«

»Ja, mit deinen Guerilla-Freunden herumzuhängen. Aber das kannst du vergessen. Sie sind …«

»… kein guter Umgang für mich, ich weiß. Aber im Gegensatz zu dir habe ich wenigstens Freunde«, fauchte ich Mum an.

Zwar hatte ich nach dieser Blamage nicht vor, mich noch einmal bei den *Green Devils* blicken zu lassen, schon gar nicht, solange *Er, dessen Namen von nun an nicht mehr genannt werden durfte,* ihr Anführer war, und am liebsten würde ich mich für ein paar Tage verkriechen, irgendwo ganz weit weg, aber doch nicht zusammen mit Mum! Sie sollte verdammt noch mal endlich damit aufhören, sich in meine Angelegenheiten zu mischen.

»Sprich nicht in diesem Ton mit mir, Fräulein, ich warne dich!«

»Dann hör du endlich auf, mich wie ein kleines Kind zu behandeln.« Ich sprang vom Sofa auf, denn ich hatte keine Lust, mit Mum auch nur ein weiteres Wort zu wechseln.

»Das mache ich. Wenn du aufhörst, dich wie eins zu verhalten, und du endlich lernst, Verantwortung zu übernehmen.«

»Ich verhalte mich nicht wie ein Kind. Und ich übernehme Verantwortung.«

Mum hob nur eine Augenbraue an. »Wer hat in unserem Wintergarten Rauschgift angepflanzt?«

Ich stieß ein verächtliches Geräusch aus. »Wie oft soll ich dir noch sagen, dass ich nicht wusste, dass es Schlafmohn war? Und die Polizisten haben mir letztendlich doch auch geglaubt.«

»Du wirst trotzdem keine ganze Woche lang allein hierbleiben.«

»Ich bin siebzehn.« Am liebsten hätte ich mit dem Fuß aufgestampft. Aber das wäre echt kindisch gewesen.

»Auch mit siebzehn nicht.«

»… sagt die Frau, die mit achtzehn schwanger geworden ist.«

Mum ignorierte diesen Satz. »Du kommst mit. Punkt!«

»Vergiss es.«

KAPITEL 5

»Herzlich willkommen in Island. Wir hoffen, dass Sie einen angenehmen Flug hatten und dass wir Sie bald wieder an Bord von Iceland Air begrüßen dürfen. In Reykjavík erwarten Sie zwölf Grad und leichter Regen …«

Leichter Regen? Monsun hätte ich als Beschreibung passender gefunden. Dicke Tropfen trommelten gegen die Scheibe. Während die Stewardess mit festgefrorenem Lächeln ihren Monolog fortführte, schaute ich missmutig aus dem Fenster. Doch viel zu sehen gab es nicht. Alles, was ich erkennen konnte, war flach und schwarz. Nur hin und wieder durchbrach etwas Weißes diese Ödnis. Es sah aus wie ein überdimensionaler Klecks Vogelschiss.

Die Anschnallzeichen erloschen, und der große Mann, der neben meiner Mutter gesessen hatte, stand erleichtert auf und reckte sich. Ich selbst hatte mit meinen 1,78 Metern Körperlänge schon ziemlich eingezwängt in der engen Sitzreihe gekauert, der Ärmste hatte sich wie ein Klappmesser zusammenfalten müssen, um seine Beine irgendwie unterzubringen.

Ich stieß Mum an, die trotz der holprigen Landung immer noch schlief wie ein Baby. Sicherlich wäre sie noch nicht einmal bei einem Absturz aufgewacht.

»Sind wir schon da?« Sie schob sich die Schlafmaske von den Augen.

»Nein. Wir bereiten uns gerade auf eine Notlandung auf dem Wasser vor. Kannst du bitte aufstehen, damit ich meine Jacke und meinen Rucksack aus dem Gepäckfach holen kann, bevor ich die Schwimmweste anziehe und ins Rettungsboot steige?«

»Was?« Sie blinzelte verwirrt.

»Das war ein Witz. Wir sind da. Leider.«

Mum gähnte. »Wenigstens hast du deinen Humor wiedergefunden.«

»Nein, der ist immer noch zu Hause. Kann ich im Flugzeug sitzen bleiben und wieder zu ihm zurückfliegen?« Ich setzte meinen schönsten Hundeblick auf.

»Ach Faye!« Mum seufzte. »Sieh diese eine Woche doch einfach als Urlaub an.«

Urlaub?! Diese Reise war kein Urlaub. Mum würde die ganze Zeit arbeiten. Und ich war völlig gegen meinen Willen in dieses Land gebracht worden, das es nur durch seine Fußballmannschaft zu einer bescheidenen Bekanntheit gebracht hatte und in dem es – ich hatte es recherchiert! – außer dicken Ponys und ganz viel Natur überhaupt nichts gab. Und nicht einmal von der Natur würde ich besonders viel mitbekommen, weil meine Mutter nämlich darauf bestand, dass ich die ganze Zeit lernte. Für die Matheklausur, die direkt nach den Herbstferien anstand.

Ich schulterte meinen Rucksack, reihte mich zwischen dem Geschäftsmann und einer gestresst aussehenden Mutter mit ihrem zweijährigen Kind ein und verließ das Flugzeug.

Unser Gepäck war bereits da.

»Ist der schwer!« Ächzend wuchtete Mum meinen Koffer vom Gepäckband. Ich hätte ihn vorbeizuckeln lassen, da ich gerade an Doro schrieb, dass ich am Ende der Welt gelandet war. Ehrlich gesagt hatte ich statt *Ende* ein anderes Wort benutzt, aber Mum legte viel Wert auf eine ordentliche Ausdrucksweise. Schimpfwörter aller Art waren bei ihr schon immer tabu gewesen. »Was ist denn da drin?«

»Nur ein paar Schulbücher!«, log ich. Mum musste nicht unbedingt wissen, dass ich mein völlig zerfleddertes Exemplar von *Der Herr der Ringe* mitgenommen hatte. Und die ersten vier *Game-of-Thrones*-Bände. Ich würde mich einfach die ganze Woche in meinem Zimmer einigeln und *Das Lied von Eis und Feuer* durchschmökern. Immerhin sah es hier auf Island ja fast so aus wie in Westeros, ich brauchte also gar nicht erst vor die Tür zu gehen.

»Das ist eher eine ganze Bibliothek.« Mum hob den Koffer probeweise noch einmal an. An ihren geröteten Wangen erkannte ich, dass sie sich dafür ganz schön anstrengen musste. »Ich hoffe, du hast auch das Mathebuch eingepackt.«

Ich verzog das Gesicht. »Ja, keine Sorge, ich werde die nächsten Tage ganz brav sein und Integralrechnung lernen. Aber sei nicht zu enttäuscht, wenn das nichts nutzt. Wie du weißt, leide ich nämlich unter einer besonders schweren Form von Dyskalkulie.«

»Du leidest an akuter Faulheit. An sonst gar nichts«, sagte sie unbeeindruckt. »Und wenn du dich nur halb so oft mit der Schule beschäftigen würdest wie mit deinen Freunden, der Echse und deinen Pflanzen, würdest du in Mathematik bestimmt nicht nur Fünfer schreiben.«

Nun kam das schon wieder … »Du kannst nicht von mir erwarten, dass ich mich den ganzen Tag hinsetze und nichts anderes tue als lernen. Ich möchte neben der Schule schließlich auch noch ein Leben haben …«

»Lehrjahre sind keine Herrenjahre!«

Ernsthaft jetzt? So sprach doch heute kein Mensch mehr. »Selbst wenn ich in Mathe nur fünf Punkte bekomme, kann ich die durch Biologie, Chemie, Deutsch und Spanisch locker ausgleichen.«

»Ach, das hast du dir ausgerechnet! Ganz so hochgradig kann deine Dyskalkulie also doch nicht sein.«

Der Flughafen in Island war überraschend modern. Mum konnte sich überhaupt nicht mehr einkriegen darüber, wie raffiniert die Kombination aus rustikalem Holz mit schwarzem Stein und orangefarbenem Glas war. Durch futuristische Bullaugen konnte ich sehen, dass es draußen immer noch goss wie aus Kübeln. Deprimiert schob ich den Rollwagen mit unseren Koffern vor mir her. »Velkomin heim« stand auf dem Griff, was selbst ich, die ich kein Wort Isländisch sprach, mühelos mit »Willkommen daheim« übersetzen konnte. Wie freundlich! Aber hätte uns diese Heimat nicht mit etwas besserem Wetter empfangen können? In der winzigen Ankunftshalle warteten nur ein paar Leute. Da Mum gesagt hatte, dass wir von ihrem Auftraggeber abgeholt werden würden, sah ich mich um. War es der rotgesichtige blonde Naturbursche mit dem Karohemd oder der Managertyp im dunklen Anzug und mit Aktentasche in der Hand? Der Mann mit der großen Holzkiste schien mir eher nicht infrage zu kommen. Durch Ritzen zwischen den Brettern konnte ich nämlich eine rosa Ferkelschnauze sehen. Genauso wenig wie der Junge mit der Beaniemütze, der von Kopf bis Fuß in Schwarz gekleidet war und mich ein bisschen an Liam erinnerte. Er hatte genau die gleiche coole, unantastbar wirkende Ausstrahlung. Oh Mann! Sogar hier auf Island musste ich ständig an diesen Vollpfosten denken.

»Wo bleibt denn nur unser Chauffeur?«, fragte ich genervt.

Meine Mutter blickte sich einen Moment suchend um, dann erhellte sich ihr Gesicht. »Da steht er! Hallo! Hier sind wir!«

Ich rechnete damit, dass sich der Managertyp umdrehte, doch es war der Junge. Verflixt! Er kam auf uns zu.

»Das ist Aron, der Neffe, von dem Elric Karlsson mir erzählt hat«, wisperte Mum. »Süß, oder?« Die letzten beiden Wörter sagte sie ziemlich laut.

Wie peinlich! Am liebsten wäre ich im Erdboden versunken. Hoffentlich hatte er das nicht gehört!

»Guten Tag! Mein Onkel hat mich geschickt. Ich soll Sie abholen. Er wartet im Wagen«, begrüßte Aron uns auf Englisch und hörte sich ziemlich gelangweilt dabei an.

»Das ist sehr nett von dir.« Mum reichte ihm die Hand. »Ich bin Juliane Peters. Und das ist meine Tochter Faye.«

»Hey!«, piepste ich viel zu hoch.

Aron musterte mich irritiert. Sein Blick pendelte ein paarmal zwischen Mum und mir hin und her. Bestimmt fragte er sich, wie es sein konnte, dass wir Mutter und Tochter waren. Wir sehen uns nämlich überhaupt nicht ähnlich. Mums Haare sind brünett, sie hat grüne Augen und ist klein und zierlich wie ein Püppchen. Ich dagegen habe hellblonde Haare, blaue Augen und meine Arme sind so lang, dass ich mich mit den Fingern in den Kniekehlen kratzen kann. Okay, jetzt übertreibe ich, aber meine Arme sind wirklich ziemlich lang. Genau wie meine Beine. Meine Nase. Meine Ohren … Diesen unvorteilhaften Hang zur Länge musste ich von meinem unbekannten Erzeuger haben.

Mit bestimmt hochrotem Kopf fasste ich nach meinem Koffer. Auch Aron griff danach, und unsere Hände berührten sich. Ich hörte ein Knistern, und ein schmerzhaftes Ziehen ging durch meinen Arm, das sich von den Fingern bis zu meiner Schulter ausbreitete. Ich zuckte zurück. Im gleichen Moment zischte es, und das Deckenlicht in der Ankunftshalle flackerte ein paarmal. Schließlich ging es aus. Auch die Anzeigetafeln erloschen. Sofort reckten alle die Köpfe und aufgeregtes Gerede setzte ein.

Ich starrte Aron an. Seine Augen waren dunkel. Sehr dunkel. Man konnte die Pupillen kaum von seiner Iris abgrenzen. Trotz meines Schrecks begann es in meinem Magen zu flattern.

»Ein Stromausfall.« Mums Stimme drang von ganz weit weg zu mir durch. »Gut, dass es draußen noch hell ist.«

Es knisterte erneut. Das Licht an der Decke flammte auf, und auch die Anzeigetafeln gingen wieder an.

»Schon vorbei.« Aron riss meinen Koffer hoch – ihm schien meine Büchersammlung nichts auszumachen. Er nahm auch noch den von Mum und ging wortlos in Richtung Ausgang.

KAPITEL 6

Kaum waren wir durch die Schiebetüren nach draußen getreten, riss der Himmel auf und die Sonne schob sich zwischen den Wolken hindurch. Während ich mir meinen immer noch schmerzenden Arm rieb, hielt ich dankbar mein Gesicht in die warmen Strahlen.

Aron führte uns zu einem schwarzen Jeep mit abgedunkelten Scheiben, der auf einem Seitenstreifen parkte, und ein Mann stieg aus, der einen eleganten Wollmantel über einem perfekt sitzenden Anzug trug. Abgesehen von dieser formellen Kleidung und seiner Brille sah er Aron unglaublich ähnlich. Auch er war groß, schlank und muskulös und hatte dunkle Augen. Allerdings hoffte ich stark, dass Arons schwarze Haare anders als bei ihm von keiner breiten weißen Strähne durchzogen wurden, die von der Stirn bis zu seinem Hinterkopf verlief. Ich fragte mich, wieso Karlsson, der ganz offensichtlich großen Wert auf sein Aussehen legte, sie nicht färbte. Sie ließ ihn nämlich ein wenig wie ein Stinktier aussehen.

»Elric Karlsson. Wie schön, dass ich Sie endlich persönlich kennenlerne, liebe Juliane.« Karlsson lächelte charmant, und der dezente Geruch eines Aftershaves wehte zu mir herüber. Wie Aron sprach auch er fließend Englisch. »Ihre Entwürfe für das Hotel haben mich von Anfang an begeistert, und es freut mich sehr, dass Sie bei dem Spatenstich dabei sein werden. Wir haben einen großen Festakt geplant.« Er strich sich die lackschwarzen Haare zurück.

»Ich freue mich auch.« Mums Wangen hatten sich rosa verfärbt.

Ich hob eine Augenbraue. Ganz offensichtlich war auch ihr sein gutes Aussehen nicht entgangen.

Wir stiegen in den Jeep, und Aron fuhr los. Während Karlsson und Mum angeregt über das Hotelprojekt plauderten, schaute ich aus dem Fenster.

Die Landschaft als kahl zu beschreiben, wäre die Untertreibung des Jahrhunderts gewesen. Waren wir vielleicht aus Versehen auf dem Mond gelandet? Flach wie ein Teller war die Gegend um den Flughafen, und es gab keinen einzigen Grashalm oder Baum weit und breit. Nur graubraune, mit Moos und Flechten bewachsene Felsbrocken. Die einzigen Farbkleckse in dieser tristen Steinwüste waren die schwefelgelben, rostroten und kupferfarbenen Berge, die dahinter emporragten.

Obwohl es ansonsten nicht viel zu sehen gab, musste ich zugeben, dass ich fasziniert war. Ungefähr so hatte ich mir Teile von Mittelerde vorgestellt. Es hätte mich nicht gewundert, wenn in diesem Moment ein keulenschwingender Ork auf unser Auto zugerast wäre. Oder wenn auf einem der Steine ein spitzohriger Elf gesessen hätte. Und dieser seltsam geformte Felsbrocken … Sah er nicht aus wie ein versteinerter Drache?

Nach Reykjavík wurde die Landschaft bunter. Die Felsbrocken wichen Wiesen, auf denen Schafe mit dickem verfilztem Fell und

Ponys in allen Farben grasten. Immer wieder tauchten kleine Waldstücke auf. Das dunkle Grün der Nadelbäume sah hübsch aus in Kombination mit den Gelbtönen der Laubbäume.

Durch den Autospiegel erhaschte ich einen Blick auf Aron. Ich hatte immer gedacht, alle Isländer seien blond. Oder verwechselte ich sie mit Skandinaviern? Nicht zu glauben, was für eine dunkle Haut sein Onkel und er hatten! Als kämen sie aus dem Urlaub oder hätten eine Sonnenbank zu Hause. Anders war es nicht zu erklären, wie man in diesem Land so braun werden konnte. Arons Augen erinnerten mich in ihrer Farbe an Zartbitterschokolade, und mit den langen Wimpern hätten sie richtig schön sein können, wenn sie nicht so abweisend dreingeblickt hätten. Mit düsterer Miene starrte er auf die vor uns liegende Straße. Im Radio lief gerade *A Sky full of Stars* von Coldplay, und Aron trommelte mit den Fingern auf das Lenkrad. Allerdings nicht im Rhythmus der Musik, sondern monoton. *Klopf, klopf, klopf!* Bestimmt wollte er sich dadurch innerlich zur Geduld mahnen. Oder das Auto, das sowieso schon ziemlich schnell fuhr, zu noch höherem Tempo antreiben. Voll überschwänglicher Freude war er garantiert nicht mit seinem Onkel zum Flughafen gefahren.

Unsere Blicke begegneten sich im Rückspiegel. Bevor ich rot anlaufen konnte, grinste ich ihn selbstbewusst an. Ich kann dich verstehen, sollte dieses Grinsen signalisieren. *Ich bin auch nicht freiwillig hier*. Oh nein! Etwas Grünes hing zwischen meinen Vorderzähnen. Es musste von dem Sandwich stammen, das ich im Flugzeug gegessen hatte. Kein Wunder, dass Aron mich am Flughafen so seltsam gemustert hatte. Schnell schloss ich meinen

Mund wieder. Aber da hatte Aron sowieso schon, ohne irgendeine Gefühlsregung zu zeigen, weggeschaut.

Herzlichen Glückwunsch! Ich seufzte. Der erste Gleichaltrige, der mir in diesem Land begegnete, war ein muffeliger Typ, der mich nicht nur unangenehm an Liam erinnerte, sondern mir auch deutlich zu verstehen gab, dass ich für ihn quasi nicht existierte. Das würde ein wundervoller *Urlaub* werden!

Als Kirkjuvík in der Ferne auftauchte, hörte Mum endlich auf, ihrem Bauherrn von ihrem letzten Projekt vorzuschwärmen – der Entkernung und dem Wiederaufbau einer alten Stadtvilla –, und schaute mit großen Augen auf die Kulisse vor uns. Das Dörfchen schien sie ja richtig umzuhauen. Was ich überhaupt nicht nachvollziehen konnte. Denn es bestand zwar aus vielen roten, gelben, blauen und grünen Häuschen und lag postkartenmäßig auf einer kleinen Halbinsel, aber es war auch nicht gerade Venedig oder Angkor Wat. Diese kambodschanische Tempelstadt wollte ich unbedingt einmal besuchen, weil sie mitten im Dschungel liegt.

»Gibt es in Kirkjuvík eigentlich eine Jugendherberge?« Mums Stimme zitterte leicht bei dieser Frage.

Ich runzelte die Stirn. Wieso wollte sie das denn wissen?

»Nein«, antwortete Karlsson, »aber im nächstgrößeren Dorf, in Vík. Möchten Sie, dass ich Sie dort absetze?« Seinem verwunderten Tonfall konnte man anhören, dass er noch nie in einer Jugendherberge übernachtet hatte. Dieser reiche Sack stieg bestimmt nur in Fünf-Sterne-Plus-Hotels ab.

»Nein, nein. Wir haben natürlich längst gebucht. Ich habe ein kleines Cottage gemietet, das ganz in der Nähe des Bauplatzes liegt.« Mum zog einen Notizzettel aus ihrer Handtasche und warf einen Blick darauf. »Wir wohnen hier im Dorf, im Klettsvegur 2.«

»Sie wohnen bei María Sigurdardóttir?«

Was fand Karlsson denn daran so ungewöhnlich? Hatte diese Frau etwa ein Atommüllauffanglager im Garten? Aber auch Aron hatte aufgehorcht, wie ich an seinem plötzlich angespannten Rücken erkannte.

»Ja, so heißt die Frau, bei der ich den Schlüssel abholen soll. Was ist mit ihr?«

Karlsson war sichtlich gereizt. »Die alte Dame ist Teil einer Protestbewegung, die sich gegen den Bau des Hotels richtet. Ihr habe ich es vor allem zu verdanken, dass es so lange gedauert hat, bis die Baugenehmigung da war.«

»Sie haben im Vorfeld gar nicht erwähnt, dass es in der Bevölkerung Vorbehalte gegen den Hotelbau gibt.«

Karlsson winkte ab. »Die üblichen Querelen vor einem Baubeginn dieser Größenordnung. Nichts, was Sie belasten muss.«

»Ich kann die Buchung natürlich stornieren …«

»Nein, nein, das müssen Sie nicht. Letztendlich habe ich die Baugenehmigung ja bekommen. Auch wenn ich ein paar Jahre darauf warten musste.«

Die Erleichterung darüber, sich nicht so kurzfristig noch eine andere Unterkunft für uns beide suchen zu müssen, war Mum deutlich anzumerken. »Wirklich seltsam, ich wollte eigentlich über ein Reiseportal buchen, aber dann lag die Werbung für diese Unterkunft an drei aufeinanderfolgenden Tagen in meinem Briefkasten, und da mir das Cottage und die Lage so gut gefielen, habe ich gebucht. Ihre Ausschreibung hat ja auch auf diesem Weg zu mir gefunden. Auch sie kam über den Postweg. Ist das nicht ein unglaublicher Zufall?«

Ich stöhnte auf. Warum erzählte sie das? Diese Geschichte hörte sich so unglaubwürdig an. Wenn nicht ich bei uns zu Hause immer den Briefkasten leeren würde und deshalb beide Umschläge gefunden hätte, würde ich denken, dass Mum irgendwelche Märchen erzählte, um sich interessant zu machen.

Auch Karlsson legte einen Augenblick lang seine Stirn in Falten. Dann verzog er seine Mundwinkel nach oben. »Ich glaube nicht an Zufälle«, sagte er, »sondern an das Schicksal. Und daran, dass alles im Leben seinen Sinn hat.« Er sah Mum tief in die Augen.

Über den Bau des Hotels schien man in der Gegend wirklich nicht besonders begeistert zu sein, stellte ich fest. Direkt neben dem Ortsschild war noch ein anderes Schild in den Boden geschlagen worden. »Wir brauchen kein Wellnesshotel!« stand darauf, auf einem anderen »Helft dem kleinen Volk!«.

Ein Kichern purzelte über meine Lippen. Ich hatte zwar schon davon gehört, dass viele Isländer an Elfen und Trolle glaubten, in dieser magischen Umgebung konnte man ihnen das wirklich nicht verdenken, aber einen solchen Aufruf auf einem Protestschild zu lesen, war schräg. Und was hatte das kleine Volk mit dem Hotelbau zu tun?

»Was für ein schöner Empfang!« Mum presste die Lippen zusammen.

Vor einem hässlichen Gebäude mit grauen Wellblechwänden verabschiedete sich Karlsson von uns, weil er noch arbeiten musste. Auch Aron stieg aus.

»Ich fahre nachher nach Reykjavík zurück«, verkündete er seinem Onkel. Da die Fahrertür offen stand, konnte ich jedes Wort verstehen. Komisch, dass die beiden Englisch miteinander sprachen!

»Das geht nicht«, sagte Karlsson knapp.

»Wieso nicht? An Samhain bin ich doch wieder da.«

»Du wirst nirgendwohin fahren, bis die Sache vorbei ist. Ich brauche dich hier.«

»Ich bin nicht einer deiner Angestellten«, begehrte Aron auf. »Such dir jemand anderes, der dich herumkutschiert und Botengänge für dich erledigt, wenn Ragnar keine Zeit hat.«

Karlssons Hand schoss nach vorne und krallte sich um Arons Unterarm. »Überspann den Bogen nicht, Freundchen!«, zischte er. »Du weißt, was für uns alle auf dem Spiel steht.«

Sein Blick traf meinen, und ich war erschrocken, welche Kälte von ihm ausging. Ich drehte den Kopf weg.

Nachdem Karlsson in seinem Büro verschwunden war, schaute Aron ihm noch einige Augenblicke nach, dann trat er mit voller Wucht gegen eine Mülltonne. Sie kippte zur Seite und fiel scheppernd zu Boden. Erst jetzt stieg er wieder in den Jeep ein.

Mum, die tief in Gedanken versunken gewesen war, fuhr erschrocken auf.

»Der Wind hat die Mülltonne umgeworfen«, erklärte ich ihr.

Obwohl Aron diesen Satz gehört haben musste, blieb seine Miene unbewegt.

KAPITEL 7

Aron fuhr uns aus Kirkjuvík hinaus und bog in eine Schotterstraße ein, die sich durch die Hügel schlängelte. Auf einer Anhöhe stoppte er den Wagen und stieg kommentarlos aus. Mum und ich wechselten einen verdatterten Blick und taten es ihm nach. Vielleicht war das hier ja so etwas wie ein Aussichtspunkt. Der Blick von hier war jedenfalls unglaublich. Kilometerweit konnte man über die Hügel sehen, und in der Ferne glitzerte ein Streifen graublaues Meer. Zwei identisch aussehende Häuschen standen windschief in dieser idyllischen Landschaft herum. Aron hob mein Gepäck aus dem Kofferraum.

Meine Augenbrauen schossen nach oben. »Werden wir hier wohnen?«

»Anscheinend.« Mums Gesichtsausdruck war ausgesprochen skeptisch. »In der Anzeige stand zwar, dass das Cottage am Rand von Kirkjuvík steht, aber dass es mitten in den Hügeln liegt, damit habe ich nicht gerechnet. Vielleicht hätte ich doch einen Mietwagen nehmen sollen. Zu Fuß brauchen wir mindestens eine Viertelstunde bis ins Dorf.«

Ich schaute mir die beiden Häuschen etwas genauer an. Mit ihren Holzwänden, den spitzen Dächern und den weißen Sprossenfenstern sahen sie aus wie Zwillingshexenhäuschen aus *Hänsel und Gretel*. Es fehlten nur die Lebkuchen auf dem Dach. Aus dem Metallrohr des einen Schornsteins kräuselte sich Qualm empor. Ein Windspiel aus Muscheln hing von einem Balken. Es klimperte im Wind. Vor einer Pfütze saß ein Rabe auf dem Boden. Er beachtete uns überhaupt nicht, sondern drehte, ganz in sein Spiegelbild versunken, den Kopf hin und her. Hier musste diese María Sigurdardóttir wohnen, die Karlsson erwähnt hatte. Sofort hatte ich das Bild einer winzigen alten Frau mit grauem Zopf und Hakennase vor Augen, deren Rücken so krumm war, dass sie nur mithilfe eines Stocks herumhumpeln konnte.

Aron hatte unser Gepäck ausgeladen und ging mit den beiden Koffern in der Hand auf das Häuschen mit dem qualmenden Schornstein zu. Inzwischen war der Rabe auf die Lehne einer roten Holzbank geflogen. Genau wie der Vogel bei uns zu Hause schien er keine Angst vor Menschen zu haben. Er plusterte sich lediglich ein bisschen auf, sodass er wie ein zerzaustes schwarzes Wollknäuel aussah, und krächzte ein paarmal.

»Halt den Schnabel!«, sagte Aron, doch der Vogel war nicht beeindruckt.

Aron drückte auf den Klingelknopf, und nur wenige Sekunden später wurde die Tür aufgerissen. Allerdings nicht von einer alten Frau, sondern von einem zierlichen Mädchen, dessen kurze blonde Haare von ihrem Kopf abstanden wie die Stacheln eines Igels. Sie zog eine Hand aus der Tasche ihrer blumenbedruckten Tunika und hob sie zum Gruß.

»Hallo, Aron.« Das Mädchen grinste, und eine kleine Lücke wurde zwischen den Schneidezähnen sichtbar.

»Hey, Lilja!«, sagte Aaron. Sein finsteres Gesicht erhellte sich durch die Andeutung eines Lächelns. Er konnte also durchaus nett sein, wenn er wollte ... Zumindest bei einem so hübschen Mädchen wie dieser Lilja.

Zu meiner Verwunderung merkte ich, dass ich mich durch die offensichtliche Vertrautheit der beiden ein bisschen ausgeschlossen fühlte. War ich jetzt endgültig übergeschnappt?! Dieser Aron war mir doch so was von egal ...

»Kann ich meinen Koffer haben?«

»Klar.« Aron ließ ihn mit einem unüberhörbaren Plumpsen vor meine Füße fallen.

Idiot! Ich wuchtete ihn hoch.

»Wir sehen uns!«, sagte Aron zu Lilja, bevor er in den schwarzen Riesenschlitten sprang, den Motor startete und röhrend davonjagte. Mit ihm verzogen sich auch die Wolken, und über unseren Köpfen wurde der Himmel schlagartig wieder hell. Nur noch über dem Jeep hingen sie in dicken dunkelgrauen Trauben. Fast konnte man meinen, sie würden ihm folgen.

Lilja schaute Aron nach und verdrehte die Augen. »Wie ist der denn heute wieder drauf? Wollt ihr den Schlüssel zum Cottage?«

Ich nickte.

»Ich hole ihn euch.«

»Das wäre nett«, sagte Mum. »Ich habe Kopfschmerzen und möchte mich kurz hinlegen.« Sie sah blass und müde aus.

Als ich Mum über die knarzende Holztreppe in den ersten Stock folgte, musste ich mir eingestehen, dass mein Koffer wirklich nicht gerade leicht war. Nicht nur ein Schweißtropfen stand mir auf der Stirn, als ich endlich oben angelangt war. Ich hatte es mit den mitgeschleppten Büchern wirklich etwas übertrieben. Ich hätte das Mathebuch zu Hause lassen sollen!

Zum Glück hatte unser Cottage zwei Schlafzimmer, und ich musste mir keins mit Mum teilen. Zwar war sie bestimmt sowieso den ganzen Tag mit Karlsson auf dem Bauplatz oder bei irgendwelchen Besprechungen, aber auch abends und vor allem nachts wollte ich ein bisschen Privatsphäre haben. Anders als ich konnte Mum nur bei vollkommener Dunkelheit schlafen. Sie redete im Schlaf wirres Zeug, wälzte sich umher, schnarchte manchmal … Außer Schlafwandeln fiel mir keine schlechte Angewohnheit ein, die sie nachts nicht hatte.

Das Zimmer, das ich die nächsten acht Tage bewohnen würde, war genauso klein wie der Rest des Hauses und ziemlich altmodisch. Es erinnerte mich an die Puppenstube, die ich als Kind besessen und heiß und innig geliebt hatte. Die wenigen Möbel waren dunkel und schwer, und überall lagen Spitzendeckchen herum. Sogar die Lampe auf meinem Nachtschränkchen und die Deckenlampe waren mit einer Spitzenborte verziert. Derjenige, der das Zimmer eingerichtet hatte, schien eine ausgesprochene Vorliebe für Handarbeit zu haben. Und für Blumen. Nicht nur auf der Tapete rankten Blüten, sondern auch auf dem Bettüberzug und auf dem flauschigen senfgelben Teppich. Er verschluckte meine Schritte, als ich den Koffer ins Zimmer trug und ihn achtlos in eine Ecke stellte. Zum Ausräumen war später immer noch Zeit. Jetzt würde ich erst einmal ein bisschen lesen. Oder am besten gleich ein Schläfchen machen. Da Mum und ich schon morgens um vier aufgestanden waren, war ich nämlich echt müde. Ich fläzte mich in das weiche Laken und wäre auch fast eingeschlafen, wenn mich nicht ein Geräusch geweckt hätte.

Der Rabe, der eben noch auf der Bank vor dem Hexenhaus gesessen hatte, hatte sich auf dem Fensterbrett niedergelassen und klopfte mit dem Schnabel gegen die Scheibe. Erst leise, dann immer nachdrücklicher. Ich drückte mich hoch und öffnete das Fenster.

»Willst du rein?«

Der Rabe flatterte auf die altmodische Frisierkommode, die gegenüber von meinem Bett stand. Aufmerksam beobachtete er sein Spiegelbild, drehte den Kopf hin und her und richtete ein paar Federn gerade. Was war das denn für ein eitler Kerl? Dann trippelte er zu meiner Armbanduhr hinüber, die ich vorhin dort abgelegt hatte. Er nahm die silbernen Glieder in seinen Schnabel und wollte sich damit davonmachen, doch ich kam ihm zuvor.

»Oh nein! Schnabel weg von der Uhr!« Ich nahm sie ihm ab, und der Rabe protestierte lautstark. »Du brauchst dich gar nicht zu beschweren, du diebisches Ding! Dich werde ich so schnell nicht mehr hier reinlassen. Schsch! Weg jetzt!« Sichtlich enttäuscht flog der Vogel davon.

Da ich nun sowieso hellwach war, beschloss ich, mich nicht wieder hinzulegen, sondern mich ein wenig umzusehen.

Ich schnappte mir einen Apfel aus dem Obstkorb, den jemand netterweise für uns auf die Küchenanrichte gestellt hatte, schlüpfte in meine Stiefel und die dicke Jacke und verließ das Haus. Draußen erwartete mich leichter Nieselregen, und die Luft war kalt und frisch wie ein Eisbonbon. Sie roch würzig. Nach Kräutern und … ich hob prüfend die Nase und schnupperte … nach Salz und Seetang. Ich spitzte die Ohren, weil ein seltsames Rauschen über die Hügel kam.

»Das ist bloß unser Wasserfall.« Lilja stand in einem rot karierten Regenmantel vor der Tür des Hexenhäuschens. »Er ist nicht besonders hoch, aber Krach macht er für drei.« Sie hielt einen dünnen Ast in der Hand und ließ die schwarze Katze, die eben noch unter unserer Veranda gesessen hatte, seiner Spitze hinterherjagen. Schnell und wendig flitzte das Tier auf seinen drei Beinen hin und her.

»Alles klar mit dir?« Erst jetzt sah Lilja zu mir auf.

»Ja, alles okay.«

Über meinem Kopf krächzte es. Der Rabe hatte sich auf der Regenrinne niedergelassen.

»Gehört er deiner Oma?«

»Nö. Der gehört niemand. Der fliegt hier nur herum. Ein komischer Vogel!« Sie zog die sommersprossige Nase kraus. »Wenn man mit ihm spricht, legt er den Kopf schief, so als würde er einen ganz genau verstehen. Außerdem liebt er glitzernde Dinge.«

»Das habe ich auch schon festgestellt. Er hat gerade versucht, meine Uhr zu stehlen.«

»Das tut mir voll leid.« Liljas Miene wurde zerknirscht. »Am besten lässt du das Fenster immer zu. Meine Oma denkt, dass er ihren Ehering gestohlen hat. Sie hatte ihn zum Spülen runtergenommen und auf die Fensterbank gelegt. Danach war er weg, und ist nie wieder aufgetaucht. Was er mit dem ganzen Zeug will?«

»Vielleicht denkt er, er sei eine Elster.« Ich nickte in Richtung der Katze. »Hat sie auch einen Namen?«

»Das ist Miska.«

»Was ist mit ihrem Hinterbein passiert?«

»Meine Oma glaubt, dass sie damit in eine Falle geraten ist.« Lilja hielt den Ast hoch über den Boden. Miska sprang in die Luft, bekam ihn kurz mit zwei Pfoten zu fassen und landete, ohne zu wackeln, auf einem Bein. Wie eine kleine Balletttänzerin sah sie dabei aus.

»Es scheint sie nicht groß zu stören.«

»Nein, sie ist immer noch topfit. Dabei ist sie schon uralt. Sie war schon da, bevor ich auf die Welt kam. Meine Mutter behauptet sogar, dass sie schon da war, als sie geboren wurde. Aber Oma meint, das seien andere gewesen. Komischerweise hatten die wohl immer auch nur drei Beine gehabt.« Lilja ließ die Katze erneut nach dem Ast springen. »Applaudier ihr ruhig«, sagte sie, als es der Katze gelungen war. »Das mag sie.«

»Super, Miska. Das hast du toll gemacht.« Ich klatschte mehrmals in die Hände.

Miska schaute mich mit ihren topasfarbenen Augen unergründlich an. Ich mochte mich irren, aber unglaublich begeistert wirkte sie nicht über meinen Beifall. Vielleicht hätte ich direkt nach dem Sprung klatschen sollen. Denn jetzt saß sie ja wieder und fragte sich vielleicht, was sie denn Besonderes machte. Oder sie fand mich einfach nur seltsam. Wie Aron. Ich wollte Lilja gerade fragen, woher sie ihn kannte, als ein lautes Knattern ertönte. Während ich erschrocken zusammenfuhr, blieben Lilja und Miska völlig gelassen.

»Meine Oma kommt!«, sagte Lilja.

Oh! Ihre Oma! Sofort sah ich die alte Hutzelfrau vor mir, wie sie auf einem benzinbetriebenen Besen heranbrauste. Aber stattdessen fuhr ein altmodisches Motorrad den holprigen Weg entlang und bremste scharf vor uns ab. An seiner rechten Seite war ein kleiner Beiwagen befestigt, in dem ein Korb mit frischem Gemüse lag. Auf seinem Sattel saß jemand, der groß und schlank war und eine Lederjacke mit Fellkragen, eine Fliegerkappe und eine riesige runde Schutzbrille trug. Wie Puck, die Stubenfliege aus *Biene Maja*, sah sie aus.

»Das ist deine Oma?«

Lilja nickte. »Ja, und sie ist total cool, gar nicht wie andere Omas. Sie arbeitet als Kfz-Mechatronikerin an der Tankstelle in Kirkjuvík und nach Feierabend schraubt sie auch immer an irgendwelchen alten Maschinen rum. In mancher Hinsicht ist sie allerdings ein wenig speziell, das sag ich dir gleich.«

»Was meinst du mit *speziell*?«

»Ach, sie ist zum Beispiel felsenfest davon überzeugt, dass unser Postbote Hakon ein gefährlicher Dunkelelf ist, weil er zu ihr als Letztes fährt, und sie dadurch die Post immer erst nach Sonnenuntergang bekommt. Deswegen weigert sie sich, sein kaputtes Moped zu reparieren. Sie will seinen Bewegungsradius nämlich so klein wie möglich halten, damit sie ihn im Auge behalten kann.«

Ein Postbote, der ein Dunkelelf ist! Cool! Hoffentlich bekam ich ihn auch einmal zu sehen. »Glaubst du denn auch an Elfen?«

»Nein! Wofür hältst du mich denn?« Lilja sah mich an, als ob ich den Verstand verloren hätte. »Das tun nur die alten Leute hier auf Island. Ich habe jedenfalls noch keine gesehen, und ich bin vor ein paar Monaten achtzehn geworden.«

KAPITEL 8

María Sigurdardóttir nahm ihre Schutzbrille ab.

»Hallo! Ich bin María.« Ihr Händedruck war kräftig, und fühlte sich rau und ein bisschen kratzig an.

»Faye.« Obwohl sie immer noch ihre Fliegermütze trug und damit ziemlich komisch aussah, hatte sie etwas an sich, was mir Respekt einflößte. Der Blick aus ihren blauen Augen war zwar nicht unfreundlich, aber musternd, und sie war so drahtig und durchtrainiert, als würde sie jeden Tag zehn Kilometer lang die Hügel auf und ab joggen. Ich wich ihrem Blick aus, indem ich Miska über das schwarze Fell streichelte. »Wir sind gerade angekommen. Meine Mutter hat für eine Woche das Cottage gemietet.«

»Gefällt es dir in Island?« Sie zerrte sich ihre Fliegermütze vom Kopf und darunter kam kurzes, grau meliertes Haar zum Vorschein.

Ich nickte.

»Komm mit ins Haus und trink einen Kakao mit Lilja und mir. Meine Enkelin hat heute Morgen zur Feier eurer Ankunft extra einen Kuchen gebacken.« Sie hievte den Korb mit den Einkäufen aus dem Beiwagen, und ich folgte ihr.

Im Wohnzimmer des Hexenhäuschens prasselte ein gemütliches Feuer. Das Nächste, was mir auffiel, war, dass auch hier ziemlich viele Spitzendeckchen herumlagen. Der Fernseher stand auf einem, das Telefon auf einem anderen; auf dem Tisch lagen gleich drei.

»Deine Oma häkelt wohl gern.«

»Das kann die gar nicht. Die sind noch von meinem Opa.«

»Echt jetzt?«

Lilja nickte. »Er hatte so schlimme Arthritis in den Fingern, und der Arzt hat ihm empfohlen, Klavier zu spielen oder zu häkeln, damit sie beweglich bleiben.«

»Ich hätte mich fürs Klavierspielen entschieden.« Häkeln hatte ich in der Grundschule immer gehasst.

»Hat er auch. Aber er war so unfassbar unmusikalisch, und er hat so einen Krach auf dem Klavier gemacht, dass Oma ihn zu einem Handarbeitskurs angemeldet hat.«

»Wie hat sie ihn denn dazu gebracht?«

»Oma kann sehr energisch sein. Es ist besser, sich nicht mit ihr anzulegen.« Lilja drückte mich in den mit violettem Samt bezogenen Ohrensessel, der vor dem Kamin stand, und reichte mir ein Stück von einem buttergelben Napfkuchen. Während ich den Kuchen hungrig hinunterschlang, blickte ich aus dem Fenster hinaus. Die beiden grauen Ponys hatten ihren Kopf aufgerichtet und schauten mit gespitzten Ohren in die Ferne.

María kam mit einem Tablett herein.

»Frau Sigurdardóttir!«, begann ich.

»Ich habe dir doch gesagt, dass du mich María nennen sollst.«

Sie reichte mir eine Tasse. Sie war grün mit roten Punkten und am Henkel leicht angeschlagen. »Auf Island wohnen nicht besonders viele Menschen, da halten wir uns nicht mit Förmlichkeiten auf.«

»Ach so. Okay.« Duzen, nicht siezen, notierte ich gedanklich. »Sind das deine Ponys?«

»Ja, Winda und Halli gehören mir. Aber es sind keine Ponys.« María klang ein bisschen beleidigt. Oh Mann, was hatte ich jetzt wieder Falsches gesagt?

Irritiert sah ich zu Lilja, die demonstrativ die Augen verdrehte, und ich verstand. »Ach so, das sind Einhörner! Klar! Wieso bin ich nicht gleich darauf gekommen?«

Lilja gluckste, und María, die gerade einen Schluck Kakao getrunken hatte, hob die Augenbrauen.

»Oder sind das Elfenponys?«, fragte ich verunsichert. María stellte ihre Tasse ab. Ihre Lippen verzogen sich zu einem Lächeln, wodurch ihr Gesicht wie ein Faltengebirge aussah. »Du kannst Halli und Winda natürlich nennen, wie du willst, aber ich bezeichne sie einfach als Pferde.«

Oh! Mein Gesicht wurde heiß. Natürlich. Auch wenn ich fand, dass die beiden Tiere dafür ein bisschen zu klein geraten waren. Aber das sagte ich nicht. Lilja hatte ja extra darauf hingewiesen, dass es besser war, sich nicht mit ihrer Oma anzulegen.

»Auf Island wird es ganz schön früh dunkel«, bemerkte ich stattdessen. Draußen dämmerte es nämlich schon leicht. Dabei zeigte Marías dickbauchige Standuhr erst halb vier an.

»Ja. Aber das war nicht immer so. Bis vor zwei, drei Jahren hatten wir um diese Jahreszeit noch etwa acht Stunden Tageslicht, jetzt haben wir weniger als sieben Stunden.«

Echt? Wenn das wirklich stimmen sollte, war das ja ganz schön unheimlich. »Und woran liegt das?«

María entfernte einen Fussel von ihrem grob gestrickten Wollpullover. »Ich habe so meine Theorie, aber wenn ich dir die erzähle, wird meine Enkelin sich wieder für mich schämen.«

»Davon kannst du ausgehen.« Lilja grinste. »Aber ich habe Faye schon von Hakon erzählt. Damit sie vorgewarnt ist.«

»Also mich würde deine Theorie schon interessieren«, wollte ich gerade einwerfen, doch da fragte María schon: »Wie seid ihr eigentlich hergekommen, deine Mutter und du? Draußen steht kein Mietwagen, und es fährt kein Bus hier heraus.«

»Aron hat sie gebracht«, antwortete Lilja für mich.

María richtete sich auf und ihr Gesicht verfinsterte sich. »Ist deine Mutter etwa die Architektin, der wir das Hotel zu verdanken haben?«

»Ja.« Ich betrachtete intensiv den Schaum auf meinem Kakao. Würde sie mich jetzt rausschmeißen?

»Wie kommt es, dass es sie ausgerechnet hier nach Island verschlagen hat? Gibt es bei euch in Deutschland nicht genügend Arbeit?«

»Oma!«, rief Lilja. Dann wandte sie sich an mich: »Hier in der Gegend sind ziemlich viele Leute gegen den Bau des Hotels.«

Das hatte ich gemerkt. Ich dachte an die Protestschilder, die ich auf unserer Herfahrt gesehen hatte. »Aber das Hotel wird der Region doch auch neue Arbeitsplätze bringen«, wagte ich einzuwenden.

»Schon. Aber Elric Karlsson hatte sein Hotel auch an einem anderen Ort bauen können«, sagte Lilja.

»Uns gefällt vor allem nicht, dass wegen dieses Hotels der älteste Holunder Islands gefällt werden soll«, schaltete María sich ein. »Und das Ganze will unser neuer Gemeinderat auch noch mit einem Festakt feiern.«

Ich schwieg betroffen.

»Als ob es etwas zu feiern gäbe«, fuhr María fort. »Der Baum ist ein paar Hundert Jahre alt.«

»Das ist unmöglich«, platzte es aus mir heraus, und als sowohl María als auch Lilja mich fragend ansahen, setzte ich nach: »Ein Holunder, *Sambucus nigra* … Er kann gar nicht älter als hundert Jahre werden. Das geht nicht. Sein Holz ist nicht besonders widerstandsfähig, deshalb ist er anfällig für Pilze …« Und genau genommen war ein Holunder kein Baum, sondern ein Busch. Auch wenn er sehr groß werden konnte. Aber diesen Einwurf schluckte ich dann doch hinunter. María schien meine Fachexpertise sowieso nicht zu beeindrucken.

»Dann ist unser Holunder wohl besonders zäh«, entgegnete sie nur. »Leider geht es ihm momentan nicht gut.«

»Nicht gut! Das Ding ist hin. Im Grunde ist es also eigentlich total egal, ob Karlsson ihn fällen lässt oder nicht.«

»Es ist nicht egal«, widersprach María ihrer Enkelin, »und der Holunder ist nicht hin, sondern er ist krank. Aber ich bin mir sicher, dass er geheilt werden kann. Bisher wurde nur noch nicht das richtige Mittel gefunden.« Sie musterte mich eine Zeit lang. »Du kennst dich gut mit Pflanzen aus.«

Ich senkte den Blick. »Ja, nach dem Abi möchte ich Biologie studieren.« Ich knibbelte an einem Stück abstehender Nagelhaut herum. »Steht der Holunder denn nicht unter Naturschutz? Es muss doch auch bei euch Gesetze geben, die es verhindern, dass ein so seltener und alter Busch gefällt wird.«

»Natürlich gibt es die.« María zog ein finsteres Gesicht. »Noch bis vor ein paar Jahren durfte auf Island nichts gebaut werden, was die Elfen aus ihren Häusern vertreiben würde. Doch Karlsson hat nicht lockergelassen. Immer wieder hat er eine Genehmigung beantragt. Und als letztes Jahr der neue Bürgermeister gewählt wurde, hat er sie bekommen. Dieser Mann ist ein Zerstörer.«

Angesichts der Härte ihrer Worte blickte ich überrascht auf.

»Er besitzt überall auf der Welt Hotelanlagen«, erklärte Lilja. »Und immer mussten für den Bau magische Plätze vernichtet werden. Der Holunder auf der Lichtung ist angeblich der Eingang zur Elfenwelt.«

»Nicht nur angeblich.« María knallte ihre leere Tasse mit einem lauten Geräusch auf einen wackligen Beistelltisch. »Dieser Baum *ist* der Eingang zur Elfenwelt. Der Holunder darf nicht gefällt werden!«

»Hast du denn schon einmal Elfen gesehen?«

»Natürlich. Hakon.«

»Und wie sieht der aus?« Ich stellte meine Tasse ebenfalls auf dem dreibeinigen Beistelltisch ab und beugte mich gespannt zu ihr vor. »Groß, schlank und wunderschön, mit spitzen Ohren, so wie in *Herr der Ringe*?«

»Nein.« María lachte und konnte sich überhaupt nicht mehr einkriegen. Auch Lilja kicherte. »Hakon ist jetzt vielleicht nicht das beste Beispiel, denn er ist ein wirklich ausgesprochen unansehnliches Exemplar seiner Spezies. Wenn du in unsere Bibliothek gehst und einen Blick in ein paar Bücher wirfst, wirst du feststellen, dass die Angehörigen des kleinen Volkes im Grunde genauso aussehen wie du und ich. Du würdest sie nicht erkennen, wenn du ihnen begegnest. Aber nun sind sie sowieso fort.« Sie seufzte. »Seit achtzehn Jahren schon. Nur Hakon ist geblieben. Und auf den hätte ich gut verzichten können. Die Post ist immer noch nicht da.« María klopfte mit der Spitze ihres verschlissenen Filzhausschuhs auf den Boden.

Das klang schon alles ein bisschen speziell. Um nicht zu sagen *verrückt*! Lilja hatte vermutlich recht. Nur noch die älteren Leute auf Island glaubten an Elfen.

»Wo sind die Elfen denn hin?«, fragte ich. Da María bei dem Pferdethema schon so empfindlich reagiert hatte, war bei ihr in Bezug auf Elfen bestimmt noch viel weniger zu spaßen. Am besten tat ich so, als würde ich ihren Elfenglauben ernst nehmen.

»Niemand weiß das. Sie waren einfach fort. Von einem Tag auf den anderen.«

»Aber auch dazu hat Oma eine Theorie.« Lilja zwinkerte mir zu.

»Und welche?« Die wollte ich nun aber wirklich hören.

María schlug ihre langen Beine übereinander und verschränkte die Hände. »Einige behaupten, dass sie Island verlassen haben und an einen anderen Ort gezogen sind. Andere sind sich sicher, dass eine mysteriöse Seuche sie hingerafft hat. Aber ich denke«, sie legte eine höchst effektvolle Pause ein, »dass der Kampf zwischen Licht- und Dunkelelfen wieder aufgeflammt ist und dass sie sich gegenseitig vernichtet haben.« Sie nickte wie zur Bestätigung.

Der Kampf zwischen Licht- und Dunkelelfen … Irgendetwas brachte dieser Satz in mir zum Klingen. Aber was? Vielleicht hatte ich in einem Buch darüber gelesen.

»Aber wenn ein Krieg die Elfen ausgelöscht hat, müsste es dann nicht Überlebende geben? Oder zumindest einen Überlebenden?«

»Den gibt es doch. Hakon. Sag mal, hörst du mir überhaupt zu, Mädchen? Außerdem bin ich felsenfest davon überzeugt, dass es außer ihm noch mehr Überlebende gibt. Aber das sind Lichtelfen und keine Dunkelelfen, und die sind nicht so plump, sich jedem x-Beliebigen zu erkennen zu geben. Du wolltest doch wissen, wieso die Tage immer kürzer und die Nächte immer länger geworden sind.« Ich nickte, immer noch eingeschüchtert. »Hakons Macht ist in den letzten Jahren stärker geworden. Deshalb breitet sich die Dunkelheit aus. – Etwas Böses lauert auf uns«, flüsterte sie. »Ich spüre es ganz deutlich.«

»Schluss jetzt, Oma!« Lilja hob den Zeigefinger. »Du machst Faye ja Angst. Sie ist schon ganz blass.«

»Quatsch! Ich habe nur zu viel von deinem leckeren Kuchen gegessen«, winkte ich ab. Doch in Wahrheit hatten Marías Worte bei mir tatsächlich eine Gänsehaut ausgelöst. Eine Dunkelheit, die sich immer weiter ausbreitete … Die immer mehr vom Licht verschlang, bis nichts mehr davon übrig war … Ich konnte mir nichts Schlimmeres vorstellen!

KAPITEL 9

María betrachtete mich noch einige Augenblicke eindringlich, dann wechselte sie das Thema. »Wenn du Biologie studieren möchtest, solltest du in den nächsten Tagen einmal zur Lichtung gehen. Solange es noch möglich ist … Ich habe den Eindruck, je näher Samhain rückt, desto stärker blühen die Pflanzen. Im Moment sieht es dort aus, als wäre ein Farbkasten explodiert.«

»Samhain?« Das Wort hatte auch Aron benutzt, als er sich mit seinem Onkel gestritten hatte. Bis Samhain wollte er wieder aus Reykjavík zurück sein.

»Das ist die Nacht auf Allerheiligen«, erklärte Lilja.

»Du meinst Halloween.«

»Ja. So heißt das bei euch«, bestätigte María. »Es ist eine magische Nacht, in der sich das Tor zwischen den Welten öffnet und in der alles möglich ist. Die Kelten waren überzeugt davon, dass die Toten an diesem Abend an den Ort ihres früheren Lebens zurückkommen und ihre Familien besuchen.«

Das wusste ich. Aber etwas anderes, was sie gesagt hatte, kam mir ausgesprochen seltsam vor. »In Deutschland blüht jetzt um diese Zeit nichts mehr. Sind bei euch die Jahreszeiten anders als bei uns?«

María schüttelte den Kopf. »Bei uns blühen generell nicht besonders viele Pflanzen. Das hast du auf dem Weg hierhin bestimmt gesehen. Nur auf der Lichtung kommst du dir vor, als würdest du in einem botanischen Garten stehen.«

Ich runzelte die Stirn. »Obwohl es hier so nass und so kalt ist?« Das konnte ich mir gar nicht vorstellen.

María zuckte mit den Achseln. »Vielleicht liegt es daran, dass ganz in der Nähe der Lichtung eine warme Quelle entspringt. Grundsätzlich sind unserem Land die Naturgesetze aber sowieso schnuppe. Es gibt hier ganz in der Nähe einen See, der immer gleich hoch ist; egal, ob es wochenlang trocken ist oder tagelang geregnet hat. Nebelwände tauchen plötzlich auf und verschwinden genauso schnell wieder, ohne dass es dafür eine Erklärung gibt. Und Menschen, Tiere und Pflanzen können hier außergewöhnliche Kräfte und Fähigkeiten entwickeln.«

Ein voller, bauchiger Gong ertönte. María schaute zur Standuhr. »So spät schon. Ich muss ins Dorf. Ich habe eine Bürgerinitiative gegründet.« Sie kniff ihre Augen zusammen. »Richte deiner Mutter von mir aus, dass sie und Elric noch nicht gewonnen haben. Wenn sie an ihren Plänen festhalten, den Baum zu fällen, muss sie sich auf einen langen und harten Kampf einstellen. So leicht geben wir uns nicht geschlagen.« Sie stand auf und verließ ohne einen Abschiedsgruß das Zimmer.

Niedergeschlagen verabschiedete auch ich mich von Lilja.

»Mach dir nichts daraus«, tröstete sie mich auf dem Weg nach draußen. »Die Lichtung, auf der das Hotel gebaut wird, ist sehr schön. Aber der Holunder ist nur noch ein hässliches, verkrüppeltes Gestrüpp. Es ist echt nicht schade, wenn er gefällt wird.« Sie lehnte sich gegen den Türrahmen und verschränkte ihre Füße, die in viel zu großen lilafarbenen Clogs steckten. »Da kommt übrigens die Post!« Ein kleiner dünner Mann keuchte auf einem alten Fahrrad mit Anhänger heran. Dass er eine Glatze hatte, versuchte er mit den verbliebenen Strähnen zu verdecken, die er sich über den kahlen Hinterkopf gekämmt hatte. Durch seinen kurzen Hals – vielleicht hatte er aber auch den Kopf eingezogen – erinnerte er mich an eine Schildkröte.

»Du bist heute aber mal wieder spät dran, Hakon!«, sagte Lilja.

»Ja«, japste er. »Viel Arbeit.« Fast warf er ihr den Stapel Briefe entgegen, dann sprang er wieder auf sein Rad.

Verdutzt schaute ich Lilja an. Das war also der gefährliche Dunkelelf Hakon, dessen Macht immer größer wurde. »Besonders Furcht einflößend finde ich ihn ehrlich gesagt nicht.«

Lilja seufzte. »Ich auch nicht. Und der arme Kerl kommt ja auch nur deshalb immer so spät, weil sein Moped mal wieder kaputt ist und er deswegen die Post mit dem Rad ausfahren muss. Oma neigt dazu, sich in Dinge hineinzusteigern.«

In Bezug auf den armen gestressten Postboten mochte das stimmen. Aber in Bezug auf den Holunder konnte ich María verstehen. Ob Mum davon wusste, dass für ihr Hotel ein so besonderer alter Baum gefällt werden sollte? Ein Baum, der jahrelang unter Naturschutz gestanden hatte und der außerdem der Eingang zur Elfenwelt war?

Wenn ja, dann kümmerte es sie vermutlich nicht groß. Das blöde Hotel ging ihr über alles. Total aus dem Häuschen war sie gewesen, als sie die Ausschreibung gelesen hatte. »Das ist meine Chance, mal etwas anderes zu planen als Wohnanlagen und Einfamilienhäuser«, hatte sie begeistert gerufen, und im Gegensatz zu mir hatte sie es überhaupt nicht seltsam gefunden, einen Flyer für eine Hotelplanung in Island im Briefkasten zu finden, von der kein Mensch wusste, wie er dort hineingekommen war.

»Was machst du denn heute noch?« Lilja war mir nach draußen gefolgt.

Ich zuckte mit den Schultern. »Lesen, Musik hören ... Vielleicht gehe ich auch noch ein bisschen spazieren. Zur Lichtung. Um mir euren magischen Holunder anzuschauen.«

»Mach das bloß nicht.« Lilja sah richtig erschrocken aus.

»Wieso? Ist es weit?«

»Nein, du musst nur der Fahrstraße folgen und am ersten Strommast links in die Hügel abbiegen. Du kannst die Lichtung gar nicht verfehlen. Aber es ist gleich dunkel, und in der Zeit um Samhain soll man das Haus nach dem Dunkelwerden allein nicht mehr verlassen.«

Ich zog den Kragen meiner Jacke hoch, damit sie das Grinsen auf meinem Gesicht nicht sah. Ein bisschen abergläubisch war also auch sie. »Du kannst ja mitkommen. Dann bin ich nicht allein. Oder hast du Angst davor, einem Gespenst zu begegnen, das auf der Suche nach seiner Familie ist? Die sind doch erst in der Nacht von Samhain unterwegs«, neckte ich sie.

»Nein.« Lilja schüttelte den Kopf. »Aber ... ich ... ich muss los. Ich habe eine Verabredung.« Plötzlich wirkte sie verlegen.

Ob sie ein Date mit Aron hatte? Ach, es war wie verhext! Wieso musste ich denn jetzt schon wieder an ihn denken? Nach der Sache mit Liam sollte ich von Kerlen wie ihm doch wirklich die Nase voll haben!

Als Mum endlich aufstand, war es schon fast acht. Mit einer Hand an ihrer Stirn wankte sie in die Küche.

»Die Kopfschmerzen sind ein bisschen besser geworden. Sollen wir mal googeln, ob es in Vík einen Lieferservice gibt, und uns etwas zu essen bestellen?«

Ich nickte. Zwar hatte ich nachmittags jede Menge Kuchen gegessen, aber mein Magen knurrte trotzdem. Vorher interessierte mich aber noch etwas anderes.

»Hast du gewusst, dass für den Hotelbau ein Baum gefällt werden muss?«

»Meinst du den Holunder?« Mum zog ihr Handy aus ihrer Handtasche und entsperrte es. »Ich habe Fotos gesehen. Der ist sowieso kurz vorm Absterben. Sein Stamm und die Äste sind schon ganz morsch.«

»Einige Leute glauben daran, dass dort der Eingang zur Elfenwelt ist.«

»Die Isländer glauben eine ganze Menge.« Mum tippte auf dem Display herum. »Sind dir auf der Herfahrt die vier seltsamen Felsnadeln aufgefallen, die aus dem Meer herausragen? Einer Sage nach sind es Trolle, die im Morgengrauen ein gestrandetes Schiff bergen wollten. Da sie es nicht rechtzeitig in ihre Höhle zurückschafften, wurden sie von den Sonnenstrahlen versteinert.« Sie schaute auf. »Pizza oder asiatisch?«

»Pizza. – Kannst du nicht erreichen, dass der Baum stehen

bleibt?« Ich legte einen flehenden Ton in meine Stimme. »Man könnte das Hotel doch daneben bauen.«

»Der Baum steht genau in der Mitte der Lichtung.«

»Dann bau das Hotel doch um den Baum herum.«

»Darüber habe ich auch schon nachgedacht, und ich habe sogar verschiedene Pläne entworfen, bei denen er als Schmuckobjekt stehen bleiben kann. Aber Karlsson wollte sie nicht einmal sehen.«

»Du bist die Architektin. Du kannst dich weigern, einen Plan zu zeichnen, für den er gefällt werden muss.«

»Ich bitte dich, Faye. Mir wäre es zwar auch lieber, wenn er stehen bleiben könnte, weil er so ein seltenes Exemplar ist, aber ich kann Mr. Karlsson in gewisser Weise verstehen. Der Baum ist sowieso schon halb tot.«

»Noch lebt er. Und vielleicht erholt er sich, wenn er weiß, dass er am Leben bleiben kann.«

»Ich habe wirklich keine Lust, noch länger über dieses Thema zu diskutieren. In Vík i Mýrdal gibt es eine Pizzeria, die ausliefert. Was für eine Pizza möchtest du?« Mum hatte den Zeigefinger schon gezückt, um die Nummer zu wählen.

Ich nahm ihr das Handy ab. »Jetzt hör doch mal mit dem blöden Essen auf!«

»Hör du auf, dich so kindisch zu benehmen!« Mum schnappte sich das Gerät wieder. »Ich habe wirklich keinen Einfluss darauf, ob der Baum gefällt wird oder nicht. Also: Was möchtest du alles auf deiner Pizza drauf haben?«

Ich verdrehte die Augen. »Käse und Tomaten. So wie immer. Solltest du das nicht allmählich wissen?« Ihr mochte es vielleicht egal sein, ob der Baum gefällt werden würde oder nicht. Mir war es nicht egal. Er war besonders, das spürte ich deutlich. Sonst wäre er niemals so unglaublich alt geworden. Wieso es ihm wohl so schlecht ging? Gleich nach dem Essen würde ich zur Lichtung gehen und ihn mir anschauen. Doro meinte ja immer, ich sei eine Pflanzenflüsterin. Ich hatte schon so viele halb tote Pflanzen wieder zum Leben erweckt, wieso sollte es mir mit dem Holunder nicht auch gelingen?

KAPITEL 10

Lilja hatte erwähnt, dass die Lichtung gar nicht weit weg lag, und dass ich sie nicht verfehlen konnte, wenn ich auf dem Fahrweg blieb und mich am ersten Strommast links hielt. Was sie nicht erwähnt hatte, war, wie unfassbar dunkel es in Island nachts war. Viel dunkler als in München. Ich hatte jetzt schon Angst. Dabei befand ich mich keine vier Meter vom Cottage entfernt … Das funzelige Licht der Laterne, die an einer quietschenden Kette über der Veranda hing, reichte kaum bis hierher und nur der Mond beleuchtete das hinter den Häusern beginnende Wäldchen. Überall wisperte und knisterte es, und aus dem dürren Gebüsch neben der Pferdeweide leuchteten zwei gelbe Augen.

Uaaaaaah! Voll Panik wollte ich schon ins Haus zurückrasen, als ich aus dem Busch ein nachdrückliches *Mau* hörte. Eine Katze hüpfte mit hochgestelltem Schwanz auf mich zu. Miska!

»Ach, du bist es!« Mit zittrigen Händen strich ich der Katze über den Rücken. Doch sie wollte keine Streicheleinheiten von mir, sondern lief ein paar Schritte die Fahrstraße voraus.

Mau! Sie sah mich dabei an.

»Soll ich mitkommen?«

Miska stieß einen gurrenden Ton aus, ihre Topasaugen funkelten.

»Aber wohin denn?«

Die Katze gurrte erneut.

»Ich würde ja gerne zur Lichtung, um den Holunder zu sehen. Du auch?«

Sie kam zurück und sprang an mir hoch. Dabei stupste sie mit dem Kopf an meine Hand. Offensichtlich war sie von meinem Vorschlag angetan.

Mein Blick pendelte zwischen Mums erleuchtetem Schlafzimmerfenster hinter mir und dem dunklen Fahrweg vor mir hin und her, und er blieb an Miska hängen, die erwartungsvoll zu mir hinaufschaute.

Ich atmete tief ein und aus. Gut! Ich würde es machen. Eine dreibeinige Katze war zwar kein Kampfhund, aber in ihrer Gesellschaft war mir gleich ein bisschen weniger mulmig zumute als allein. Außerdem hatte ich auf dem Handy eine Taschenlampen-App installiert und auf der Veranda stand eine Sturmlaterne. Die würde ich mitnehmen. Ich googelte noch schnell die isländische Notrufnummer und speicherte sie auf der 1 ab. Nur zur Sicherheit.

»So, wir können los!«, sagte ich zu der Katze. Sie umkreiste mich unruhig und kam mir dabei immer näher. »Aber wenn du mit mir nur auf Mäusejagd gehen willst, muss ich dich enttäuschen: Ich bin Vegetarierin.«

Miska machte einen kleinen Sprung und lief voraus.

Inzwischen waren Miska und ich schon bestimmt zehn Minuten unterwegs, und noch immer hatten wir die Lichtung nicht erreicht. Dabei hatten wir den Strommast längst passiert.

Ein eisiger Wind wehte. Ich warf einen anklagenden Blick zum Himmel hinauf. Als wir losgegangen waren, hatte der Mond noch so hell geschienen, nun hatte sich eine Wolke davorgeschoben, und er war kaum mehr als ein schwacher Kreidefleck. Das flackernde Licht der Laterne sorgte nur dafür, dass ich überall unheimliche Schatten sah, und die Taschenlampen-Funktion meines Handys konnte ich nicht mehr nutzen, weil ich vergessen hatte, es aufzuladen, und ich den Akku schonen musste. Zu Hause funkelten selbst in der Nacht immer irgendwo Lichter. Die isländische Dunkelheit war viel schwärzer. Tiefer. Sie hatte Augen, kroch in mich hinein und sorgte dafür, dass mein ganzer Körper von einer Gänsehaut überzogen wurde … Ich schaffte das einfach nicht. Abrupt blieb ich stehen. Mein Atem ging inzwischen so flach und schnell, dass ich kaum noch Luft bekam. Zwei Glühwürmchen tanzten über einem Busch. Winzige glimmende Punkte in einer ansonsten tiefschwarzen Nacht. Auf sie konzentrierte ich mich, damit meine Panik nicht überhandnahm. Ein drittes Glühwürmchen flog dazu, ein viertes und fünftes. Was sie wohl hierhergelockt hatte? Normalerweise traten *Lampyridae* nicht im Schwarm auf. Und es wurden immer mehr, bis schließlich eine funkelnde leuchtende Wolke über meinem Kopf schwebte, und die Dunkelheit erhellte. Ich sah wieder die Umrisse von Büschen und Bäumen, den Weg vor mir.

»Danke, ihr Würmchen!«, sagte ich mit einem erleichterten Aufatmen.

Miska jedoch beobachtete die Leuchtkäfer mit gesträubtem Fell. Ein tiefes dunkles Grollen drang aus ihrer Kehle. Nur langsam setzte sich die Katze wieder in Bewegung. Ihr Schwanz war dick aufgeplustert wie eine Spülbürste. Der Schwarm *Lampyridae* folgte ihr. Unentschlossen sah ich ihnen nach. Was sollte ich denn jetzt machen? Viele Möglichkeiten hatte ich nicht. Ich konnte ihnen nachgehen oder zurücklaufen. Da ich so kurz vor dem Ziel nicht aufgeben wollte und außerdem noch viel mehr Angst davor hatte, allein den dunklen Rückweg anzutreten, entschied ich mich fürs Erstere.

Im Schein der Glühwürmchen erkannte ich, dass es sich bei den Bäumen vor uns um eine Ansammlung von Eschen handelte. Unter ihren weit ausladenden Kronen marschierte ich tiefer in das Waldstück hinein. Laub knisterte unter meinen Füßen und die an den Ästen verbliebenen Blätter rauschten sacht im Wind.

Ein paar Meter weiter lichtete sich der Wald, und ich sah zwei Füchse, die an einem Wasserloch standen und tranken. Das musste die warme Quelle sein, von der María gesprochen hatte, durchscheinende weiße Schwaden waberten in der kühlen Nachtluft. Ein Stück entfernt von ihnen stand ein einziger Baum. Das Gelände war mit rot-weiß gestreiften Plastikbändern abgesperrt, und am Waldrand konnte ich die schemenhaften Umrisse einiger Baumaschinen sehen. Die Lichtung! Ich war da!

Aufrecht stehend musste der Holunder über zehn Meter hoch sein. Doch sein Stamm war stark gekrümmt. Wie eine in der Sonne geschmolzene Kerze bog er sich bis auf den Boden. Seine Äste waren fast kahl. Es hatte etwas Verzweifeltes an sich, wie sie sich in den Nachthimmel reckten. Er starb, das spürte ich deutlich. Aber trotz seiner offensichtlichen Gebrechen schaffte er es, im goldenen Licht der Glühwürmchen etwas Erhabenes auszustrahlen. Mein Herz tat weh bei dem Gedanken, dass dieser müde, gefallene Krieger bald nicht mehr als ein Haufen Brennholz sein würde. Das durfte ich nicht zulassen! Ich musste zu ihm! Doch auf einmal wurden Stimmen laut, und der Glühwürmchenschwarm über mir erlosch. Eine Gruppe Menschen … Menschen, es waren fünf … näherte sich der Lichtung. Sie hatten lange weiße Gewänder an und trugen Kerzen in ihren Händen. Instinktiv machte ich die Sturmlaterne aus und zog mich hinter eine Wollweide zurück.

Die fünf traten auf den Holunder zu und stellten ihre Kerzen um den Baum herum ab. Sie hatten auch einen Eimer bei sich, aus dem sie etwas herausschaufelten und es auf den Stamm strichen. Als sie damit fertig waren, versammelten sie sich in einigem Abstand voneinander um den Baum. Mit ihren Fingern malten sie Zeichen in die Luft – und dann fingen sie an zu singen …

KAPITEL 11

Es war ein hoher, glockenheller, unwirklicher Gesang. Eine Gänsehaut bildete sich auf meinem Arm. Doch dieses Mal geschah es nicht aus Furcht, sondern weil dieses wundersame Lied etwas in mir berührte. Fremdartig und trotzdem vertraut war es mir, und es ließ eine so tiefe, unbestimmte Sehnsucht in mir aufsteigen, dass mir die Tränen in die Augen schossen. Wie schön! Wie unglaublich schön! Trotz der Kälte war mir plötzlich ganz warm, und ich schloss die Augen. Auf einmal war ich wieder ein Kind. Ich spielte auf einer Wiese, auf der Blumen in allen Farben wuchsen. Schmetterlinge in intensivem Blau flatterten über meinem Kopf. Sie flatterten nah zu mir heran, und ich versuchte sie zu fangen, doch immer wieder entwischten sie meinen kleinen, pummligen Händen.

Ganz gefangen blieb ich stehen und hörte dem Gesang zu, bis der letzte seiner Töne verklang. Die fantastische Welt vor meinem inneren Auge verblasste, aber der Zauber nicht. Die weiß gekleideten Wesen dort, das mussten Elfen sein, kein Mensch konnte so singen. Und sie versuchten, den Baum zu heilen. María hatte recht: Es gab sie wirklich! Ich musste unbedingt Kontakt zu ihnen aufnehmen und ihnen sagen, dass ich auf ihrer Seite stand. Dass auch ich dem Baum helfen wollte. Außerdem gab es tausend Fragen, die ich ihnen stellen wollte.

Ich hatte mich schon einen Schritt aus meinem Versteck herausgetraut, als ich ins Grübeln kam. Sollte ich das wirklich wagen? Irgendeinen Grund musste es schließlich geben, warum die Elfen seit achtzehn Jahren untergetaucht waren. Ich biss mir auf die Unterlippe. Im schlimmsten Fall würden sie mich als unliebsame Zeugin ansehen, die man beseitigen musste. Vorsorglich legte ich schon einmal den Zeigefinger auf die Taste, unter der ich den Notruf gespeichert hatte, auch wenn ich keine Ahnung hatte, was ich sagen sollte, wenn jemand abhob. »Bitte kommen Sie schnell zur Lichtung, auf der das neue Hotel gebaut werden soll. Eine Gruppe Elfen möchte mir etwas antun!«, das erschien mir nicht geeignet, um auf sofortige Hilfe hoffen zu können.

Nein, solange ich ganz allein war, konnte ich sie unmöglich ansprechen! Aber ich musste zumindest ein Foto machen, um es María zu zeigen. Die würde Augen machen. Mein erster Tag in Island und schon hatte ich eine Spezies entdeckt, die seit Jahren verschollen war. Schnell schoss ich ein Bild von der seltsamen Gruppe und beobachtete mit klopfendem Herzen, wie sie die Lichtung schweigend verließ und im Gänsemarsch an mir vorbeimarschierte.

Etwa auf meiner Höhe verhedderte sich ein Elf, der kaum älter wirkte als ich und den ich wegen seines Dutts am Oberkopf bisher für ein Elfenmädchen gehalten hatte, im Saum seines Gewands und stolperte.

»Scheiße!«, fluchte er.

Echt jetzt? Die Elfen in Filmen und Büchern hatten sich nie so unfein ausgedrückt!

»Hast du das auch gesehen?«, fragte ich Miska, als die Gruppe verschwunden war. »Waren das jetzt Elfen oder nicht?«

Doch die Katze lag flach und mit peitschendem Schwanz auf dem Boden und war viel mehr an den Mäusen in der Wollweide interessiert als daran, mit mir irgendwelche bedeutsamen Fragen zu erörtern. Na ja, wenigstens María konnte ich hoffentlich mit meinem Foto beeindrucken.

Mit klopfendem Herzen näherte ich mich nun ebenfalls dem Baum, und auf einmal waren auch die *Lampyridae* wieder da. Brave Käferchen!

»Du armer Kerl! Stimmt es, dass du der Eingang zur Elfenwelt bist? Und weißt du, dass du in ein paar Tagen gefällt werden sollst?« Ich stellte das Windlicht mit der Kerze auf dem Boden ab und legte meine Hand auf seine Rinde. Der Baum zitterte leicht. »Hilf mir! Rette mich!«, schien er mir zuzuflüstern. Mir lief ein Schauer über den Rücken. Nun sah ich auch, dass ein Sekret aus einem Astloch tropfte, das die Elfen mit einer nach Milchreis riechenden Paste bedeckt hatten. Sie hatten versucht, ihn zu verarzten. »Gleich morgen rede ich mit meiner Mutter«, versprach ich dem Holunder. Ich strich über seine raue Rinde und die abgebrochenen Äste. Er ächzte unter meiner Berührung und Holunderbeeren rieselten zu Boden wie Fallobst im Wind. Trotzdem fühlte ich mich eigenartig getröstet und geborgen, und ich wusste nicht, ob mir in diesem Moment zum Lachen oder zum Weinen zumute war. Ich fühlte eine eigenartige Mischung aus beidem. »Ich lass nicht zu, dass dir etwas passiert, versprochen!«, flüsterte ich.

Etwas flatterte an meinem Gesicht vorbei, und ich sprang so hektisch zurück, dass ich mit dem Po auf den Boden plumpste. In den Baum kam Bewegung, und das, was ich für ein paar letzte Blätter gehalten hatte, stob auf einmal auf, und der ganze Holunder bebte. Fledermäuse! Ich zog den Kopf ein, doch dann sah ich, dass es sich um riesige schwarze Falter handelte. Mein Schrei und die abrupte Bewegung mussten sie aufgeschreckt haben.

Das Knacken kleiner Äste und das Rascheln von Blättern zeigten mir, dass sich schon wieder jemand der Lichtung näherte.

Es war ein Mann, vermutete ich anhand seiner Statur und seines Ganges. Im gleichen Moment, in dem ich ihn bemerkte, verschwanden die Glühwürmchen schon wieder (sie schienen wirklich ausgesprochen scheue Exemplare zu sein), und die Lichtung, die gerade noch so hell von ihrem Licht beschienen worden war, versank in Dunkelheit. Mist! Alles in mir verkrampfte sich. Nun war die Zigarette, die der Typ in der Hand hielt, der einzig helle Punkt in der ansonsten schwarzen Nacht. Ihre Spitze glomm in der Dunkelheit auf und für einen kurzen Moment erhellte ihr Schein sein Gesicht. Aron.

Im ersten Moment freute ich mich, Aron zu sehen. Ich war nicht länger allein. Und … wenn er hier war, konnte er nicht Liljas Verabredung sein … Doch dann fiel mir ein, dass es einen ziemlich seltsamen Eindruck auf ihn machen musste, wenn er mich dabei beobachtete, wie ich mitten in der Nacht einen Baum streichelte. Außerdem waren meine Haare nicht gekämmt, ich hatte mich bereits abgeschminkt, ich trug meine dicksten Wintersachen … Er durfte mich nicht entdecken! Ich schaute mich nach einem Versteck um. Der Baum knarzte, und da sah ich auf einmal einen Spalt in seinem Stamm klaffen, der mir vorher gar nicht aufgefallen war. Einen absurden Moment lang dachte ich, dass sich ausgerechnet für mich gerade das Tor zur Elfenwelt geöffnet hatte, und ich wurde ganz aufgeregt. Doch es war nur eine Art niedrige Höhle, stellte ich tastend fest. Ich zwängte mich hinein.

Bitte geh vorbei, flehte ich stumm.

So viel Glück hatte ich leider nicht. Aron steuerte direkt auf den Baum zu. Erst kurz vor meinem Versteck blieb er stehen. Ich hörte seinen Atem. Minutenlang stand er einfach nur da. Was machte er denn nur? Und wann war er endlich fertig damit? Der feuchte Boden drang inzwischen durch den Stoff meiner Jeans und mir wurde trotz der dicken Jacke langsam kalt. Außerdem war es ziemlich unbequem in meinem Versteck. Ich musste mir den Kopf zwischen die Knie stecken, so eng war es.

Mau!, machte es ein Stück vor mir laut. Die Katze hatte wohl genug Mäuse gejagt und sich nach Gesellschaft gesehnt.

»Miska! Du treibst dich ja ganz schön weit herum.« Arons Tonfall, der heute Morgen noch zwischen unverbindlich höflich, aufsässig und einfach nur genervt geschwankt hatte, war unerwartet sanft.

Miska fing an, laut zu schnurren. Ob Aron sie streichelte? Ich stellte mir vor, wie seine langen gebräunten Finger über ihr weiches Fell strichen. Es hatte etwas Intimes an sich, dass wir beide allein auf dieser Lichtung waren. Die Katze nicht miteingerechnet. Ich lauschte ihrem Schnurren, Arons Atem, dem Klopfen meines Herzens …

Dann vermischte sich all das auf einmal mit leisem Schaben. Ich lugte aus meinem Versteck. Aron hatte seine Stirn an den Stamm des Holunders gelehnt, seine rechte Hand lag auf dem Stamm. Miska strich um seine Beine. Mir wurde ganz warm. Wer hätte das gedacht? War Aron etwa auf der Seite der Elfen? War er etwa gar nicht so ein gemeiner, geldgeiler Sack wie sein Onkel? Wollte er auch dem Baum helfen? Ich spürte, wie meine Mundwinkel sich zu einem Lächeln anhoben. Doch da hob Aron den Kopf, er ballte seine Hand zur Faust und schlug mit voller Wucht auf den Stamm ein. Es donnerte. Ohrenbetäubend laut. Miska kreischte auf. Und auf einmal war es stockdunkel und eiskalt.

KAPITEL 12

Wie gelähmt saß ich in meinem Versteck, die Hand vor den Mund gepresst, um vor lauter Angst nicht laut zu schreien. Vorher hatte ich die Finsternis auf der Lichtung schon als bedrohlich empfunden, doch da hatte ich immerhin Schemen erkannt. Nun sah ich nichts mehr. Aron war verschwunden, ich wusste nicht einmal, ob er noch da war. Selbst meine Hände und Knie konnte ich nun nicht mehr sehen. Jegliches Licht schien von der Dunkelheit aufgesogen worden zu sein. Alles bis auf einen winzigen Punkt, der vor mir aufleuchtete. Eines der Glühwürmchen. Vor Erleichterung hätte ich fast angefangen zu weinen, doch dann roch ich den Tabakgeruch, und ich sah, dass ich das Licht keinem Leuchtkäfer zu verdanken hatte, sondern der Flamme des Feuerzeugs, mit dem Aron eine neue Zigarette angezündet hatte. Langsam wurde es etwas heller und wärmer. Auch mein Brustkorb hob und senkte sich wieder etwas regelmäßiger. Was war das denn gerade gewesen? Warum hatte Aron auf den Baum eingeschlagen und wieso war es so dunkel geworden?

Ich spürte etwas Weiches an meiner Hand und unterdrückte ein Keuchen. Miskas Glühaugen schauten zu mir auf. Auf ihren Samtpfoten war sie lautlos zu mir geschlichen.

»Geh weg!«, zischte ich.

Mau! Sie kratzte an meiner Jacke. Ich hätte ihr den Hals umdrehen können. Mit der Hand machte ich eine scheuchende Bewegung. Doch die Katze blieb gleichgültig vor mir stehen.

»Was ist denn da, Miska?«, fragte Aron. »Hast du eine Maus gesehen?«

Schritte kamen auf mich zu und blieben vor mir stehen. Ein paar Zweige wurden zur Seite geschoben, und einen Moment herrschte Stille.

»Tatsächlich!«, sagte Aron. »Da ist eine Maus. Eine besonders dicke sogar. Fast schon eine Ratte.«

Dick!!! Ratte!!! Wie unverschämt! Meine Furcht vor Aron, der sich gerade noch so unbeherrscht gezeigt hatte, wurde von Empörung überlagert. Ich schürzte die Lippen. Natürlich wusste ich selbst, dass ich in meiner Winterjacke, dem in mehreren Lagen um meinen Hals geschlungenen Schal und den klobigen Winterstiefeln unförmig wie ein Marshmallow aussah, aber es war kalt – und ich nur zweckmäßig gekleidet. Aron dagegen trug wie heute Morgen nur Jeans und Lederjacke. Einziges Zugeständnis an die kühlen Temperaturen war seine Mütze. Fror dieser Kerl denn niemals? Ich würde es ihn nicht fragen.

»Was machst du denn hier?« Arons Stimme klang jetzt überhaupt nicht mehr sanft, sondern nur noch gereizt.

Ich kroch aus der Höhle, bereit, beim kleinsten Anzeichen dafür, dass Aron wieder ausflippte, die Beine in die Hand zu nehmen und zu verschwinden. »Ich habe gehört, dass jemand kommt, und habe mich versteckt. Es hätte ja auch ein möglicher Vergewaltiger sein können. So, ich muss jetzt los.« Wo war denn nur Miska? Sie hatte mich hergeführt, nun sollte sie mich gefälligst auch wieder nach Hause bringen. Wäre diese doofe Katze nicht zu mir gekommen, hätte er mich niemals entdeckt. Auch die Glühwürmchen blieben verschwunden. Obwohl ich vor Angst vor dem dunklen Tunnel, der sich vor mir auftat, ganz wacklige Knie hatte, ging ich mit hocherhobenem Kopf in Richtung des Wäldchens. Irgendwo zwischen den Bäumen lag der Weg, auf dem Miska und ich hergekommen waren.

Hinter mir hörte ich Schritte, aber ich drehte mich nicht um.

»Wo willst du denn hin?«, fragte Aron.

»Nach Hause.«

»Dann gehst du in die falsche Richtung.«

Echt? Ich kniff die Augen zusammen und versuchte mich zu orientieren. So ein Quatsch! Da vorne musste die Wollweide sein, hinter der ich mich versteckt hatte, um die seltsamen Gestalten zu beobachten. An ihr musste ich vorbei.

»Ich bringe dich heim«, sagte Aron.

»Nicht nötig.«

»Doch.«

»Das musst du echt nicht. Ich komme klar«, presste ich durch meine zusammengebissenen Zähne hindurch.

»Den Eindruck habe ich nicht. Wenn du zu María willst, musst du dich nämlich links halten.«

Gab es denn hier noch eine andere Wollweide? Dass in dieser Dunkelheit aber auch alles gleich aussehen musste! Ein Schluchzen kroch meine Kehle hinauf. Ich schluckte es hinunter. Dabei vergaß ich jedoch leider, meine Zähne weiter aufeinanderzupressen, und sie klapperten laut.

»Du hast Angst«, stellte Aron fest.

»Blödsinn! Mir ist nur kalt!«, stieß ich aus, aber meine Stimme war viel zu hoch und quiekend, als dass Aron mir geglaubt hätte.

»Wovor hast du Angst? Vor der Dunkelheit?«

»Ich mag sie nicht besonders«, gab ich notgedrungen zu. Nie würde ich jemandem wie ihm verraten, dass ich mit fast achtzehn zum Einschlafen immer noch ein Nachtlicht brauchte.

»Wieso? Im Grunde ist sie doch nur eine Decke, die sich über den Tag legt, damit die Nacht schlafen kann.«

Ich hob den Kopf. Das war eine überraschend kindliche Erklärung aus dem Mund eines Menschen, der gerade seinen Frust an einem morschen Baum ausgelassen hatte.

»Meine Mutter hat das meinem kleinen Bruder erzählt. Er hatte auch Angst im Dunkeln«, erklärte Aron schroff.

»Wohnt deine Familie in Reykjavík?«, fragte ich, weil ich merkte, dass er seine Äußerung bereits bedauerte.

Er schüttelte den Kopf.

»In Kirkjuvík?«

»Nein.«

Musste man diesem Kerl denn jedes Wort einzeln aus der Nase ziehen? Ich wollte doch nur ein bisschen Small Talk machen, um nicht ständig daran zu denken, wie unfassbar dunkel es um uns herum war. Mich wunderte es, dass Aron überhaupt etwas sehen konnte, aber wahrscheinlich war er den Weg zur Lichtung so oft gegangen, dass er ihn auch im Schlaf gefunden hätte. »Wo wohnen deine Eltern und dein Bruder denn dann?«

»Nirgendwo. Sie sind tot. Weißt du damit alles, was du wissen musst?«

Ich nickte erschrocken, und obwohl Aron mich gerade so heftig angegangen war, tat er mir leid. Wie furchtbar! Deshalb wohnte er also bei seinem Onkel. Er hatte seine ganze Familie verloren.

Den Blick starr auf den Boden gerichtet, stapfte ich neben Aron her durch das Wäldchen. Auch er sprach kein Wort mehr, sondern zog so heftig an seiner Kippe, als wollte er sie aussaugen.

»Da vorne ist es«, sagte er, nachdem wir bereits endlose schweigende Minuten gegangen waren. Aron blieb an der Gabelung des Fahrwegs stehen und zeigte nach links. »Du kannst schon das Dach von Marías Haus sehen. Findest du von hier allein zurück? Nach Kirkjuvík geht es nach rechts.«

Ich nickte, obwohl ich kaum etwas erkennen konnte. Aron musste Augen wie ein Uhu haben. »Danke«, sagte ich leise.

Aron warf seine Zigarette weg und trat sie aus. »Schon gut.« Mit seinen tiefbraunen Augen blickte er mich direkt an. Gerade noch hatte ich mich steif wie eine tiefgekühlte Bohne gefühlt, doch nun breitete sich Wärme in meinem Innern aus und meine Knie fühlten sich auf einmal überraschend weich an. Er war so groß, dass er auf mich hinunterschauen konnte, was bei mir wirklich nicht oft vorkam, seine Augen waren so dunkel, seine Wimpern so lang und sein Mund …

Erst jetzt schien auch Aron aufzufallen, wie dicht wir voreinanderstanden, und er trat einen Schritt zurück. »Es wäre übrigens nett, wenn du unser Treffen für dich behalten könntest.«

»Warum das denn?«, fragte ich, krächzend wie ein Papagei.

»Das geht dich nichts an.« Grußlos ging er davon. Kurz darauf hörte ich ein Motorrad knattern.

Da sich die Wolken mit Aron zusammen verzogen hatten und der Mond seine Strahlen wieder über die Hügel schickte, konnte nun auch ich die Spitze eines Dachs über den Kuppen sehen. Verwirrt stolperte ich darauf zu.

KAPITEL 13

Als ich am nächsten Tag gegen zehn aufwachte, hatte Mum längst das Haus verlassen. Ein Zettel lag auf der kleinen Kommode im Treppenhaus.

Ich bin in einer Besprechung und
fahre danach zum Bauplatz!

Sie musste auch schon einkaufen gewesen sein, denn Kaffeegeruch strömte mir entgegen, als ich in die Küche trat. Auf dem Tisch standen Butter, Vollkornbrot, Honig und Marmelade.

Während ich auf meinem Brot herumkaute, klopfte es an der Tür. Ich machte auf und blickte auf ein großes Paket, unter dem krumme Beine in engen grünen Stoffhosen hervorschauten.

»Kannst du das annehmen?«, fragte eine Stimme, die ich als die von Dunkelelf Hakon identifizierte. »Ist für María Sigurdardóttir.«

Schade, dann war sie also nicht zu Hause! Dabei hatte ich vorgehabt, gleich nach dem Frühstück rüberzugehen und ihr das

Foto von den Elfen zu zeigen. Ich schluckte den letzten Bissen hinunter. »Klar.«

Hakon warf das Paket in meine Arme, und ich ging in die Knie, weil es so schwer war. Was hatte María denn bestellt? Bowlingkugeln? Ich stellte das Ding mit einem gut hörbaren Plumps im Flur ab. Hoffentlich war der Inhalt nicht zerbrechlich.

»Danke!« Hakon wischte sich mit dem Handrücken über die Stirn. »Kannst du mir den Empfang bitte noch bestätigen?« Er hielt mir einen altmodischen Quittungsblock und einen Kuli hin.

Ich nickte.

»Du bist heute aber früh dran«, konnte ich mir nicht verkneifen zu sagen. Anscheinend vertrug er das Licht besser, als María vermutete. Oder auch er hatte es nach Jahren mühevoller Arbeit endlich geschafft, den Zauberbann außer Kraft zu setzen. Sonst könnte er sich Marías Theorie nach ja gar nicht an der Sonne aufhalten.

Hakons Gesicht fing an zu leuchten. »Ich habe jetzt jemand, der mir hilft. Fünf Jahre musste ich darauf warten, weil die Gemeinde es nicht bewilligen wollte. Einen Tag in der Woche habe ich jetzt sogar frei.«

In deutlich langsamerem Tempo als gestern Abend fuhr er davon. Dabei pfiff er eine fröhliche Melodie vor sich hin.

Als er schon fast um die Kurve war, sah ich, wie er den rechten Arm vom Lenker löste. Er schnipste mit dem Finger und die Pakete auf seinem Anhänger schwebten auf einmal ein Stück darüber. Oder bildete ich mir das nur ein? Die Sonne war noch nicht lange aufgegangen. Sie stand noch ziemlich tief und blendete mich.

»Hakon!«, rief ich ihm nach. Ich schirmte das Sonnenlicht mit meiner Hand ab und kniff die Augen zusammen.

Er hielt an und drehte sich um. »Ja?« Die Pakete lagen nun alle wieder auf dem Anhänger. Es war nur eine optische Täuschung gewesen, eine Luftspiegelung.

»Ach nichts, schon gut. Bis morgen!« Ich ließ meine Hand wieder sinken.

María hatte echt einen an der Klatsche! Ich gab dem Windspiel, das an der Veranda hing, einen Stupser mit dem Finger, sodass es zu klimpern anfing. Dass es Elfen wirklich gab, das wusste ich seit gestern. Aber wenn dieser nette alte Mann ein Dunkelelf war, dann war ich Sauron.

Ein paar Minuten später fuhr Lilja in einem kleinen knallroten Auto vor. Sie trug kobaltblaue Reithosen und quietschgelbe Gummistiefel. Anscheinend war bei ihr alles bunt.

Ich öffnete das Küchenfenster und rief ihr zu, dass der gefährliche Dunkelelf gerade ein Paket für ihre Oma vorbeigebracht hatte, und gemeinsam wuchteten wir es hinüber.

»Hast du Lust auf einen Ausritt?«, fragte sie.

»Ich kann nicht reiten.«

»Das macht nichts. Die Pferde sind total brav.«

»Das sagen Besitzer von Hunden auch immer, wenn ihre Lieblinge zähnefletschend und kläffend an der Leine hängen.«

Lilja grinste. »Ich schwöre dir hoch und heilig, dass Halli und Winda sich rein vegan ernähren.«

Unentschlossen betrachtete ich die beiden, wie sie auf der Weide standen und grasten. Gestern bei meiner Ankunft hatten sie so klein ausgesehen, aber gerade … erschienen sie mir riesig. Im Vergleich mit ihnen waren Thestrale winzig.

»Jetzt komm schon. Trau dich!« Lilja legte den Kopf schief.

»Okay. Ich versuch's«, gab ich schließlich nach. Weil ich als Stadtkind zwar nie Kontakt zu Pferden gehabt hatte, sie aber mochte. Und weil ich mich freute, dass Lilja der einzige Mensch hier auf Island war, der mir das Gefühl gab, willkommen zu sein.

María war alles andere als begeistert von Mums und meiner Anwesenheit. Und Aron … von dem wollte ich erst gar nicht reden. Ich ärgerte mich immer noch darüber, dass er mich so abgefertigt hatte. Außerdem hatte er meine magische Begegnung mit dem Holunder und den Elfen entweiht. Ich hätte Lilja gerne davon erzählt, aber sie hatte gestern deutlich gemacht, was sie von Leuten hielt, die an das kleine Volk glaubten. Wieso die Elfen diese Bezeichnung hatten, war mir übrigens schleierhaft. Zumindest der fluchende Elf mit dem Dutt war riesig gewesen.

»Hat deine Oma eigentlich auf der Sitzung im Dorf noch etwas erreicht?«, erkundigte ich mich bei Lilja auf dem Weg zur Weide. Ich hoffte es so sehr.

»Keine Ahnung, ich habe sie heute Morgen noch gar nicht gesehen.«

»Der Spatenstich ist schon in wenigen Tagen. Ist das nicht ein bisschen knapp, jetzt noch Klage einzureichen? Dass das Hotel gebaut werden soll, weiß man hier doch nicht erst seit einer Woche.«

Lilja zuckte unbeeindruckt mit den Schultern. »Wir Isländer sind mit allem ein bisschen spät dran. Weißt du, wir haben hier Stürme, bei denen du das Gefühl hast, sie würden dich umpusten.

Jeden Moment kann ein Vulkan ausbrechen. Es lohnt sich nicht, irgendwas im Voraus zu planen. Aber Oma versucht schon seit Jahren, Elrics Pläne zu durchkreuzen. Sie ist gerade nur dabei, eine weitere Aktion zu organisieren. Bis vor ein paar Jahren gab es in Island eine Elfenbeauftragte, aber die ist nun im Ruhestand. Seitdem wartet Oma darauf, dass ihr dieses Amt angeboten wird. Aber sie ist viel zu stolz, um das zuzugeben.« Sie kicherte.

Kurz darauf saß ich auf dem breiten Rücken eines Islandpferdes namens Winda und ritt neben Lilja über eine Wiese. Wobei … *schwankte* würde es eher treffen, denn es wackelte unglaublich. Ich hatte Lilja gefragt, ob es möglich sei, mich festzubinden, aber leider hielt sie das für einen Scherz. Zum Glück war vorne im Sattel ein kleiner Wulst, in den ich meine Finger krallen konnte. Noch lieber hätte ich meine Arme um Windas Hals geschlungen, aber so sehr wollte ich mich vor Lilja dann doch nicht erniedrigen.

»Du machst das ganz prima«, sagte sie.

Oh ja! Sicher! Ich lächelte schwach. Gut, dass Island so ein bevölkerungsarmes Land war und mich niemand sehen konnte.

»Ich denke, du bist jetzt bereit für einen kleinen Tölt.«

»Was ist das?« Wenn es das isländische Wort für Pause war, war ich sofort dabei.

»Das ist eine Gangart, die nur Islandpferde beherrschen. Dabei sitzt du bequem wie auf einem Sofa.«

Bequem wie auf einem Sofa hörte sich gut an. Bereits jetzt taten mir die Oberschenkel und vor allem mein Hintern weh. Allerdings machte ich mir ein wenig Sorgen, was das Tempo anging.

Die Geschwindigkeit, in der wir gerade ritten, reichte mir nämlich vollkommen aus.

»Ist dieser Tölt denn schnell?«

»Nein. Gar nicht.« Lilja schüttelte nachdrücklich den Kopf. Sie schnalzte, ihr Pferd zog an, Winda folgte, und im nächsten Moment sprinteten die beiden in einem Höllentempo los. Wenn ich nicht aus einem Impuls heraus in die Mähne von Winda gegriffen hätte, wäre ich hinterrücks hinuntergepurzelt. Hatte Lilja einen Vogel? Das war superschnell!

»Na, was sagst du? Ist doch toll, oder?«, rief Lilja mir fröhlich zu.

Das war doch jetzt nicht ihr Ernst? Ich fühlte mich, als ob ich auf einer außer Kontrolle geratenen Nähmaschine sitzen würde. »Nein!!!«, keuchte ich. »Ich falle gleich runter.«

»Entspann dich einfach! Du musst dich nur entspannen. Und schwer sitzen bleiben.«

Haha! Wie denn?, hätte ich sehr gern erwidert, wenn ich dazu in der Lage gewesen wäre. Doch leider musste ich gerade meine ganze Kraft und Konzentration darauf aufwenden, oben zu bleiben.

Zum Glück war Lilja einsichtig und zügelte ihren Halli. Auch Winda wurde brav langsamer. Erschöpft löste ich meine verkrampften Finger und rückte meine Reitkappe gerade. Lilja hatte darauf bestanden, dass ich eine aufsetzte. Aber ihr Nutzen war fraglich, denn sie war mir viel zu groß.

Weiter ging es durch ein kleines Waldstück. Die Hufe der Ponys wirbelten trockenes Laub auf, als wir unter den Kronen der Ebereschen, Birken und Fichten durchritten.

Auf einmal näherten sich Motorengeräusche. Mit einer Hand

griff ich in Windas Mähne. Ein Auto heizte an uns vorbei. Es war riesig, schwarz und …

»Oh Mann! Aron, dieser Idiot!«, schimpfte Lilja. »Dabei habe ich ihm schon so oft gesagt, dass man an Pferden langsam vorbeifährt.«

In dem Auto hatte Aron gesessen? Ich verzog das Gesicht. Was war ich denn in der letzten Zeit nur für ein Pechvogel! Musste er denn gerade jetzt hier vorbeikommen, wo ich das erste Mal in meinem Leben ritt und so eine dämliche Kappe trug? Hoffentlich hatte er mich nicht erkannt! Ich wollte nach Hause.

»Können wir umdrehen?«, fragte ich Lilja. »Mein Hintern tut ein bisschen weh.« Nicht nur ein bisschen. Er tat sehr weh. Und nicht nur er schmerzte, sondern alles. Sogar die Muskeln in meinem Hals.

»Hältst du es noch einen Moment aus? Wir sind gleich an der Lichtung.«

Zur Lichtung? Da hätte ich auch selbst drauf kommen können. Zwar hatte gestern bei Dunkelheit alles vollkommen anders ausgesehen, aber so viel Wald gab es auf Island schließlich nicht.

»Okay, aber die letzten Meter gehe ich lieber zu Fuß. Winda … er möchte sich bestimmt gerne ein bisschen ausruhen.« Ich rutschte von seinem Rücken und zog die hässliche Kappe aus.

»Bestimmt, du bist schließlich ganz schön schwer.« Lilja feixte und sprang ebenfalls vom Pferd.

KAPITEL 14

Im Mondlicht hatte die Lichtung schon etwas Magisches an sich gehabt. Bei Tag war sie noch viel zauberhafter. Lilja und María hatten nicht übertrieben. Hatte ich Island bisher in nur sehr gedämpften Tönen erlebt, schien dort alles zu leuchten. Ich konnte mich gar nicht sattsehen an all den Farben um mich herum. Unglaublich, wie tiefrot und golden das Laub der Bäume und Sträucher war! Und aus sattgrünem Gras sprossen weiße und gelbe Blümchen. Zwar konnte ich keine Vögel sehen, aber die Luft war nicht nur erfüllt vom Plätschern der warmen Quelle, sondern auch von Vogelgezwitscher. Dabei war es Ende Oktober, und wir befanden uns fast am nördlichen Polarkreis! Was für ein wunderschöner, fast schon ein wenig unwirklich scheinender Ort diese Lichtung doch war! Ein richtiges kleines Paradies. Wäre nicht das rot-weiße Absperrband gewesen, das träge im Wind flatterte. Und die großen Baumaschinen, die sich inmitten dieser Idylle wie bösartige Transformers ausmachten. Auch die Schmetterlinge entdeckte ich. Gestern in der Dunkelheit hatten ihre Flügel schwarz ausgesehen, weswegen ich sie für Fledermäuse gehalten hatte. Doch nun, im milden Licht der Herbstsonne, sah ich, dass sie von einem metallischen Blau waren und so intensiv glänzten, dass es aussah, als hätte jemand einen Filter darübergelegt. Ihr langer spindelförmiger Körper schillerte türkis. In ihrer Farbe erinnerten sie mich an die Schmetterlinge aus meiner Vision, allerdings waren die viel kleiner gewesen. Es waren *Morpho peleides*, Morphofalter, auch Himmelsfalter genannt, erkannte ich nun. Sie stammten aus der Familie der *Nymphalidae* und kamen eigentlich nur in den Regenwäldern Mittelamerikas vor. Auch sie dürfte es also gar nicht auf Island geben. Wie kamen sie nur hierher?

Die Falter tanzten nicht nur durch die Luft, sondern sie hatten sich, wie gestern Nacht auch, in großen Scharen auf dem Holunder niedergelassen. Sie bedeckten seinen grauen, gekrümmten Stamm und seine kahlen, zu Klauen gekrümmten Äste. Wie große exotische Blüten sahen sie aus. Aber sie beschönigten nicht, was mir gestern Nacht schon schmerzhaft bewusst gewesen war: Der Baum starb. Die Falter schützten ihn nur, retten konnten sie ihn nicht. Und auch wenn ich keine Ahnung hatte, warum ich so sicher war, wusste ich, dass sein Sterben, das Verschwinden der Elfen vor achtzehn Jahren und das Ausbreiten der Dunkelheit irgendwie zusammenhingen. Betroffen wandte ich mich ab.

Mum und Karlsson standen über einen Bogen Papier gebeugt neben dem Jeep. Aron lehnte mit verschränkten Beinen und dem Handy in der Hand dagegen. Dass wir uns gestern Abend schon einmal auf dieser Lichtung begegnet waren, ließ er sich nicht anmerken – sein Blick huschte lediglich an mir vorbei. Nur Lilja nickte er zu.

»Bist du bescheuert, so schnell an den Pferden vorbeizurasen?«, fauchte sie ihn an. »Faye ist heute das erste Mal geritten. Winda hätten durchgehen können.«

Aron verdrehte die Augen. »Reg dich ab. Das tun die Gäule doch eh nicht, und das weißt du.«

»Und wenn doch?«, Lilja war echt verärgert.

Winda machte ein paar Schritte auf Aron zu und schnüffelte an seinem Handy. Ich rechnete schon damit, dass Aron dem Pferd einen Klaps geben oder zumindest seinen Kopf wegschubsen würde, und ich wollte es schon wegzerren. Doch zu meiner Überraschung zerzauste er ihm lediglich seinen dichten grauen Schopf. »Das schmeckt dir nicht, du Fresssack«, sagte er und hielt das Gerät hinter seinen Rücken. Dieser Typ überraschte mich immer wieder!

Mum schien sich richtig zu freuen, mich zu sehen. Vielleicht hatte sie aber auch einfach nur einen tollen Morgen mit Karlsson gehabt …

»Mit dir habe ich ja gar nicht gerechnet! Und wie toll, dass du Gesellschaft gefunden hast!«, rief sie. »Dieser Platz … ist er nicht wunderschön? Auf einer ganz ähnlichen Lichtung bin ich schon einmal gewesen, aber ich komme nicht darauf, wo sie war. Du vielleicht, Faye?« Ihr Migräneanfall von gestern Abend war augenscheinlich überwunden.

Ich schüttelte den Kopf.

»Natürlich hat Mr. Karlsson mir Fotos und Videos geschickt, aber die Realität übertrifft meine Erwartungen doch noch um einiges.« Mum drehte sich einmal um die eigene Achse. »Das Hotel wird grandios werden. Ich sehe es bereits vor mir. Dort wird der Wellnessbereich hinkommen«, sie zeigte nach rechts, »da vorne das Foyer«, sie zeigte nach links, »und gleich daneben liegt die Einfahrt zur Tiefgarage. Ich bin so glücklich, dass ich Sie davon überzeugen konnte.« Sie lächelte Karlsson an. »Auch wenn das Ihre Investition etwas in die Höhe treibt. Wir dürfen diese traumhafte Landschaft nicht durch Asphaltflächen für Parkplätze versiegeln.«

»Wenn es Sie glücklich macht, ist mir kein Preis zu hoch.« Er schob seine Brille in sein volles schwarzes Haar. »Und Sie haben absolut recht. In dieser Kulisse wäre ein Parkplatz nicht zu verzeihen.«

Ein Parkplatz wäre nicht zu verzeihen! Das war ja wohl ein Witz. An diesem magischen Platz war das ganze Hotel nicht zu verzeihen!

Einer der Schmetterlinge schwirrte vor mir auf und ab. Ich hielt ihm den Zeigefinger hin und er setzte sich drauf.

»Sind sie nicht wunderschön!«, sagte Mum. »Es sind Wächterfalter.«

Karlssons Kopf fuhr nach oben, und er starrte sie an. »Wächterfalter!«, wiederholte er. »Wie kommen Sie darauf?«

Ich sah, wie Mum sich auf die Unterlippe biss. »Gute Frage. Ich weiß selbst nicht, wieso mir dieses Wort gerade in den Sinn kam.« Sie lachte nervös. »Sicher stimmt diese Bezeichnung gar nicht.«

»Nein«, sagte ich. »Es sind Morphofalter, *Morpho peleides*. Wächterschmetterlinge gibt es nicht.« Mum hatte echt keine Ahnung von Biologie. Bei ihr konnte man schon froh sein, wenn sie eine Katze von einem Hund unterscheiden konnte. Ich pustete sanft gegen die Flügel des Falters, und er flog davon.

Die Sonne lugte hinter einer Wolke hervor, und schlagartig wurde es wärmer. »Puh, jetzt ist es auf einmal ganz schön heiß!«, sagte Mum.

Ich befürchtete, dass das in ihrem Fall nicht nur an den Sonnenstrahlen lag … Elric Karlsson schien sie total zu verwirren. Mum zog den Reißverschluss ihres Anoraks auf, und Karlssons Augen wurden auf einmal schmal. Hatte er gerade noch an ihren Lippen gehangen, glitt sein Blick nun ihren nackten Hals hinunter bis zum V-Ausschnitt ihres Pullovers und saugte sich förmlich daran fest. Er setzte sich sogar die Brille wieder auf. Oha! Ich hob die Augenbrauen. So wie er aussah, hätte es mich nicht gewundert, wenn seine Eckzähne auf einmal spitz geworden wären und er sich auf sie gestürzt hätte.

Meiner Mutter war sein Vampir-Blick ebenfalls aufgefallen. Nervös fingerte sie an dem Anhänger ihrer Halskette herum, einem schwarzen herzförmigen Stein. »Das Wetter wechselt hier in Island ja ganz schön oft …«

Nur höchst widerwillig löste Karlsson seinen Blick vom Ausschnitt meiner Mutter und nickte. »Oh ja, wenn es einem nicht gefällt, muss man nur fünf Minuten warten.« Er lachte über seinen eigenen Witz, aber es klang unecht. Jegliche Farbe war aus seinem gebräunten Gesicht gewichen.

Auch Aron wirkte äußerst befremdet über die Reaktion seines Onkels. Seine Augenbrauen berührten sich fast, so stark hatte er sie zusammengezogen. Was für ein merkwürdiger Typ Karlsson doch war! Dass ihn so ein bisschen nackte Haut so aus der Fassung bringen konnte! Vielleicht lag es ja daran, dass bei der Kälte in diesem Land alle weiblichen Wesen den ganzen Tag nur mit einem Schal oder einem Rollkragen herumliefen und so ein Stück Hals für die isländischen Männer etwas ganz Besonderes war.

KAPITEL 15

Chef!« Ein gedrungener Mann mit raspelkurzen blonden Haaren und im Blaumann kam aus einem Baucontainer und stürzte auf uns zu. »Wird Zeit, dass du kommst«, keuchte er. »Heute Nacht hat sich wieder einer am Bagger zu schaffen gemacht. Das Scheißding springt nicht an. Bjarki meint, das Anlasserkabel sei durchgeschnitten worden. An der Batterie hat auch jemand herumgefummelt.« Er nickte einem anderen Mann zu, der groß und kräftig war und mit seinen langen dunkelblonden Haaren und dem noch längeren Bart aussah wie ein Wikinger.

»Verdammt!«, fluchte Karlsson, aber so richtig bei der Sache wirkte er nicht.

»Geklaut haben die Drecksäcke zum Glück dieses Mal nix. Aber sie haben was dagelassen. Ich hole es.«

»Das waren mit Sicherheit wieder diese sogenannten Naturschützer«, sagte Karlsson finster, während der Mann in Richtung Container verschwand. »Die scheuen vor nichts zurück. Das Auto haben sie mir auch schon verkratzt. Das ist ihre Reaktion darauf, dass ihr Einspruch im Gemeinderat gestern Abend abgewiesen wurde.«

Oh nein! Dann hatten María und ihre Freunde also keinen Erfolg gehabt.

Ich suchte Arons Blick. Dieses Mal erfolglos, denn er beschäftigte sich wieder intensiv mit seinem Handy. Wollte er deshalb nicht, dass jemand von seinem nächtlichen Besuch hier erfuhr? Hatte er den Bagger sabotiert?

»Wieso gehen Sie davon aus, dass es Naturschützer gewesen sind?«, erkundigte sich Mum. »Es könnte doch auch ein harmloser Streich von Jugendlichen gewesen sein.«

»Mit Sicherheit nicht. Hier in dieser Gegend gibt es eine Menge Menschen, die gegen das Hotelprojekt sind.« Seine Finger hatte Karlsson um das Klemmbrett in seiner Hand gekrallt, und immer wieder schwenkte sein Blick zum Ausschnitt meiner Mutter zurück. Der schien ihn immer noch weit mehr zu fesseln als sein defekter Bagger.

»Wundert Sie das?«, fragte ich schnippisch. »Sie wollen schließlich den Holunder fällen lassen. Dabei ist der Baum uralt, und es gibt eine Menge Leute im Dorf, die glauben, dass er der Eingang zur Elfenwelt ist.«

»Faye!«, rief Mum.

Auch Aron schien mein Einwand nicht kaltzulassen. Zwar blickte er nach wie vor nicht von seinem Handy auf, aber man merkte ihm an, dass er aufhorchte. Sein Kaugummikauen hatte er für einen Moment unterbrochen, und seine Haltung wirkte angespannt.

»Was meine Tochter meint, ist, dass man den Baum ja auch erhalten könnte«, sagte Mum freundlich, aber ihre Augen funkelten dabei zornig. »Da habe ich allerdings auch schon einmal drüber nachgedacht: Das Hotel wird einen Innenhof haben.« Sie tippte auf den Plan. »Sie könnten ihn stehen lassen und so jeglichen Ärger umgehen.«

»Nein, das kommt überhaupt nicht infrage. Der Baum muss weg!« Karlsson schob den Ärmel seiner Jacke ein Stück nach oben und warf einen Blick auf seine goldene Armbanduhr. »Ich muss zurück. In einer halben Stunde habe ich eine Telefonkonferenz.«

Mum presste ihre Lippen zu einem schmalen Strich zusammen, und man sah ihr deutlich an, dass sie nicht begeistert darüber war, wie kompromisslos Karlsson ihren Vorschlag abgeschmettert hatte. Damit sammelte Karlsson Minuspunkte bei ihr, stellte ich nicht ohne Schadenfreude fest.

Leider war auch Karlsson Mums Skepsis nicht entgangen, und auf dem Weg zum Jeep zurück begann er intensiv damit, Schadensbegrenzung zu betreiben. »Keiner der anderen Architekten hat es geschafft, meine Vorstellungen so überzeugend umzusetzen wie Sie. Es ist genial, wie Sie es geschafft haben, Funktionalität und Ästhetik zu verbinden«, säuselte er. »Aber das wusste ich gleich, als Sie mir Ihre Referenzen haben zukommen lassen. Ihre früheren Arbeiten sprachen bereits für sich. – Ich bin wirklich sehr daran interessiert, langfristig mit Ihnen zusammenzuarbeiten«, schmeichelte Karlsson weiter. »Erst vor Kurzem habe ich einen Bauplatz in Neuseeland gekauft.«

»Neuseeland!« Die Falten auf Mums Stirn glätteten sich. »Ich würde gern mehr darüber erfahren.«

Karlssons Blick schwankte zwischen ihr und dem Jeep hin und her. Man sah ihm an, dass er sich am liebsten sofort hineingesetzt hätte und davongefahren wäre. »Gut, einen ganz kleinen Moment habe ich noch«, sagte er schließlich. Er zückte sein Handy und zeigte ihr ein Foto. »Das Grundstück befindet sich direkt am Koekohe Beach.« Er erzählte noch ein bisschen weiter, bevor er erneut einen demonstrativen Blick auf seine Uhr warf. »Nun muss ich aber wirklich los … Wenn Sie Lust und Zeit haben, würde ich mich freuen, ausführlicher über dieses Projekt zu sprechen. Vielleicht bei einem Abendessen … Heute um acht … Ich schicke Ihnen einen Fahrer.«

Mum nickte. »Sehr gern. Ich träume schon lange davon, einmal nach Neuseeland zu reisen.«

Karlsson lächelte. »Wie schön, dass ich vielleicht etwas zur Erfüllung dieses Traumes beitragen kann.«

Mir wurde ganz schlecht. Dieses Gesülze war ja nicht zum Aushalten! »Aber der Baum darf nicht gefällt werden«, platzte es aus mir heraus. »Bauen Sie Ihr Hotel doch einfach woandershin.«

»Faye! Es reicht jetzt!« Mums Augen waren ganz schmal geworden.

»Ach, lassen Sie sie nur!«, sagte Karlsson leichthin, aber der finstere Blick, den er mir zuwarf, sprach eine ganz andere Sprache. Wie ein Blutegel saugte er sich an meinem fest. Ich wollte meinen Kopf wegdrehen, doch ich schaffte es nicht, mich zu bewegen, egal, wie sehr ich mich auch bemühte. Vor Anstrengung fing ich an zu schwitzen. Das konnte doch nicht sein! Unverwandt starrte mich Karlsson an. Und ich ihn. Nicht einmal meine Lider konnte ich schließen. Ich bildete mir ein, den Druck von Fingern auf meinem Hals zu spüren. Unbarmherzig drückten sie fester zu. Mein Atem ging nur noch stoßweise. Gleich würde ich das Bewusstsein verlieren. Die Umgebung begann bereits vor meinen Augen zu verschwimmen. Wieso halfen mir Mum oder Lilja denn nicht? Sie mussten doch sehen, was ich gerade durchmachte. Ich versuchte, zu schreien, doch aus meiner Kehle entwich kein Laut.

»Hier ist das Ding!«, hörte ich den Bauarbeiter wie durch Watte hindurch sagen.

Karlsson löste seinen Blick von mir, und sofort konnte ich atmen. Es dauerte einige Züge, bis die Panik nachließ. Meine Hand ging zu meiner Kehle und massierte sie. Hilfe! Hatte ich mir gerade echt eingebildet, dass eine unsichtbare Kraft mich würgte? Was ich mir allerdings garantiert nicht eingebildet hatte, war die Kälte in Karlssons Blick und die Skrupellosigkeit. Er war nicht nur der charmante, gut aussehende Typ. Karlsson hatte auch noch eine andere Seite und die gefiel mir gar nicht: Um sein Ziel zu erreichen, würde er über Leichen gehen. Oder eben über Bäume. Aber diesen Baum würde er nicht fällen. Davon würde ich ihn abhalten, schwor ich mir. Die Frage war nur, wie. Eine meterhohe, undurchdringliche Dornenhecke wie in Dornröschen wäre nicht schlecht. Der Eingriffelige Weißdorn, neben dem wir standen, würde sich zum Beispiel ausgezeichnet dafür eignen. Wegen des Märchens der Gebrüder Grimm nannte man den *Crataegus monogyna* auch Schlafdorn. Leider war das Gehölz, das auf der Lichtung stand, bisher nur etwa anderthalb Meter hoch und einen Meter breit, und es wuchs nur maximal 25 Zentimeter im Jahr. »Vielleicht kannst du dich aber ein bisschen beeilen!«, flüsterte ich dem Weißdorn zu und strich mit dem Zeigefinger über eine seiner weißen Blüten.

Der Bauarbeiter griff in eine Tüte, um uns das Corpus Delicti zu zeigen. Es war aus Glas. Mit einer Kerze darin.

Die Sturmlaterne! Mir wurde abwechselnd heiß und kalt. Ich hatte sie gestern Abend am Fuß des Holunders abgesetzt und dann dort vergessen. Wegen Aron … Wenn ihre Spur zu unserem Cottage führte – und somit zu mir!!!! –, war ich geliefert. Karlsson würde seinen Blick wieder in meinen bohren – ob ich wollte oder nicht. Und Mum würde denken, dass *ich* den Bagger demoliert hatte. Sie wusste ja, dass wir mit unseren Aktionen bei den Green Devils nicht zimperlich waren. Ich konnte nur hoffen, dass Sturmlaternen in Island keine Raritäten waren. Und dass sie sich die Terrasse noch nicht so genau angeschaut hatte. Als ihr Blick das Glas kurz streifte, wirkte ihr Gesichtsausdruck zwar vollkommen neutral, aber trotzdem … Ich musste auf Nummer sicher gehen.

»Oh! Das ist aber hübsch!«, rief ich und schlug – um des theatralischen Effekts willen – meine Hände vors Gesicht. »Ist das typisch für Island? Kann man so etwas hier kaufen?«

»Keine Ahnung!«, brummte der untersetzte Mann.

Ich vermied es, irgendeinen der anderen Anwesenden anzuschauen. Sie mussten mich alle für total bescheuert halten, aber das war mir in diesem Moment egal. Wenn Mum dachte, dass ich das zweite Mal innerhalb von wenigen Tagen mit dem Gesetz in Konflikt gekommen wäre, würde sie sich bestimmt jahrelang wie eine Fußfessel an mich hängen und ich würde keinen Schritt mehr ohne sie machen können. Ich musste dieses Beweismittel unbedingt an mich bringen.

»Darf ich sie mir mal ansehen? Vielleicht steht die Marke drauf.«

»Faye, lass es bitte!«, sagte Mum mit hörbarer Irritation in der Stimme, doch zum Glück hatte der Mann es mir schon gegeben. Er knurrte: »Aber pass auf!«

»Klar. Sie ist wirklich wunderschön!« Ich hielt sie bewundernd in die Sonne und drehte sie hin und her. Vor allem am Rand war das Glas superdünn. Sehr gut. Ich ließ die Laterne aus meinen Fingern rutschen, was mir aufgrund meiner immer noch zittrigen Hände überhaupt nicht schwerfiel, und ihr Glas zerschellte auf dem Boden. Zwar nicht in tausend Stücke, aber mindestens in zehn.

»Ups!« Ich machte ein zerknirschtes Gesicht.

»Mensch, Mädchen!«, blökte der Bauarbeiter.

»Ach Faye!«, stöhnte Mum.

»Konntest du nicht aufpassen!«, herrschte mich Karlsson an. Auf seiner Stirn war eine Ader hervorgetreten, aber dieses Mal machte ich nicht den Fehler, ihm in die Augen zu schauen, sondern linste an seinem Ohrläppchen vorbei.

»Macht kein Drama draus. Sie hat es ja nicht absichtlich gemacht«, sagte Aron zu meiner grenzenlosen Verwunderung.

»Genau.« Lilja schlug sich ebenfalls auf meine Seite. »Mir fällt ständig etwas runter.« Sie schob die Pferde ein Stück nach hinten, damit sie nicht in die Scherben traten.

»Das tut mir total leid«, jammerte ich. »Sie ist mir einfach aus der Hand gerutscht.« Ich kniete mich auf den Boden.

»Ich helfe dir.« Aron ging neben mir in die Hocke. Sein Blick kreuzte meinen, und ich sah, wie er versuchte, ein Grinsen zu unterdrücken. Er wusste, dass die Sturmlaterne von mir stammte, wurde mir klar, und in meinem Kopf fing es an zu brausen.

»Lass mich das machen.« Aron nahm mir vorsichtig eine Scherbe aus der Hand.

»Sollen wir Sie nach Hause fahren?«, fragte Karlsson Mum, nachdem die Reste des Beweisstücks in der Tüte verschwunden waren.

»Ich gehe zu Fuß«, antwortete sie. »Wir sehen uns heute Abend.«

Karlsson und Aron fuhren davon. Von hinten sah ich, wie er erregt auf seinen Neffen einredete. Wild fuchtelte er mit den Armen herum, und sein ganzer Körper schien in Bewegung. Anscheinend hatte Aron mal wieder seinen Unmut auf sich gezogen.

Genau wie ich den von Mum.

»Was fällt dir überhaupt ein, in diesem Ton mit Mr. Karlsson zu sprechen?«, fuhr sie mich an, kaum dass der Jeep hinter einer Kurve verschwunden war. »Tu das nie wieder. Weißt du überhaupt, wie viel von diesem Auftrag für mich abhängt? – Nein, das weißt du nicht«, giftete sie weiter. »Weil deine Gedanken ja eh immer nur um dich selbst kreisen. Und weil es für dich selbstverständlich ist, dass du in einer schönen Wohnung wohnst und fast alles bekommst, was du dir wünschst. Dabei muss ich hart dafür arbeiten. Also lass mich endlich mit diesem verdammten Baum in Ruhe.« Sie drehte sich auf dem Absatz um und ging.

KAPITEL 16

Ich finde auch, dass dieser alte Baum viel zu wichtig genommen wird«, sagte Lilja, nachdem wir ein paar Sekunden in unbehaglichem Schweigen nebeneinandergestanden hatten. »Sieh ihn dir doch an. Lange macht der es sowieso nicht mehr.«

»Wahrscheinlich nicht.« Ich stieß einen Seufzer aus.

Eine kalte Windböe zog über die Lichtung und ließ die Morphofalter auffliegen. In einer blauen schillernden Wolke stoben sie davon. Auch das Zwitschern der Vögel verstummte.

Winda durchsuchte meine Taschen mit seinen weichen Lippen nach einer Kante Brot oder sonst etwas Essbarem. Seine Nähe hatte etwas Tröstliches. Mum und ich gerieten ständig aneinander, aber es war lange her, dass sie mich so heftig kritisiert hatte. Und noch nie hatte sie es vor einer Freundin getan. Ihr Vorwurf, mich nur für mich zu interessieren, verletzte mich. Denn es ging hier gar nicht um mich, sondern um den Baum. Um die Schmetterlinge. Und um die Elfen, die darin einmal gelebt hatten oder immer noch lebten … Sie gehörten schließlich zur Folklore an diesem Ort. Daran hätten sicher auch die Touristen Interesse.

»Ein komischer Typ ist dieser Karlsson aber trotzdem.« Lilja schwang sich auf Hallis Rücken.

»Ja? Wie kommst du darauf?« Ich griff nach dem Steigbügel, setzte meinen Fuß hinein und zog mich ebenfalls hoch.

»Kein Mensch weiß, woher er kommt. Irgendwann ist er in Kirkjuvík aufgetaucht und dort geblieben. Inzwischen leben Aron und er abwechselnd hier und in Reykjavík.«

»Erzählt Aron denn nichts darüber?« Es war wirklich unerwartet nett von ihm gewesen, dass er mir gerade geholfen hatte.

Lilja schüttelte den Kopf. »Aron ist schon immer sehr verschlossen gewesen. Seine Eltern und sein kleiner Bruder sind bei einem Unfall gestorben, als er noch sehr klein war.«

Ich weiß, er hat es mir erzählt, wollte ich schon sagen, aber zum Glück verkniff ich es mir noch rechtzeitig, denn es hätte eine Menge unnötiger Fragen aufgeworfen.

»Danach hat sein Onkel ihn bei sich aufgenommen«, sprach Lilja weiter. »Mehr weiß man nicht.«

»Geht Aron eigentlich noch zur Schule?«

Sie schüttelte den Kopf. »Er ist vorletzten Sommer fertig geworden.«

»Und was macht er den ganzen Tag? Für seinen Onkel arbeiten?«

»Nö. Er fährt ihn nur manchmal. Meistens hängt er irgendwo herum. Er schläft bis nach Mittag, geht abends aus. Oma hat ihm letztens erst gesagt, dass es so nicht weitergehen kann und dass er sich endlich Gedanken über eine Ausbildung machen muss, wenn er schon nicht studieren will. Aber er meint, das würde sich nicht lohnen.«

»Wieso nicht?«

Lilja zuckte mit den Schultern.

»Sagt sein Onkel da nichts?«

»Dem ist Aron doch total egal. Der hat ihn jahrelang auf ein Internat abgeschoben und ihn nur in den Ferien zu sich geholt. Und selbst da hat er sich nie groß um ihn gekümmert. Bis vor einiger Zeit ist er deswegen auch immer zu Oma in die Werkstatt gekommen und hat mit ihr an Motorrädern herumgeschraubt.«

Deshalb kannten er und Lilja sich also so gut. Ob sie mal zusammen gewesen waren? Das hätte ich zu gerne gewusst. Aber ich traute mich nicht zu fragen.

Eigentlich tat Aron mir leid. Seine Eltern und sein Bruder waren tot, und sein Onkel kümmerte sich nicht um ihn. Kein Wunder, dass er so seltsam drauf war. Einen Vater hatte ich zwar auch nicht, aber zumindest war Mum immer für mich da gewesen. Obwohl sie mich so jung bekommen hatte und obwohl sie immer so viel arbeiten musste …

Auf einmal knackte es in einer der Baumkronen so laut, dass Winda einen Satz zur Seite machte.

»Was war das?«, fragte ich, während ich gleichzeitig versuchte, wieder in die Senkrechte zu kommen.

»Bestimmt ein Eichhörnchen«, sagte Lilja. Sie saß immer noch kerzengerade auf Hallis Rücken.

»Das muss aber ein ziemlich schweres Eichhörnchen gewesen sein«, sagte ich mit Blick auf die wogenden Äste der Esche.

Ich zügelte Winda und durchforstete das dichte Geäst des Baumes. Für einen Moment glaubte ich, etwas Kariertes zu sehen und die Kontur eines blassen, runden Gesichts. Ein Kind!

Ich blinzelte. Doch als ich die Augen wieder geöffnet hatte, war da nur buntes Laub. Ich musste mich geirrt haben. Ein Kind würde doch niemals auf einen so hohen Baum kommen. Die ersten Äste setzten erst gut zwei Meter über dem Boden an. Bestimmt hatte ich mir das Ganze nur eingebildet, sagte ich mir. Aber das ungute Gefühl, dass uns jemand auf unserem Weg nach Hause folgte, konnte ich nicht abschütteln. Nachdem wir Winda und Halli abgerieben und wieder auf die Weide gestellt hatten, verabschiedete sich Lilja ziemlich schnell von mir, weil sie zum Mittagessen zu Hause sein musste. Ich schaute auf die Uhr. Erst eins. Puh! Die Zeit verging hier viel langsamer als in Deutschland. Und da von Mum keine Spur zu sehen war, brauchte ich mir auch keine Hoffnung auf ein Mittagessen zu machen.

Deshalb schnitt ich mir nur einen Apfel klein und aß ihn zusammen mit einem Naturjoghurt. Danach verzog ich mich in mein Puppenstubenzimmer, um mit Doro zu skypen. Während Lilja und ich ausgeritten waren, hatte sie zweimal versucht, mich zu erreichen.

»Und? Ist dir in Island schon ein Troll begegnet?«, fragte meine beste Freundin gut gelaunt. Ich war froh, ihre Stimme zu hören.

»Nein. Die gibt es hier nur versteinert. Und sie werden ziemlich stiefmütterlich behandelt.« Ich kuschelte mich in mein Bett.

»Was ist mit Elfen?»

»Bei diesem Thema ist mit ihnen nicht zu spaßen. Es gibt sogar eine Protestbewegung, die verhindern will, dass das Hotel gebaut wird, für das meine Mutter die Entwürfe angefertigt hat, weil auf der Lichtung ein Baum steht, der der Eingang zur Elfenwelt ist.«

»Oje! Die glauben also wirklich daran!« Doro lachte. »Die Isländer sind echt seltsam.«

Ja, das waren sie. Aber nicht wegen ihres Elfenglaubens.

»Weißt du eigentlich, dass es in Reykjavík ein Penismuseum gibt?«, fuhr Doro fort. »Das größte Ausstellungsstück gehört einem Pottwal, das kleinste einem Hamster. Es ist nur 2 Millimeter groß. Unglaublich, oder?« Sie kicherte.

Während ich noch überlegte, wie ich das Thema von 2 Millimeter großen Hamsterpenissen auf mindestens 1,70 große Elfen bringen sollte, wurde Doro auf einmal wieder ernst.

»Du, Faye!«

»Ja.«

»Ich habe überlegt, ob ich es dir überhaupt sagen soll, aber jetzt tu ich es einfach. Der, dessen Name nicht mehr genannt werden soll, war gestern Abend bei mir.«

»Liam!«

»Darf sein Name jetzt wieder genannt werden?«

»Nein, ich wollte nur ganz sicher sein, dass wir denselben meinen. Was wollte er?«

»Er hat gefragt, wie es dir geht.«

»Ach! Und das kann er mich nicht selbst fragen?« Nicht, dass ich ans Handy gehen würde, wenn jemand anrief, dessen Telefonnummer ich unter dem Namen ARSCHLOCH gespeichert hatte! Aber ein solcher Anruf war bei mir auch gar nicht eingegangen.

»Ich glaube, es tut ihm leid, was er gemacht hat. Er wollte wissen, ob wir beide bei der nächsten Aktion dabei sind.«

»Nein, danke. Liam ist für mich gestorben«, sagte ich, und zu meiner Erleichterung bemerkte ich, dass ich es auch ganz genauso meinte, wie ich es sagte. Anders als früher klopfte mein Herz nicht, sobald jemand seinen Namen erwähnte, und ich legte wirklich keinen Wert darauf, mich wieder mit ihm zu treffen – oder ihn sogar bei irgendwelchen Aktionen zu unterstützen. Vor allem, da mir diese auf einmal unglaublich kindisch vorkamen. Kohlrabi vor dem Landtag, Samenbomben auf Verkehrsinseln ... Was konnte man damit schon verändern? Aber hier auf Island konnte ich etwas bewegen. Der alte Holunder war nicht nur ein Baum. Er war der Eingang zur Elfenwelt. Und ich musste den Elfen helfen, ihn zu retten.

»Ich muss dir unbedingt etwas zeigen«, sagte ich zu Doro und zückte mein Handy. »Gestern Abend bin ich spät noch zu der Lichtung gegangen, auf der das Hotel gebaut werden soll, und dort waren Leute. Sie haben irgendein Ritual praktiziert. Ich habe sie fotografiert. Warte! Ich schicke dir das Foto!« Ohne es mir noch einmal anzusehen, markierte ich es in der Miniaturansicht und drückte auf *Senden*. »Hast du es?«

Doro nickte.

»Und? Was sagst du? Voll komisch, oder?«

Sie runzelte die Stirn. »Meinst du den krummen Baum?«

»Nein, ich meine die Leute mit den Kerzen«, entgegnete ich ungeduldig. »Kurz bevor ich das Bild gemacht habe, haben sie damit um den Baum herumgestanden, einen Stern in die Luft gemalt und dabei gesungen.« Wie sehr mich dieser Gesang berührt hatte, erwähnte ich lieber nicht. »Es war total unheimlich. Ich hätte ein Video machen sollen.«

Doros Miene wurde noch skeptischer. »Auf dem Bild ist nichts. Nur der Baum.«

Nur der Baum??? Ich öffnete das Foto selbst.

Tatsächlich. Da waren keine Leute. Gab es vielleicht noch ein anderes Foto?

Ich scrollte mich durch das ganze Album. Ohne Erfolg.

»Aber da waren Menschen auf der Lichtung, ganz sicher«, beharrte ich. »Ich verstehe nicht, warum man sie auf dem Foto nicht sieht.«

Doro stieß ein mitleidiges Schnaufen aus. »Bestimmt hat dich dieses ganze Gerede von Elfen und versteinerten Trollen verwirrt. Ist ja auch kein Wunder bei all den Verrückten, die in Island leben.«

Nachdem ich mich von Doro verabschiedet hatte, zoomte ich das Foto heran und schaute mir jeden einzelnen Ausschnitt an. Danach durchforstete ich den Papierkorb. Vielleicht hatte ich das Bild von dem Dutt-Mann und seinen Freunden ja aus Versehen gelöscht. Fehlanzeige! Bestürzt ließ ich das Handy sinken. Das konnte doch nicht sein!

Als von draußen Motorengeknatter in mein Zimmer drang, stürmte ich erleichtert nach draußen.

»María! Warte! Hast du einen Moment Zeit?«, rief ich, bevor sie ins Haus verschwinden konnte.

»Was ist los?«, fragte María knapp. »Gibt es Probleme mit eurer Unterkunft?«

»Nein, alles in Ordnung. Ich muss dir nur etwas sagen.« Ich holte Luft und stieß aus: »Gestern Abend bin ich spät noch zu der Lichtung gegangen und ich glaube … ich habe dort Elfen gesehen.«

»Du hast Elfen gesehen?«, wiederholte María verblüfft, und ich musste zugeben, das war nicht ganz die begeisterte Reaktion, die ich mir erhofft hatte.

»Ja. Sie hatten lange weiße Gewänder an, und sie haben gesungen.«

»Ach so.« Marías skeptischer Gesichtsausdruck wich einem Schmunzeln. »Vermutlich bist du unserem Kirchenchor begegnet. Larsson, der Dirigent, hält seine Proben manchmal an sehr unkonventionellen Orten ab.«

»Hat der Kirchenchor nur fünf Mitglieder, und schmieren die bei ihren Proben Pasten, die nach Milchreis riechen, auf Baumstämme?«

»Haben sie das getan?«

»Ja, ich habe es dir doch gesagt: Das waren Elfen, die ich gesehen habe, und sie versuchen, den Holunder zu heilen. Du hättest dabei sein müssen. Ihr Gesang … der war so wunderschön. Ich habe ein Foto von ihnen gemacht, aber … sie sind leider nicht drauf. Nur der Holunder.«

»Hm.« María wiegte den Kopf hin und her. »Das würde natürlich wirklich dafür sprechen, dass es Elfen waren. Die kann man nämlich nicht fotografieren. Aber wieso sollten sie sich nach achtzehn Jahren, in denen sie, abgesehen von Hakon, spurlos verschwunden waren, ausgerechnet dir zeigen?«

Das hatte ich mich auch schon gefragt.

KAPITEL 17

Verärgert ging ich wieder zurück ins Haus. Richtig überzeugt hatte ich María mit meiner Elfen-These leider nicht. Oh Mann! Gestern Nacht hatte ich mich davor gefürchtet, mich den Elfen zu erkennen zu geben. Nun hätte ich mich für meine Feigheit in den Hintern beißen können. Ich musste sie unbedingt finden. Zumindest den Elf mit dem Dutt würde ich wiedererkennen, er war eine äußerst auffällige Erscheinung gewesen. Aber wo um Himmels willen sollte ich ihn oder die anderen Elfen suchen? Ich hatte ja keinerlei Anhaltspunkte. Obwohl … Sagte man Elfen nicht nach, dass sie sich gerne am Wasser aufhielten? Oder verwechselte ich sie mit Feen? Egal, ich würde an dem Wasserfall anfangen, nach ihnen Ausschau zu halten. Sein Rauschen begleitete mich in der Nähe des Cottages auf Schritt und Tritt, es konnte also nicht zu weit sein. An Marías Häuschen floss ein kleiner Bach vorbei. Wenn ich seinem Lauf folgte, würde ich sicherlich zu ihm gelangen.

Ich packte einen Apfel, Kekse und eine Flasche Wasser in meinen Rucksack, drehte meine Haare zu einem Dutt und machte mich auf den Weg.

Nachdem ich die Brücke überquert hatte, marschierte ich eine ganze Weile einen Wiesenweg entlang, bis ich an einem Haus mit einer roten Tür vorbeikam. Es war so winzig, dass wohl kaum jemand darin wohnen konnte. Doch aus dem Schornstein stieg Qualm und auf einer Bank vor dem Häuschen saß ein Mann. Er fütterte einen Raben mit Brotkrumen. Ob das die Möchtegern-Elster von gestern war?

»Ganz allein unterwegs?«, begrüßte er mich mit einer tiefen Stimme. Er hatte einen dichten Vollbart, der große Teile seines Gesichts verdeckte. Das Messer, das er in seiner Hand hielt und mit dem er gerade eine Scheibe Brot von einem runden Laib abschnitt, war beunruhigend lang und spitz.

»Nein, mit meiner Mutter. Sie kommt gleich nach«, log ich und eilte weiter. Als ich über meine Schulter schaute, stellte ich erleichtert fest, dass der Typ auf seiner Bank sitzen blieb und mir nicht nachlief.

Ein Stück hinter seinem Haus hörte der Wiesenweg auf einmal auf, und sanft gewellte Hügel erhoben sich rechts und links des Bachs. Ich kletterte einen der Hügel hinauf. Es war eine Schafweide. Wie kleine, fiese Tretminen lagen überall die Köttel der Tiere herum, und ich musste höllisch aufpassen, nicht hineinzutreten.

Die Aussicht von hier oben war spektakulär. Auf der einen Seite sah man unendlich weit über gelbgrüne Hügelkuppen bis zu schneebedeckten Berggipfeln. Auf der anderen Seite erstreckte sich eine flache graubraune Lavalandschaft bis hin zum Meer. Vier spitze Felsnadeln ragten heraus. Das mussten die vier versteinerten Trolle sein, von denen Mum mir gestern erzählt hatte.

Nur von dem Wasserfall war immer noch nichts zu sehen, dabei war sein Rauschen in den letzten Minuten noch lauter geworden. Ich musste also schon in seiner Nähe sein.

Ich hätte gut noch ein bisschen stehen bleiben und schauen können, doch blöderweise hatte der Himmel wieder diesen mausgrauen Ton angenommen, der mir mittlerweile so vertraut war. Außerdem zog ein starker Wind auf. Er zerrte an meinen Haaren und brachte auch schon bald die ersten Regentropfen mit sich. Regentropfen, die von der Seite kamen und zuerst dafür sorgten, dass meine Hose schnell durchnässt war, bevor sie zu allem Überfluss auch noch zu schmerzhaften Hagelkörnern wurden. Aua! Ich verbarg mein Gesicht, so gut es ging, in meiner Kapuze und warf einen anklagenden Blick zu der dunklen Regenwolke hinauf.

»Hallo, Sonne. Wo immer du bist, könntest du bitte diese lästige Wolke vertreiben?«, motzte ich.

Wie auf Knopfdruck riss der Himmel auf, und es wurde hell. Verblüfft blinzelte ich. Mit einem so prompten Wetterwechsel hatte ich nicht gerechnet, und schon gar nicht damit, dass er quasi auf mein Kommando erfolgte. Elric Karlsson hatte also recht gehabt, als er andeutete, dass sich Sonne und Wolken hier auf Island oft im Minutentakt abwechselten.

Ich zog die Kapuze vom Kopf, öffnete meine Jacke, weil es nun ganz schön warm war, und ging weiter.

Kurz darauf fand ich den Wasserfall zwischen zwei Hügelkuppen, und bei seinem Anblick blieb mir der Mund offen stehen. Wenn dies ein eher kleiner Wasserfall war, wie Lilja gesagt hatte, fragte ich mich, wie hoch die großen Wasserfälle auf Island waren. Hier ergoss sich das Wasser aus mindestens zehn Metern Höhe und ein leuchtender Regenbogen stieg aus dem Flussbett auf, in den es mündete. Wassertropfen spritzten hoch und funkelten in seinem Schimmer.

Ich setzte mich auf einen niedrigen Stein. Wie schön! Als Kind hatte ich mir Elfen immer winzig klein und mit durchscheinenden Schmetterlingsflügeln auf dem Rücken vorgestellt. Mit etwas Fantasie konnte man die schillernden, tanzenden Wassertropfen für solche Wesen halten. Seit gestern Nacht wusste ich, dass Elfen viel größer waren. Trotzdem beobachtete ich minutenlang gedankenversunken das magische Wasserspiel.

Plötzlich hörte ich hinter mir ein Rascheln. Ich drehte mich um und sah gerade noch ein blau kariertes Hosenbein hinter einem Felsbrocken verschwinden. Den gleichen Stoff hatte ich auf dem Weg von der Lichtung zurück zum Cottage in der Esche aufblitzen sehen. Oder hatte ich mir das gerade nur eingebildet? Genau wie die Gestalten auf der Lichtung, für deren Existenz ich nun ja leider keinen Beweis mehr hatte. Vielleicht hatte auch die Begegnung mit Aron niemals stattgefunden und ich fing an, langsam verrückt zu werden. Mein Magen krampfte sich zusammen. Doch dann sah ich dunkle, struppige Haarspitzen über den Rand des Felsbrockens blitzen, und erleichtert atmete ich auf. Es versteckte sich jemand vor mir. Das Gesicht in der Esche war heute früh also doch keine Halluzination gewesen. War das jetzt ein Elf, der verzweifelt versuchte, Kontakt zu mir aufzunehmen? Meine Finger krallten sich um die Träger meines Rucksacks.

Ich atmete tief ein und dann wieder aus, nahm all meinen Mut zusammen und rief: »Jetzt komm schon raus! Ich habe dich doch sowieso gesehen.«

Ein Seufzen ertönte. Dann raschelte es wieder, jemand kam flink über den Felsbrocken geklettert und sprang vor mir ins nasse Gras. Ich war enttäuscht. Das konnte kein Elf sein. Der Kerl reichte mir kaum bis zum Ellbogen.

»Warum verfolgst du mich?«, fuhr ich ihn an.

Nur zögernd hob er den Kopf. Ich schnappte nach Luft. Denn das, was vor mir stand, war zwar so groß wie ein Erstklässler, aber es war … erwachsen.

»Du bist ein Zwerg!«, entfuhr es mir verdattert, und ich bereute diesen Ausruf sofort. So etwas sagte man doch nicht. »Äh, ich meine, ganz schön klein …«, verbesserte ich mich hastig und merkte, wie mir der Schweiß ausbrach. Da suchte ein magisches Wesen den Kontakt zu mir und ich beging gleich in meinem ersten Satz so einen Fauxpas.

Tatsächlich schien dem kleinen Mann meine Bezeichnung gar nicht zu gefallen, denn er blähte seinen Brustkorb auf. »Ein Zwerg!«, fauchte er und ein paar Spucketröpfchen spritzten auf meine Jacke. »Hast du denn keine Augen im Kopf? Ich bin ein Riese.«

Ein Riese! Der war ja lustig drauf.

»Du glaubst mir nicht?« Der Zwerg zog seine buschigen Augenbrauen zusammen.

»Nein«, antwortete ich immer noch erheitert.

»Und warum nicht?« Wütend funkelte er mich an.

»Weil du so klein bist. Du kannst gar kein Riese sein.«

»Ach!« Der Mann stemmte die Hände in die Seite. »Wer bitte behauptet denn, dass Riesen groß sein müssen?«

»Das liegt am Wort. Riesig. Das bedeutet *sehr groß*.«

»Das stimmt nicht. Ein Riese, das bin ich. Genau wie du ein Mensch bist. Euch gibt es schließlich auch in verschiedenen Größen.« Er presste seine vollen Lippen zusammen.

»Okay.« Wenn er darauf bestand … Schließlich wollte ich ihn nicht verärgern. »Dann bist du eben ein sehr kleiner Riese.«

»*Sehr* nicht. Aber das *klein* lasse ich gelten.« Er nickte und die Haarbüschel, die aus seinen Ohren wuchsen, wippten auf und ab.

»Wieso läufst du mir nach?«, kam ich noch einmal auf meine ursprüngliche Frage zurück.

Der Mann trat von einem Bein auf das andere.

»Ich bin ein Schutzriese«, gab er widerwillig zu. »Und ich soll auf dich aufpassen.«

Der hatte Ideen! Jetzt lachte ich laut auf.

»Was ist denn jetzt schon wieder?« Er zog seine buschigen Augenbrauen zusammen.

»Es gibt keine Schutzriesen. Das heißt Schutzengel.«

Er sah mich herablassend an. »Engel gibt es nicht, Riesen schon. Das weiß doch jeder. Hast du Kleingeld dabei?«

Jetzt bettelte er mich auch noch an! Das hätte ich mir schon aufgrund seiner abgewetzten Kleidung gleich denken können. Und weil er trotz der Kälte keine Jacke trug.

»Warum?«

»Hol es raus, dann zeige ich es dir.«

Na gut. Mum hatte mir etwas Geld gegeben. Aber es war nicht viel. Selbst wenn er sich damit auf und davon machte, würde es mich nicht in Armut stürzen. Ich kramte ein paar isländische Kronen aus der Tasche meiner Jeans hervor.

Er nahm eine davon. »Schau! Ein Adler, ein Drache, ein Stier ... und ein Riese.« Er tippte mit seinem kurzen, dicken Zeigefinger auf das Gesicht eines Mannes, das von einem Vollbart halb verdeckt wurde.

So richtig überzeugend fand ich das nicht. Drachen gab es schließlich auch nicht. Der Kopf auf der Münze musste also nicht unbedingt zu einem Riesen gehören. Und sehr viele Isländer trugen einen Vollbart ... Ganz abgesehen davon, dass dieser Typ glatt rasiert war. Meine anfängliche Überzeugung, es hier tatsächlich mit einem Mitglied des kleinen Volkes zu tun zu haben, kam nun doch wieder ein wenig ins Wanken.

»Wieso denkst du, dass ich in Gefahr bin?«, fragte ich, weil ich ihn nicht weiter verärgern wollte.

Nun fing er wieder damit an, hin und her zu trippeln. »Bist du gar nicht«, brummte er. »Jeder hat einen Schutzriesen. Und ich bin deiner.«

»Hat Lilja auch einen?«, fragte ich. »Das ist das Mädchen mit den kurzen Haaren, das heute Morgen mit mir ausgeritten ist. Da bist du uns doch auch schon nachgelaufen.«

Er nickte. »Sie hat meinen Cousin Fred.«

Um eine Antwort war er wohl nie verlegen. »Ich habe keinen Riesen bei ihr gesehen.«

»Natürlich nicht. Weil Fred sich unsichtbar macht. Er ist so groß, er würde andere Menschen nur erschrecken. Da bist du mit mir besser dran.« Er lächelte selbstgefällig.

Oh! Darüber würde ich lieber nicht allzu intensiv nachdenken. Die Vorstellung, dass es auf der Welt von lauter unsichtbaren Riesen nur so wimmelte, fand ich nämlich nicht besonders angenehm. Sogar aufs Klo könnten sie einen verfolgen, ohne dass man es merkte.

»Kannst du dich auch unsichtbar machen?«, fragte ich.

»Klar kann ich das«, sagte er. Er schnippte mit den Fingern – und stand immer noch da.

Na toll! Jetzt hatte ich den Beweis. Es war einfach nur ein zu klein geratener Aufschneider, der sich wichtigmachen wollte.

»Super. Ich bin wahnsinnig beeindruckt. Aber jetzt muss ich nach Hause«, sagte ich, weil ich endgültig die Nase voll von ihm hatte.

»Du kannst mich immer noch sehen?«, fragte der angebliche Riese verdutzt.

»Ja, das kann ich. Überraschung!« Ich warf die Hände in die Höhe.

Ich konnte nur hoffen, dass der Typ mir jetzt nicht auf Schritt und Tritt folgte. Ein Schutzriese … Der Kerl hatte doch einen Knall!

Auf meinem Heimweg drehte ich mich immer wieder nach ihm um. Zum Glück folgte er mir nicht.

KAPITEL 18

Mum sprach mich nicht mehr auf meinen Besuch auf der Lichtung an, vielleicht tat ihr der Ausbruch mittlerweile selbst leid. Trotzdem fragte sie mich am Abend nur sehr halbherzig, ob ich Karlsson und sie zum Essen begleiten wollte, und sie war sichtlich erleichtert, als ich ablehnte. Wie gestern auch schon drückte sie mir Geld für den Pizzadienst in die Hand. Super! Sonst predigte sie mir immer, wie wichtig eine gesunde und ausgewogene Ernährung war. Und jetzt gab es zweimal hintereinander Pizza.

Keine fünf Minuten später fuhr ein Wagen vor, und der Bewegungsmelder an der Haustür ließ die Lampe aufleuchten. Zu meiner Enttäuschung war es jedoch kein schwarzer Jeep, sondern ein schicker grauer Mercedes, und nicht Aron stieg aus dem Wagen, sondern ein schmächtiger Mann in einem dunklen Anorak. Er hatte graublonde Haare, die ihm dünn in die Stirn und bis über die Ohren fielen. Seine Haut war auffällig blass. Wen hatte Karlsson denn da geschickt, um Mum abzuholen?

Seltsam, dass Karlsson keinen Führerschein besaß. Ich würde es ihm aber auch zutrauen, dass er einen hatte, sich aber lieber herumkutschieren ließ.

Er klopfte an die Tür, und Mum öffnete ihr Fenster.

»Ich bin gleich fertig, Ragnar!«, rief sie ihm zu.

Der Mann ging wieder zum Auto zurück. Er lehnte sich gegen die Fahrertür und starrte zum ersten Stock hinauf. Im Licht der Lampe konnte ich sehen, dass seine Haut an einigen Stellen große dunkle Flecken hatte. Wie das Fell von einer Kuh. Und sein Blick wirkte seltsam. Irgendwie leer. Was für ein unheimlicher Typ! Ich trat schnell hinter die Vorhänge zurück.

Gleich darauf steckte Mum ihren Kopf in mein Zimmer. Sie war stärker geschminkt als sonst, und eine Wolke Parfüm waberte mir entgegen.

»Ich bin jetzt weg! Mach dir einen schönen Abend!«

»Danke, werde ich machen«, rief ich ihr hinterher, als sie schon in den Flur getreten war. »Habe total Bock darauf, eine Ein-Mann-Party mit einem Glas Leitungswasser und einer Pizza Margherita zu feiern.«

»Ach Faye!« Sie drehte sich wieder zu mir um, zwischen ihren Brauen ragte eine steile Falte nach oben. »Ist es so schlimm, wenn ich einen Abend ausgehe?« Sie seufzte tief. »Du weißt, dass ich schon seit Jahren keine Verabredung hatte …«

»Ach! Es ist ein Date. Ich dachte, es wäre ein Geschäftsessen. Ein Geschäftsessen, bei dem du mit Karlsson planst, welche magischen Plätze ihr noch gemeinsam plattmacht. Aber wenn es ein Date ist … alles super!« Ich hob den Daumen. »Falls du erst morgen früh heimkommst, bring Frühstück mit!«

Mum sah mich einen Augenblick schweigend an, dann drehte

sie sich kopfschüttelnd und ohne ein weiteres Wort zu sagen um und ging nach unten.

Hoffentlich wurde nichts aus dem Neuseeland-Projekt! Ich warf mich aufs Bett. Dann war ich Karlsson in fünf Tagen wieder los. Und mit ihm Aron und komische kleine Männer, die sich für Riesen hielten. Doch vorher hatte ich noch eine ganze Menge zu tun. Ich überlegte, ob ich noch einmal zur Lichtung gehen sollte, vielleicht trafen sich die Elfen dort regelmäßig. Aber da ich heute garantiert nicht noch einmal das Glück hatte, dass mich eine Katze und ein ganzer Schwarm Glühwürmchen begleiteten und außerdem auch noch das Windlicht kaputt war, konnte ich mich einfach nicht dazu überwinden.

Weil mir inzwischen der Appetit vergangen war, verzichtete ich darauf, mir etwas zu essen zu bestellen, und aß nur eine Tüte Chips und ein paar Weingummis. Danach fuhr ich meinen Laptop hoch. Ich sah mir drei Folgen *Vampire Diaries* an und schlief über der vierten ein.

Irgendwann im Laufe der Nacht schreckte ich hoch, weil ich ein Geräusch hörte. Eine Tür knarzte, und jemand schlich leise die Treppe hinauf. Aber nicht leise genug für mich, ich hatte schon immer ein ausgesprochen gutes Gehör gehabt. Im schwachen Schein meines Nachtlichts, das wie immer in der Steckdose steckte, tastete ich nach meinem Handy. Schon halb vier! Mum war ja ganz schön lange mit Karlsson um die Häuser gezogen, dachte ich missmutig. Hatte so spät in diesem Kirkjuvík überhaupt noch etwas auf? Oder … war sie etwa mit zu ihm nach Hause gegangen und … Nein, das hatte sie nicht. Karlsson war ihr Chef, sie hatte ihn erst dreimal gesehen, und sie war ausgesprochen wählerisch, was Männer anging. Zumindest war sie das früher gewesen. Aber dieses Mal war ich mir leider nicht sicher, ob ihr Interesse an diesem Wichtigtuer rein beruflicher Natur war. Dieses ganze Wimpernklimpern und Haare-aus-dem-Gesicht-Streichen passte gar nicht zu ihr.

Ich sah, wie die Klinke meiner Tür nach unten gedrückt wurde, und wartete darauf, dass Mums Haarschopf im Schein der Flurlampe auftauchen würde. Schnell schloss ich die Augen und tat so, als ob ich schlafen würde. Mum trat ein paar Schritte in mein Zimmer.

Hast du dich nun davon überzeugt, dass ich im Bett liege und tief und fest schlafe? Dann geh wieder, forderte ich sie stumm auf. Doch stattdessen kamen die Schritte näher. Ich hörte leises Atmen. Sie musste direkt neben mir stehen, und dort verharrte sie eine ganze Weile. Oh Mann! Konnte sie bitte endlich damit aufhören, mich anzustarren, und sich ins Bett legen?

Ich öffnete mein linkes Auge einen winzigen Spalt – und schnappte nach Luft.

Das war nicht Mum.

Eine schwarz gekleidete, maskierte Gestalt beugte sich über mich. Im schwachen Schein meines Nachtlichts konnte ich sie deutlich sehen. Ich fuhr nach oben und stieß einen spitzen Schrei aus. Die Gestalt machte einen Sprung zurück und sah sich um. Dann riss sie das Fenster auf und kletterte nach draußen. Ich schrie lauter. Mein Herzschlag jagte. Licht! Ich brauchte mehr Licht. Ich tastete nach dem Schalter für die Nachttischlampe, doch in meiner Angst und Hysterie fand ich ihn nicht. Auf einmal flammte die kleine Lampe mit der gehäkelten Spitzenborte trotzdem auf, und es wurde hell. Mum stürmte ins Zimmer. Im Nachthemd.

»Was ist los?« Sie keuchte und ihre Augen waren vor Schreck weit geöffnet.

»Da stand jemand in meinem Zimmer.« Ich klammerte mich an ihren Arm. »Jemand mit einem schwarzen Strumpf über dem Gesicht. Er hat mich angestarrt. Und dann ist er durch das Fenster abgehauen.«

»Ach so!« Mum lachte erleichtert auf. »Du hattest einen Albtraum.« Beruhigend strich sie mir über die Haare.

»Das war kein Albtraum. Du siehst doch, dass das Fenster offen ist.« Meine Stimme überschlug sich fast vor Hysterie. Jetzt erst schaffte ich es, aus dem Bett zu springen. Ich zerrte den im Nachtwind flatternden Vorhang zurück und schaute hinaus.

Mum blickte mir über die Schulter. »Siehst du, dort draußen ist niemand«, sagte sie.

Natürlich war da niemand mehr. Ich hatte ja auch eine ganze Zeit wie gelähmt vor Angst im Bett festgeklebt.

»Das Fenster war bestimmt die ganze Nacht schon geöffnet«, fuhr sie fort, »du hast nur vergessen, es zu schließen.«

Nein, das hatte ich ganz sicher nicht. Und langsam war ich es leid, dass mir ständig jemand unterstellte, dass ich mir etwas einbildete. Erst María, jetzt sie. Die Gestalt an meinem Bett war genauso real gewesen wie die Menschen auf der Lichtung. Auch wenn sie später auf dem Foto nicht zu sehen gewesen waren …

Nachdem Mum in ihr Zimmer gegangen war, legte ich mich wieder hin. Die Nachttischlampe ließ ich brennen; das Nachtlicht allein reichte mir nach diesem Schrecken nicht. Der Schalter, mit dem ich sie ein- und ausschalten konnte, befand sich gleich neben dem Kopfteil meines Betts. Blöd, dass ich ihn vorhin nicht gefunden hatte. Irgendwo musste es allerdings auch noch einen anderen geben. Als Mum hineingestürzt war, hatte sie die Lampe schließlich angemacht. Ich schwang meine Beine über den Rand des Betts, um nachzusehen, wo genau er sich befand. Sicher war sicher. Licht konnte man nie genug haben. Doch weder mit den Schaltern im Flur noch mit den anderen in meinem Zimmer ließ sich die Nachttischlampe anknipsen.

»Faye! Was machst du denn da draußen für einen Krach?«, murrte Mum.

»Nichts. Hast du meine Nachttischlampe eingeschaltet, als du vorhin reingekommen bist?«

»Nein, das Licht war doch schon an.«

»Sicher?«

»Ganz sicher. Und jetzt geh endlich wieder ins Bett.«

Ich biss mir auf die Unterlippe.

Noch einmal überprüfte ich alle Lichtschalter. Mit dem gleichen Ergebnis.

Ich sank auf den Rand des Bettes. Oh nein! Jetzt konnte ich mich noch nicht einmal daran erinnern, dass ich eine Lampe angeschaltet hatte. Ich wurde wirklich verrückt.

Ich vergrub meinen Kopf im Kissen und schluchzte. Ich wollte nach Hause. Zu meinen Pflanzen. Zu Doro und zu Nala. Mir wurde das alles zu viel.

KAPITEL 19

Was hast du erwartet? Dass sie dir im Dorf Blumenkränze um den Hals legen?«, hörte ich María Mum mürrisch fragen.

Ich war gerade erst aufgewacht und tapste mit bloßen Füßen schlaftrunken die Treppe hinunter.

»Nein«, antwortete Mum. »Aber auch nicht, dass ich beim Einkaufen mit Eiern beworfen werde«, mit Daumen und Zeigefinger hielt sie eine verklebte Haarsträhne hoch. Auch an ihrer Jacke klebte Eidotter. »Wie soll ich die denn jetzt wieder sauber bekommen?« Sie zeigte auf den Fleck am Ärmel. »Ich muss um zwei zu einer Besprechung mit dem Bürgermeister im Gemeindehaus. Wo ich übrigens vorhatte, auch auf die verschiedenen Möglichkeiten einzugehen, den Holunder nicht fällen zu lassen«, fügte sie hinzu.

Ich horchte auf.

»Gestern habe ich mit Elric noch einmal darüber gesprochen, den Holunder als Touristenattraktion zu erhalten. Immerhin kommen viele Urlauber gerade wegen der Sagen und Mythen hierher.«

María schien davon nicht überzeugt zu sein. »Das glaubst du doch selbst nicht«, sagte sie. »Ich durchschaue diesen Karlsson. Bei der erstbesten Gelegenheit lässt er den Holunder mit dem Bagger rausreißen. Und hinterher wird er dann sagen, dass der Sturm schuld gewesen ist.« Sie nahm Mum schließlich die Jacke ab. »Mit kaltem klaren Wasser und einem Bimsstein bekomme ich das raus.«

Mum schien etwas besänftigt. »Das wäre wunderbar, wenn du das hinkriegen würdest. Ich habe leider keinen Bimsstein.« Sie folgte María. »Was ich noch fragen wollte, diese Jugendherberge in Vík í Mýrdal …«

Was hatte sie denn schon wieder mit der Jugendherberge? Ich stützte mich mit einer Hand am Türrahmen ab. Wollte sie nun doch lieber woanders wohnen? Auch wenn ich Lilja, Miska, Winda und Halli vermissen würde, hatte ich nach meinem Erlebnis gestern Nacht überhaupt nichts dagegen.

»… ist dieser Christian dort immer noch der Herbergsvater?«

María nickte. »Als seine Frau letztes Jahr gestorben ist, dachten wir alle, dass er die Herberge nun schließen würde, weil ihm allein alles zu viel wird. Aber er meint, er hätte gern mit Kindern zu tun. Sie würden ihn ablenken.« Sie verzog das Gesicht. »Kann ich mir zwar nicht vorstellen, früher konnte er sie nicht ausstehen, aber gut. Woher kennst du denn den alten Nörgler?«

»Vor achtzehn Jahren war ich auf Abschlussfahrt in Vík. Viel ist mir leider davon nicht mehr im Gedächtnis geblieben.« Sie klang ganz wehmütig bei diesen Worten. »Ich erinnere mich aber an eine Lichtung. Sie sah dem Ort, an dem das Hotel gebaut werden soll, ähnlich. In ihrer Mitte stand auch ein Baum. Aber er war viel größer als der Holunder. Seine Zweige haben fast die gesamte Wiese bedeckt. Und ganz in der Nähe gab es einen Wasserfall. Weißt du, wo das ist?«

Marías Lippen waren schmal geworden. »Es ist die gleiche Lichtung, auf der du dein Hotel bauen willst. Und der Baum ist der Holunder. Nur, dass er damals noch gesund und prachtvoll war und kein in sich zusammengefallenes Gestrüpp.«

»Du warst schon einmal in Island?«, platzte es aus mir heraus.

Mum wandte den Kopf abrupt in meine Richtung. »Faye! Du bist ja schon wach!«

»Du hast mir gar nicht erzählt, dass du schon einmal hier warst.« Ich hatte nicht vor, das Thema auf sich beruhen zu lassen.

»Weil ich nicht mehr daran gedacht habe. Es ist ewig her.«

»Achtzehn Jahre ...«

»Konntest du einigermaßen schlafen?« Zu ihren Lieblingsthemen schien diese Abschlussfahrt definitiv nicht zu gehören. »Faye hatte gestern einen Albtraum«, erklärte sie María. »Sie dachte, ein Einbrecher würde in ihrem Zimmer stehen.«

Ich verzog das Gesicht. Musste sie das jetzt ausgerechnet María erzählen?

»Ein Einbrecher!« María lachte auf. »Da hast du bestimmt nur geträumt. Die Verbrechensquote ist in dieser Gegend gleich null. Ich schließe meine Haustür überhaupt nicht ab. – Hast du Lust auf Pfannkuchen? Dann komm mit rüber. Ich habe gerade welche gemacht.«

Ich nickte dankbar. Da ich gestern außer Chips und Gummibärchen nichts gegessen hatte, hatte ich trotz der nächtlichen Ereignisse einen Bärenhunger. Ich zog mich an und ging zu ihrem

Hexenhäuschen hinüber. Nicht ohne jedoch vorher noch einmal die Wiese vor meinem Fenster nach irgendwelchen Fußabdrücken zu untersuchen. Aber ich fand keine. Ach Mann!

In der Küche setzte ich mich neben Miska, die zusammengerollt auf einem Stuhl lag, und machte mich über den Berg Pfannkuchen mit Ahornsirup her, den María vor mich gestellt hatte.

Hoffentlich würde Lilja im Laufe des Tages wieder hier auftauchen! Mum musste gleich zu ihrer Gemeinderatssitzung, und ich sehnte mich nach etwas Gesellschaft. Es tat mir nicht gut, die ganze Zeit in dieser Einöde allein zu sein. Zu dieser Erkenntnis war ich gekommen, nachdem ich mich mehrere Stunden schlaflos in meinem Bett herumgewälzt hatte. Vielleicht war ich es ja wirklich selbst gewesen, die die Nachttischlampe angeknipst hatte, und eventuell hatte ich die dunkle Gestalt an meinem Bett auch nur geträumt … Aber ich konnte es mir einfach nicht vorstellen. Alles war so real gewesen. Genau wie die Gestalten auf der Lichtung. Oder dieser merkwürdige Riesenzwerg gestern beim Wasserfall.

»Du hast die Elfen vorgestern Nacht doch auch gesehen, oder?«, fragte ich Miska.

Die Katze blinzelte. Das deutete ich als Zustimmung.

Mum kam mit ihrer vom Eidotter befreiten Jacke aus dem Badezimmer, als ihr Handy klingelte. Sie hob ab, und ich hörte, dass Karlsson erregt auf sie einredete. Das, was er sagte, verstand ich blöderweise nicht.

Es musste aber etwas Spannendes sein, denn je länger er sprach, desto ungläubiger wurden Mums Gesichtszüge. »Bist du sicher? Wie hoch …? Aber wie kann das sein? – Ich bin sofort bei dir!«

Meine Augenbrauen schossen nach oben. Ach! Wenn die beiden sich nun duzten, musste das gestrige Gespräch ja ganz schön intim verlaufen sein.

»Was ist los?«, fragte María.

»Das war Elric. Um die Lichtung herum ist über Nacht eine meterhohe Dornenhecke gewachsen.«

Ich riss die Augen auf. »Ernsthaft? Wie bei Dornröschen?«, fragte ich mit vollem Mund.

»Zumindest behauptet er das. Er ist total außer sich.«

Oh mein Gott! Es fiel mir schwer, ruhig sitzen zu bleiben. Meine Fähigkeiten als Pflanzenflüsterer waren hier in Island ja noch viel ausgeprägter als zu Hause. Die Hecke hatte sich über Nacht ausgebreitet und war gewachsen. Nur weil ich es mir gewünscht hatte! Und Karlsson flippte deswegen gerade total aus. Vor lauter Begeisterung verschluckte ich mich an einem Stück Pfannkuchen und fing so heftig an zu husten, dass María mir mit der flachen Hand fest auf den Rücken klopfte. Mum war so in Gedanken versunken, dass sie mich höchstwahrscheinlich hätte ersticken lassen.

»Geht es wieder?«, fragte María.

Ich nickte röchelnd und trank einen langen Schluck aus dem Wasserglas, das sie mir hinhielt.

»Gut. Dann zieht euch etwas Warmes an. Ich fahre euch. Diese Hecke muss ich mir ansehen.«

Super! Ich mir auch!

KAPITEL 20

Mum setzte sich in den Beiwagen, ich nahm hinter María Platz, und wir bretterten zur Lichtung. Das Kreischen von Motorsägen begleitete uns auf unserem Weg durch das Wäldchen. Die Hecke hatte ich schon von Weitem gesehen. Jetzt, wo ich vor ihr stand, bemerkte ich außerdem, dass ihre Äste so dicht ineinander verwachsen waren, dass man sich selbst ohne ihre spitzen Dornen beim besten Willen nicht hätte durchquetschen können. Der Wikinger, mein Freund mit dem Bürstenschnitt, und eine Handvoll anderer Bauarbeiter mussten mit Motorsägen ran. An einigen Stellen hatte die Hecke schon Löcher.

Ich seufzte. Zur Zeit von Dornröschen gab es diese Hilfsmittel nicht, sonst hätte die hübsche Prinzessin nicht hundert Jahre ausharren müssen, bis der Prinz sie endlich wach küsste. Für mich hatte die technische Weiterentwicklung gravierende Nachteile. In null Komma nichts würde die Hecke Brennholz sein. Aber da ich jetzt wusste, welche Fähigkeiten Island in mir zum Vorschein brachte, würde mir schon noch etwas anderes einfallen, um Karlsson zu stoppen.

»Denkt daran, auch die Wurzeln herauszureißen, sonst wächst das Zeug wieder nach!«, bellte er.

Anscheinend hatte er sich an diesem Morgen schon mehr als einmal die Haare gerauft, denn sie lagen nicht wie sonst glatt an seinem Kopf, sondern standen nach allen Seiten ab. Wie eine zerzauste Fledermaus sah er in seinem langen schwarzen Mantel aus. Schweißtropfen standen auf seiner Stirn, die er mit einem blutroten Taschentuch abtupfte. Als er es achtlos wieder in seine Jackentasche zurückstopfen wollte, fiel es zu Boden. Ich tat so, als ob ich meinen Schnürsenkel binden wollte, und steckte es ein.

»Was machst du denn hier?«, fuhr er María an.

»Ich habe deine Architektin hierhergefahren, wie du siehst.«

»Habe ich das Ganze dir zu verdanken?« Sein Blick bohrte sich in ihren, aber anders als ich ließ sich María von ihm nicht einschüchtern.

»Mit Freuden würde ich deine Frage mit Ja beantworten. Aber leider verfüge ich nicht über Zauberkräfte«, entgegnete sie zuckersüß. »Vielleicht waren Elfen am Werk. Es ist schließlich nicht das erste Mal, dass sie sich wehren, wenn jemand versucht, ihr Zuhause zu zerstören. Ich befürchte, da kannst du dich noch auf einiges gefasst machen, mein lieber Elric.«

»Nein, es waren keine Elfen am Werk, sondern ich«, hätte ich am liebsten ausgerufen, aber da mir sowieso niemand geglaubt und ich Mums und Karlssons Wut auf mich gezogen hätte, hielt ich den Mund.

Es war besser so, denn Karlsson sah aus, als ob er María gleich an die Gurgel gehen wollte. Letztendlich beließ er es jedoch dabei, einen verärgerten Zischlaut auszustoßen. »Wenn ihr Ökospinner glaubt, dass ihr das Bauvorhaben jetzt noch sabotieren könnt, dann seid ihr noch dümmer, als ich geglaubt habe. – Komm!«, sagte er zu Mum. »Wir werden zum Bürgermeister fahren und Wachleute anfordern. Bis zum Spatenstich wird sich dieser Lichtung niemand mehr nähern, der hier nichts zu suchen hat.«

Nachdem Karlsson und Mum verschwunden waren, linste ich durch eine der Öffnungen in der Hecke, um nachzusehen, ob der Holunder vielleicht auf wundersame Weise durch mich geheilt worden war, aber er sah leider genauso arm und vertrocknet aus wie zuvor.

»So, meine Liebe«, María, die mir gefolgt war, stemmte die Arme in die Seiten, »und nun erzählst du mir noch einmal ganz genau, wen oder was du auf der Lichtung alles gesehen hast.«

Nun glaubte sie mir also doch! Meine Mundwinkel verzogen sich zu einem breiten Grinsen. So detailliert wie möglich berichtete ich ihr von den Ereignissen der vorletzten Nacht.

Ehrfürchtig hing sie an meinen Lippen, und ich war sehr zufrieden mit mir, bis ich zu der Stelle gelangte, an der der Elf mit dem Dutt an mir vorbeiging, ins Stolpern kam und fluchte.

»Was bezeichnest du als einen Dutt?«, unterbrach María mich mit zusammengezogenen Brauen.

»Na, so ein Knäuel auf dem Kopf.« Ich demonstrierte es ihr mit meinen eigenen Haaren.

»Und wie sah dieser Elf sonst aus?«

»Er war groß und dünn, und ich glaube, dass sein Kinn ein bisschen vorstand und dass er eine ziemlich lange Nase hatte.«

»Ha!«, entfuhr es María.

»Hast du ihn auch schon einmal gesehen?«

»Ja.« María sah enttäuscht aus. »Das war Helge Ólafurson, der Sohn des Grundschullehrers. Er und seine Eltern sind in der Protestgruppe, die ich gegründet habe.«

»Nein, das kann nicht sein«, widersprach ich. »Dieser Helge sieht bestimmt nur so ähnlich aus wie der Elf, den ich auf der Lichtung gesehen habe. Menschen würden niemals so singen, wie die fünf Elfen es getan haben.«

Doch María hatte sich schon die Fliegerkappe über ihren Kopf gestülpt. »Du findest ohne mich zurück, oder?«, fragte sie, und ihr Tonfall hörte sich nicht so an, als ob sie ein Nein dulden würde. »Ich fahre jetzt zu Helge. Der wird mir einiges zu erzählen haben. Treibt sich nachts mit ein paar Freunden in weißen Gewändern auf der Lichtung herum, ohne mich darüber zu informieren.« Sie drehte den Zündschlüssel um. Meine Bitte, dass sie mich zu diesem Helge mitnehmen sollte, ging im Geknatter des Motorrads unter.

Ich schaute ihr nach, wie sie zwischen den Bäumen verschwand. Na toll! Nur weil so ein Grundschullehrersöhnchen meinte, genau die gleiche blöde Frisur haben zu müssen wie mein Elf, glaubte sie mir jetzt schon wieder nicht! Verärgert kickte ich mit der Spitze meines Stiefels in einen Laubhaufen. Bei diesem winzigen Kerl von gestern war ich ja noch bereit zu akzeptieren, dass er ein Aufschneider war, aber bei meinen Elfen nicht. Sie waren real, davon war ich schon allein aufgrund des unwirklich schönen Gesangs felsenfest überzeugt. Wenn sie sich doch nur fotografieren lassen würden … Oder diese verfluchte dreibeinige Katze sprechen könnte … Sie hatte die fünf Wesen doch auch gesehen. Ich hielt inne. Dann schlug ich mir mit der flachen Hand auf die Stirn.

Mensch, war ich blöd! Wieso war ich denn nicht früher drauf gekommen? Miska konnte nicht sprechen. Aber Aron. Vielleicht waren die Elfen an ihm vorbeigekommen.

Ich musste nach Kirkjuvík. Karlsson hatte uns auf der Fahrt zu seinem Büro auch gezeigt, wo Aron und er wohnten. Und selbst wenn der nicht zu Hause war, würde es mir nach diesen ganzen Ereignissen guttun, etwas Ablenkung zu haben und vor allem unter Menschen zu kommen.

Ich war selbst überrascht über die gute Laune, die ich hatte, als ich durch das Wäldchen in Richtung Dorf schlenderte. Wie cool, dass es mir tatsächlich gelungen war, über Nacht eine Dornröschenhecke um die Lichtung wachsen zu lassen ... Nur weil ich darum gebeten hatte ... Wenn die Bauarbeiter es nicht schafften, alle Wurzeln zu entfernen – und das fand ich wahrscheinlich –, konnte ich meine Aktion vielleicht sogar beliebig wiederholen. Karlsson würde ausflippen, wenn sie morgen früh wieder da war. Außerdem könnte ich nach Schlingpflanzen Ausschau halten, sie ausgraben, in der Nähe von Karlssons Jeep wieder eingraben und sie bitten, sich in und um das Auto auszubreiten, sodass er nicht mehr mobil war. Wie ich diesen reichen Sack einschätzte, hatte er allerdings sicherlich mehr als ein Auto. Zum Glück hatte ich Karlssons Taschentuch aufgehoben. Ich zog es aus meiner Jackentasche. Auf der Lichtung wuchs nämlich Riesen-Bärenklau. Wenn man den aus Versehen berührte, bekam man einen richtig fiesen Ausschlag. Ich könnte Handschuhe anziehen, das Tuch mit ihm einreiben und es wieder in Karlssons Tasche schmuggeln. Bei dem Gedanken daran, dass sein Gesicht schon bald über und über mit Pusteln bedeckt war, kicherte ich vergnügt vor mich hin.

Gleich darauf verging mir allerdings das Lachen wieder.

»Hallihallo«, ertönte es, kaum dass ich das bunte Wäldchen verlassen hatte. Der komische kleine Riesenzwerg von gestern hüpfte hinter einem Baum hervor und lächelte mich mit seinen schiefen Zähnen an.

»Hast du etwa auf mich gewartet?«, knurrte ich ihn an.

»Oh!« Der Zwerg hob die Augenbrauen. »Faye hat schlechte Laune.«

»Nein, ganz im Gegenteil, bis du aufgetaucht bist, war ich ausgesprochen guter Laune. Wieso weißt du überhaupt, wie ich heiße?«

»Na, das ist ja wohl das Mindeste, was man von seinem Schutzriesen erwarten kann.«

Fing er schon wieder damit an ... Und wenn er schon mein Schutzriese sein wollte, wäre es interessant zu wissen, wo er letzte Nacht gewesen war, als die vermummte Gestalt ins Cottage eingedrungen war ... Ich fragte es ihn.

»Es ist jemand bei euch eingebrochen? Wurde etwas gestohlen?« Auf einmal wirkte er ganz hektisch.

»Nicht, dass ich wüsste.«

»Gut.« Er atmete hörbar aus.

»Gar nicht gut. Die Gestalt war nämlich viel mehr an mir als an irgendwelchen Gegenständen interessiert.« Mein Wohlergehen schien meinem selbst ernannten Schutzriesen ja herzlich egal zu sein. »Und jetzt sag schon: Wo warst du gestern Nacht?«

»Du kannst nicht erwarten, dass ich ständig bei dir bin. Schließlich habe ich Familie«, brummte er. »Meine Frau würde mir etwas husten, wenn ich nachts nicht zu Hause wäre ...«

»Und jetzt? Würde sie sich da nicht über deine Anwesenheit freuen?«

Er schüttelte den Kopf. »Sie arbeitet.«

Super! Seine Frau verdiente Geld, während er in der Gegend abhing und mich nervte.

»Wo willst du eigentlich hin?«, erkundigte er sich jetzt.

»Ins Dorf.«

»Ich komme mit.«

»Das musst du nicht«, beeilte ich mich, ihm zu versichern. »Ich glaube nicht, dass mir tagsüber etwas passieren kann. Stell dich lieber heute Nacht vor dem Cottage auf und pass auf, dass nicht schon wieder jemand eindringt.« Wenn er mich schon die ganze Zeit mit dieser Schutzriesensache nervte, sollte er wenigstens seinen Job machen.

Doch er ließ sich nicht abschütteln. »Ich heiße übrigens Gunther.« Er hielt mir die Hand hin, und ich ergriff sie nach einigem Zögern. Fast hatte ich erwartet, dass ich ins Nichts hineingreifen würde, doch seine Hand fühlte sich warm und ein bisschen verschwitzt an. Sicherheitshalber kniff ich mir noch fest in den Arm. Aua! Nein, ich träumte nicht. Das hier war alles real!

KAPITEL 21

Die Isländer schienen wirklich alles auf den letzten Drücker zu machen. Deutete bei unserer Ankunft nur ein Schild darauf hin, dass sie mit dem Bau des Hotels nicht einverstanden waren, war ihr Protest nun nicht mehr zu übersehen. Überall standen Schilder. Auch Banner waren nun über die Straßen gespannt. »Rettet das kleine Volk!« und »Letzte Chance für die Elfen« stand gleich auf mehreren, aber es gab auch welche mit »Stoppt den Hotelbau!« und »Der Holunder darf nicht sterben!«. Aus einem Fenster hing ein Betttuch. »Nur noch 3 Tage – Wir müssen handeln!«, hatte jemand mit krakeligen Buchstaben darauf geschrieben. Eine schmächtige Frau mit rosigen Wangen und einem dicken Zopf, der bis fast zum Saum ihres langen Rocks reichte, und ein alter Mann, der so etwas wie ein Vogelnest auf dem Kopf trug, liefen durch die Straßen und verteilten Flugblätter, auf denen sie darauf hinwiesen, dass es nun aber wirklich höchste Zeit war, das Huldufólk zu retten.

»Bitte«, sagte die Frau gerade eindringlich zu einer Passantin, »geh in die Bibliothek und unterzeichne unsere Petition gegen den Hotelbau. Das kleine Volk darf sein Zuhause nicht verlieren. Dafür müssen wir alle sorgen.« Ihre Hand zitterte, als sie ihr das Flugblatt reichte.

Das Haus, in dem Aron und sein Onkel für die Dauer ihres Aufenthalts in Kirkjuvík wohnten, war eine weiße, kastenförmige Villa mit grünen Fensterrahmen und Zinnen auf dem Flachdach, die ihr den Anschein einer Festung gaben. Dieser Eindruck wurde durch die weißen Löwen aus Marmor noch unterstrichen, die zu beiden Seiten der Treppe auf einem Sockel thronten. Während ich klingelte, kletterte Gunther auf den Rücken von einem der Steintiere.

»Du willst also zu Aron«, stellte er fest. »Der Junge gefällt dir wohl.«

»Nein, überhaupt nicht. Wie kommst du darauf?«

»Er gefällt den meisten Mädchen.« Gunther kicherte. »Der Typ einsamer, von der Welt unverstandener Cowboy kommt bei den Frauen gut an. War schon immer so.«

»Ich bin aber nicht so wie die meisten Mädchen.«

»Nein, das bist du nicht«, bestätigte er mir, und ich war schon ein wenig besänftigt, als er nachsetzte: »Aber er gefällt dir trotzdem. Das merkt man. Sonst wärst du jetzt nicht so nervös.«

»Ich bin überhaupt nicht nervös.«

»Warum zittern dann deine Hände?«

Ich verschränkte sie ineinander. »Ich bin unterzuckert. Außerdem zittern sie überhaupt nicht. Und jetzt verschwinde und lass mich endlich in Ruhe!«

Ich hatte gar nicht gemerkt, dass die Tür schon geöffnet worden war. Dahinter stand eine ungefähr fünfzigjährige Frau mit einer weißen Schürze über einem dunkelblauen Kleid, die mich jetzt befremdet anblickte. »Ich … ich meinte nicht Sie. Ich meinte den da!« Ich zeigte auf Gunther, der immer noch breit grinsend auf dem Löwen saß. »Geh endlich.« Ich wedelte mit den Händen, um ihn zu verscheuchen.

Die Augenbrauen der Haushälterin erreichten nun fast ihren Haaransatz.

»Er läuft mir die ganze Zeit nach«, erklärte ich, damit sie mich nicht für vollkommen übergeschnappt hielt. »Dabei kenne ich ihn gar nicht.«

An ihrem verständnislosen Gesichtsausdruck änderte sich nichts. »Aha. Kann ich dir irgendwie behilflich sein?«

»Ja … ähm … äh.« Ich merkte, dass ich von einem Fuß auf den anderen trat, und stoppte diese Bewegung abrupt. »Ist Aron da?«, stieß ich aus. Mein Kopf fühlte sich ganz heiß an.

»Er schläft noch. Soll ich ihm etwas ausrichten?«

Er schlief noch? Es war schon fast eins!

»Nein … ähm … äh …« Oh Mann! Faye an Sprachzentrum: Bitte melde dich! »Sagen Sie ihm am besten auch gar nicht, dass ich da war. Das sollte nämlich eine … ähm … eine Überraschung sein. Bis bald!« Ich hob die Hand und drehte mich auf dem Absatz um. Fast wäre ich dabei die Treppe hinuntergefallen.

Mit garantiert hochrotem Gesicht floh ich die Straße hinunter.

»Das war eine sehr souveräne Vorstellung«, sagte Gunther, dessen struppiger Kopf neben mir auftauchte. »Nun glaube ich dir, dass du dich nicht für Aron interessierst.« Er joggte, um mit meinen schnellen Schritten mitzuhalten.

Ich fing an zu rennen. Es musste mir doch irgendwie gelingen, ihn abzuhängen. Wenn ich den Ortsausgang erst erreicht hatte, war es nicht mehr weit bis zum Cottage. Doch leider war ich nur auf Kurzstrecken gut, bei längeren Strecken ließ mich meine Kondition schnell im Stich. Bereits nach wenigen Hundert Metern musste ich schwer atmend stehen bleiben. Gunther war immer noch neben mir, wenn auch mit hochrotem Kopf und schweißüberströmter Stirn.

Während ich mich keuchend am Zaun festhielt und mir überlegte, welche Möglichkeiten mir jetzt noch blieben, ihn loszuwerden, fiel mein Blick auf ein zitronengelbes Miniaturhaus im Garten. Was für eine seltsame Hundehütte!

»Das ist ein Elfenhaus«, japste Gunther, dem mein Blick nicht entgangen war. »Dort sollen Elfen einziehen, wenn der Stein oder Erdhügel, in dem sie gewohnt haben, einem Bauvorhaben weichen musste.« Sein Tonfall wurde verächtlich. »Als ob sie darin wohnen könnten … Die Häuser sind viel zu klein …«

In dieser Hinsicht konnte ich ihm nur beipflichten. Die Elfen auf der Lichtung hätten selbst zusammengekauert nicht hineingepasst. Endlich bekam auch ich wieder einigermaßen Luft. Ich richtete mich auf. »María sagt, die Elfen seien seit achtzehn Jahren verschwunden.«

Gunther kletterte auf den Zaunpfosten, um einer jungen Mutter Platz zu machen, die sich uns mit ihrem Zwillingskinderwagen näherte. Ein alter Golden Retriever humpelte ohne Leine hinter ihr her.

»Sie sind nicht verschwunden. Sie sind eingesperrt.«

Interessant. Gunther schien eine ganze Menge mehr zu wissen

als María, allmählich war ich doch neugierig, was er mir noch alles erzählen würde. »Und wo sind sie eingesperrt?«

»Na, in der Elfenwelt. Das ist doch wohl klar«, sagte Gunther, als ob das die selbstverständlichste Sache von der Welt wäre.

»Ach so! Und die liegt unter dem alten Holunder, der auf der Lichtung steht.« Ha! Ganz so unwissend, wie Gunther tat, war ich in Bezug auf isländische Mythologie dank Lilja und María nicht.

Doch Gunther war nicht beeindruckt. »Nicht *unter* dem Holunder. Der Baum ist nur der Eingang. Die Elfenwelt ist eine Parallelwelt zur Menschenwelt.«

»Und die Elfen sind nun alle in dieser Parallelwelt?«

»Nicht alle.« Gunther tippte ungeduldig mit dem Fuß auf den Boden. »Einige waren zu dem Zeitpunkt, an dem sich das Tor schloss, draußen. So wie ich. Und die sind nun von ihren Familien getrennt.« Sein Gesicht legte sich in kummervolle Falten. »Gut, dass ich meine Gunda getroffen habe.«

»Gunda?«

»Meine Frau. Nicht jeder hatte das Glück, in der Menschenwelt wieder einen Partner zu finden.« Gunther atmete tief durch. »Aber nun lass uns alle Nebensächlichkeiten beiseiteschieben und zum Wesentlichen kommen: Das Fällen des Holunders muss dringend verhindert werden, sonst wird es weder die eine noch die andere Welt mehr geben. Jedenfalls nicht so, wie wir sie kennen.«

Was? Hatte ich Gunther bis jetzt innerlich belächelt, horchte ich jetzt auf. »Wie kommst du darauf?«

Die Frau mit dem Kinderwagen blieb stehen und drehte sich um. »Ist alles in Ordnung mit dir?«

Zuerst dachte ich, dass sie ihren Hund meinte, aber dann merkte ich, dass diese Frage an mich gerichtet war. »Jaja«, antwortete ich. Vielleicht dachte sie, dass Gunther mich belästigte. »Wieso soll es unsere Welt und die Elfenwelt bald nicht mehr geben? Und was hat Karlsson damit zu tun?«, drängte ich ihn.

»Psst! Nicht so laut«, zischte er. »Oder willst du, dass hier im Dorf eine Panik ausbricht? Am besten gehen wir ein Stück. Damit uns keiner hören kann.« Er hüpfte wieder auf den Bürgersteig.

»Meinst du nicht, dass du ein bisschen sehr theatralisch bist?«, fragte ich Gunther, obwohl sich ein mulmiges Gefühl in mir breitmachte. Dass von Karlsson nicht nur für den Holunder eine Bedrohung ausging, hatte ich mir bei verschiedenen Gelegenheiten auch schon gedacht, es aber immer als Hirngespinst abgetan. Weil ich ihn nicht ausstehen konnte …

Die Frau stand immer noch da. »Ist wirklich alles in Ordnung?«

»Ja, immer noch«, antwortete ich irritiert. Was sollte denn sein? Am besten gingen Gunther und ich wirklich irgendwohin, wo wir ungestört waren.

»Woher weißt du das eigentlich alles?«, fragte ich ihn. »Bist du vielleicht auch ein Elf?«

»Nein, ich bin ein Riese.« Gunther rollte mit den Augen. »Wie oft soll ich das denn noch sagen? Und woher ich das weiß: Ich habe früher selbst in der Elfenwelt gelebt.«

»Als Riese?«

»Ja, auch Riesen müssen schließlich irgendwo wohnen. Und jetzt komm!« Er lief voran.

KAPITEL 22

Gunther führte mich zur Kirche. Sie lag auf einer Anhöhe etwas außerhalb von Kirkjuvík, und da kein Gottesdienst stattfand, war sie menschenleer.

»Also, schieß los!«, forderte ich ihn auf, nachdem wir sie durch das breite hölzerne Eingangsportal betreten und auf einer der hinteren Bänke Platz genommen hatten.

Gunther bedeutete mir durch eine Fingerbewegung, dass ich mich zu ihm hinunterbeugen sollte, und ich tat ihm widerstrebend diesen Gefallen. Wichtigtuerisch war er ja schon; hier war schließlich niemand. Ob er damit seine geringe Größe kompensieren wollte?

»Wir sind in Gefahr«, wisperte er. »In furchtbarer Gefahr.«

Das mulmige Gefühl in meinem Magen verstärkte sich. »Und wieso?«, wisperte ich zurück.

»Wenn der Holunderbaum gefällt wird, ist das das Ende. Denn dieser Baum ist nicht irgendein Baum, sondern …«

»… jaja, der Eingang zur Elfenwelt, ich weiß.« Er sollte endlich zum Punkt kommen.

»Nicht nur das.« Gunthers Unterlippe zitterte vor Aufregung. »Der Baum ist Yggdrasil.«

»Yggwas?«

»Yggdrasil«, wiederholte er. Zweifellos erwartete er spätestens jetzt irgendeine Gefühlsäußerung von mir, denn er schaute mich gespannt an. Doch ich wusste überhaupt nicht, auf was er hinauswollte.

»Ah«, sagte ich deshalb nur.

»Bist du so begriffsstutzig oder tust du nur so?«, schimpfte Gunther. »Was bringen euch die Lehrer denn in der Schule überhaupt bei? Yggdrasil ist der Weltenbaum.«

»Ah«, sagte ich noch einmal. Noch nie davon gehört.

»Er ist das Zentrum der Welt, ein Hofbaum, den die Götter genau in die Mitte der Welt gepflanzt haben. Die meisten Menschen denken, dass es sich dabei um eine Esche handelt«, erklärte Gunther, »nur die wenigsten wissen, dass er ein Holunder ist … und dass er hier bei uns in Island steht. Und das ist auch gut so, denn dadurch war er jahrhundertelang in Sicherheit. Dieser Baum ist nämlich überaus bedeutend: Solange Yggdrasil grün und fruchtbar ist und neue Triebe bringt, wird die Welt bestehen. Wenn er stirbt, wird ewige Dunkelheit herrschen.« Beim letzten Satz war seine Stimme leise geworden, und obwohl ich mir nicht sicher war, ob ich ihm glauben konnte, lief mir ein kalter Schauer über den Rücken. Ewige Dunkelheit, das würde zu Marías These passen. »Komm mit! Hier drin befindet sich ein Bild von ihm.« Er hüpfte von der Bank hinunter.

Ich folgte Gunther mit klopfendem Herzen durch die Kirche. Vor einem uralten Ölgemälde im Altarraum hielt er an.

»Das ist er«, sagte er ehrfurchtsvoll. »Yggdrasil.«

Ich betrachtete das Gemälde und runzelte die Stirn. Der Baum auf dem Bild hatte überhaupt nichts gemein mit dem verkrüppelten alten Holunder auf der Lichtung. Er war viel größer, seine Äste breiteten sich über den Rand des Bildes hinaus aus, und er war üppig und grün belaubt. Zumindest auf der linken Seite. Seine rechte war fast vollkommen mit schwarzer Farbe übermalt, den Baum darunter konnte ich allenfalls schemenhaft erkennen. Wer konnte das Bild nur übermalt haben?

»Wurde der, der das gemacht hat, eigentlich erwischt?«, fragte ich Gunther.

Er schaute zu mir hoch. »Ich habe keine Ahnung, wovon du sprichst, Mädchen. Wer soll wobei erwischt worden sein?«

»Na, derjenige, der das Bild mit schwarzer Farbe vollgeschmiert hat. Ist er geschnappt worden?«

»Ach so. Nein, niemand hat das Bild angemalt.« Seine gerade noch so skeptische Miene wurde kummervoll.

»Du meinst … es ist einfach so passiert.« Ich hielt den Atem an.

Gunther nickte. »Erst war es nur ein dunkler Schatten am Bildrand«, flüsterte er, »aber inzwischen wird es fast täglich ein Stück mehr. Du hast doch den Baum gesehen, er ist sowieso schon schwach. Dabei war er früher so ein wunderschönes, stattliches Exemplar. Genau wie auf dem Gemälde.«

»Was ist denn mit ihm passiert?«, fragte ich mit dünner Stimme und ohne meinen Blick von dem schwarzen Schatten zu nehmen, der schon über die Hälfte des Bildes bedeckte. »Ich meine, er kann doch nicht einfach so anfangen zu sterben, nachdem er jahrhundertelang stark und grün war.«

»Doch, das kann er. Denn ihm wurde das Herz gestohlen. In der Nacht, als sich das Tor zur Elfenwelt verschloss, vor genau achtzehn Jahren. Seitdem stirbt der Baum. Er kann nur gerettet werden, wenn sein Herz zurückgebracht wird. An Samhain muss es durch ein Astloch geworfen und Yggdrasil zurückgebracht werden.«

Ihm wurde das Herz gestohlen? Erleichtert lachte ich auf. Fast wäre ich auf Gunthers Schauergeschichte reingefallen. Ich wollte es dem Baum gar nicht absprechen, dass er eine Seele hatte, aber ein Herz … Als angehende Biologin war das selbst mir zu abwegig.

»Du hältst mich wohl für verrückt«, sagte Gunther scharf.

Ich zuckte mit den Achseln. Nun ja … Konnte er mir das übel nehmen? Gestern hatte er mir erzählt, dass er mein Schutzriese sei und dass er sich unsichtbar machen könnte. Was überhaupt nicht stimmte … Heute faselte er etwas davon, dass der Holunder nicht gefällt werden durfte, weil sonst ewige Dunkelheit herrschen würde. Und dass dieser Baum ein Herz hatte … Was erwartete er von mir?

»Warum muss es denn ausgerechnet an Samhain zurückgebracht werden?« Ich war gespannt, was er mir noch alles für Märchen auftischen würde.

»Ganz einfach. Nur in dieser Nacht sind die Wände zwischen den Welten dünn genug.«

»Und wenn das Herz nicht zurückgebracht wird, was ist dann?«

»Sind wir alle verloren«, sagte Gunther mit Grabesstimme.

Oh Mann! Was für ein schlechter Schauspieler er doch war!

Ein lautes Krachen ertönte. Es hörte sich an, als ob der Blitz in das Dach der Kirche eingeschlagen hätte. Mit einem Aufschrei fuhr ich zusammen und schaute nach oben, im gleichen Moment wurde es stockdunkel.

»Was ist das?«, schrie ich. Ich konnte überhaupt nichts mehr sehen, nicht das kleinste bisschen. Alles war schwarz, noch viel schwärzer als bei meinem nächtlichen Spaziergang zur Lichtung. Und es war eiskalt. Was war denn nur passiert? Ich fing an zu wimmern und tastete nach Gunther.

»Beruhig dich!«, sagte er. »Gleich wird es wieder hell.«

»Woher weißt du das?«, keuchte ich. Meine Zähne schlugen unkontrolliert aufeinander, und meine Angst war so groß, dass ich befürchtete, gleich das Bewusstsein zu verlieren.

»Weil Yggdrasil noch nicht gefallen ist. Außerdem passiert so etwas in der letzten Zeit manchmal, und bisher ist es noch immer wieder hell geworden. Bestimmt ist nur ein Ast abgefallen.« Er legte seine kleine raue Hand in meine. »Aber Fakt ist: Die Dunkelheit breitet sich aus.«

Genau den gleichen Satz hatte auch María zu mir gesagt. Aber ich hatte ihn darauf bezogen, dass die Nächte länger und die Tage kürzer geworden waren. Mit keinem Wort hatte sie erwähnt, dass es auch mitten am Tag manchmal stockdunkel wurde. Meine Finger krallten sich um die von Gunther, und als es Minuten später langsam wieder hell wurde, waren sie so verkrampft, dass ich es kaum schaffte, sie zu lösen. Vor allem, als mein Blick erneut auf das Ölgemälde fiel. Denn auch darauf hatte sich die Dunkelheit weiter ausgebreitet, über die Hälfte des Baumes war nun schwarz.

»Das Herz, von dem du gesprochen hast«, sagte ich, denn nun erschien mir alles möglich, »weiß man, wer es gestohlen hat?«

Ein Schatten legte sich über Gunthers Gesicht, und einen Moment dachte ich, er würde meine Frage bejahen, doch dann schüttelte er energisch den Kopf. »Das ist nie herausgekommen.«

»Wir müssen es finden«, sagte ich entschlossen.

»Ja.« Gunther nickte eifrig und zog mich wieder auf die Kirchenbank. »Genau das denke ich auch. Aber die Zeit wird langsam knapp. In wenigen Tagen ist schon Samhain. Nur wenn wir das Herz in dieser Nacht zurückbringen, ist Yggdrasils Macht so stark, dass keine Axt der Welt ihn zu Fall bringen kann. Und nur dann ist das Tor zur Elfenwelt wieder offen.«

»Wo wurde es denn zuletzt gesehen?«

Gunther senkte die Lider. »Am Schwarzen Strand«, sagte er, ohne mich anzuschauen. »Man munkelt, dass der Dieb es nach dem Diebstahl ins Meer geworfen hatte. Aber ein Meerwesen hat es gefunden und zum Strand zurückgebracht. Danach verliert sich allerdings seine Spur.«

Meine angespannten Schultern sackten nach unten. Mist! Dann konnte es überall sein. Wo sollte ich denn dann anfangen zu suchen? Und noch etwas anderes fragte ich mich.

»Warum kommst du mit dieser Geschichte eigentlich ausgerechnet zu mir?«

Gunther rutschte so dicht an mich heran, dass er fast auf meinem Schoß saß. »Weil ich fest davon überzeugt bin, dass du genau diejenige bist, die das Herz finden wird. Es ist ganz nah, das spüre ich.«

Da war ich mir alles andere als sicher. Jemand konnte das Herz gefunden und damit das Land verlassen haben.

»Außerdem hat deine Mutter durch ihre Pläne das Fällen von Yggdrasil erst möglich gemacht hat«, fuhr Gunther fort.

Was? »Das ist doch totaler Unsinn!«, stieß ich hervor. »Wenn sie die Pläne nicht entworfen hätte, hätte Karlsson einen anderen Architekten damit beauftragt. Abgesehen davon … Wieso sollte gerade ich dieses Herz finden? Bestimmt haben schon viele andere danach gesucht.«

Sein Gesicht bekam einen listigen Ausdruck. »Hast du dir noch nie Gedanken darüber gemacht, wieso gerade deine Mutter den Auftrag bekommen hat, das Hotel zu entwerfen? Und wieso die Ausschreibung gerade in *eurem* Briefkasten lag?«

»Woher weißt du davon?«, fragte ich.

Gunther schlug die Hand vor den Mund. Aha! Er hatte sich also verplappert.

»Jetzt sag schon.«

Statt einer Antwort schnippte Gunther mit den Fingern.

»Vergiss es. Ich sehe dich immer noch«, sagte ich verärgert. »Das hat doch schon beim letzten Mal nicht geklappt. – Und nun will ich wissen, woher du von der Ausschreibung weißt!«

Statt mir zu antworten, hüpfte Gunther von der Bank und lief davon, so schnell, wie seine kurzen Beine ihn trugen.

He! Er konnte mich doch nicht einfach so stehen lassen! Ich wollte eine Antwort von ihm. Zwar versuchte ich ihn einzuholen, aber bereits nach wenigen Hundert Metern hatte ich ihn aus den Augen verloren.

Der Kerl hat eine Meise. Er war ein Aufschneider, der nichts als Lügen erzählte, sagte ich mir auf dem Heimweg immer wieder. So ganz glauben konnte ich es blöderweise nicht. Denn seine Theorie, dass die Elfen in ihrer Welt eingeschlossen waren, erschien mir eine plausible Erklärung dafür, warum sie vor achtzehn Jahren Knall auf Fall verschwunden waren. Aber wenn diese Theorie stimmte … dann stimmte die Geschichte von dem Weltenbaum und dem gestohlenen Herzen vielleicht auch …

KAPITEL 23

Als ich zurückkam, stand ein Motorrad vor dem Cottage. Doch nicht das altmodische Ding mit dem Beiwagen, das María fuhr, sondern eine riesige Rennmaschine. Obwohl der Himmel fast schwarz war und es aussah, als würde es jeden Moment ein Unwetter geben, saß Lilja auf der Bank vor dem Hexenhaus. Und neben ihr … Aron.

»Hallo, Faye!«, begrüßte Lilja mich.

Ich murmelte einen kurzen Gruß und wollte so schnell wie möglich im Haus verschwinden. Doch Arons Stimme hielt mich zurück.

»Unsere Haushälterin hat mir erzählt, dass du zu mir wolltest.«

Ich blieb stehen und atmete erst einmal tief durch, bevor ich mich nach ihm umdrehte. »Ja … ähm …«, druckste ich herum. Na toll, die Haushälterin hatte gepetzt. Und durch sein unerwartetes Auftauchen hier waren die Worte, die ich mir auf dem Weg nach Kirkjuvík so sorgsam zurechtgelegt hatte, wie aus meinem Gehirn gelöscht.

»Ja … ähm, was?« Er sah mich verächtlich an.

»Ich wollte mit dir reden.« Ich reckte das Kinn in die Höhe.

»Das habe ich mir gedacht. Oder hätte ich davon ausgehen sollen, dass du sonstige Dienste in Anspruch nehmen wolltest?« Ein süffisantes Grinsen legte sich über seine Lippen.

Wie konnte es sein, dass dieser Typ so liebevoll mit Tieren umgehen konnte und sich Menschen gegenüber so ätzend verhielt? Und dabei auch noch so gut aussah? Denn bei seinem Anblick hatte mein Herz, dieser verräterische Klumpen in meiner Brust, mal wieder angefangen, aufgeregt zu pochen.

»Nein, nichts, was du mir anbieten könntest, wäre für mich von Interesse. Außer einer Auskunft …«

Eine plötzliche Windböe brachte die Regenrinne an Marías Dach zum Klappern.

Lilja, deren Blick verwundert zwischen Aron und mir hin- und hergewandert war, hob die Hände.

»Stopp! Lass mich zu den Pferden gehen, bevor ihr weitermacht. Ich kann kein Blut sehen.« Mit einem vergnügten Lachen verschwand Lilja in Richtung Weide.

»Also …«, Aron sah mich herausfordernd an, »was war so wichtig, dass du heute Morgen deswegen bei mir aufgetaucht bist?«

Das hörte sich ja so an, als ob ich ihm nachlaufen würde … »Vorgestern Nacht, als du zu der Lichtung gegangen bist, sind da irgendwelche Leute an dir vorbeigelaufen?«, fragte ich hastig, bevor ich mich noch mehr über seine arrogante Art aufregen konnte. Um ihn nicht anschauen zu müssen, blickte ich nach oben. Die Wolken über unseren Köpfen waren fast schwarz. Lange konnte es nicht mehr dauern, bis es anfing, wie aus Kübeln zu gießen. Der Himmel grollte schon unheilvoll.

»Nein«, sagte er gedehnt, und ich musste leider zugeben, dass er sich wirklich so anhörte, als wüsste er nicht, wovon ich redete.

»Dir ist überhaupt niemand begegnet?«

»Doch, da war so eine Maus, groß wie eine Ratte. Sie hat sich unter dem Stamm des Holunders versteckt.« Nun grinste er auf einmal, und Hitze kroch meinen Nacken hinauf.

Aron konnte ja ein richtiger Witzbold sein. Zumindest wenn seine Scherze auf Kosten anderer gingen.

Ich würde ihn jetzt ebenfalls mit etwas Unangenehmem konfrontieren. »Warst du es, der den Bagger kaputt gemacht hat, um den Bau des Hotels zu sabotieren?«

»Wieso sollte ich das tun?«

»Was hast du denn sonst auf dem Bauplatz gemacht.«

Aron schnaubte. »Ich wüsste wirklich überhaupt nicht, was dich das angeht!« Er setzte sich den Helm auf, schwang sich aufs Motorrad und heizte darauf so rasant davon, dass die Steine rechts und links von seinen Reifen aufwirbelten.

»Aron ist schon weg?« Lilja kam mit Winda und Halli am Strick zu mir.

Ich nickte. »Offenbar fand er es nicht so interessant, sich mit mir zu unterhalten.« Die Wolken hatten sich mit Aron verzogen und der Himmel lichtete sich bereits wieder.

Sie lachte. »Besonders gut scheint ihr beide euch ja nicht zu verstehen.«

»Nein. Aus irgendeinem Grund kann er mich nicht leiden.«

»Das kann er bestimmt. Warum sollte er sonst extra hierherkommen und dich fragen, wieso du bei ihm warst?«

Vielleicht hatte Lilja recht. Mein Magen begann zu flattern. Doch ihr nächster Satz verpasste mir eine kalte Dusche. »Was wolltest du eigentlich von ihm?«, fragte sie.

Nun befand ich mich in einer Zwickmühle. Denn Aron hatte mich bei unserer nächtlichen Begegnung auf der Lichtung gebeten, mit niemandem darüber zu sprechen, dass wir uns dort getroffen hatten.

»Ich ... Die schwarze Mütze, die er so oft trägt ... Ein guter Freund von mir wünscht sich genau so eine zu Weihnachten. Ich habe ihn gefragt, von welcher Marke sie ist.«

Eine bessere Erklärung fiel mir so schnell nicht ein und an Liljas gerunzelter Stirn und ihrem skeptischen Blick erkannte ich, dass sie mir nicht glaubte. Doch sie verzichtete zum Glück darauf, nachzubohren.

»Ach so«, sagte sie nur. »Hast du Lust, mit mir an den Strand zu reiten? Gerade habe ich gedacht, dass es ein Gewitter gibt, aber jetzt wird es ja schon wieder hell.«

Ich zog die Nase kraus. Meine Beine und mein Hintern taten heute sogar noch mehr weh als gestern, und wenn ich ging, kam es mir so vor, als hätte ich eine Tonne zwischen den Beinen, so weit klafften meine Oberschenkel auseinander. Aber Spaß hatte es schon gemacht ... »Okay. Aber nur wenn du mir versprichst, dass wir nicht mehr in diesem Tölt reiten.«

»Kein Problem. Wie sieht es mit Galopp aus?« Lilja zog eine Grimasse.

»Nur Schritt. Das musst du mir schwören.«

Sie tat es, und ich ging einmal um sie herum, um nachzuprüfen, dass sie hinter ihrem Rücken nicht die Finger verschränkte.

»Gibt es in Kirkjuvík eigentlich eine Bibliothek?«

Lilja nickte.

»Kommen wir auf dem Weg zum Schwarzen Strand dort vorbei?« Ich musste unbedingt mehr über dieses Herz herausfinden.

»Wenn wir durchs Dorf reiten. – Willst du dir ein Buch ausleihen?«

»Ja, ... abends ist es mir immer ziemlich langweilig. Es ist schon so früh dunkel.«

»Du könntest heute Abend mit ein paar Freunden und mir nach Vík fahren. Das ist der nächstgrößere Ort hier. Im Clubraum der Jugendherberge dort findet eine Party statt.«

Ich musste einen Moment überlegen. Denn ich hatte mir ja fest vorgenommen, das Haus nach Einbruch der Dunkelheit nicht mehr zu verlassen. Und ich wollte auch nicht das fünfte Rad am Wagen spielen und mit Leuten ausgehen, die sich alle kannten. Aber schon wieder einen Abend allein herumsitzen und Löcher in die Decke starren ... Was das auf Dauer mit mir machte, hatte sich in den letzten Tagen ja deutlich gezeigt. Außerdem hatte mein Bett seit der letzten Nacht überhaupt nichts Verlockendes mehr an sich. Wenn ich erst zehn gewesen wäre, hätte ich Mum gefragt, ob ich bei ihr schlafen dürfte, so viel Angst hatte ich vor einem erneuten höchst realistischen Albtraum, in dem schwarz gekleidete Einbrecher vorkamen.

Ich sagte Lilja zu.

Auf unserem Weg ins Dorf kam mir schon wieder eine Gruppe Männer und Frauen entgegen, um gegen den Hotelbau zu demonstrieren. Sie hatten Schilder mit verschiedenen Parolen auf Stöcke genagelt, die sich alle gegen den Hotelbau und für den

Schutz der Elfenwelt aussprachen. »Rettet das Huldufólk! Rettet das Huldufólk!«, riefen sie ohne Pause, stampften im gleichen Rhythmus mit ihren Stöcken auf den Boden und sahen dabei so wild und entschlossen aus, dass ich hoffte, sie wussten nicht, wer ich war.

»Immer mehr Leute im Dorf protestieren gegen das Hotel.«

Lilja nickte. »Sie sind auf dem Weg zur Gemeindeverwaltung. Oma ist schon da. Aber sie werden keinen Erfolg haben. Die Sache ist durch.«

Das hoffte ich nicht. Mum war schließlich ebenfalls auf der Sitzung und auch sie wollte Einspruch einlegen.

KAPITEL 24

Die Bibliothek befand sich in der Mitte des Dorfes neben einem Heimatmuseum und einer aus altem Holz zusammengeschusterten Hütte, auf der mit krakeligen Buchstaben *The Soup Company* geschrieben stand. Vor dem Museum parkte ein Polizeiwagen. Ein Polizist stand davor und diskutierte mit einer molligen Frau mit lila getönten Haaren. Sie trug eine Lesebrille im Haar, und vor ihrem gewaltigen Busen baumelte eine goldene Kette, an der eine Uhr hing.

»Du hättest bessere Sicherheitsvorkehrungen treffen müssen, Freya«, sagte der Beamte, ein älterer Mann mit Bassstimme. »Wie lange habe ich dir schon gesagt, dass ihr euch dringend Überwachungskameras anschaffen müsst?«

»Das ist mir jetzt auch klar.« Die Frau schien den Tränen nah. »Aber ein Diebstahl in diesem Museum – so etwas hat es in Kirkjuvík noch nie gegeben!«

Lilja zügelte ihr Pony. »Was ist denn passiert?«

»Darüber kann ich keine Auskunft geben, ohne den Stand der Ermittlungen zu gefährden«, sagte der Polizist unfreundlich, während die Frau zeitgleich schniefte: »Ins Museum ist heute Nacht eingebrochen worden. Eines unserer wertvollsten Stücke ist gestohlen worden.«

»Der Hammer?«

Die Frau nickte. »Er hat Thor gehört«, erklärte sie auf meinen fragenden Gesichtsausdruck hin, »und er ist sehr, sehr mächtig. Er verfehlt sein Ziel niemals, und wer immer ihn besitzt, ist dazu in der Lage, selbst Berge dem Erdboden gleichzumachen.«

Oh!

»Mach dem Mädchen keine Angst, Freya. Es ist nur eine Legende.« Der Polizist legte der molligen Frau eine Hand auf die Schulter und schob sie in Richtung des Museums. »Schauen wir nach, ob die Spurensicherung schon etwas gefunden hat.«

Von außen erinnerte mich die Bibliothek mit ihren blauen Wellblechwänden an einen Container, genau wie die meisten Häuser in Kirkjuvík, aber innen war sie warm und gemütlich. Leider hatte Lilja beschlossen, die Ponys draußen anzubinden und mitzukommen. Wenn ich nicht mit einem Stapel Pferdebücher im Rucksack die Bibliothek verlassen wollte, musste ich zugeben, dass ich mehr an regionaler als an allgemeiner Unterhaltungsliteratur interessiert war.

Hinter der Infotheke saß zu meiner Verblüffung jemand, der mir schon einmal begegnet war: Es war der blonde Mann mit dem Vollbart, den ich auf dem Weg zum Wasserfall getroffen hatte.

»Kennst du den?«, wisperte ich Lilja zu. »Ich bin gestern an seiner Hütte vorbeigekommen.«

Sie nickte. »Das ist Laurin Elrondson. Voll der komische Kauz. Geht kaum unter die Leute. Als Kind hatte ich richtige Angst vor ihm. Aber jetzt glaube ich, dass er harmlos ist.«

»Haben Sie Bücher über isländische Sagen und Mythen? Am liebsten über welche, die sich hier auf die Gegend beziehen«, fragte ich den Bibliothekar, der tief über ein altes Buch gebeugt hinter einem Tisch saß. Der in Leder gebundene Einband des Buches war brüchig, die Seiten schon ganz vergilbt. Es war handschriftlich und in einer verschnörkelten Schrift verfasst worden, die kaum zu entziffern war. Neben dem Mann lag ein Stapel Zettel, auf denen Unterschriften gesammelt wurden. Ich warf einen flüchtigen Blick darauf. Natürlich! Eine Unterschriftenliste, die sich gegen den Bau des Hotels richtete.

Der Bibliothekar schaute auf. »Braucht ihr diese Informationen für ein Schulprojekt?« Sein blonder Vollbart war so dicht, dass man kaum seinen Mund sehen konnte.

»Nein, ich mache hier nur Urlaub«, erklärte ich ihm.

»Die Bücher über Sagen und Mythen stehen ganz am Ende des dritten Ganges auf der rechten Seite.«

»Für so etwas interessierst du dich«, sagte Lilja überrascht.

Ich nickte. »Ist ein Hobby von mir.«

Lilja verschwand in der Abteilung mit den Zeitschriften, und ich ging erleichtert in den Gang, auf den der Bibliothekar gezeigt hatte. Dort gab es tatsächlich ein paar Bücher über diese Themen. Doch genau in der Reihe, in der ein kleiner Bereich für regionale Literatur reserviert war, klaffte eine Lücke.

Ich ging zu dem Bibliothekar zurück. »Die Bücher sind alle ausgeliehen. Wissen Sie, wann die Rückgabefrist endet?«

Aus einem Kästchen mit alphabetisch geordneten Karteikarten zog er eine Karte heraus. Von einem Moment auf den anderen wurde er blass. Er schaute von der Karte zu mir und wieder zurück. »Sie sind erst heute Morgen ausgeliehen worden«, sagte er, als ich mich schon beunruhigt fragte, ob er vielleicht gerade einen Herzinfarkt erlitt.

»Und an wen?«

»Das darf ich leider aus Datenschutzgründen nicht sagen«, antwortete er tonlos.

Weil ich seine Reaktion so merkwürdig fand, dass ich nicht länger bei ihm stehen bleiben wollte, und Lilja immer noch in ihre Zeitschrift vertieft war, ging ich noch einmal zurück und durchstöberte die einzelnen Titel. *Das große Elfenlexikon* stand auf einem Buch mit dunkelrotem Ledereinband. Ich zog es heraus. Vielleicht würde ich darin ein wenig mehr über diesen Kampf zwischen Licht- und Dunkelelfen finden, von dem laut María einige Isländer behaupteten, dass er zum Verschwinden der Elfen geführt habe, und las:

Einst hießen die Dunkelelfen Braunelfen und gehörten zusammen mit den Lichtelfen zu einem Volk. Doch im Gegensatz zu ihren friedliebenden Brüdern und Schwestern hassten die Braunelfen die Menschen, weil sie sich von ihnen in ihrem Lebensraum bedroht fühlten.

Als die Braunelfen die schwarze Magie lernten, um den Menschen zu schaden, befürchteten die Lichtelfen, dass das Zusammenleben zwischen Menschen und Elfen in Gefahr sei, und sie verbannten die Braunelfen. Durch einen mächtigen Fluch schafften sie es, die Haut der Braunelfen anfällig für das Sonnenlicht zu machen, sodass diese sich unter die Erde in vollkommene Dunkelheit zurückziehen mussten, um überleben zu können. Mit der Zeit entdeckten die Braunelfen, die von nun an Dunkelelfen hießen, eine Möglichkeit, den Fluch zu schwächen, sodass sie sich zumindest kurzzeitig dem Licht aussetzen konnten, doch dies kostete sie so viel Kraft, dass sie ihre vollständige Macht nie wieder entfalten konnten.

Dunkelelfen waren auf eine bedrohliche, finstere Weise äußerst gut aussehend, stand weiter in dem Lexikon. Sie waren außerdem sehr manipulativ und schafften es mühelos, andere für sich einzunehmen. Doch Gefühle wie Freundschaft und Liebe empfanden sie nicht, da all ihr Tun immer einem bestimmten Zweck untergeordnet war.

Ich musste kichern. Oh ja! Das alles passte auf Postbote Hakon, diesen düsteren Sexgott, wie die Faust aufs Auge.

Ich lungerte noch eine Zeit lang in dem Gang herum und blätterte in ein paar Büchern, als mir eine Idee kam. Hier fand ich nichts, aber vielleicht konnte ich in den Zeitungen von vor achtzehn Jahren etwas über den Diebstahl von Yggdrasils Herz nachlesen. Das war zwar unwahrscheinlich, da selbst die Isländer nicht so verrückt sein konnten, den Verlust des Elfenreiches in die Zeitung zu setzen. Aber Gunthers Geschichte von Yggdrasil und der ewigen Dunkelheit, die herrschen würde, wenn er starb, beunruhigte mich wirklich sehr.

Ich ging noch einmal zu dem Bibliothekar, der mit ausdruckslosem Gesicht in seinem Stuhl saß und vor sich hinstarrte.

»Gibt es in der Bibliothek auch ein Zeitungsarchiv?«

Er nickte. »Es ist mittlerweile sogar elektronisch archiviert.«

»Cool.« Mit so etwas Modernem hatte ich angesichts des Kästchens mit den Karteikarten in dieser Bibliothek gar nicht gerechnet. Nun musste ich mich nicht durch Tausende von Seiten blättern. Ewig konnte ich Lilja nämlich nicht warten lassen.

»Woher kommst du eigentlich?«, erkundigte sich der Bibliothekar auf einmal.

»Wie meinen Sie das? Jetzt, im Urlaub, oder normalerweise?«

»Hier.«

Er wurde mir immer unheimlicher. Wieso wollte er das denn wissen? »Wir wohnen im Iceland Hotel.« Diesen Namen hatte Karlsson auf der Herfahrt erwähnt, und ich hatte nicht vor, dem Bibliothekar meine richtige Adresse zu verraten. Ganz davon abgesehen, dass ich mir die sowieso nicht gemerkt hatte. »Wo finde ich denn den Computer?«

»Im Lesesaal. Geh hinauf in den ersten Stock und dann rechts.«

Am Fuß der Treppe angekommen sah ich, dass er mir nachblickte.

Zum Glück war der Computer nicht besetzt, er war noch nicht einmal angeschaltet. Ich fuhr ihn hoch und begann mit meiner Recherche. Seit achtzehn Jahren war das Tor zur Elfenwelt nun schon geschlossen, hatte Gunther gesagt. Der Diebstahl des Herzens musste sich also im Jahr 2001 abgespielt haben. Ich klickte mit der Maus darauf, und eine Seite öffnete sich.

Ich scrollte mich durch die Ereignisse. Doch weder ein Diebstahl noch irgendetwas anderes, was mit dem Holunder zusammenhing, waren vermerkt. Dafür fand ich eine kurze Meldung, die mich aufhorchen ließ:

In Kirkjuvík war am 5. März 2001 eine deutsche Schülerin verschwunden. Erst einen Tag später tauchte sie wieder auf. Ohne Erinnerung daran, was sich in diesem Zeitraum zugetragen hatte.

In diesem Jahr war ja ganz schön viel los gewesen! Nachdenklich drehte ich eine Haarsträhne um meinen Zeigefinger. Meine Mutter war mit ihrer Klasse in Kirkjuvík gewesen, das Herz eines Baumes war angeblich gestohlen worden, ein Mädchen war verschwunden und … ich hielt in meiner Bewegung inne … ich war geboren worden. Im Dezember.

Gedankenverloren zog ich ein Buch aus einem der Regale und ging damit zu Lilja zurück.

»Ich habe was gefunden. Wir können zurückreiten.«

Lilja warf einen Blick auf das Buch. »Der kleine Troll Frissmichnicht.« Sie zog beide Augenbrauen hoch. »Das ist aber keine Sage. Bist du dafür nicht schon etwas zu alt?«

Ich schaute auf das Buch in meiner Hand. Oh Gott! Es war ein Bilderbuch. Ein Troll war auf dem Cover abgebildet. Er sah ängstlich aus und duckte sich vor einem Schmetterling weg.

Ich spürte, dass ich rot wurde. Nun würde Lilja mich endgültig für einen totalen Freak halten. »Zum Einschlafen schaue ich mir manchmal so etwas ganz gern an«, erwiderte ich so selbstbewusst wie möglich.

Im Grunde konnte es mir schließlich vollkommen egal sein, was sie von mir hielt. Denn in ein paar Tagen war ich weg. Außerdem beschäftigte mich etwas anderes gerade viel mehr.

KAPITEL 25

Netterweise erwähnte Lilja meine Ausleihe auf dem Weg zum Strand nicht mehr. Vermutlich war sie von ihren Landsmännern und -frauen so einiges an Merkwürdigkeiten gewohnt. Stattdessen erzählte sie mir von einem Ausflug, den sie vor ein paar Wochen gemacht hatte. Mit einigen Freunden war sie am späten Abend durch eine Lavahöhle gewandert, die sich ganz in der Nähe von Reykjavík befand. Sie hatten dort übernachtet, Musik gehört, Bier getrunken. Ich versuchte wirklich, Lilja zuzuhören, doch ich war nicht bei der Sache. Obwohl es erst drei Uhr war, wurde es bereits dunkel, und immer wieder wanderten meine Gedanken auch zu der Zeitungsmeldung zurück.

Ob Mum das Mädchen war?, fragte ich mich. Nein, das war zu hirnverbrannt. Nie würde sich jemand, der so langweilig und vernünftig war wie sie, in eine solche Situation bringen. Auf der anderen Seite war sie auch ungeplant schwanger geworden …

Vielleicht hatte sie sich mit einem Jungen getroffen. Vielleicht war sie über Nacht bei ihm geblieben, und ihre Erinnerungslücken hatte sie vor ihrer Lehrerin nur vorgegeben, um keinen Ärger zu bekommen. Genau neun Monate später war ich auf die Welt gekommen. Ich atmete schneller, und meine Finger krallten sich so hart um Windas Zügel, dass er ungehalten den Kopf hin und her warf.

»Lass ihn länger«, sagte Lilja. »Er mag es nicht, wenn er festgehalten wird.«

Inzwischen waren wir am Meer angekommen. Links von uns wuchsen riesige Basaltsäulen empor, zur rechten Seite erstreckte sich schwarzer Lavasand, und vor uns lag, grau und wild, der Atlantik. Meterhoch bäumten sich die Wellen an den vier versteinerten Trollen auf, die genau wie die Dunkelelfen kein Licht vertragen konnten.

Schwimmen war selbst im Sommer viel zu gefährlich. Auf unserem Weg zum Strand hatte ich mehrere Warntafeln gesehen. Es befand sich auch nur ein Boot auf dem Wasser. Gerade fuhr es durch eine größere Lücke zwischen den Felsen und verschwand aus meinem Blickfeld.

Lilja ritt Halli ein Stück ins Meer hinein, Winda und ich folgten. Den beiden gefiel es in dem wirbelnden knietiefen Wasser. Sofort begannen sie, mit ihren Hufen daraufzupatschen.

Hier in diesen grauen Fluten sollten also Meerwesen wohnen. Sofort sah ich Frauen mit grün schillernden Fischschwänzen und Wassermänner mit langen, wallenden Bärten vor mir. Einer von ihnen hatte das Herz vom Meeresgrund aufgesammelt und an den Strand gebracht. Wie blöd, dass ich keine Gelegenheit mehr dazu gehabt hatte, Gunther zu fragen, um was genau es sich bei diesem Herz überhaupt handelte. Ein echtes Herz konnte kaum damit gemeint sein. Zumindest hoffte ich das, die Vorstellung, dass irgendwo ein zuckender Muskel herumlag, war irgendwie ekelig.

Ich musste es unbedingt herausfinden. Irgendetwas sagte mir, dass all die Ereignisse, die sich vor achtzehn Jahren zugetragen hatten, zusammenhingen. Und dass sie etwas mit mir zu tun hatten. Gunther hatte es ja angedeutet: Mum hatte die Ausschreibung für den Hotelbau nicht zufällig bekommen. Irgendjemand hatte uns hierhergelockt. Aber wer? Und vor allem: warum? War vielleicht wirklich gerade ich dazu auserwählt worden, das Herz des Holunders zu finden, fragte ich mich. Und: Lebte mein Vater hier irgendwo? Der Junge, mit dem sich das Mädchen meiner Theorie nach getroffen hatte, musste hier aus der Gegend kommen. Vielleicht kam er sogar aus dem Dorf. Von einem Jungen, der ebenfalls verschwunden war, war in der Zeitungsmeldung schließlich nichts berichtet worden. Mein Pulsschlag beschleunigte sich.

»Sag mal, kennst du eigentlich jeden in Kirkjuvík?«, fragte ich Lilja beiläufig.

»Klar. Das Dorf hat nur knapp 300 Einwohner.« Lilja zog ihre Stupsnase kraus. »Wieso fragst du? Willst du wissen, ob es hier süße Typen gibt? Den süßesten hast du eh schon kennengelernt.«

»Aron?«

Lilja nickte. »Wen sonst? Die meisten anderen Jungen sind eher langweilig. Aber so, wie der manchmal drauf ist, wollte ich ihn trotzdem nicht geschenkt haben.«

Aus ihr war also nichts herauszukriegen.

»Kommt Aron eigentlich auch zu der Party in Vík?« Wo wir eh schon beim Thema waren, konnte ich sie das doch ruhig fragen.

»Klar. Beim Feiern ist er immer der Erste.«

Ich würde ihn also schon heute Abend wiedersehen. Ich spürte, wie sich ein dümmliches Lächeln auf mein Gesicht legte. Faye!, schimpfte ich stumm mit mir. Hast du denn aus der Sache mit Liam nichts gelernt? Lass die Finger von gut aussehenden Typen, die ach so cool tun und einen auf superunangepasst machen. Trotzdem konnte ich nicht verhindern, dass neben all den offenen Fragen, die mir durch den Kopf wirbelten, auch Aron immer wieder einen Platz in meinen Gedanken einnahm.

»Tut es dir eigentlich gar nicht leid, dass der Holunder gefällt wird?«, fragte ich Lilja.

»Doch, schon. Als Kind war die Lichtung ein magischer Ort für mich. Meine Freunde und ich haben dort oft gespielt, dass wir Elfen sind.« Lilja lächelte ein wenig versonnen, bevor ihre Miene wieder ernst wurde. »Aber wir brauchen die Touristen. Sie bringen Geld und Arbeitsplätze. Vielen in der Gegend wird es durch das Hotel finanziell besser gehen. Meinen Eltern zum Beispiel. Mein Vater arbeitet für Karlsson auf dem Bau, und meine Mutter hofft, dass sie eine Stelle am Empfang bekommt, wenn das Hotel erst gebaut ist. Sie will nicht mehr länger an der Supermarktkasse sitzen. Oma redet deswegen schon seit Wochen kein Wort mehr mit ihnen. Ist alles im Moment etwas kompliziert in unserer Familie, und ich stehe ziemlich zwischen den Fronten.«

Oje! Daran, dass auch jemand von dem Hotelbau profitieren würde, hatte ich gar nicht gedacht. Leise Skrupel regten sich in mir, doch davon durfte ich mich nicht abhalten lassen. Denn wenn erst einmal ewige Dunkelheit herrschte, brauchte niemand mehr ein Luxushotel oder einen Arbeitsplatz. »Hast du eigentlich auch mitbekommen, dass auf der Lichtung eine Dornenhecke gewachsen ist?«, fragte Lilja.

Ich nickte. »Ich war heute Morgen mit deiner Oma und meiner Mutter da.«

»Meine Eltern und ich sind auch hingefahren, weil wir es nicht glauben konnten. Total krass, oder? Ich weiß ja, dass unsere Natur ihren eigenen Kopf hat, aber dass Hecken so schnell wachsen und dann auch noch ausgerechnet um den Holunder herum … Oma glaubt natürlich, dass es das Werk von Elfen sei.«

»Könnte doch sein, oder?«

»Quatsch! Wenn es sie wirklich geben sollte, hätten sie doch schon viel früher angefangen, sich gegen den Bau des Hotels zu wehren. Dass der Holunder gefällt werden soll, steht schließlich nicht erst seit gestern fest.«

»Du hast doch selbst gesagt, dass ihr Isländer mit allem etwas später dran seid. Vielleicht gilt das auch für isländische Elfen.« Meine Ohren fühlten sich ganz heiß an, und ich zupfte einen imaginären Grashalm aus Windas Mähne, damit Lilja das breite Grinsen auf meinem Gesicht nicht sah. Schade, dass ich ihr nicht erzählen konnte, wer die vermeintliche Elfe gewesen war, die die Hecke über Nacht zum Wachsen gebracht hatte. Große Taten zu vollbringen machte einfach viel mehr Spaß, wenn man damit auch angeben konnte. Aber außer Gunther würde mir ja sowieso niemand glauben.

»Können wir auf dem Rückweg noch einmal bei der Lichtung vorbeireiten?«, fragte ich. Ich wollte wissen, wie viel von meinem Werk noch übrig war. Und außerdem Karlssons Taschentuch ein bisschen an dem Riesen-Bärenklau reiben.

KAPITEL 26

Mum war schon wieder zurück, als Lilja und ich von der Lichtung zurückkamen. Sie stand in der Küche.

»Willst du auch einen Kaffee? Es ist zwar schon spät, aber ich brauche dringend Koffein.« Sie sah blass und erschöpft aus.

Ich nickte.

»Hast du wieder Kopfschmerzen?«

»Ja. Ich verstehe das gar nicht. Zu Hause habe ich doch auch nie Probleme damit.« Sie sah aus, als ob sie noch etwas hinzufügen wollte. Ihr Mund war schon geöffnet, doch sie klappte ihn wieder zu.

»Vielleicht ist es der Stress.«

»Bestimmt.«

»Wie war die Gemeinderatssitzung?«

»Lang.«

»Wird der Holunder stehen bleiben?«

Sie schüttelte den Kopf. »Heute sind gleich drei seiner größten Äste abgeknickt, weil sie so morsch waren. Der Baum ist so gut wie hin.«

Ich schluckte. Gunther hatte genau das vermutet, als es in der Kirche auf einmal so dunkel geworden war. »Du hast doch vorgeschlagen, dass er in den Innenhof des Hotels integriert wird.«

»Ja, aber du warst doch dabei, als Elric gemeint hat, dass das für ihn nicht infrage kommt. Ich denke, wir haben einen ganz guten Kompromiss gefunden: An der Stelle, an der er steht, wird eine Esche gepflanzt werden.« Sie goss mir und sich eine Tasse Kaffee ein. »Kein Gast möchte ständig auf einen halb toten Baum schauen.«

»Sagst du das oder sagt das Karlsson?«

»Das sagen wir beide«, antwortete Mum in einem Tonfall, der mir deutlich machte, dass jede weitere Diskussion in einen erneuten Streit ausarten würde.

Na gut. Ich biss die Zähne so fest zusammen, dass mein Kiefer schmerzte. Wenn sie aus Angst um ihren Job oder aufgrund ihrer Schwärmerei für *Elric* klein beigab, sollte sie das machen. Ich würde es nicht. Wenn es dieses Herz wirklich gab, musste es schließlich irgendwo sein, und ich würde es finden …

»Ich war heute Nachmittag übrigens in der Bibliothek, um mir ein paar Bücher auszuleihen«, wechselte ich beiläufig das Thema. »Dabei bin ich zufällig auf einen alten Zeitungsartikel gestoßen. Wusstest du, dass genau in dem Jahr, in dem du hier warst, eine deutsche Schülerin verschwunden ist? Als sie einen Tag später wieder aufgetaucht ist, konnte sie sich an überhaupt nichts mehr erinnern.«

Die Kaffeetasse, aus der Mum gerade trinken wollte, schwebte einen Moment in der Luft. »Nein.« Erst jetzt nahm Mum einen Schluck. »Woher sollte ich das wissen?« Ihre Hand zitterte leicht, als sie die Tasse wieder abstellte.

»Ich dachte, dass du sie vielleicht gekannt hast. Das Mädchen war im März auf Island. Und du?«

»Weißt du, wie viele Klassen jedes Jahr nach Island fliegen?«

»Unsere Abschlussfahrt wird an den Gardasee gehen. Genau wie die der einhundert Abschlussklassen vor uns.«

»Früher hatten die Schulen noch mehr Budget zur Verfügung.« Sie kippte den restlichen Kaffee in einem Zug hinunter. »Hast du eigentlich auch so einen Hunger wie ich? Lass uns im Gasthaus etwas essen gehen.«

»Lilja kommt mich um zehn abholen. Wir wollen nach Vík í Mýrdal auf eine Party fahren.«

»Bis dahin sind wir längst wieder da.«

»Okay.« Vielleicht würde sie mit vollem Magen etwas mitteilsamer sein.

Doch auch im Gasthaus öffnete Mum ihren Mund nur, um ihre Bestellung aufzugeben, und später, um ihren Fisch in sich hineinzustopfen. Wieso wich sie mir immer aus, wenn das Gespräch auf ihre Abschlussfahrt kam? Irgendetwas war damals passiert, und es musste mit meinem Vater zu tun haben. Daran gab es für mich mittlerweile keinen Zweifel mehr. Mit klopfendem Herzen nahm ich einen Bissen von meinem Gemüseauflauf.

Solange ich denken konnte, hatte ich ihn unglaublich vermisst. Manchmal konnte ich verdrängen, dass er mir fehlte. Aber dann sah ich einen Mann mit seinen zwei Kindern im Park Fußball spielen. Doro erzählte, wie sehr ihr Vater nervte. Ich hörte ein Lied, las eine Textstelle oder starrte einfach nur in die vorbeiziehenden Wolken und die Sehnsucht nach ihm war wieder da. Ich fragte mich, wieso er keinen Kontakt zu mir wollte, ob er vielleicht gar nicht wusste, dass es mich gab, und vor allem, wieso Mum so ein verdammtes Geheimnis um ihn machte. Ohne einen Vater war ich nicht vollständig, das musste sie doch wissen. Ich war ein Baum mit nur einer Wurzel, und dass ich nicht beim geringsten Windhauch umkippte, hatte ich wohl nur meiner robusten Natur zu verdanken. Denn durch ihr Schweigen enthielt mir Mum nicht nur meinen Vater vor, sondern auch Großeltern, Tanten, Onkel, Cousins, Cousinen. Nicht einmal von ihrer Seite hatte ich Verwandtschaft. Denn sie war Einzelkind wie ich, mit ihren Eltern hatte sie sich zerstritten, und wir sahen sie kaum. Wahrscheinlich waren Oma Bine und Opa Ludwig ebenso wenig begeistert darüber wie ich, dass sie nicht bereit war, über den Jungen zu sprechen, der sie kurz vor ihrem Abitur geschwängert hatte.

Während ich auf meinem Essen herumkaute, ohne etwas zu schmecken, ging ich im Geist alle Männer durch, die mir bisher hier in Island begegnet waren. Viele waren es ja nicht.

Der kleine dicke Mann mit dem Bürstenschnitt, der Karlsson von der Sabotage auf dem Bau erzählt hatte, war bestimmt nicht Mums Geschmack. Das hoffte ich jedenfalls. Aber der blonde Wikinger, der den Bagger repariert hatte, hatte nicht schlecht ausgesehen. Hatte er nicht auffällig lange zu uns herübergeschaut? Karlssons Fahrer musste auch um die vierzig sein. Aber er war so unheimlich mit seiner blassen, fleckigen Haut, dass ich mir verbot, länger darüber nachzudenken. Und Karlsson selbst … Er hatte dunkle Augen, genau wie Mum. Es war biologisch also äußerst unwahrscheinlich, dass bei dieser Verbindung ein Kind mit blauen Augen herauskommen würde. Da in der letzten Zeit aber einige naturwissenschaftliche Gesetze über den Haufen geworfen worden waren, konnte ich ihn nicht völlig ausschließen. Letztendlich beruhigte ich mich aber damit, dass ich es Mum am Flughafen bestimmt angemerkt hätte, wenn sie sich bereits von früher gekannt hätten.

Gerade schob ein Mann eine ältere Frau im Rollstuhl ins Restaurant. Ein winziges Schoßhündchen hüpfte hinter den beiden her. Wie alt der Mann wohl war? Die Beleuchtung in der Gaststube war äußerst schummrig. Ich konnte nur erkennen, dass er eine weinrote Jacke trug und schon ziemlich schütteres Haar hatte.

Schluss jetzt!, schimpfte ich mit mir. Ich konnte doch nicht in jedem Mann mittleren Alters, der mir hier auf Island begegnete, meinen potenziellen Erzeuger vermuten. Am einfachsten wäre es sicher, Mum mit meinem Verdacht zu konfrontieren. Aber ich rechnete nicht damit, dass sie mir die Wahrheit sagen würde, und ich wusste auch nicht, wie und wann ich das Thema anschneiden sollte.

»Hallo! Erde an Faye!« Mum wedelte mit einer Serviette vor meinem Gesicht herum.

»Was ist?«, fragte ich erschrocken. Mir war gar nicht aufgefallen, dass sie ihr Schweigen gebrochen hatte, so sehr war ich in Gedanken versunken gewesen.

»Ich habe dich gefragt, ob du eigentlich auch gehört hast, dass es einen Einbruch im Museum gegeben hat.«

Ich nickte. »Ein Polizist war gerade da, als Lilja und ich vorbeigeritten sind.«

»Heute Nacht scheint hier ja ganz schön was los gewesen zu sein.«

Haha! Ich wusste genau, dass sie mich wegen des vermeintlichen Einbrechers aufzog.

»Der Bürgermeister war außer sich«, fuhr Mum fort. »Anscheinend war dieser Hammer ein echter Besuchermagnet, weil er angeblich dem Gott Thor gehört hat. Der Dieb muss irgendein verrückter Sammler sein. Was sonst sollte man mit einem Hammer anfangen?«

»Berge dem Erdboden gleichmachen?«, schlug ich vor.

Mum lachte, doch mir verursachte der Gedanke, was eine so mächtige Waffe in den falschen Händen verursachen konnte, eine Gänsehaut. Und so war ich wenig begeistert, als man Mum in der Taxizentrale mitteilte, dass alle Wagen unterwegs seien und wir den Rückweg durch die dunklen Hügel zu Fuß antreten mussten.

Als wir an der Gemeindeverwaltung vorbeigingen, kam gerade ein Mann mit roten Haaren und Bartstoppeln im Gesicht heraus. Er trug Gummistiefel, eine Wachsjacke und ein derbes Flanellhemd.

»Oh Gott! Der Bürgermeister!« Mum machte Anstalten, sich hinter ein Auto zu ducken, doch da hatte er sie schon gesehen.

KAPITEL 27

Ah! Unsere Architektin. Wie schön, dich hier zu treffen!«, rief der Mann. Er eilte auf uns zu und schlug Mum mit seiner Pranke so fest auf die Schulter, dass sie in die Knie ging. »Hast gar nicht erwähnt, dass du so 'ne hübsche Tochter hast.« Er zwinkerte erst Mum, dann mir zu. »Macht ihr beiden einen Abendspaziergang durch unsere schöne Stadt? Durch den Kasten, den du geplant hast, werden wir aus der heißen Quelle auf der Lichtung eine Goldquelle machen.« Er rieb sich vergnügt die Hände.

Das war der Bürgermeister! Ich unterdrückte ein Kichern. Den hatte ich mir ja ganz anders vorgestellt. Nicht wie einen Bauer oder Fischer, sondern mehr wie Karlsson.

»Hast du in den nächsten Tagen einmal ein paar Minuten Zeit für mich? Heute Mittag wollte ich mit dir schon über den Festakt am Wochenende sprechen, aber diese verfluchte Hecke hat mich ganz aus dem Konzept gebracht. Zum Glück ist das Ding inzwischen weg. Ich habe eine kleine Rede geplant, ein paar alte Leutchen und der Kinderchor werden Volkslieder singen. Außerdem werden Elric, der Vorsitzende des Hotelverbands und ein Vertreter des Tourismusverbands ein paar Worte sagen.«

»Hast du keine Angst, dass die Veranstaltung sabotiert wird? Es ist mir nicht entgangen, dass es in der Bevölkerung ziemlich große Vorbehalte gegen das Projekt gibt.«

»Ach! Das ist doch nur ein ganz kleiner Teil Ewiggestriger. Der Kasten ist ein Segen für diese Region. Ich sehe schon Busse voller Touristen hier vorfahren. Wir brauchen unbedingt mehr Parkplätze. Vík mit seinen paar lausigen Absteigen wird bald einpacken können. Der Bürgermeister dort ist auch so einer, der meint, sich dem Fortschritt verschließen zu müssen. Nicht so wie ich …«, meinte er großspurig und ließ ein verächtliches Schnauben folgen. Während der Bürgermeister Mum mit roten Wangen und leuchtenden Augen seine Visionen von Kirkjuvík als neuem Touristenmagneten näherbrachte, wurde Mum immer stiller. Offensichtlich wollte sie ihn gerne loswerden.

»Puh, also wenn der einmal anfängt …«, sagte sie, nachdem er, Minuten später, in seinen Pick-up gestiegen und davongefahren war. »Außerdem ist Dagobert Duck nichts gegen ihn.« Sie wirkte erschöpft.

Wir gingen weiter. Unser Atem malte weiße Wölkchen in die eisige Luft. Unfassbar, wie kalt es in diesem Land war! Ich rieb mir die Hände. Dabei war es gerade erst Ende Oktober. Ein paar Tage bevor wir hierhergeflogen waren, hatte ich mit Doro in Jeans, T-Shirt und Chucks im Englischen Garten gesessen und Pläne für weitere Projekte geschmiedet. Unendlich lange her schien mir das jetzt. Ob die Hanfpflanzen vor dem Polizeirevier schon entdeckt worden waren? An sie hatte ich gar nicht mehr gedacht, auch Liam drängte sich immer seltener in meine Gedanken.

Über unseren Köpfen krächzte etwas. Ich hob den Kopf. Im diffusen Licht der Straßenbeleuchtung konnte ich die schwarze Silhouette eines Raben sehen, der über uns seine Kreise zog.

»Manchmal frage ich mich, wie mein Leben verlaufen wäre, wenn ich an einem bestimmten Punkt eine andere Entscheidung getroffen hätte«, sagte Mum auf einmal.

Ich schaute verdutzt auf. Solche nachdenklichen Worte kannte ich von ihr gar nicht. »Wie meinst du das?«

Mum nickte in Richtung eines erleuchteten Fensters. Eine Frau saß an einem Klavier und spielte. Die Töne flossen gedämpft zu uns hinüber. »Wenn ich nicht mit elf aufgehört hätte, Klavier zu spielen, wäre ich jetzt vielleicht Pianistin und würde mich gerade irgendwo auf der Welt auf meinen nächsten Auftritt vorbereiten.«

»Warst du so gut?«

»Nein. Das war doch nur ein Beispiel«, erwiderte sie ungeduldig. »Fragst du dich so etwas nicht manchmal auch?«

»Mum, ich bin noch nicht einmal achtzehn! Was hätte ich denn bisher groß anders machen können?«

Gut, ich hätte in Mathe vielleicht vom ersten Schuljahr an etwas mehr Einsatz zeigen sollen. Vielleicht hätte ich dann nicht so große Probleme in dem Fach. Und ich hätte Björn Büttner niemals diesen blöden Liebesbrief schreiben dürfen. Das, was ich geschrieben hatte, war mir so peinlich, dass ich selbst jetzt noch, fünf Jahre später, knallrot wurde, wenn er nur in meine Richtung schaute. Aber die erste richtig lebensverändernde Wahlmöglichkeit hatte ich doch eh erst nach dem Abi.

Was Aron wohl dazu gebracht hatte, weder eine Ausbildung noch ein Studium zu beginnen? Er konnte doch nicht für den Rest seines Lebens nur herumhängen, vom Geld seines Onkels leben und hin und wieder Botengänge für ihn erledigen oder ihn durch die Gegend kutschieren …

Mum verzog das Gesicht und legte ihre Fingerspitzen an die Schläfen.

»Tut dir schon wieder der Kopf weh?«, fragte ich.

Sie nickte. »Und Tabletten helfen einfach nicht. Anscheinend vertrage ich diese ständigen Wetterumschwünge hier nicht.«

»Hattest du denn auch Kopfschmerzen, als du das letzte Mal hier warst?«, nutzte ich ihre Vorlage, um endlich wieder auf die Abschlussfahrt zu sprechen zu kommen.

Mum schüttelte den Kopf. »Nicht, dass ich wüsste. Aber ich kann mich komischerweise ja sowieso an kaum etwas erinnern. Und die Sachen, an die ich mich erinnere, scheint es hier gar nicht zu geben. Ich meine zum Beispiel, dass ich in einem kleinen Dorf gewesen bin, in dem es ein Café gab, das *Honigbiene* hieß und dessen Besitzer total klein war und ein Gesicht hatte, das wie eine Walnuss aussah. Außerdem lag ganz in der Nähe ein Wasserfall, dessen Wasser in allen Farben des Regenbogens leuchtete.«

»Vielleicht hast du nur davon geträumt?«

»Ja. So wird es sein.« Mum seufzte. »Oder er kam in einem Film vor. Ich sehe auch ständig diesen Jungen vor mir. Er hat hellblonde Haare, und er trägt ein Leinenhemd, Stoffhosen und Lederstiefel, die ihm bis ans Knie gehen.«

»Klingt nach Robin Hood. Oder einem Märchenfilm.« Seit wir in Island waren, war Mum echt seltsam drauf.

Kurz vor dem Ortsausgang eilten zwei Demonstranten auf uns zu und drückten Mum ein Flugblatt in die Hand. Es waren andere als die, die Lilja und mir heute Mittag begegnet waren.

»Wenn dir die Elfen am Herzen liegen, mach mit!«, sagte ein rundlicher Mann.

»Spinnst du?«, zischte seine Begleiterin. »Das ist die Architektin aus Deutschland.« Sie riss meiner Mutter das Blatt wieder aus der Hand. Ich versuchte zu lesen, was darauf stand, doch sie war zu schnell.

Mit traurigem Gesichtsausdruck ging Mum weiter.

Ein wenig tat sie mir ja schon leid. Sie machte nur ihren Job. Und wie ich es Gunther gegenüber auch schon erwähnt hatte: Wenn sie ihn nicht machte, machte ihn ein anderer. Außerdem war ich mir sicher, dass ihr der Hotelbau auf der Lichtung im Grunde auch nicht passte. Schließlich war Mum ein großer Fan von César Manrique, einem spanischen Künstler, und von dessen Vision einer naturnahen Bauweise – sie besaß bestimmt zehn Bildbände über ihn und seine Architektur. Sie hatte Karlsson angeboten, einen Plan zu machen, dem zufolge der Baum stehen bleiben konnte, und sie hatte ihn davon überzeugt, eine Tiefgarage zu bauen, sodass die Landschaft zumindest nicht von Parkplätzen verschandelt werden würde.

Inzwischen hatten wir das Dorf verlassen und befanden uns auf dem schmalen Schotterweg, der mitten durch die Hügel führte. Ich ärgerte mich darüber, dass wir kein Taxi bekommen hatten, denn obwohl Mum bei mir war, machte mir die alles Licht in sich einsaugende Dunkelheit um uns herum Angst. Wenn wenigstens Sterne am Himmel stehen oder eine schmale Mondsichel sich zeigen würde, aber nichts … über uns war alles schwarz.

»Kannst du nicht noch einmal mit Karlsson darüber sprechen, dass der Holunder unbedingt stehen bleiben muss?«, fragte ich sie.

»Fang nicht schon wieder damit an«, stöhnte Mum.

»Aber die Leute sagen, dass er das Tor zur Elfenwelt ist …«

»Es gibt keine Elfen!«

»Außerdem ist der Baum nicht irgendein Baum. Er ist Yggdrasil, der Weltenbaum, und wenn er gefällt wird, wird alles dunkel.«

»Du glaubst doch nicht etwa wirklich an einen solchen Unsinn?«, fragte sie, doch sie wirkte wie nicht bei der Sache. Ihr Blick flackerte unruhig herum.

»Nein, aber …«

Abrupt blieb sie stehen. »Hörst du das Geräusch eigentlich auch?«, flüsterte sie.

»Meinst du den Vogel?« Der Rabe begleitete uns immer noch, hin und wieder stieß er sein heiseres unheimliches Krächzen aus.

»Nein. Ich meine die Schritte.«

Ich spitzte die Ohren. Der Kies unter unseren Füßen knirschte rhythmisch, aber Mum hatte recht: Da war noch ein anderes Geräusch. Ein Schmatzen. Schuhe versanken auf einer feuchten Wiese und wurden nur widerwillig wieder freigegeben.

»Da ist jemand«, wisperte Mum.

KAPITEL 28

Ja, da war jemand. Im ersten Moment war ich erschrocken, aber dann war ich mir sicher, dass ich unseren Verfolger kannte.

»Das ist bestimmt Gunther.«

»Welcher Gunther?«

»Ein kleiner Mann, der sich hier rumtreibt. Er ist mir schon öfter gefolgt.«

»Und das erzählst du mir jetzt erst?«

»Wann hätte ich es dir denn erzählen sollen? Du bist entweder in deinem Zimmer und schläfst oder du bist mit Karlsson zusammen«, konnte ich es mir nicht verkneifen zu sagen. »Außerdem ist er total harmlos.«

»Ich möchte nicht, ...« Der Rest ihres Satzes wurde von meinem erschrockenen Aufschrei ersetzt. Eine schwarz gekleidete Gestalt mit einer Strumpfmaske über dem Kopf und Handschuhen an den Händen hatte sich aus einer Gruppe Büsche gelöst.

»Handtasche her!«, schnarrte die Gestalt, deren Stimme sich so verdächtig nach Darth Vader anhörte, dass sie nur verstellt sein konnte.

Ich war nicht dazu in der Lage, mich zu bewegen. Mein Herz raste. *Nicht schon wieder!*, war komischerweise der erste Gedanke, der mir durch den Kopf sauste. Gefolgt von: *Das passiert doch jetzt nicht wirklich?*

Auch Mum stand stocksteif da und starrte den Mann an. Weil weder sie noch ich reagierte, zerrte er ihr die Tasche einfach aus der Hand. »Die anderen Wertsachen auch!«

»Welche anderen Wertsachen? Wir haben sonst nichts dabei.«

»Her damit!« Eine Hand schnellte nach vorne, und packte Mum am Arm. Die andere ging zum Kragen ihrer Winterjacke und riss ihn auf.

»Nein!«, kreischte sie. Sie versuchte zurückzuweichen, doch er hielt sie unerbittlich fest.

»Maul halten.« Der Mann grapschte nach ihrer Halskette, zuckte aber mit einem Aufschrei wieder zurück.

Ich hörte lautes Flügelschlagen. Der Rabe schoss im Sturzflug hinunter und hieb mit seinem großen Schnabel auf ihn ein. Der Mann, der sich gerade noch seine Hand gehalten hatte, hob jetzt schützend die Arme über den Kopf. Jemand donnerte: »Lass die Damen in Ruhe, du Wicht!« Von hinten riss jemand unseren Angreifer mit einem beherzten Griff zurück. Der Mann kam ins Straucheln, und Mums Handtasche fiel zu Boden. Zunächst sah es so aus, als ob der Kerl zur Gegenwehr ansetzen wollte, doch dann fiel ihm wohl auf, dass sein Gegenüber gut einen Kopf größer war als er und doppelt so breit. Außerdem flatterte der Rabe immer noch dicht über ihm, aufgeregt mit den Flügeln schlagend. Mit einem lauten Fluchen drehte der Typ sich um und rannte davon. Der Rabe flog krächzend hinterher. Unser Retter verfolgte ihn aber nicht, er schaute ihm noch nicht einmal nach, sein Blick war auf Mum gerichtet.

»Alles in Ordnung mit euch?«, fragte er mit seiner dunklen Stimme, und nun registrierte ich, dass ich unseren Retter kannte: Es war der komische Kerl aus der Bibliothek. Als er dort hinter seinem Schreibtisch saß, war mir gar nicht aufgefallen, wie groß er war, und er hatte so breite Schultern, dass Mum und ich uns gemeinsam dahinter hätten verstecken können.

»Nun ja, man wird nicht jeden Tag überfallen«, antwortete Mum. Nicht nur ihre Stimme zitterte. »Vielen, vielen Dank, dass Sie uns geholfen haben.«

»Dafür musst du dich nicht bedanken. Ich kam zufällig hier vorbei und habe gesehen, dass der Kerl sich auf dich gestürzt hat.« Der Bibliothekar schaute auf Mum hinunter, und ich konnte seinen Blick nicht anders als hingerissen bezeichnen.

Mums Wirkung auf die Männer in diesem Land war ja wirklich enorm, dachte ich ein wenig neidisch. Ganz anders als meine …

»Was wollte er von euch?«, fragte er. »Die Handtasche?«

»Ja, unter anderem.« Mum zog den Reißverschluss ihrer Jacke wieder hoch.

»Ich heiße Laurin.« Er streckte seine Hand aus, zog sie dann aber zurück, um sie an seiner Hose abzuwischen. Erst danach reichte er sie ihr noch einmal.

Mum nahm sie. »Ich bin Juli… äh …ane. Ich meinte, Juliane. Ich bin Juliane.« Mit großen Augen blickte sie zu ihm auf. Ihre Lippen waren leicht geöffnet.

Oh Mann! Ich wurde hier gerade unfreiwillige Zeugin, wie sich zwei erwachsene Menschen, die sich nicht kannten, anhimmelten wie Teenager, und einer davon war meine Mutter, formerly known as Mrs Frost. Was machte dieses Land nur mit ihr?

»Können wir jetzt nach Hause gehen?«, wollte ich fragen, doch meine Zähne klapperten so sehr, dass ich keinen Ton rausbrachte.

Nur höchst ungern lösten die beiden Hände und Blicke wieder voneinander.

»Deine Tochter hat einen Schock«, sagte der Bibliothekar. »Am besten bringst du sie so schnell wie möglich ins Warme und flößt ihr einen heißen Whisky ein.«

»Das mach ich«, sagte Mum.

Was? Hatte sie ihm überhaupt zugehört? Er hatte ihr gerade vorgeschlagen, ihrer minderjährigen Tochter Whisky einzuflößen.

»Igitt! Nein!«, wehrte ich ab. Doch keiner von beiden reagierte.

Da ich auf gar keinen Fall länger hier stehen bleiben wollte, räusperte ich mich laut und versuchte es noch einmal: »Wenn du mir den Schlüssel gibst, kann ich ja schon mal vorgehen.«

»Wo wohnt ihr?«, fragte der Bibliothekar.

»Bei María Sigurdardóttir«, antwortete ich, weil Mum viel zu sehr damit beschäftigt war, ihn immer noch anzustarren. Hoffentlich hatte er vergessen, dass ich in der Bibliothek behauptet hatte, wir würden im Iceland Hotel wohnen.

»Ich bringe euch hin.« Bevor ich protestieren konnte, zog er seinen Parka aus und hängte ihn mir um die Schultern. Jetzt trug er über seiner Cordhose lediglich das Hemd und den Pullunder. Obwohl ich ihm gegenüber ein schlechtes Gewissen hatte, kuschelte ich mich in den Parka hinein. Er war warm und roch nach Erde, ein sehr tröstlicher Geruch.

Ich betrachtete den Besitzer der Jacke genauer. Heute Nachmittag in der Bibliothek hatte ich in ihm einfach nur einen Mann um die vierzig mit einem dichten Vollbart gesehen. Nun, wo ich so dicht vor ihm stand, erkannte ich im Schein des Mondes, dass nur wenige Falten seine Augen umgaben, und sie waren tiefblau. Wie Saphire.

Er bückte sich nach Mums Handtasche und hob sie auf. Unbeholfen wischte er Steinchen und groben Schmutz mit seinen großen Händen ab und reichte sie ihr.

»Danke«, sagte Mum. Sie wirkte immer noch ganz verlegen.

KAPITEL 29

Als wir das Cottage erreichten, schob María gerade ihr Motorrad in den Schuppen ihres Hexenhäuschens. Sie blieb stehen, und ihr Blick schwenkte zwischen Mum und mir und dem Bibliothekar hin und her.

»Hallo, Laurin. Willst du zu mir?«, fragte sie ihn. Sie zog ihre Fliegermütze vom Kopf.

»Nein. Ich habe nur die beiden Damen begleitet. Sie sind überfallen worden.«

»Es war ein Mann mit einer Maske«, ergänzte Mum. »Er hat mir die Tasche aus der Hand gerissen und wollte unsere Wertsachen. Wo ist denn das nächste Polizeirevier? Ich will eine Anzeige erstatten.«

»Pah!«, stieß María verächtlich aus. »Die auf dem Polizeirevier trinken die ganze Zeit nur Kaffee und spielen Karten. Du kannst es dir schenken, dort vorbeizugehen. Wegen deiner Anzeige werden die ihre Hintern nicht vom Stuhl heben. Bestimmt wollte euch nur jemand Angst einjagen, werden sie sagen. Hier in der Gegend passiert nie etwas.«

»Ins Museum ist heute Morgen eingebrochen worden«, gab ich zu bedenken. Und selbst wenn María genau wie Mum den gestrigen Einbruch als Hirngespinst abtat: So niedrig, wie sie immer betonte, war die Verbrechensquote hier also nicht.

»Ach«, winkte María ab, »da hat sich doch bestimmt nur wieder jemand einen Scherz erlaubt. Ich wette, der Hammer taucht in den nächsten Tagen wieder irgendwo auf. Das letzte richtige Verbrechen hier in der Gegend ist acht Jahre her. Ein Banküberfall. Der minderbemittelte Sohn von Ingmar hat ihn verübt. Ohne Maske und Waffe ist er in die Bank marschiert, und Sigrun, die dumme Gans, hat ihm das Geld auch noch gegeben.« Fassungslos über so viel Dummheit verdrehte sie die Augen.

»Wieso sollte denn jemand einen Überfall vortäuschen und mir Angst machen wollen?«

María zuckte mit den Achseln. »Hast du es immer noch nicht verstanden? Du bist die Architektin, der wir das Hotel zu verdanken haben. Außerdem hast du dich auf der Gemeinderatssitzung nicht wie versprochen dafür eingesetzt, dass der Holunder stehen bleibt.«

Mum schnaubte. »Weil er sowieso schon fast abgestorben ist. Wenn du schon so gut informiert bist, weißt du bestimmt auch, dass wir stattdessen eine Esche anpflanzen werden.«

María stieß einen verächtlichen Laut aus. »Davon haben wir hier schon genug. Wir wollen, dass der Holunder stehen bleibt, oder?« Sie sah den Bibliothekar auffordernd an.

»Du bist also die Architektin.« Seine Miene war unergründlich.

»Ja …« Mum hielt seinem bohrenden Blick einen Moment stand, bevor sie mit resignierter Stimme sagte: »Es war mir nicht klar, welch einen Tumult all das hier auslöst.« Dann lächelte sie ihn gezwungen an. »Ich bin Ihnen wirklich sehr dankbar, dass Sie uns geholfen haben. Wir gehen jetzt besser rein. Meine Tochter ist ganz durchgefroren.«

»Kommt mit zu mir«, brummte María. »Ich schüre den Kamin an und koche Kakao.«

Oh ja! Das hörte sich viel besser an als heißer Whisky.

Doch Mum lehnte ab: »Nein, wir gehen lieber zu uns.«

»Unsinn, bei mir vor dem Feuer ist es viel wärmer als bei euch. Jetzt zier dich nicht so.«

»Na gut.« Sichtlich niedergeschlagen folgte Mum María ins Haus. Durch das Fenster im Flur sah ich, dass der Bibliothekar erst noch ein paar Augenblicke unschlüssig stehen blieb, bevor er zögernd wieder in Richtung des Dorfes zurückging.

Nachdem ich zwei Tassen von Marías heißem Kakao getrunken hatte, merkte ich, dass der Schock langsam nachließ. Ich fühlte mich nicht mehr wie in einer Gefriertruhe gefangen, und Arme, Beine und Unterkiefer zitterten auch nicht mehr unkontrolliert.

Ich warf einen Blick auf mein Handy. Neun Uhr. Um zehn wollte Lilja mich abholen. Ich musste mich für die Party fertig machen.

Ich hatte erwartet, dass Mum wild protestieren würde, als ich ihr eröffnete, dass ich trotz allem, was heute Abend geschehen war, noch zu der Party wollte, aber sie nickte nur abwesend und starrte weiter in die Flammen von Marías Kaminfeuer.

»Ich geh dann jetzt.« Schließlich musste ich mich umziehen und überprüfen, ob mein Gesicht immer noch so geisterhaft blass war wie das, das mir bei unserer Ankunft aus dem Garderobenspiegel entgegengeleuchtet hatte. Ich stand auf.

»Gehst du rüber?«, fragte Mum.

»Ja. Das habe ich doch gerade gesagt. Ich mache mich für die Party fertig.«

»Auf gar keinen Fall gehst du dorthin.« Sie schoss nach oben. »Du bleibst schön hier. Wer weiß, ob dieser vermummte Mann draußen noch irgendwo auf uns lauert.«

»Gerade hast du es mir doch erlaubt«, entgegnete ich entgeistert.

Aber davon wollte Mum nichts wissen. Zum Glück schlug sich María auf meine Seite.

»Ja, das hast du, ich habe genau gesehen, wie du genickt hast«, sagte sie resolut. »Außerdem kannst du das Mädchen schlecht bis zum Ende eures Aufenthalts hier einsperren, nur weil jemand euch einen Schrecken einjagen wollte.« Noch immer war sie nicht bereit, an einen echten Überfall zu glauben. »Ich werde Lilja sagen, dass sie auf Faye aufpassen soll.«

Mum gab sich nur widerstrebend geschlagen. »Aber um spätestens eins bist du wieder da, und wenn bei Lilja irgendetwas dazwischenkommt, nimmst du dir ein Taxi«, sagte sie.

»Ist klar.« Wann würde sie endlich einsehen, dass ich kein kleines Kind mehr war?

Wir verabschiedeten uns von María und gingen zu unserem Cottage hinüber.

»Ich muss dich etwas fragen«, sagte Mum, nachdem sie die Tür aufgeschlossen hatte und wir wieder im Haus waren.

»Schieß los!«

»Der blonde Mann, der uns gerade gerettet hat … Er kommt mir so bekannt vor. Dir auch?«

»Ja, aber ich bin ihm auch schon zweimal begegnet. Einmal, als ich an seinem Haus vorbeikam, und einmal in der Bibliothek. Dort arbeitet er.«

Eine steile Falte erschien zwischen Mums Augenbrauen. »Ich muss ihn auch schon einmal getroffen haben. Ich kann mich beim besten Willen nicht daran erinnern, wo.« Sie zögerte kurz, bevor sie weitersprach: »Und da ist noch etwas …« Sie spielte nervös mit dem Schlüsselbund.

»Was?«

»Ich habe gar nicht gesehen, wie er gekommen ist. Er stand einfach da. Es war so, als wäre er aus dem Nichts aufgetaucht. Hast du ihn bemerkt?«

»Ja, er hat sich von hinten angeschlichen. – Du wirst nicht auf ihn geachtet haben«, tröstete ich sie, weil sie immer noch äußerst skeptisch aussah. »Du bist schließlich gerade überfallen worden.«

»Ja.« Mum schauderte es sichtlich. »Was für ein Glück, dass Laurin erschienen ist.«

Laurin? Im ersten Moment dachte ich, sie würde den Raben meinen. Im Gegensatz zu ihr hatte ich den Namen unseres Retters längst vergessen gehabt.

KAPITEL 30

»Du Arme«, begrüßte Lilja mich, als ich um kurz nach zehn zu ihr ins Auto stieg. »Oma hat mir erzählt, was passiert ist. Diesen Naturfreaks ist mittlerweile ja echt alles zuzutrauen. Im Dorf sind mir schon wieder Demonstranten begegnet. Sie waren als Bäume verkleidet, einer von ihnen hatte sogar ein Vogelnest auf dem Kopf. Die sind total verrückt!«

Fand ich gar nicht. Mir kamen als Bäume verkleidete Demonstranten sogar ausgesprochen normal vor. Gunther, der war verrückt!

Wo er sich wohl gerade herumtrieb?, fragte ich mich auf dem Weg zur Party. Seit seiner überstürzten Flucht heute Nachmittag hatte er sich nicht mehr blicken lassen. Auch bei dem Überfall vorhin nicht. Einen tollen Schutzriesen hatte ich! Gut, dass der Bibliothekar und der Rabe aufgetaucht waren.

Der Clubraum war bereits brechend voll, als wir ankamen. Laute Rockmusik dröhnte uns entgegen. *Hollywood Hills* von Sunrise Avenue. Zu Hause lief meist Black, R'n'B oder House. Auch sonst war der schummrige Raum mit den niedrigen Decken nicht mit den oft ein bisschen sterilen Jugendräumen zu Hause vergleichbar. Alles wirkte ziemlich abgewetzt und es durfte sogar geraucht werden.

Während Lilja sich sofort auf einen Jungen mit schwarz umrandeter Hipsterbrille stürzte, dessen blonder Ziegenbart zu drei dünnen Zöpfen geflochten war, schaute ich mich um. Aron entdeckte ich ziemlich schnell, da er die meisten um einen halben Kopf überragte. Mit einer Flasche Bier in der Hand stand er lässig bei ein paar Jungs und unterhielt sich. Dabei wirkte er viel weniger missmutig und unnahbar, als wie ich ihn bisher kennengelernt hatte, sondern richtig aufgedreht. Wenn er keinen Schluck aus der Bierflasche nahm, bewegten sich seine Lippen in einer Tour. Als ihm ein zierliches Mädchen mit einer wilden Lockenmähne um den Hals fiel, lächelte er sogar. Schnell drehte ich mich zu Lilja um, die immer noch angeregt in ein Gespräch mit dem Hipstertypen vertieft war.

»Das ist übrigens Raik«, stellte sie ihn mir vor, als ihr meine Anwesenheit endlich wieder auffiel. »Und das ist Faye. Sie kommt aus Deutschland.«

»Cool!« Raik grinste. »Magst du was trinken? Bier?«

»Lieber 'ne Cola«, wollte ich gerade sagen, weil ich Bier nicht ausstehen konnte. Aber dann drängten sich Aron und das Mädchen in mein Blickfeld. Sie verzogen sich in eine halbdunkle Ecke. Aron flüsterte ihr etwas ins Ohr. Seine Hand lag auf ihrer schmalen Taille. Ich sah, wie sich sein Daumen unter ihr knappes Oberteil schob und ihre Haut streichelte. Ich wandte mich ab. Das musste ich mir echt nicht antun!

»Kann ich auch was Stärkeres haben?«

»Klar.« Raik schob Lilja und mich in Richtung Bar. Dort bestellte er drei Gläser mit einer durchsichtigen Flüssigkeit. Auf dem schwarzen Etikett der Flasche prangte ein giftgrüner Totenkopf. Sehr vertrauenerweckend! Skeptisch beobachtete ich, wie Raik und Lilja, ohne zu zögern, ihre Gläser leer tranken, und schnupperte an meinem. Es roch ein wenig nach *Carum Carvi*, dem gemeinen Kümmel. Ach, was soll's! So schlimm konnte es schon nicht sein. Ich setzte das Glas an die Lippen und kippte es in einem Schwung herunter. Nur eine Sekunde später holte ich keuchend Luft, während mir gleichzeitig die Tränen aus den Augen schossen. Meine Kehle brannte wie Feuer und mein Magen fühlte sich an, als würde Lava darin brodeln … Hilfe!

»Trinken … Ich brauche etwas zu trinken«, röchelte ich und wedelte mit der Hand.

Lilja reichte mir ihre Bierflasche. Wasser wäre mir lieber gewesen, aber die Situation war zu ernst, um wählerisch zu sein.

»Was war das?«, keuchte ich, als ich wieder Luft bekam.

»Unser Nationalgetränk«, sagte Lilja.

Raik nickte. »Wird auch der Schwarze Tod genannt.«

Wie sonst! Ich wischte mir die Tränen aus den Augenwinkeln. »Wie viel Prozent hat dieser Schwarze Tod denn? Hundert?«

»Mindestens. Wenn du es jetzt noch schaffst, ein Stück Gammelhai zu essen, fährst du als echte Isländerin nach Deutschland zurück.« Lilja grinste.

»Gammelhai, bäh! Niemals.« Ich schüttelte energisch den Kopf. Obwohl sich meine Kehle immer noch ganz wund anfühlte, musste ich zugeben, dass dieser Schwarze Tod eine angenehm beduselnde Wirkung hatte.

Ich reckte den Hals, um zu schauen, ob Aron die Lockentussi mittlerweile vollständig entkleidet hatte, aber von den beiden war nichts mehr zu sehen. Bestimmt hatten sie sich nach draußen verzogen – oder sie waren gleich nach Hause gefahren, um dort ungestört übereinander herzufallen.

Stattdessen blieb mein Blick an jemandem hängen, der groß und dürr war – und dessen Haare am Oberkopf zu einem Dutt zusammengeknäult waren. Mir wurde ganz flau im Magen. Eventuell rebellierte der aber auch nur gegen die Kombination von hochprozentigem Schnaps und Bier.

»Kennst du den?«, fragte ich Lilja und nickte in seine Richtung.

»Das ist Helge, der Sohn meines ehemaligen Grundschullehrers.«

Och nö! Das hatte María auch schon behauptet. Sollte mein Elf denn tatsächlich einen Doppelgänger unter den Menschen haben? Nein, das war zu unwahrscheinlich. Helge und seine Eltern mussten zu den Elfen gehören, die vor achtzehn Jahren versehentlich ausgeschlossen worden waren.

Ich erwartete, dass Lilja nachhaken würde, aber das tat sie nicht, sondern schaute mit wehmütigem Gesichtsausdruck auf Raik, der sich inzwischen mit einer Zigarette in der Hand zu einer Gruppe Jungs gesellt hatte. Ob er derjenige gewesen war, mit dem sie eine Verabredung gehabt hatte?

Da Lilja gerade abgelenkt war, zückte ich mein Handy. Ich musste unbedingt ein Foto von diesem Helge machen, um meine Theorie zu bestätigen, dass man magische Wesen generell nicht fotografieren konnte. Dummerweise schaute Helge gerade jetzt in meine Richtung. Ich musste unauffälliger vorgehen. Am besten tat ich so, als würde ich ein Selfie machen. Ich hielt das Handy ein Stück höher, legte den Kopf leicht schief und – um die Tarnung perfekt zu machen – setzte auch noch so ein bescheuertes Duck-Face auf. *Klick!*

»Hast du gerade Helge fotografiert?«

Mein Kopf schnellte herum. Aron stand dicht hinter mir und schaute über meine Schulter auf das Display meines Handys. Ich ließ es sinken.

»Nein, äh … Hab ich gar nicht. Ich … ich wollte ein Selfie machen, aber ich habe vergessen, die Kamera zu drehen …«, stammelte ich mit garantiert hochrotem Kopf. Was für eine lahme Ausrede. Jetzt hatte er mich in einer ultrapeinlichen Situation erwischt!

»Aron! Ich habe Durst!«, quengelte jemand. Erst jetzt sah ich, wer an ihm dranhing. Das Mädchen mit den dunklen Locken. Mit ihren großen braunen Augen und den langen Wimpern sah sie aus wie Bambi.

»Dann hol dir halt was, Elín!« Ohne seinen Blick von mir abzuwenden, zog Aron einen Schein aus seinem Geldbeutel. »Und bring mir ein Bier mit!«

Was für ein Macho!

Das fand auch diese Elín, denn sie zog eine oscarverdächtige Schnute und drückte ihre Brüste raus. Doch als Aron nicht reagierte, trollte sie sich schließlich.

»Was machst du eigentlich hier?«, fragte er mich.

Sehr schmeichelhaft! Dieser Typ war wirklich ein Sonnenschein. »Was soll ich schon hier machen? Ich amüsiere mich!« Missmutig starrte ich auf meine Hände hinunter, die verkrampft das Handy hielten.

»Stimmt.« Arons Augenbrauen zogen sich zu einem Dreieck nach oben. »Du gehst voll ab.«

»Ich habe sie mit auf die Party genommen«, sagte Lilja, die wieder neben mir aufgetaucht war. »Und jetzt sei gefälligst ein bisschen netter, du Holzkopf.« Sie boxte Aron in die Seite. »Faye und ihre Mutter sind heute Abend fast ausgeraubt worden.«

Ich verdrehte die Augen. Musste sie ihm das erzählen? Auf sein Mitleid konnte ich getrost verzichten.

Aber das bekam ich sowieso nicht.

»Was heißt *fast*?«, fragte Aron.

»Was heißt das wohl? Der Angreifer hat es versucht, aber er hat es nicht geschafft.«

»Und wieso nicht?«

Wieso nicht? Das klang ja fast so, als wäre es ihm lieber gewesen, wenn es ihm gelungen wäre.

»Jemand ist uns zu Hilfe gekommen.«

»Und wer war das? Hast du ihn gekannt?«

»Ja, er heißt Laurin und arbeitet in der Bibliothek. Wieso fragst du das denn? Willst du ihm einen Orden verleihen? Oder willst du ihm auflauern und ihm eins über die Rübe ziehen, weil er uns gerettet hat?« So schrecklich, wie Aron mich ganz offensichtlich fand, vermutete ich Letzteres.

»Hier, Aron, dein Bier!« Elín schob sich zwischen uns. Sie war schon wieder von der Bar zurück und zweifellos der Meinung, dass Arons Aufmerksamkeit lange genug auf mir gelegen hatte. »Tanzt du mit mir?« Sie ließ ihre Bambi-Wimpern flattern.

»Gleich. Vorher muss ich noch etwas erledigen.« Aron nahm ihr eine der Flaschen aus der Hand und verschwand in der Menge.

Mit zusammengekniffenen Augen schaute Elín ihm nach. Dann wandte sie sich mit einem Achselzucken an Lilja. »Gehst du dann mit mir tanzen?« Mich übersah sie absichtlich.

»Ich muss mal kurz wohin«, murmelte ich.

Doch anstatt auf die Toilette zu gehen, schlug ich den Weg nach draußen ein. Nach der Begegnung mit Aron musste ich dringend frische Luft schnappen.

Kurz vor dem Ausgang begegnete mir Helge wieder. Er stand neben einer jungen Frau mit kurzen dunklen Locken, Sommersprossen und einem breiten Mund, von der ich glaubte, sie ebenfalls auf der Lichtung gesehen zu haben.

Erst jetzt schaute ich mir das Foto an, das ich gemacht hatte. Helge war gut darauf zu sehen. Von seinem gestreiften Hemd bis zum Dutt! Was war denn dann nur auf der Lichtung schiefgelaufen? Ich quetschte mich dicht an ihm vorbei und rempelte ihn an, um herauszufinden, ob er ein Wesen aus Fleisch und Blut war.

War er? Helge blickte auf mich herunter. Ebenso wie Aron gehörte er zu den wenigen männlichen Wesen, die das trotz meiner stattlichen Größe konnten.

»Sorry!«, brüllte ich. »War keine Absicht.«

Einen Moment saugte sich sein Blick an mir fest. »Kein Thema.« Er wandte sich wieder seiner Gesprächspartnerin zu. Aber als ich mich auf der Türschwelle noch einmal umdrehte, sah ich, dass die beiden in meine Richtung schauten und miteinander tuschelten.

KAPITEL 31

Nach der stickigen Hitze, die im Clubraum geherrscht hatte, fand ich die Luft draußen angenehm kalt. Anders als bei unserer Ankunft war auf dem Parkplatz gar nichts mehr los. Ziellos schlenderte ich bis in seine hinterste Ecke, als ich auf einmal hörte, wie jemand in meine Richtung stapfte. Es war Aron. Ich sprang hinter einen Müllcontainer, weil ich überhaupt keinen Wert darauf legte, mit ihm zu sprechen.

Nur wenige Meter vor meinem Versteck blieb er stehen und zog sein Handy aus der Gesäßtasche seiner Jeans.

»Endlich gehst du ran!«, blaffte er in das Gerät. »Wo warst du denn die ganze Zeit?« Wie ein eingesperrter Panther lief Aron im Kreis. »Hast du schon gehört? Ragnar hat das Ding nicht bekommen … Ich scheine also nicht der einzige Versager zu sein.« Sein Gesprächspartner sagte etwas, was ihn zum Schnauben brachte. »Und jetzt? Soll ich es noch mal versuchen? Ich habe schon eine Idee, ich könnte …«

Doch die Person am anderen Ende der Leitung unterbrach ihn und erwiderte etwas, was Aron wohl nicht gefiel. Abrupt blieb er stehen. »Gut, ich habe sowieso keinen Bock mehr, mich ständig von dir herumkommandieren zu lassen«, fauchte er. »Ich bin raus. Mach deine Scheiße in Zukunft gefälligst allein.« Er drückte das Gespräch weg. Sein Gesicht war eine dunkle Maske, und er starrte mit einem solchen Hass auf das Handy hinunter, dass ich eine Gänsehaut bekam. Dann trat er so fest gegen einen alten Plastikstuhl, dass dieser umkippte und gegen den Müllcontainer rollte. Er trat noch einmal dagegen und noch einmal. Immer wieder tat er es, wie von Sinnen wirkte er, und er ließ erst davon ab, als zwei Jungs aus dem Clubraum traten. Sie grüßten ihn, doch Aron grüßte nicht zurück. Stattdessen hob er den Plastikstuhl wieder auf und setzte sich drauf. Er stützte seine Ellbogen auf den Knien ab und vergrub sein Gesicht in den Händen. Mehrere Augenblicke saß er so still da, bevor ich das Klicken eines Feuerzeugs hörte. Gleich darauf drang Tabakqualm in meine Nase. Hoffentlich beruhigt die Kippe ihn!, dachte ich, erschüttert über das, was ich gerade gesehen hatte. Jetzt war ich schon zum zweiten Mal Zeugin geworden, wie Aron ausgerastet war. Mit wem hatte er nur telefoniert? Und was hatte derjenige zu ihm gesagt, das ihn so in Rage gebracht hatte? Meine Zähne fingen an zu klappern. Schnell presste ich Ober- und Unterkiefer zusammen und trat einen Schritt zurück. Zu spät!

»Ein Müllcontainer ist ein beschissenes Versteck«, sagte Aron. »Du kannst also rauskommen.«

Hatte er mein Zähneklappern etwa gehört? Das konnte nicht sein. Dazu hätte er Ohren wie ein Luchs haben müssen. Ich hielt den Atem an. Doch da rutschte schon ein Stuhl über den Boden und Schritte näherten sich meinem Versteck.

»Du schon wieder?« Aron baute sich vor mir auf. »Spionierst du mir nach?«

»Nein. Ich …« Ich reckte das Kinn. »Die Klos waren alle besetzt.«

»Wie lange bist du schon hier?«, zischte er und schnipste die Zigarette weg. Seine Augen funkelten bedrohlich.

»Ich bin gerade erst gekommen.«

»Erzähl mir doch keinen Scheiß! Was hast du alles gehört?« Sein Gesicht war auf einmal gar nicht mehr so weit von meinem entfernt. Ich trat einen Schritt zurück und prallte mit dem Rücken gegen die Wand. Aron kam noch näher. Er stützte eine Hand oberhalb meines Kopfes ab. Mit der anderen packte er mich am Arm. Sein Atem traf meine Schläfe, und obwohl ich am liebsten meinen Kopf gesenkt hätte, hielt sein Blick meinen gefangen. Nicht auf eine horrorfilmmäßige Art wie sein Onkel, sondern … anders. Wir schauten uns in die Augen und mein Herz fing an zu rasen. Mir wurde bewusst, dass er und ich uns gerade ganz allein in dieser dunklen Ecke befanden, dass er viel größer und stärker war als ich … Kein Mensch würde mein Schreien hören, wenn er seine Hand auf meinen Mund presste. Oder seine Lippen …

Ich legte meine Hände auf seine Brust und schubste ihn mit aller Kraft zurück. »Ich habe überhaupt nichts gehört. Und jetzt lass mich in Ruhe pinkeln!«

Einen Augenblick blieb Aron stehen und musterte mich schweigend. Dann drehte er sich um und verschwand.

Zitternd blieb ich zurück. Und das nicht nur wegen der Kälte.

Als ich mich endlich dazu in der Lage sah, zur Party zurückzugehen, traf ich vor der Eingangstür einen alten Mann. In seinen Hausschuhen schlurfte er fluchend herum und pickte mit einer Müllkralle liegen gebliebene Zigarettenkippen auf.

»Wieso stelle ich eigentlich überall Eimer auf, wenn ihr eure Kippen einfach so auf den Boden schmeißt?«, meckerte er mich an.

»Ich … ich rauche überhaupt nicht.«

»Du kommst nicht von hier«, stellte er ein wenig freundlicher fest. »Ich habe dich noch nie hier gesehen.«

»Nein. Ich komme aus Deutschland. – Sind Sie ein Betreuer?«

»Nein, betreuen muss ich diese Bande zum Glück nicht. Ich vermiete nur den Clubraum an sie«, antwortete er bärbeißig. »Mir gehört die Jugendherberge.«

»Das hier ist eine Jugendherberge?«, wiederholte ich erfreut. Das war ja super! »Ist es die einzige in Vík?«

»Ja. Und an Abenden wie diesem frage ich mich ehrlich gesagt, wieso ich mich nun schon seit vierzig Jahren mit euch abplage«, grantelte der alte Mann weiter.

»Meine Mutter war vor achtzehn Jahren auch schon mal bei Ihnen«, platzte es aus mir heraus. »Mit ihrer Klasse. In dem Jahr, in dem das deutsche Mädchen verschwand. Erinnern Sie sich?«

»Ja, das war vielleicht eine Aufregung, sag ich dir.« Nun leuchteten seine Augen. Er schien nichts gegen ein Schwätzchen zu haben. Und ich hatte auch nichts dagegen. Zum einen, weil ich nach der Auseinandersetzung mit Aron noch viel weniger in Feierlaune war als vorher, und auch, weil ich endlich jemanden gefunden hatte, von dem ich etwas über die Ereignisse von damals erfahren konnte.

»Erzählen Sie!«, forderte ich ihn auf und er fing bereitwillig an: »Erst hat sich die Lehrerin nichts dabei gedacht, als die Kleine nicht pünktlich zum Abendessen erschienen ist, sie ist wohl öfter stundenlang allein durch die Gegend spaziert. Aber als sie zur Bettruhzeit immer noch nicht da war, hat sie die Polizei informiert. Die ganze Gegend hat man nach ihr durchkämmt, ohne Erfolg.«

»Die Kleine?«, wiederholte ich enttäuscht. »War das Mädchen noch ein Kind?«

»Nein, sie war schon volljährig, deshalb hat die Lehrerin auch nicht gleich reagiert.«

Sie war also tatsächlich achtzehn gewesen! Genau wie Mum und ihre Klassenkameraden. Meine Hände ballten sich vor Aufregung zu Fäusten. »Kamen damals eigentlich oft deutsche Schüler zu ihnen?«

»Hin und wieder. – Du stellst wirklich viele Fragen.«

Ich hatte noch mehr. »In einem Zeitungsbericht habe ich gelesen, dass das Mädchen am nächsten Tag wieder aufgetaucht ist. Stimmt das?«

»Am Strand hat sie gelegen und geschlafen.« Der Mann stützte sich auf den Stiel seiner Müllkralle. »Konnte sich überhaupt nicht mehr daran erinnern, was sich in den vorhergehenden 24 Stunden zugetragen hatte, das arme Ding. Nur, dass sie ihr Halstuch verloren hatte. Sie wollte es unbedingt wiederfinden. Als die Lehrer sie nicht danach suchen lassen wollten, ist sie so hysterisch geworden, dass der junge Edmundsson kommen und ihr eine Beruhigungsspritze geben musste.«

»Wissen Sie noch, wie das Mädchen hieß?« Ich hielt den Atem an.

Der Mann lachte heiser auf. »Was glaubst du denn? Das Ganze ist achtzehn Jahre her. Ich weiß ja kaum noch, wie ich selbst heiße.«

»Haben Sie keine alten Gästelisten in Ihrem Computer, durch die ich erfahren könnte, welche Schulklassen vor achtzehn Jahren hier abgestiegen sind?«

»Nein, einen Computer benutze ich erst seit sechs Jahren. Mein Sohn hat ihn mir aufgeschwatzt. Wenn du mich fragst, machen diese Dinger aber nur Ärger. Die alten Gästeunterlagen habe ich weggeschmissen.«

Schade! Zwar hatte ich ein bisschen was von ihm erfahren, aber weiterkommen würde ich an dieser Stelle nicht. Auch der Mann schien nun keine Lust mehr zu haben, sich länger mit mir zu unterhalten.

»Ich muss der Bande jetzt mal sagen, dass sie die Musik leiser drehen sollen. Sonst steigen mir die Nachbarn aufs Dach«, brummte er. Er nahm seinen Müllsack auf und verschwand ins Haus.

Obwohl mir mittlerweile unglaublich kalt war, blieb ich stehen. In diesem Jahr war so viel passiert. Das konnte doch unmöglich ein Zufall sein!

KAPITEL 32

»Hallihallo!«, begrüßte mich eine mir inzwischen nur zu gut bekannte Stimme. Gunther balancierte über den Metallzaun, der den Parkplatz von der Straße trennte, auf mich zu, die kurzen Arme hatte er zur Seite ausgestreckt wie ein Seiltänzer. Ich hatte gar nicht gehört, wie er dort hinaufgeklettert war.

»Was machst du denn hier?«, fragte ich ihn genervt. »Gehst du auch auf die Party?«

»Nein, ich will zu dir. Schließlich muss ich auf dich aufpassen.« Er legte den Kopf schief. »Hast du es vergessen? Ich bin doch dein Schutzriese.«

»Ach! Interessant! Wo warst du denn dann heute Abend? Vorhin sind meine Mutter und ich fast ausgeraubt worden.« Und wo warst du gerade, als Aron wie ein Ork auf Crystal Meth auf mich losgegangen ist?, fügte ich im Stillen noch hinzu.

»Wirfst du mir etwa vor, dass ich meinen Pflichten nicht nachgekommen bin?«, empörte sich Gunther. »Wer, glaubst du denn, hat dafür gesorgt, dass ihr gerettet wurdet, hä?«

»Das warst du?«

»Natürlich«, behauptete er, doch das leichte Flattern seiner kurzen Wimpern bewies mir, dass er log.

»Ach ja! Und wie? Der Bibliothekar aus Kirkjuvík hat uns geholfen. Nicht du. – Bist du etwa in seine Gestalt geschlüpft?«

Gunther schüttelte nachdrücklich den Kopf. »Ich kann zwar eine Menge, aber verwandeln kann ich mich nicht. Ich … ich habe ihn hergelockt. Mit … der Kraft meiner Gedanken.«

Dieser Zwerg nervte. Ich musste dringend in den Clubraum zurück. Auf meiner Gänsehaut hätte man inzwischen Parmesan reiben können.

»Dir ist kalt. Wieso stehst du auch hier draußen herum? Du solltest drin sein. Bei Aron …«

»Hör mir bloß mit dem auf!« Ich schnaubte. »Nur, falls du es nicht mitgekriegt hast, mein lieber Schutzriese: Aron hat mich vor ein paar Minuten bedroht. Außerdem ist sein Onkel derjenige, der den Holunder fällen lassen will. Den Holunder, den du unbedingt retten willst. Solltest du mich nicht vor ihm warnen?«

»Nein, wieso? Du bist die Tochter der Architektin, die die Pläne für das Hotel gezeichnet hat, wegen denen der Baum gefällt werden soll. Unterstelle ich dir deswegen Skrupellosigkeit?« Mit einem Salto sprang er von dem Müllcontainer hinunter. »Außerdem habt ihr viel mehr gemeinsam, als euch bewusst ist.«

Ja, wir hatten beide Augen, Nase, Mund und Ohren. Aber bereits beim Blut und bei den Organen war ich mir nicht so sicher. Ein Herz hatte dieser blöde Kerl auf jeden Fall schon einmal nicht. Und statt Blut brodelte bestimmt irgendeine giftige Flüssigkeit in seinen Adern. »Was denn?«

»Das findet ihr am besten selbst heraus.« Gunther lächelte verschmitzt.

Ich verdrehte die Augen. »Deine Geheimniskrämerei geht mir echt auf den Keks. Erzähl mir wenigstens, woher du wusstest, dass die Ausschreibung in unserem Briefkasten gelegen hat!«

Gunthers Mundwinkel begradigten sich schlagartig und er senkte seinen Blick. »Ich bin dein Schutzriese. Ich weiß alles über dich. Wie oft soll ich dir das noch sagen?«

»Das glaube ich dir nicht. Ich will jetzt endlich wissen, woher du das alles weißt und wieso du mich verfolgst! Was willst du von mir?«

»Das habe ich dir auch schon gesagt.« Gunther tippte ungeduldig mit der Spitze seines Schuhs auf den Boden.

»Ach, echt! Komisch, dass ich mich überhaupt nicht daran erinnern kann. Hilf mir mal auf die Sprünge.«

Ein Junge und ein Mädchen kamen auf den Parkplatz. Als sie an uns vorbeischlenderten, musterten sie mich unverhohlen und fingen dann an zu tuscheln. Auf dem Weg zu ihrem Auto drehten sie sich ein paarmal zu mir um.

»Ja, ich bin nicht von hier!«, rief ich ihnen zu. »Am besten ruft ihr das Kuriositätenamt, damit sie mich fangen und irgendwo ausstellen.«

Die beiden wechselten befremdliche Blicke.

Gunther kicherte. »Du vergisst, dass sie mich nicht sehen können. Sie denken, du führst Selbstgespräche.«

Nein, das vergaß ich nicht. Er erinnerte mich ja ständig dran. »Also, ich höre.« Ich verschränkte meine Arme vor der Brust. »Was hast du mir schon gesagt?«

»Dass ich deine Hilfe brauche, um Yggdrasil zu retten.«

Stimmt, das hatte er tatsächlich, musste ich zugeben. Seit ich hier in Island war, stand ich wirklich etwas neben mir. Aber das konnte mir ja wohl keiner verübeln angesichts all der Elfen, Zwerge und seltsamen Vorkommnisse, mit denen ich ständig konfrontiert wurde, oder?

»Und was erwartest du von mir?«, fragte ich. »Soll ich meine Mutter bitten, sich an dem Baum festzuketten? Oder soll ich es am besten gleich selbst tun?«

»Du hast wirklich gute Ideen.« Gunther spielte an seinem Ohrläppchen. »Aber damit können wir das Problem leider auch nicht aus der Welt schaffen. Wir müssen es also an der Wurzel packen und das Herz finden.«

Ich stöhnte auf. »Ich weiß. Aber dazu müsste ich wissen, was genau dieses Herz überhaupt ist. Und fang nicht wieder davon an, dass ich es selbst herausfinden muss. Ich bin deswegen nämlich sogar in der Bibliothek gewesen, aber die interessanten Bücher sind ausgeliehen, und in allen anderen Büchern ist dieses Herz mit keinem Wort erwähnt worden. Also … Wie sieht es aus? Schieß los!«

»Mach ich. Wieso sollte ich dir das denn verschweigen?«, sagte Gunther, der alte Geheimniskrämer, zu meiner Überraschung, ließ dann aber folgen: »Ich muss allerdings ein wenig ausholen.«

»Und wie weit?«, fragte ich mit zusammengezogenen Augenbrauen.

»Bis zu der Entstehungsgeschichte.«

Och nö! »Jetzt fang bitte nicht bei Adam und Eva an, sondern komm zum Punkt.«

Gunther verdrehte die Augen. »Sei doch nicht so ungeduldig. Am Anfang waren nämlich gar nicht Adam und Eva, sondern Kälte und Hitze.«

Auch gut, ich war bereit, alles zu akzeptieren, wenn dieser Zwerg mir nur erzählen würde, nach was genau ich Ausschau halten musste, damit ich endlich mit meiner Suche beginnen konnte. Bis Samhain waren es nur noch drei Tage.

Aber so schnell ging das leider nicht.

»Möchtest du dich nicht dabei hinsetzen?«, fragte Gunther.

»Wohin denn?«, motzte ich. »In den Papierkorb? Oder auf die Straße? Es ist total kalt.«

»Nun gut, dann bleib eben stehen.« Er selbst hüpfte auf den Zaun zurück und verschränkte seine dicken Hände vor dem Bauch. »Bist du bereit?«

»Ja, schon lange.«

»Also, am Anfang waren, wie gesagt, Kälte und Hitze«, begann er salbungsvoll. »Auf der einen Seite gab es eine Gegend, die Niflheim hieß und in der Frost und undurchdringlicher Nebel herrschten. Auf der anderen Seite lag Muspellsheim, ein Meer voller lodernder Flammen. Zwischen den beiden klaffte eine große, gähnende Schlucht, Ginnungagap, und dort, in dieser gewaltigen Leere, sollte alles Leben seinen Anfang nehmen. In der Begegnung von Licht und Dunkel, von Feuer und Eis.«

Oh wow! Diese Version der Schöpfungsgeschichte klang tatsächlich viel interessanter als die im Johannes-Evangelium. »Und durch diese Begegnung ist Yggdrasil entstanden.« Ich trat näher an ihn heran, um kein Wort von dem, was jetzt folgte, zu verpassen.

Gunther nickte. »Du bist ein kluges Kind. Erst war der Baum

natürlich nur ein winziger Keimling. Aber schon bald war er so groß und mächtig, dass seine Zweige die ganze Welt umspannten. Aufrecht gehalten wird er durch seine drei Wurzeln. Die eine wächst nach Jötunheim, wo Elfen wohnen ... vor allem aber Riesen.« Er tippte sich mit einem Lächeln auf die Brust. »Die zweite führt bis nach Niflheim, dem Reich der Toten, und die dritte nach Asgart, dem Sitz der Götter. Und in seinem Stamm schlug bis vor achtzehn Jahren fest und stark ein Herz, geschmiedet aus Lava und erfüllt von Licht, das entstanden ist, als Feuer auf Eis getroffen ist.«

»Dann ist das Herz also ein Stein?«

»Genau. Mit einer winzigen Flamme, die immer noch in seiner Mitte lodert. Allerdings kann man sie nicht sehen.«

Man konnte die Flamme nicht sehen ... Aber dann war es ein ganz gewöhnlicher Stein. Meine Schultern, die ich während Gunthers Erzählung die ganze Zeit hochgezogen hatte, sackten nach unten. »Ein wenig außergewöhnlicher hätte ich mir dieses Herz ja schon gewünscht. Schwarze Lavasteine liegen hier auf Island doch eine ganze Menge herum.«

»Es ist außergewöhnlich«, beharrte Gunther. »Wenn du es siehst, weißt du genau, was ich meine. Denn obwohl der Lavastein so massiv ist, scheint er von innen heraus zu leuchten.«

»Ach, hier bist du«, sagte Aron.

Ich fuhr zusammen. Mann! Schlich sich denn jeder hier lautlos wie eine Katze heran? Was wollte Aron von mir? Und wieso musste er ausgerechnet jetzt auftauchen?

Er vergrub seine Hände in den Taschen seiner Jeans. »Wieso hängst du denn immer noch hier rum?«

»Nach deinem Furcht einflößenden Auftritt vorhin habe ich mich nicht mehr reingetraut«, gab ich selbstbewusster zurück, als ich mich fühlte. »Aber inzwischen habe ich zum Glück einen extrem starken und bösartigen Schutzriesen an meiner Seite.« Ich gab Gunther einen so festen Schubs, dass er nach vorne taumelte. Jetzt konnte er beweisen, dass er außer Sprüchen noch was anderes draufhatte.

Aron schaute belustigt auf den Zwerg hinunter. »Oh! Jetzt habe ich aber Angst. Darfst du den überhaupt ohne Leine und Maulkorb spazierenführen?«

»Nö. Viel zu gefährlich. Blöderweise hat er beides aufgefressen.«

Gunther machte ein empörtes Gesicht, und ich erwartete eine entsprechende Erwiderung. Doch er klatschte lediglich in die Hände. »Wunderbar! Ich sehe, ihr kommt ohne mich aus. Dann will ich nicht länger stören. Bis die Tage!« Er hob die Hand zum Abschiedsgruß.

»Stopp, du bist doch bestimmt noch gar nicht fertig mit dem, was du mir gerade erzählen wolltest«, protestierte ich. Doch da war Gunther schon auf die Schafweide gesprungen, die sich gleich neben der Jugendherberge befand, und auf und davon. So ein Mist! Gerade jetzt, wo es spannend wurde. Am liebsten wäre ich ihm nachgelaufen, aber da ich nicht wie eine Gämse über Zäune setzen konnte, war die Chance, dass ich ihn einholte, gleich null.

»Was hast du mit dem denn so Wichtiges zu besprechen?«, fragte Aron.

»Keine Ahnung. Zu dem wirklich interessanten Teil sind wir nicht gekommen. Du hast uns unterbrochen.« Ich war echt sauer auf ihn.

»Lilja sucht nach dir.«

»Wieso das denn?«

»Sie musste ihrer Oma versprechen, dass sie dich keine Sekunde aus den Augen lässt.«

»Sag ihr, dass ich mir ein Taxi rufe und nach Hause fahre. Ich bin müde.« Ich hatte echt keine Lust mehr auf die Party.

Aron hob die Augenbrauen. »Es ist erst halb zwölf. Außerdem fährt um diese Zeit hier draußen überhaupt nichts mehr.«

Ich stöhnte auf. Die Chance, hier auf Island ein Taxi zu bekommen, war ja echt so gering wie weiße Weihnachten in Deutschland. Ich hätte ausnahmsweise mal auf Mum hören und zu Hause bleiben sollen. »Na toll! Und jetzt?«

»Ich fahr dich. Ich bin mit dem Motorrad da.«

»Ganz bestimmt nicht!« Ich starrte ihn entgeistert an. »Nicht, nachdem ich mitbekommen habe, was du mit dem armen Plastikstuhl angestellt hast.«

»Du hast also wirklich schon länger da gestanden?«

»Ja, und? Musst du mich jetzt deswegen umbringen?« Ich stemmte die Arme in die Seiten.

»Eigentlich schon.« Seine braunen Schokoaugen funkelten. »Aber wenn ich dich nach Hause fahren darf, werde ich es mir noch einmal überlegen. – Bitte!«, schob er vollkommen unerwartet nach und rieb sich das Kinn. »Zu Fuß ist es viel zu weit.«

Unentschlossen nagte ich an meiner Unterlippe.

»Okay«, sagte ich schließlich, und das nicht nur, weil mir vor dem langen, düsteren Fußweg graute. Ich wurde aus Aron einfach nicht schlau. Vorhin hatte er mir Angst eingejagt, denn auf eine dunkle Weise konnte er echt Furcht einflößend sein. Aber es hatte auch Momente gegeben, in denen ich geglaubt hatte, einen anderen Aron zu sehen. Einen verletzlichen, einsamen, einen, der nett zu Tieren war. Welcher war der echte Aron, und welcher war nur Fassade? Oder war er vielleicht eine Mischung aus beidem, aus Schatten und Licht? Auch das gehörte zu den Geheimnissen, die ich auf dieser Insel wirklich gerne lösen wollte.

KAPITEL 33

Arons Helm hing über dem Lenker. Aus einer Box, die auf dem Gepäckträger montiert war, nahm er einen zweiten heraus.

Ich war nervös. Nicht nur, weil ich noch nie auf einem Motorrad gefahren war, und schon gar nicht auf so einer Riesenmaschine, sondern auch, weil ich Aron dadurch viel zu nah kam. Als ich mich hinter ihn setzte, stieg der Geruch von Leder in meine Nase, der sich mit dem frischen Geruch eines Aftershaves vermischte. Ich rutschte auf dem Sitz ganz nach hinten, fest entschlossen, wenigstens ein bisschen Abstand zwischen uns zu wahren. Mit den Händen hielt ich mich am Gepäckträger fest.

Aron drehte sich zu mir um. »Wenn du nicht runterfallen willst, solltest du dich schon an mir festhalten.« Obwohl er das Visier seines Helms heruntergeklappt hatte, konnte ich sehen, dass er grinste.

»Wenn es unbedingt sein muss.« Ich griff mit spitzen Fingern an seine Jacke. Keine Sekunde zu früh, denn Aron startete die Maschine. Der Motor heulte auf, das Vorderrad hob vom Boden ab, und ich wurde nach hinten geworfen. Reflexartig schlang ich die Arme fest um seine Taille. Das hatte er doch extra gemacht! In einem Höllentempo schoss das Motorrad vorwärts. Durch den Ort, die breite Ringstraße entlang und dann durch die engen Windungen, die nach Kirkjuvík führten. In den Kurven kam mir der Boden gefährlich nah. Ich hätte Steine aufsammeln können, wäre es nicht so dunkel gewesen. Hinter dem Dorf ging es zwar nur noch geradeaus, aber dafür war der Weg nun voller Schlaglöcher, und Aron verringerte die Geschwindigkeit nicht. Am Anfang unserer Fahrt stand ich mehrere Male kurz davor, ihm mit aller Kraft in die Rippen zu boxen und »Halt sofort an, du Vollidiot!« zu kreischen (mit ihm zusammen wollte ich auf gar keinen Fall sterben!!!), aber mein Stolz hielt mich davon ab. Und irgendwann fing ich an, die Fahrt zu genießen. Den Wind, der an meinen Haaren zerrte, den Adrenalinschub, der in jeder Kurve durch meine Adern schoss, das Gefühl von Freiheit, das ich so noch nie verspürt hatte. Denn Aron beherrschte die Maschine, wurde mir klar. Er tat nichts, was uns in Gefahr gebracht hätte. Genau an den richtigen Stellen gab er Gas und bremste ab, um Schlaglöcher fuhr er mit schlafwandlerischer Sicherheit herum, was ich in der Dunkelheit unglaublich fand. Er musste nicht nur ein Gehör wie ein Luchs, sondern auch Augen wie eine Katze haben.

Als Aron an genau der gleichen Kreuzung anhielt, an der er sich schon ein paar Tage zuvor von mir verabschiedet hatte, fand ich das richtig schade. Doch anstatt mich abzusetzen und allein weitergehen zu lassen wie beim letzten Mal, zeigte er nach vorn.

»Schau mal!« Grauer Dunst waberte dort auf, wo Hügelkuppen und Himmel sich trafen. Er zog sich den Helm vom Kopf.

»Was ist das?«, fragte ich, immer noch ein wenig außer Atem.

»Das sind Polarlichter. Es ist das erste Mal in diesem Jahr, dass ich sie sehe.« Seine Augen leuchteten. Doch es war kein unheimliches Glimmen wie auf dem Parkplatz. In diesem Augenblick sah Aron richtig glücklich aus.

»So grau sind sie? Ich dachte, sie wären grün.« Ich fand seine unerwartete Begeisterung für diese Nordlichter süß, konnte sie allerdings nicht so ganz nachvollziehen. Für mich sah der Dunst farblos wie eine Schleierwolke aus. Und dafür flogen Leute von überall her nach Island? Um grauen Dunst zu fotografieren, den sie nachher am Computer per Photoshop bunt einfärbten?

»Die Lichter werden noch grün, du musst nur ein paar Minuten warten. Lass uns ein Stück den Hügel hinaufsteigen. Von dort sehen wir sie besser.«

Ich wusste nicht so genau, was ich von seiner neuen Freundlichkeit halten sollte. Aber ich wollte ihn auch nicht vor den Kopf stoßen – jetzt, wo er so ausgesprochen gut gelaunt und das erste Mal richtig nett zu mir war –, deshalb folgte ich ihm.

Aron hatte recht. Es dauerte nicht lange, und der Grünstich des Schleiers wurde intensiver, aus dem langsamen Wabern wurde ein Zucken.

»Sieh dir an, wie das Licht immer intensiver wird. Als würde jemand Farbe in ein Wasserglas fließen lassen.« Ich konnte die Begeisterung in seiner Stimme hören, als er die Hand ausstreckte und in den Himmel deutete. »Erst flackert es an einer Stelle auf, dann verschwindet es plötzlich und taucht woanders wieder auf.

Es sieht aus, als würde die Dunkelheit tanzen.« Ich murmelte etwas Zustimmendes, dabei sah ich überhaupt nicht mehr auf die lodernden Lichter und die immer neuen Bilder, die sie in den Himmel zeichneten. Mein Blick hing an Aron. An seinen leicht geöffneten Lippen, den konzentriert zusammengezogenen Augenbrauen, den leuchtenden Augen … Ein grünlicher Schimmer lag auf der einen Seite seines Gesichts, die andere, von mir abgewandte, verschmolz mit der Finsternis. Licht und Schatten. Da war sie schon wieder, diese Zerrissenheit, die mich an Aron so verwirrte … und auch faszinierte.

Ich räusperte mich. »Weißt du, wie diese Lichter entstehen?«

»Willst du die physikalische Erklärung oder das hören, was die Leute hier sagen?«

Nach allem, was ich mittlerweile über Island wusste, wunderte ich mich nicht, dass es einen Unterschied gab. »Beides.«

»Physikalisch betrachtet, sind Polarlichter überschüssige Energie, die auf das Magnetfeld der Erde trifft und von ihm abgelenkt wird.«

Spätestens an dieser Stelle stieg ich aus, tat aber trotzdem so, als ob ich Aron weiter zuhören würde, und nickte dann. »Ah, okay. So ist das also. Und nun würde ich gerne *deine* Erklärung hören.« Mit Sicherheit würde ich sie besser verstehen, Physik war genau wie Mathe für mich ein Buch mit sieben Siegeln. Möglicherweise lag es aber auch daran, dass ich mich gerade nicht besonders gut konzentrieren konnte. Es war schön, Aron so begeistert zu sehen.

»Hier auf Island gelten die Nordlichter als Unheilsboten.« Er brachte sein Gesicht nah an meins. »Man erzählt sich, dass es Lichtkränze sind, die von Elfen gewebt werden, um die Menschen vor bösen Einflüssen zu schützen. Blöderweise reicht deren Kraft manchmal nicht aus.«

»Oh! In dem Fall bevorzuge ich definitiv die physikalische Erklärung.«

Aron lachte. Es war ein ganz ungewohntes Geräusch aus seinem Mund. Mittlerweile war fast der gesamte Himmel von grün züngelnden Flammen bedeckt. »Gefällt es dir?«

Ich schaute zu ihm auf und nickte. »Sie sind wunderschön.«

Genau wie er. Im Schein der Polarlichter wirkten seine Züge viel weicher als sonst und es fiel mir schwer, ihn mit dem Aron zu verbinden, der eine halbe Stunde zuvor noch wie ein Wahnsinniger auf den armen Stuhl eingetreten hatte.

»Faye?«, sagte Aron.

»Ja.« Mein Herz klopfte hart gegen meine Rippenbögen. Es war das erste Mal, dass er mich bei meinem Namen genannt hatte.

»Ich muss dich etwas fragen.«

»Was denn?«

»Der Baum … Ich habe mitgekriegt, wie du dich vor deiner Mutter und meinem Onkel für ihn eingesetzt hast. Dir liegt sehr viel an ihm, oder?«

Ich nickte.

»Warum? Du bist doch gar nicht von hier.«

»Keine Ahnung.« Wieso nur hatte ich das Gefühl, dass er mich gerade ausfragte? »Ich fände es einfach schade, wenn der Holunder gefällt werden würde. Er sieht aus, als ob er viel erlebt hat. Außerdem ist er das Tor zur Elfenwelt, hat María mir erzählt …«

»Glaubst du an Elfen?« Er wirkte angespannt, so als ware ihm meine Antwort wichtig.

Verlegen senkte ich den Blick. »Es wäre schon schön, wenn es ein bisschen mehr Magie auf unserer Welt geben würde«, murmelte ich und ich spürte, dass ich rot wurde. Bestimmt fand Aron mich jetzt total kindisch. Doch er sah mich nur ernst an.

Davon ermutigt fuhr ich fort: »Außerdem habe ich gehört, dass der Holunder in Wahrheit Yggdrasil ist, der Weltenbaum. Und wenn der gefällt wird …« Meine Stimme brach.

»… wird alles dunkel«, beendete Aron den Satz.

»Du kennst die Legende?«

»Jeder hier auf Island kennt sie.«

»Und dass vor achtzehn Jahren sein Herz gestohlen wurde … hast du davon auch schon gehört?«

Aron zögerte erst, dann nickte er.

»Denkst du, dass die Legende wahr ist?« Ich hielt den Atem an.

Er zuckte mit den Schultern. »Es ist schon seltsam, wie kurz die Tage geworden sind, seit der Holunder so schlecht drauf ist. Und sie werden immer kürzer …«

Aron schloss es also nicht aus. Mir wurde noch kälter, als mir sowieso schon war, und ich musste die Zähne aufeinanderbeißen, damit ich nicht anfing zu schnattern. Kein Licht, kein Leben. Die Dunkelheit, die sich auf Island ausbreitete, konnte wirklich ein erster Vorgeschmack auf das sein, was noch kommen würde. Ich musste dieses verdammte Herz finden. »Bis Samhain ist es nicht mehr lang«, presste ich tonlos hervor.

»Ja«, sagte Aron, und auch seine Stimme klang plötzlich ziemlich belegt, bevor er nach einigen Augenblicken wieder fester fortfuhr: »Und nur für den Fall, dass danach wirklich ewige Dunkelheit herrscht, wäre es da nicht am besten, die Zeit bis dahin zu nutzen und alle Dinge zu machen, die man unbedingt noch erleben möchte?«

Verwirrt sah ich ihn an. »Was willst du denn unbedingt noch machen?«

»Mich aufs Motorrad setzen und zu allen Plätzen fahren, die mir etwas bedeuten«, antwortete Aron, ohne auch nur eine Sekunde zu überlegen.

Trotz meiner Angst zurrte sich mein Herz vor Mitleid zusammen. Ich würde noch einmal zu allen *Menschen* gehen, die mir etwas bedeuteten. Gab es denn gar niemanden, der Aron wichtig war?

»Hast du einen Lieblingsplatz?« Ich würde so gern mehr über ihn wissen.

Aron zögerte kurz, dann nickte er. Er zog seinen Geldbeutel aus der Gesäßtasche seiner Jeans und nahm ein Foto heraus, das er mit dem Display seines Handys beleuchtete. Das Foto sah ganz zerknittert aus, so, als sei es schon eine Million Mal betrachtet worden. Es zeigte einen gut aussehenden, dunkelhaarigen Mann, eine umwerfende Frau mit silberblonden, taillenlangen Haaren, ein pausbäckiges haarloses Baby und ein Kleinkind, in dessen weichen, noch ein wenig verwaschenen Zügen bereits unschwer der Aron von heute zu erkennen war. Sie standen vor einem Flugzeugwrack, das ganz verlassen auf einem schwarzen Strand lag. Hinter ihm sah ich einen schmalen Streifen Meer.

»Das sind deine Eltern und dein Bruder«, sagte ich betroffen.

Aron nickte. »Es ist das einzige Foto, das ich von ihnen habe.«

Ich warf noch einen letzten Blick auf das Foto, bevor ich es ihm zurückgab. »Deine Mutter war wunderschön! Ich glaube nicht, dass ich jemals eine so schöne Frau gesehen habe.« Über dem Foto berührten sich kurz unsere Fingerspitzen, am liebsten hätte ich seine Hand gegriffen, doch der Moment war viel zu schnell vorüber.

Aron steckte das Foto in seinen Geldbeutel zurück. »Du erinnerst mich an sie.«

Oh wow! Wirklich? Ich wusste gar nicht, was ich darauf erwidern sollte, aber das musste ich auch nicht, denn Aron sprach weiter: »Immer wenn ich zu dem Wrack gehe, habe ich das Gefühl, ihnen nah zu sein, und – so bescheuert sich das für dich jetzt bestimmt anhört –«, an der Bewegung seines Kehlkopfs sah ich, dass er schluckte, »wenn ich bei dir bin, habe ich das auch.« Sein Blick wurde so intensiv, dass mir ganz flau wurde. »Und deshalb gibt es noch etwas, das ich vor Samhain unbedingt tun will.«

»Was denn?«, flüsterte ich.

Statt einer Antwort legte Aron seine Arme um mich und küsste mich. Unter einem Himmel voller tanzender Polarlichter.

KAPITEL 34

Aron küsste mich mit einer Leidenschaft, die mir den Boden unter den Füßen wegzog. Ich spürte seine Bartstoppeln unter meinen Fingern, seinen Atem auf meinem Gesicht, seine Hände, die sich unter meine Jacke schoben. Der Kuss war wunderschön, wild, aufregend, verführerisch und ich wusste nicht, wo er noch hingeführt hätte, wenn der Hügel, auf dem wir standen, nicht auf einmal von Scheinwerfern angestrahlt worden wäre. Ein Wagen hielt an und es stiegen zwei Personen aus.

Es waren Lilja und diese Elín, stellte ich ernüchtert fest.

Wie ein wild gewordener Troll stürmte Lilja den Berg hinauf. Es fehlte nur die erhobene Keule.

»Du Depp! Ich habe dir geschrieben, dass ich Faye nach Hause bringe. Aber du hast überhaupt nicht reagiert.«

»Weil ich deine Nachricht nicht gelesen habe. Jetzt chill doch mal.« Auch Aron klang genervt.

»Chill du mal ein bisschen weniger! Du weißt, dass ich meiner Oma versprechen musste, Faye keine Minute aus den Augen zu lassen. Sie hätte mich einen Kopf kürzer gemacht, wenn sie mitgekriegt hätte, dass ausgerechnet du mit ihr in der Gegend herumfährst. – Was macht ihr beiden denn überhaupt hier oben?« Mittlerweile war das grüne Farbenspiel vollkommen verblasst und der Himmel war wieder in tiefes Schwarz getaucht.

»Da waren Nordlichter«, murmelte ich.

»Oh Mann, Lilja«, stöhnte Elín. »Wie du siehst, hat Aron sie nicht gefressen. Und bestimmt ist sie immer noch Jungfrau. Du kannst dich also wieder einkriegen.«

Ich keuchte. Mein Gesicht fühlte sich an, als ob jemand einen Eimer heiße Suppe über meinem Kopf ausgekippt hätte. Den Blick auf Aron vermied ich.

»Du kannst deine neue Freundin also nach Hause fahren und ihrer Mama übergeben.« Elíns Stimme war honigsüß, aber ihre Augen schossen giftige Pfeile auf mich. Dann hängte sie sich an Arons Arm. »Bringst du mich zurück zur Party? Ich bin noch überhaupt nicht müde.« Sie klang wie ein quengelndes Kleinkind.

»Klar«, sagte Aron, »ich könnte auch noch ein Bier vertragen.«

Ohne mich noch einmal anzusehen oder auch nur Tschüs zu sagen, drehte er sich um und stapfte den Hügel hinunter. Elín hüpfte neben ihm her und plapperte auf ihn ein. Als sie nach seiner Hand griff, entzog er sie ihr nicht.

Mit gesenktem Kopf folgte ich Lilja zu ihrem Auto, und es gelang mir nicht, meine Tränen zurückzudrängen. Gerade waren Aron und ich uns doch so nah gewesen. Wir hatten uns geküsst, und jetzt ging er Hand in Hand mit dieser Schnepfe zur Party zurück.

»Mach dir nichts draus!«, sagte Lilja, als das Motorradgeknatter nicht mehr zu hören war. »So ist Aron nun mal.« Sie drückte meinen Arm.

»Was meinst du?«, krächzte ich, obwohl ich es ganz genau wusste.

»Ich kenne ihn jetzt schon so lange. Und ich weiß, er sieht hammermäßig aus. Wenn man von seinen komischen Stimmungsschwankungen absieht, ist er auch ein echt netter Kerl. Aber was Mädchen angeht …« Lilja zupfte mit ihren Vorderzähnen an ihrer Unterlippe. »Bitte verlieb dich nicht in ihn, ja? Er wird dir nur wehtun. Und das möchte ich nicht.«

Das Cottage lag im Dunkeln. Nachdem ich Lilja noch einmal versichert hatte, dass ich etwas ins Auge bekommen hatte und dass Aron mir total egal war, schlug ich die Autotür hinter mir zu und ging ins Haus. Um Mum nicht zu wecken, schaltete ich im Flur kein Licht an, sondern schlich im gedämpften Schein meines Handydisplays zu meinem Zimmer. Ich hatte keine Lust, mit irgendjemand zu sprechen. Dazu war ich viel zu aufgewühlt.

Leise öffnete ich die Tür zu meinem Zimmer. Ein dunkler Schatten zischte zwischen meinen Beinen hindurch und schoss hinein. Ich stieß einen Schrei aus, das Deckenlicht ging an, und ich sah Miska auf meinem Bett sitzen.

»Ach, du bist es! Bist du mit mir zusammen rein? Ich habe dich gar nicht bemerkt. Man sollte dir ein Glöckchen umbinden.«

Miska gähnte unbeeindruckt und rollte sich auf meiner Bettdecke zusammen. Sie sah nicht so aus, als ob sie vorhätte, mein Zimmer heute Nacht noch einmal zu verlassen, und ich hatte uberhaupt nichts gegen ihre Gesellschaft.

Erschöpft zog ich mich aus, steckte mein Nachtlicht in die Steckdose und schlüpfte, ohne mir die Zähne zu putzen, ins Bett. Während ich Miska über das samtige Fell strich, lag ich mit weit geöffneten Augen da und starrte zur Decke.

An der Stelle, an der sich bis vor wenigen Minuten noch mein Herz befunden hatte, klaffte nun ein dunkles Loch. Nicht einmal mehr weinen konnte ich. Ich stellte mich schon auf eine weitere schlaflose Nacht ein, doch irgendwann siegte meine Müdigkeit. Vielleicht lullte mich auch Miskas Schnurren ein und die Wärme, die von ihr ausging. Meine Augenlider wurden schwerer, die Gedanken in meinem Kopf – die leider ausschließlich um Aron kreisten – verebbten … Ich muss das Deckenlicht noch ausschalten, dachte ich benommen.

Jäh schoss ich nach oben.

Das Licht! Mein Blick traf den Lichtschalter neben der Tür. Ich war mir hundertprozentig sicher, dass ich ihn beim Reinkommen nicht berührt hatte. Aber die Lampe brannte. Und außer Miska und mir war niemand im Zimmer. Mein Herz raste. Schon als der nächtliche Einbrecher neben meinem Bett gestanden hatte, war das Licht angegangen, ohne dass ich einen Schalter betätigt hatte. Damals hatte ich mir eingeredet, dass ich mich einfach nicht mehr daran erinnern konnte. Aber heute war ich mir sicher: Ich hatte den Schalter nicht berührt!

Wie war das möglich? Eine unheilvolle Ahnung drängte sich mit aller Macht nach oben. Ich schloss für ein paar Sekunden die Augen.

Geh aus, Licht!

Die Glühbirne erlosch.

Geh wieder an!

Sie flammte auf.

Oh Gott!

Ich wiederholte das Spielchen noch ein paarmal. Mit der Deckenlampe, der Nachttischlampe und erst nach einigem Zögern, weil ich Angst hatte, Mum zu wecken, auch mit der Lampe im Bad. Immer mit dem gleichen Ergebnis. Das Licht gehorchte.

Aufgewühlt nahm ich mein Handy und gab die Begriffe *Licht beherrschen* und *Licht kontrollieren* in die Suchmaschine ein, doch ich landete stets nur auf irgendwelchen Fotografie- und Filmseiten oder in Technikforen, in denen es um Autoreparaturen ging. Nur ein Artikel trug die vielversprechende Überschrift »Über das Gefühl, ein Element zu beherrschen«. Ich wollte schon aufatmen, aber dann las ich die nächste Zeile: »Frau Licht, Wakeboarden ist ja eine noch nicht so bekannte Sportart, was macht den besonderen Reiz aus?«

»Was ist nur mit mir los?«, fragte ich Miska. »Wieso kann ich so etwas? Das ist doch total verrückt. Was passiert denn nur hier mit mir?« Dass ich Macht über Pflanzen zu haben schien, an den Gedanken hatte ich mich inzwischen gewöhnt, aber dass ich auch noch das Licht beeinflussen konnte, das war gerade etwas zu viel für mich.

Die Katze gurrte und rieb den Kopf an meinem Arm. Dann rollte sie sich wieder neben mir zusammen. Doch dieses Mal dauerte es viel länger, bis mich ihre tröstliche Gesellschaft in einen unruhigen Schlaf gleiten ließ.

KAPITEL 35

Der Schein des Mondes war so intensiv, dass er mich blendete. Nahezu taghell war es. In der Ferne konnte ich die weichen Rundungen der Hügel sehen, davor erstreckten sich von Zäunen eingerahmte Wiesen. Gelegentlich kam ich an einem Haus vorbei. Ich hatte keine Ahnung, wohin mich mein Weg führte. Aber die Sehnsucht nach meinem unbekannten Ziel war so stark, dass sie mir tief in den Brustkorb schnitt. Ein Wäldchen tauchte auf. Ich wusste, dass es bei Tag freundlich war, aber jetzt, bei Nacht, wirkte es wie eine finstere Höhle. Nur weil es mein innigster Wunsch war, das Ende des Weges zu erreichen, ging ich weiter. Hier drang das Mondlicht nur schwach durch das Blätterdach der Eschen. Die hin und her huschenden Schatten der Bäume auf dem Waldboden verblassten mit jedem meiner Schritte mehr und auf einmal war alles schwarz. Genauso schwarz, wie es in der Kirche gewesen war. Alles Licht war vollkommen von der Dunkelheit aufgesogen worden und schlagartig bestand ich aus nichts als Angst. Mit Händen, die so stark zitterten, als würde ich winken, tastete ich die Bäume nach einem Lichtschalter ab. Doch ich konnte ihn nicht finden. Ich taumelte zum nächsten Baum, strauchelte dabei, fiel hin und rappelte mich wieder hoch, nur um gleich darauf wieder zu fallen. Plötzlich waren da keine Bäume mehr. Meine zitternden Hände stießen ins Leere und meine Panik wurde so stark, dass ich kaum noch Luft bekam. Ganz in der Ferne hörte ich ein Klopfen. Erst zart wie von einem Specht, dann immer fester.

Ich fuhr hoch und blickte mich verwirrt um. Draußen war es schon hell. Ich lag in meinem Bett. Puh! Ich hatte nur schlecht geträumt. Erleichtert atmete ich auf.

»Komm rein!«, rief ich.

Die Tür wurde geöffnet und Mum trat ins Zimmer. Sie trug schon ihre Jacke.

»Guten Morgen«, begann sie gut gelaunt, hielt dann aber erschrocken inne. »Ist etwas mit dir? Du siehst ja furchtbar aus.«

Ich schüttelte den Kopf. »Du hast mich nur aus dem Schlaf gerissen.«

»Das tut mir leid. Ich wollte dir nur sagen, dass ich in einer Stunde ein Meeting mit Elric und der Landschaftsarchitektin habe und dass ich mich am Nachmittag mit der Bauaufsichtsbehörde treffe. Wahrscheinlich bin ich bis heute Abend weg. Kommst du zurecht?«

»Klar.« Was sollte ich auch sonst sagen? Dabei jagte mein Herz immer noch. Der Traum – er war so realistisch gewesen. Und ich musste kein abgeschlossenes Studium in Psychologie haben, um ihn deuten zu können. Übermorgen war Samhain …

»Du bist gestern schon lange vor eins nach Hause gekommen.«

»Du hast auf mich gewartet?« Das war gar nicht ihre Art.

»Was hast du denn gedacht? Nach diesem Abend …« Mums Blick schwenkte zu der Tasche in ihrer Hand. Obwohl sie sie abgewischt hatte, befanden sich noch immer ein paar Dreckspritzer auf dem schwarzen Leder. »War es auf der Party nicht schön?«

»Doch. Es war super. Ich war nur müde …«

Jemand klingelte an der Tür. »Oh, das ist Ragnar. Ich muss los. Der Frühstückstisch ist noch gedeckt und zum Mittagessen kannst du dir etwas im Dorf holen.« Sie verließ das Zimmer. »Sie? Mit Ihnen habe ich aber nicht gerechnet«, schallte es gleich darauf vom Treppenhaus zu mir herauf.

»Ich muss mit dir sprechen.«

Das war die Stimme des Bibliothekars! Wie hieß er doch gleich? Lothar? Ludwig? Nein, es war jugendlicher. Laurin! Genau. Jetzt war es mir wieder eingefallen. Was wollte er denn hier? Ich schob Miska, die immer noch auf meiner Bettdecke lag, unsanft zur Seite und schlich in den Flur.

»Ach, über was denn?«

»Über das, was gestern passiert ist. Kann ich reinkommen?« Er knetete seine großen Hände.

Mum nickte. Laurin sah anders aus als bei unseren letzten beiden Begegnungen, fiel mir auf. Er hatte seinen gestern noch so wilden Bart etwas gestutzt und die wirren blonden Haare waren ordentlich gekämmt. Statt des unförmigen Parkas trug er eine eng geschnittene dunkelblaue Jacke. Eigentlich sah er ziemlich gut aus. Hatte er sich etwa extra für den Besuch bei Mum schick gemacht? Ich musste grinsen.

Laurin hatte gerade seine Stiefel auf dem Türvorleger sauber gemacht und war eingetreten, als Motorengeräusche laut wurden.

Ich reckte den Hals. Durch das breite Fenster im Flur sah ich, wie Karlssons Jeep heranbrauste. Ob Aron ihn fuhr, konnte ich nicht erkennen. Der Bibliothekar stieß einen Fluch aus.

Der Wagen bremste und Karlsson stieg auf der Beifahrerseite aus. In den Händen hielt er den größten Blumenstrauß, den ich je gesehen hatte. Er eilte auf das Cottage zu.

»Mach die Tür zu, schnell!«, drängte Laurin Mum.

»Ganz sicher nicht!« Mum sah ihn an, als ob er den Verstand verloren hätte. »Mr. Karlsson ist mein Auftraggeber. Warum soll ich ihn nicht hereinlassen?« Sie öffnete die Tür weit und trat ihm entgegen.

»Juliane!«, begrüßte er sie. »Geht es dir gut? Ich habe eben erfahren, was gestern Abend passiert ist, und habe mich sofort auf den Weg gemacht. Es tut mir so leid.«

»Ach!« Mum lachte nervös. »Das muss es nicht. Du bist es ja nicht gewesen, der versucht hat, uns zu überfallen.«

Ich verzog das Gesicht. Damit, dass die beiden sich duzten und so vertraut miteinander taten, hatte ich immer noch meine Probleme.

»Aber es war einer meiner Landsleute. Was mir sehr unangenehm ist. Du musst mir versprechen, dass du abends nicht mehr alleine herumläufst. Ich stelle dir ab jetzt meinen Fahrer zur Verfügung. Er wird …« Karlsson brach den Satz ab, weil ihm jetzt erst auffiel, dass Mum nicht allein war. »Was machst du denn hier?«, fragte er Laurin unfreundlich.

»Ich besuche deine Architektin.«

»Das ist schön, aber leider muss ich euch unterbrechen. Wir haben einen Termin. – Können wir los?«, fragte Karlsson Mum.

Gerade hatte er noch herumgesülzt, nun hatte er es auf einmal eilig.

Mum schaute irritiert zwischen den beiden Männern hin und her.

»Der Termin wird noch einen Moment warten müssen.« Laurin schob sich an Mum vorbei und machte Anstalten, die Haustür zuzuwerfen.

»Hey!«, protestierte Mum, aber da hatte Karlsson sowieso schon seinen Fuß dazwischengeschoben und drückte die Tür wieder auf.

»Hör mir mal gut zu, Elrondson!«, zischte er. »Ich habe keine Zeit für deine Spielchen. Entweder du machst die Tür auf und verschwindest jetzt, oder ich muss auf der Polizeiwache anrufen und denen erzählen, dass du mal wieder durchdrehst und sie dich dringend in Gewahrsam nehmen müssen. Was man dort mit Freuden tun wird, das verspreche ich dir. Schließlich bist du dort …« Etwas Großes, Blaues sauste dicht an Karlssons Gesicht vorbei. Irritiert wedelte er mit der Hand, fuhr aber unbeirrt fort. »… ein guter Bekannter. Ingmarson und seine Männer werden …« Weitere Falter flatterten heran. »Aah!« Karlsson schlug mit dem Blumenstrauß nach ihnen und sprang ein Stück zurück, sodass ich ihn von meinem Versteck aus nicht mehr sehen konnte. »Haut ab! Weg! Weg! Ihr blöden Viecher!«, hörte ich ihn zetern.

Was war denn da nur passiert?

Ich sprang auf und schaute durch das Fenster nach draußen, wo Karlsson wild mit den Armen fuchtelnd über die Wiese tobte. Verfolgt von einem Schwarm Morphofalter, die ihn wie Mini-Hubschrauber umkreisten und sich bei jeder sich bietenden Gelegenheit auf ihn setzten. Gerade wollte sich ein besonders großes Exemplar auf seiner Nase niederlassen, und Karlsson flüchtete mit einem weiteren Aufschrei in sein Auto, wo er sich neben den seltsamen Kerl mit den wässrigen Augen und den dunklen Flecken auf der hellen Haut fallen ließ, die Tür zuschlug und hektisch alle Scheiben hochfuhr. Ich musste meine Hand auf den Mund pressen, um nicht laut zu lachen, so komisch war das Bild, das sich mir bot. Doch auch das, was sich gerade bei uns im Hausflur abspielte, war spannend. Denn anstatt ihrem herumhüpfenden Chef mit einer Fliegenklatsche oder einer zusammengerollten Zeitung zu Hilfe zu eilen, stand Mum wieder einmal nur da und starrte zu Laurin hinauf.

»Sie kommen mir so unglaublich bekannt vor. Ich habe es mir beim letzten Mal schon gedacht. Und diese Schmetterlinge …«

»Später«, sagte er und legte kurz die Hand auf ihre Schulter. »Ich komme wieder, wenn wir ungestört sind. Und in der Zwischenzeit pass auf dich auf, ja?«

Mum nickte mit großen Augen.

Laurin verschwand auf einem altersschwachen Fahrrad in Richtung Dorf und mit ihm die Morphofalter.

Erst jetzt kam Karlsson wieder aus seinem Wagen heraus. »Lass dich hier nie wieder blicken!«, rief er ihm nach. Seine Haare standen ab und sein Gesicht war vor Wut ganz verzerrt. Erst als er wieder bei Mum im Hausflur stand, glätteten sich seine Züge wieder, und er machte ein betretenes Gesicht. »Diese Falter … ähm … meine Reaktion auf sie kam dir vermutlich überzogen vor, aber ich … ich bin allergisch gegen sie.« Er drückte Mum den nun ziemlich zerrupften Blumenstrauß in die Hand, und ich sah, wie sie ihr Grinsen dahinter verbarg. Allergisch! Klar. Hihi!

»Es tut mir wirklich unglaublich leid, dass du Zeugin dieses unangenehmen Vorfalls wurdest«, fuhr er fort, »aber ich musste eingreifen. Dieser Mann …«, er senkte vertraulich seine Stimme, »… woher kennst du ihn?« Inzwischen klemmte ich wieder zwischen den Pfosten des Treppengeländers, um ja nur kein einziges Wort zu verpassen.

»Kennen ist zu viel gesagt.« Mum blinzelte. »Aber ihm haben wir es zu verdanken, dass Faye und ich gestern nicht ausgeraubt worden sind. Er hat den Dieb in die Flucht geschlagen.«

»Er war das?« Karlsson wirkte aufrichtig erschüttert.

Mum nickte. »Ja. Wieso? Was ist mit ihm?«

»Er ist ein ganz schräger Vogel. Lebt vollkommen zurückgezogen in einer Hütte außerhalb des Dorfs. Trockener Alkoholiker. Es ist noch gar nicht so lange her, dass er fast täglich betrunken auf der Straße herumgetorkelt ist und randaliert hat. Bei der Polizei ist er kein Unbekannter. Viel kann er sich dort nicht mehr erlauben. Du solltest ihm aus dem Weg gehen!«

»Ach!« Ihre Augenbrauen schnellten nach oben. »Das kann ich mir gar nicht vorstellen. Gestern hat er ganz normal gewirkt. Und ich war ihm so dankbar …«

»Juliane, ich mache mir wirklich Sorgen um dich«, sagte Karlsson eindringlich. »Erst der Überfall gestern, nun dieser Verrückte … Ich werde dich tagsüber keine Sekunde mehr aus den Augen lassen und nachts werde ich Ragnar beauftragen, dein Haus zu bewachen.«

»Das ist wirklich nicht nötig.«

»Doch, doch, das ist es. Ich habe dich nach Island eingeladen und deshalb fühle ich mich für deine Sicherheit und dein Wohlergehen persönlich verantwortlich.« Er glättete mit beiden Händen seine Haare und legte ein Lächeln auf, das wohl charmant wirken sollte, aber ziemlich verkrampft rüberkam. »Dieses schreckliche Ereignis gestern sieht man dir übrigens überhaupt nicht an. Du siehst wie immer toll aus.«

Bäh! Was für ein Schleimbeutel! Auf Zehenspitzen schlich ich in mein Zimmer und nahm die Plastiktüte, in der Karlssons rotes Taschentuch steckte – das ich ausgiebig an dem Riesen-Bärenklau gerieben hatte –, und öffnete das Fenster. Ragnar war inzwischen in die Lektüre einer Zeitung vertieft, die Luft war also rein. Sehr gut! Aber bei all dem Pech, das ich in der letzten Zeit hatte, konnte das Glück ja auch mal auf meiner Seite stehen.

Ich beugte mich weit hinaus und ließ das Tuch vorsichtig aus der Tüte gleiten. Es landete ein Stück neben dem Jeep. Nun musste ich nur noch abwarten, ob Karlsson den Köder schluckte.

KAPITEL 36

Nachdem Mum ein Gefäß gefunden hatte, das groß genug für den Blumenstrauß war – einen Putzeimer! –, verließen Karlsson und sie endlich das Haus. Ich stand hinter dem Vorhang in meinem Zimmer und beobachtete die beiden, wie sie den Jeep ansteuerten.

»Oh! Da liegt ja dein Taschentuch«, sagte Mum. Sie machte Anstalten, es aufzuheben, und mein Herz rutschte schon ein Stockwerk tiefer, doch Karlsson kam ihr netterweise zuvor.

»Wie aufmerksam von dir, danke schön«, säuselte er. »Ich habe gar nicht gemerkt, dass es mir aus der Tasche gefallen ist.« Er hob es auf.

Cool! Vergnügt kicherte ich vor mich hin. Hoffentlich brachte Mum sein Blut auch heute Vormittag wieder so zum Kochen, dass er sich die Stirn damit abtupfte. Mit etwas Glück reichte es aber auch, wenn er sich nur mit der Hand, mit der er das Tuch angefasst hatte, durch das Gesicht rieb, um ihm einen richtig fiesen Ausschlag zu bescheren. Und ihn am besten gleich auch noch mit Fieber für ein paar Tage ans Bett zu fesseln. Selbst wenn

Karlsson sich deswegen kaum von seinem Plan abbringen lassen würde, erfüllte mich bereits der Gedanke mit unglaublicher Genugtuung.

Ich setzte mich neben Miska auf mein Bett und streichelte sie. Was wohl zwischen Karlsson und Laurin vorgefallen war? Die beiden hatten sich wie zwei Verrückte aufgeführt. Es hätte nur noch gefehlt, dass sie sich wegen Mum geschlagen hätten. Auf die isländischen Männer schien sie ja einen ganz schönen Eindruck zu machen. Ganz im Gegensatz zu mir!

Mein Blick blieb an der Nachttischlampe hängen.

Geh an!, befahl ich ihr stumm.

Sie gehorchte.

Ich versuchte es mit dem Handy. Auch das Licht meines Displays ließ sich problemlos an- und wieder ausknipsen.

Ich verzog das Gesicht. Ein klein wenig hatte ich ja schon darauf gehofft, dass alles nur ein merkwürdiger Traum gewesen war. Genau wie der, in dem ich vollkommen panisch durch die Dunkelheit geirrt war. Noch einmal durchforstete ich das Internet nach Erfahrungsberichten von Menschen, die das Gleiche konnten wie ich. Schließlich hatte María mir erzählt, dass nicht nur Tiere und Pflanzen, sondern auch Menschen manchmal auf Island anfingen, außergewöhnliche Fähigkeiten zu entwickeln. Doch ich fand einfach nichts.

»Ich scheine die Einzige meiner Art zu sein«, sagte ich seufzend zu Miska.

Auf der einen Seite war mein neues Talent ja schon cool. Ich könnte zum Beispiel in Herrn Feinkohls Mathestunde das Licht ausmachen – die lag grundsätzlich in der ersten Stunde und war ohnehin zum Einschlafen! Kein Schwein würde merken, dass ich dahintersteckte, und bis der Hausmeister alle Röhren überprüft hätte, wäre die Stunde locker um. Auf der anderen Seite … wenn ich schon auf einmal zur Hexe mutierte, wäre es doch noch viel toller, wenn ich fliegen könnte (gerne auch mit Besen). Oder mich unsichtbar machen. Ich könnte Karlsson überallhin folgen und seine Schwachstellen ausloten. Gedanken lesen zu können wäre auch nicht schlecht. Dann wüsste ich nämlich, wieso Mum so seltsam drauf war, seit wir in Island waren. Und wieso Aron mich geküsst hatte … nur um direkt danach wieder mit dieser blöden Elín abzuziehen.

Miska zog ihre Lefzen hoch, sodass ich ihre kleinen spitzen Zähne sehen konnte. Es sah aus, als ob sie mich auslachen würde.

»Du hast absolut recht«, sagte ich zu ihr. »Dieser Aufreißer ist es nicht wert, auch nur einen Gedanken an ihn zu verschwenden. Und was Mum angeht: Ihr ist das vielleicht egal, wenn wir in zwei Tagen nur noch im Dunkeln hocken. Aber mir nicht. Wir gehen zu María rüber und fragen sie, ob sie etwas über Yggdrasils Herz weiß. Aber zuerst rufe ich Sonja an. Mal hören, wie ihr damals die Abschlussfahrt gefallen hat.«

Miska blinzelte zustimmend und ich wählte Sonjas Nummer.

»Wie geht es Nala?«, fragte ich Mums beste Freundin. »Ist sie schon in Winterruhe?«

»Sie stellt sich langsam darauf ein«, antwortete Sonja. »Gestern hat sie sich nur wenig bewegt, als ich da war.«

»Verkürz die Beleuchtungsdauer im Terrarium, und stell die Temperatur auf achtzehn Grad herunter«, bat ich sie. Dann kam ich übergangslos zum eigentlichen Grund meines Gesprächs: »Island ist übrigens echt … toll. Das hätte ich nicht gedacht. Wie hat es dir denn damals gefallen? Du und Mum, ihr wart ja auf Abschlussfahrt dort.«

Wie ich erwartet hatte, wirkte Sonja überrumpelt. »Guuuut«, sagte sie gedehnt.

»Mum hat damals ja ganz schön verrückte Sachen gemacht«, fuhr ich fort. »Einfach so einen ganzen Tag zu verschwinden …«

Meine Taktik ging auf. »Sie hat dir davon erzählt?«

»Ja. Und sie hat mir auch erzählt, dass mein Vater aus Island kommt. Das hätte ich mir ja eigentlich denken können. Schließlich bin ich genau neun Monate nach eurer Abschlussfahrt auf die Welt gekommen.«

Nun herrschte Stille am anderen Ende der Leitung.

»Sonja?«

»Ja. Du, Faye, ich muss los. Die Temperatur im Terrarium herunterdrehen und die Beleuchtungsdauer verringern.« Auf einmal klang Sonja gehetzt: »… sollte ich sonst noch etwas wissen?«

Ich schnaubte. Sie war eine schlechte Schauspielerin. Es war überdeutlich, dass sie mir auswich.

»Nein. Aber *ich* möchte noch etwas wissen. Du weißt, wer mein Vater ist, oder?«, kam ich nun ohne Umschweife zum Punkt. Anders ging es ja offenbar nicht.

Sonja seufzte schwer. »Nein, das weiß ich nicht.«

»Aber er kommt aus Island.«

»Das weiß ich auch nicht.«

»Das glaube ich dir nicht. Wieso erzählst du mir nicht einfach von ihm? Was ist denn nur mit ihm los, dass ihr so ein Geheimnis um ihn macht? Habt ihr euch jemals gefragt, wie es mir dabei geht, dass ich überhaupt nichts über ihn weiß? Ich konnte in der Grundschule ja noch nicht einmal einen Familienstammbaum anfertigen …« Meine Stimme überschlug sich fast vor Wut.

»Ich kann mir sehr gut vorstellen, wie du dich fühlst. Mein Vater ist gestorben, als ich fünf war. Ich habe so gut wie keine Erinnerungen mehr an ihn.«

»Aber er ist kein Gespenst. Deine Mutter hat dir sicher von ihm erzählt und bestimmt gibt es Fotos … Aber ich habe … nichts.« Zusammen mit dem letzten Wort kroch ein Schluchzer meine Kehle hinauf.

»Ich weiß nicht, wer dein Vater ist, wirklich nicht«, sagte Sonja noch einmal. »Aber ich finde, es ist an der Zeit, dass du dich in einer ruhigen Minute einmal mit deiner Mutter zusammensetzt und mit ihr darüber redest, wie du dich fühlst. Vielleicht macht sie ja nur so ein Geheimnis um ihn, weil sie … dich schützen will.«

Mich schützen?! Ich schnaubte. »Er wird ja wohl kaum ein Serienkiller sein, oder?«

»Sprich mit deiner Mutter. Mehr kann ich dir nicht raten.«

Mit einem mulmigen Gefühl im Bauch legte ich auf. Sonja hatte meine Frage nicht verneint. War mein Vater wirklich ein Verbrecher? Saß er vielleicht sogar im Gefängnis? War das der Grund, wieso Mum nicht über ihn reden wollte? Sobald sie zurückkam, würde ich sie darauf ansprechen, und dieses Mal würde ich ihr keine Chance geben, mir auszuweichen. Ach Mann! Nicht einmal an dem Gedanken, dass Karlsson, dieser doofe Lackaffe, bald mit Pusteln oder sogar Blasen in seinem eingebildeten Gesicht herumlief, konnte ich mich jetzt noch erfreuen.

Lustlos nahm ich mein Mathebuch aus dem Koffer, aber mit dieser blöden Integralrechnung konnte ich noch viel weniger anfangen als sonst.

»f(x)=ln(x) – Wer bitte braucht so einen Scheiß?« Frustriert schlug ich das Buch wieder zu. Ich konnte mich sowieso nicht konzentrieren. Ich würde jetzt zu María rübergehen.

KAPITEL 37

María fuhr gerade auf ihrem Motorrad davon, als ich das Cottage verließ. Unentschlossen stand ich herum und überlegte, was ich nun tun sollte, als ich über meinem Kopf Flügelschlagen hörte. Der Rabe ließ sich auf der Regenrinne nieder und schaute mit schief gelegtem Kopf zu mir herunter.

»Was ist?«, fragte ich, da er einfach nicht aufhörte zu starren.

Der Vogel breitete seine Flügel aus und flatterte ein paarmal.

»Willst du mir etwas sagen?«

»Sie versteht dich nicht, Hugin. Sie ist ein Mensch!« Hinter den Mülltonnen, die im Schuppen standen, schauten zwei dunkle Murmelaugen unter einem struppigen Haarschopf hervor.

»Gunther!«

»Genau der.« Er hüpfte hervor.

»Hast du dich im Schuppen versteckt?«

Er nickte. »Ich wollte nicht, dass María mich sieht.«

»Aber du kannst dich doch unsichtbar machen.«

»Dazu war keine Zeit mehr.«

Um eine Ausrede war er nie verlegen. »Gehört der Rabe dir?«

»Wie kommst du darauf?«

»Du kennst seinen Namen.«

»Ich kenne auch deinen und trotzdem behaupte ich nicht, dass du mir gehörst. Dass ihr Menschen immer gleich in solchen Besitzkategorien denken müsst.« Gunther schüttelte verständnislos den Kopf. »Hast du heute eigentlich schon was vor?«

»Neeiiin«, sagte ich gedehnt, weil ich etwas Angst davor hatte, was er mir vorschlagen würde.

»Dann lass uns zum Heimatmuseum fahren. Es liegt gleich neben der Bibliothek. Dort gibt es Chroniken, die du einsehen kannst. Vielleicht findest du darin etwas über das Herz.«

»Hast du das denn nicht längst getan?«

»Nein. Die Chroniken sind eingeschlossen, weil sie so alt und kostbar sind. Die Mitarbeiter würden sie mir niemals zeigen.«

»Und wieso nicht?«

»Weil ich ein Riese bin ... So jemand ist für Menschen nicht unbedingt vertrauenswürdig. Ich habe schon so einige unschöne Erfahrungen mit deiner Spezies in den letzten achtzehn Jahren gemacht, sag ich dir. Wenn es irgendwie möglich ist, mache ich mich deshalb inzwischen am liebsten unsichtbar, wenn ich euch begegne.«

Ich ließ ein gequältes Stöhnen hören. Dass Gunther immer noch darauf beharrte, diese Fähigkeit zu besitzen, nervte. Aber ich kam gar nicht dazu, ihn darauf hinzuweisen, dass nicht nur ich, sondern auch Aron ihn ohne Probleme sehen konnte, denn er sagte: »Jetzt müssen wir aber aufhören, herumzubummeln! Die Zeit drängt. Ich rufe uns ein Taxi!«

»Wieder mit der Kraft deiner Gedanken?«, zog ich ihn auf.

Gunther zerrte ein kleines schwarzes Gerät aus der Tasche seiner Hose. »Nein, dieses Mal benutze ich mein Handy.« Er schenkte mir ein strahlendes Lächeln und zeigte dabei seine Zähne, die wie die Zinken eines Rechens weit auseinanderstanden.

Gunther gab unsere Adresse durch. Inzwischen war ich zwar schon fast davon überzeugt gewesen, dass es in Island gar keine Taxis gab, aber kaum zehn Minuten später näherte sich uns tatsächlich eines dieser seltenen Exemplare.

»Wunderbar! Das ging schneller als erwartet.« Gunther senkte seine Stimme: »Und wenn ich dir einen Tipp geben darf: Sprich besser nicht mit mir. Ich werde mich nämlich während der Fahrt unsichtbar machen. Nicht, dass du wieder komisch angeschaut wirst.«

Er schnipste mit den Fingern. Inzwischen machte ich mir nicht die Mühe, ihn darauf aufmerksam zu machen, dass er immer noch vor mir stand.

»Eystri Sólheimar 1«, nannte ich der Taxifahrerin die Adresse, da Gunther viel zu unsichtbar war, um es selbst zu tun. Und bestimmt auch viel zu unsichtbar, um die Fahrt zu bezahlen.

»Gut, dass du nicht dein Cousin Fred bist«, flüsterte ich ihm zu.

»Wieso?«, flüsterte er zurück.

»Na, dann hättest du doch gar nicht in das Taxi gepasst.« Ich kicherte, doch Gunther schien diesen Scherz nicht lustig zu finden.

»Du nimmst mich nicht ernst«, sagte er.

Ja, das tat ich nicht.

Gunther verschränkte seine Arme vor seinem Bauch und schloss die Augen.

Da die Taxifahrerin aufgrund einer Demonstration nicht auf direktem Weg zum Heimatmuseum gelangen konnte, musste sie einmal um das ganze Dorf herumfahren und sich ihm von einer anderen Seite nähern. Dabei kamen wir an einem eingezäunten Grundstück vorbei, das inmitten von Eschen und Krüppelbirken lag. Mehrere Autos parkten davor. Aus einem der Autos, einem hässlichen erbsengrünen Exemplar, stieg ein schlaksiger Mann mit Dutt und Hochwasserhosen aus. Es war dieser Helge. Er hatte sein Handy am Ohr und telefonierte.

»Halten Sie sofort an!«, rief ich so jäh, dass die Taxifahrerin hart auf die Bremse trat.

»Bist du verrückt geworden?«, zischte Gunther, der nicht angeschnallt gewesen und durch den abrupten Stopp gegen den Beifahrersitz geprallt war. Er rieb sich seinen Arm. »Wieso willst du anhalten?«

»Ich muss etwas klären«, murmelte ich und streckte der Frau zwei Geldscheine hin.

»Aber wir wollten doch zum Museum«, zeterte Gunther, nachdem das Taxi verschwunden war. »Was ist denn los mit dir?«

»Ich glaube, dass der Typ mit dem Dutt ein Elf ist.«

»Helge!« Gunther legte seine Stirn in Falten. »Natürlich ist er einer.«

Ja??? Oh mein Gott! Ich musste mich zusammenreißen, um nicht laut herumzuschreien. Ich hatte also mit meiner Theorie recht gehabt. Eigentlich sollte ich jetzt tausend Fragen haben. Blöderweise fiel mir in diesem Moment keine einzige ein und ich stotterte nur dämlich: »Echt? Aber … er … er sieht gar nicht wie einer aus.«

Gunther legte den Kopf schief. »Wie sehen denn deiner Meinung nach Elfen aus?«

»Na, groß, schlank, schön …«
»Helge ist sehr groß und außerdem noch spindeldürr.«
»Er ist aber nicht schön.«
»Das ist Geschmackssache. Außerdem gibt es schöne und weniger schöne Exemplare.«
»Er hat keine spitzen Ohren.«
Gunther machte ein gequältes Gesicht. »Kein echter Elf hat spitze Ohren. Ihr Menschen glaubt das nur immer, weil ihr das im Kino gesehen habt. Genau wie für euch feststeht, dass alle Riesen unbedingt unglaublich groß sein müssen.«
»Ich werde ihn nach dem Lavaherz fragen«, sagte ich entschlossen. »Vielleicht weiß er mehr darüber als du.«
»Was?« Gunther riss seine Augen auf. »Das ist keine gute Idee! Deine Mutter arbeitet schließlich für den Feind. Obwohl …«, er kaute nachdenklich auf seiner Unterlippe herum, »immerhin sind sie unsere Verbündeten und vielleicht haben sie mit dir ja gar kein so großes Problem wie mit mir.«
»Sie haben ein Problem mit dir? Wieso das denn? Du hast doch jahrelang bei ihnen gelebt?«
Betreten betrachtete der kleine Riese seine löchrigen Schuhspitzen. »Das würde jetzt zu weit führen«, brummte er und drückte mit den Armen gegen meinen Rücken, um mich vorwärtszuschieben. »Geh jetzt!«
»Was ist mit dir? Kommst du nicht mit?«
»Nein, ich habe dir doch gerade gesagt, dass ich in Elfenkreisen nicht gern gesehen bin.«
»Ja, aber heißt das, dass ich allein mit diesem Helge sprechen soll? «

Inzwischen hatte Helge Gunther und mich bemerkt, und er schien wenig erfreut über unseren Anblick zu sein. Angriffslustig schob er sein Kinn nach vorne und stapfte mit seinem Handy in der Hand auf uns zu.

»Was willst du denn hier?«, fuhr er Gunther an.

»Gar nichts.« Der kleine Riese hob die Hände und bewegte sich rückwärts. »Ich bin nur rein zufällig vorbeispaziert und quasi auch schon wieder weg. Macht's gut, ihr beiden.« Er drehte sich um und flitzte davon.

Verdutzt schaute ich ihm nach. Na toll! Immer wenn es brenzlig wurde, machte sich mein Schutzriese auf und davon!

»Und was machst du hier?«, fragte Helge mich genauso unfreundlich. »Du bist doch gerade mit dem Taxi hier angekommen.« Dass Gunther und ich seine Verbündeten waren, schien ihm nicht bewusst zu sein.

»Ich will zu dir«, antwortete ich und zwang mich, seinem Blick standzuhalten. »Ich habe deine Freunde und dich vor ein paar Tagen bei eurem Ritual auf der Lichtung beobachtet. Ihr habt gesungen und so eine Milchreispaste auf den Stamm des Holunders geschmiert.«

Helge wirkte so fassungslos, als hätte ich ihm gerade eröffnet, dass ich ein verzauberter Troll sei. »Du hast uns gesehen!«

»Jaaaa«, sagte ich gedehnt. »Ihr wart ja schließlich nicht unsichtbar und meine Augen sind ziemlich gut. Was habt ihr denn dort gemacht? War das ein Ritual, durch das ihr den Baum schützen wollt?«

Einen Moment schwieg er, bevor er schroff antwortete: »Wie kommst du denn auf so einen Quatsch? Das war ein Rollenspiel.«

Ein Rollenspiel! Hm. Meine Überzeugung, dass er ein Elf war, kam nun doch ein bisschen ins Wanken. Denn ganz abwegig erschien es mir nicht. Vor ein paar Jahren im Ferienlager hatte ich schließlich selbst bei einem mitgemacht. Ich wollte eine mächtige Zauberin sein. Stattdessen hatte mir Frau Kreischer diese bescheuerte Hörnerhaube aufgesetzt und behauptet, ich wäre als Hofdame viel besser geeignet. Es hatte Wochen gedauert, bis ich den Spitznamen Antilope wieder losgeworden war. Mein Gott! Diese Sache war aber auch kompliziert. Wieso konnten Elfen denn nicht einfach spitze Ohren haben? Doch ich durfte mich jetzt nicht verunsichern lassen, sagte ich mir. Denn bestimmt war das, was ich auf der Lichtung gesehen hatte, kein Rollenspiel gewesen. Dagegen sprach schon dieser unglaubliche, überirdische Gesang. Außerdem gab es noch ein anderes ausgesprochen merkwürdiges Phänomen, mit dem ich Helge konfrontieren konnte.

Ich hob mein Kinn, um zu ihm aufschauen zu können. Puh, da bekam man ja Genickstarre. Der Typ war echt riesig. Sogar noch größer als Charlotte-am-Stängel aus meiner Klasse, und die hatte Beine, die selbst mir bis zu den Ohren reichten. »Ich habe ein Foto von euch gemacht«, sagte ich. »Aber als ich es mir später anschauen wollte, war nur der Holunder darauf. Ist dir so etwas schon öfter passiert? Also, dass du fotografiert wurdest und trotzdem nicht zu sehen warst?«

Ein paar Augenblicke sah Helge nur wortlos zu mir herunter, bevor er seine Lippen zu einem süffisanten Lächeln verzog und antwortete: »Klar, das passiert mir ständig. Meine Schönheit ist eben nicht so leicht auf ein Foto zu bannen.«

»Aber deine Freunde … Sie waren auch nicht drauf.«

Er verdrehte die Augen. »Und woran kann das wohl liegen? Du wirst die Kamera nicht richtig bedient haben, Schätzchen.«

Schätzchen! Pffft! »Ich habe das Foto mit dem Handy gemacht.«

Doch Helge ignorierte mich und meinen Einwurf demonstrativ und beschäftigte sich mit seinem eigenen Handy, in dem gerade mit einem gut vernehmbaren *Pling* eine Nachricht eingegangen war.

Geh aus!, befahl ich dem Display voller Wut.

Es wurde schwarz. Helge stutzte und tippte darauf herum, um es wieder anzuschalten.

Doch das erledigte ich für ihn. Nur um es gleich wieder auszuschalten. Und anzumachen. Ich tat das im Wechsel, bis ich das Licht schließlich ganz erlöschen ließ. Amüsiert beobachtete ich, wie Helge immer hektischer auf dem Gerät herumdrückte.

»Scheiße, es ist kaputt!«, murrte er, als er bemerkte, dass mein Blick auf ihm lag.

»Ach was!« Ich schenkte ihm ein Lächeln. »Bestimmt kannst du es nur nicht bedienen. Lass mich mal danach schauen!« Ich nahm ihm das Handy ab und tippte es sanft an. Gehorsam leuchtete das Display auf. »So, schon repariert.«

Zufrieden verschränkte ich die Arme vor meiner Brust. Cool! Ganz so nutzlos, wie ich am Anfang befürchtet hatte, war meine neue Gabe echt nicht.

Helges Blick schweifte noch ein paarmal zwischen dem Handy in seiner Hand und mir hin und her, bevor er sagte: »Ich muss jetzt los!«

Einige Minuten stand ich unentschlossen herum, bevor ich mich dazu entschloss, so schnell nicht klein beizugeben und ihm zu folgen.

KAPITEL 38

Das Haus, in dem Helge verschwand, war von einem hübsch angelegten Garten umgeben. Wie die Lichtung war auch er eine blühende Oase inmitten der ansonsten kargen Landschaft.

Vorbei an sich im Wind wiegenden lilafarbenen Lupinen lief ich über einen weichen Moosteppich auf das Holzhäuschen zu, an dessen braune Balken sich Silberwurz, Gämsheide und Stängelloses Leimkraut schmiegten. Auf der Terrasse hatten sich eine Handvoll Leute versammelt und unterhielten sich. Allerdings nur, bis ich jemanden zischen hörte: »Das ist die Tochter der Architektin!« Es war die Frau mit den kurzen dunklen Locken und den Sommersprossen, die mit Helge nicht nur auf der Party, sondern auch auf der Lichtung gewesen war.

Schlagartig verstummten alle Gespräche und ich wurde misstrauisch beäugt. Mein Magen zog sich nervös zusammen. Ich musste nicht über herausragendes Einfühlungsvermögen verfügen, um zu spüren, dass ich hier nicht besonders gern gesehen war.

Ich murmelte eine Begrüßung und ging ins Haus, um dort nach Helge zu suchen. Er stand neben einer schlanken, hochgewachsenen Frau, die mit einem Holzlöffel in einem riesigen Topf rührte. Ihre Haare waren in genau dem gleichen knallroten Ton gefärbt wie ihre Schnürstiefel und das Tuch, das sie um den Hals geschlungen hatte. Die beiden waren in ein Gespräch vertieft. Bei meinem Eintreten schauten sie auf.

»Hey! Bist du jetzt total verrückt geworden?«, wetterte Helge. »Wieso läufst du mir nach? Ich könnte die Polizei rufen. Das, was du machst, ist Hausfriedensbruch.«

»Helge!«, mahnte ihn die Frau. Sie wandte sich mir zu. »Es tut mir leid, mein Sohn weiß sich manchmal nicht zu benehmen. Können wir dir helfen?« Sie legte den Kopf schief und musterte mich so intensiv, dass ich anfing, unruhig von einem Fuß auf den anderen zu treten. Hatte ich einen schwarzen Fleck auf der Nase oder schaute sie so, weil Helge ihr bereits von mir erzählt hatte? Inzwischen hatten auch alle anderen ihren Kaffeeklatsch von der Veranda ins Haus verlagert und schauten mich durchdringend an.

Bevor ich es mir anders überlegen und kneifen konnte, stieß ich aus. »Ja, das können Sie. Ich weiß, dass ihr alle Elfen seid«, behauptete ich auf gut Glück, »ich habe einige von euch nämlich Montagnacht auf der Lichtung gesehen.« Spätestens jetzt hatte ich die geballte Aufmerksamkeit aller Anwesenden. Sogar Augen und Mund von Helge waren auf einmal kreisrund. Davon ermutigt setzte ich nach: »Ich weiß außerdem, dass der Holunder in Wahrheit Yggdrasil, der Weltenbaum ist, und auch, dass ihm vor achtzehn Jahren das Herz gestohlen wurde und seitdem das Tor zwischen der Elfen- und der Menschenwelt zu ist und ihr ausgeschlossen seid, und weil ich nicht will, dass schon bald ewige Dunkelheit herrscht, will ich euch helfen, Yggdrasil zu retten.« So, jetzt war es raus! Alles Weitere würde sich hoffentlich finden.

Einige Sekunden war es so still im Raum, dass ich den Atem von jedem Einzelnen hören konnte.

»Du willst was …?«, durchbrach Helge schließlich die Stille entgeistert. Dass er auf die Elfensache überhaupt nicht einging, sah ich als eindeutiges Zeichen dafür an, mit meiner Behauptung ins Schwarze getroffen zu haben. Ha! »Du hast wohl nicht mehr alle Tassen im Schrank …«, schimpfte er jedoch gleich weiter.

Wieder war es seine Mutter, die sich auf meine Seite stellte. »Ich bin Karen«, stellte sie sich mir vor, bevor sie freundlich fragte: »Woher weißt du das alles?«

»Ich … ich bin eine Hellseherin«, behauptete ich.

Helge schnaubte. »Klar. Dieser nutzlose Riese hat es dir gesagt. Ich habe euch schließlich gerade zusammen gesehen.«

»Ja«, gab ich zerknirscht zu. »Und eine Hellseherin bin ich auch nicht. Aber dafür habe ich andere Fähigkeiten. Ich kann Pflanzen zum Wachsen bringen. Die Dornenhecke zum Beispiel, die stammt von mir.« Ich überlegte, ob ich auch noch meine Macht über das Licht erwähnen sollte, doch bereits die Hecke hatte den gewünschten Effekt.

»Du warst das?«, entfuhr es einem rundlichen Mann, der mir schon einmal als Demonstrant gegen den Hotelbau begegnet war. Wenn ich mich richtig erinnerte, war er es gewesen, der ein Vogelnest auf dem Kopf getragen hatte.

Ich nickte.

»Das ist ja unglaublich!«, sagte Karen, die wohl so etwas wie eine Anführerin war, und auch alle anderen – außer Helge natürlich! – sahen mich nun voller Hochachtung an. »Von uns war es nämlich niemand und wir haben uns schon die ganze Zeit gefragt, wem wir diesen Beistand zu verdanken haben. Hast du diese Fähigkeiten schon länger?«

»Nein. Ich habe zwar schon immer ein Händchen dafür gehabt, Pflanzen zum Wachsen und zum Blühen zu bringen, aber noch nie in dem Maße. – Anscheinend ist es aber nicht ungewöhnlich, dass Menschen auf Island übernatürliche Fähigkeiten entwickeln. Zumindest habe ich das gehört«, fügte ich hinzu, bevor sie mich für eine Aufschneiderin hielt.

»Sie lügt doch«, behauptete Helge trotzdem.

Karen und ein Mann, der haargenau aussah wie Helge, nur älter und ohne Dutt, tauschten einen schnellen Blick aus und ich fragte mich, ob sie noch etwas einwenden wollten, doch dann nickte Karen nur. »Gut. Du kannst bei uns mitmachen. Jemanden wie dich können wir gut gebrauchen.«

»Ja, natürlich«, höhnte Helge. »Wieso sollten wir nicht mit der Tochter der Frau zusammenarbeiten, die mit Elric Karlsson gemeinsame Sache macht? Lass uns die beiden doch gleich auch noch hierher einladen.«

Karen beachtete ihn nicht. »Was weißt du sonst noch alles?«, fragte sie mich.

»Leider nichts. Habt *ihr* eine Idee, wo das Lavaherz sein könnte?«

»Nein.« Helges Vater schüttelte den Kopf. »Seit achtzehn Jahren suchen wir es nun schon. Ich denke nicht, dass eine Chance besteht, es bis Samhain zu finden. Und da wird der Baum gefällt werden.«

»Das stimmt nicht. Das macht Karlsson erst am nächsten Tag. Zu meiner Mutter hat er gesagt, dass er es im Rahmen des Festakts macht.«

»Das muss er sagen. Ist schließlich eine Anweisung unseres tollen Bürgermeisters.« Helge zischte verächtlich. »Aber er wird an Samhain anrücken. Nur in dieser Nacht sind die Wände zwischen den Welten so dünn, dass eine Axt oder Säge Yggdrasil zu Fall bringen kann. Jedenfalls, solange noch etwas Leben in ihm ist. Und nur an Samhain kann das Herz durch ein Astloch in den Baum zurückgeworfen werden.«

Das wusste ich bereits. Was sich mir allerdings noch nicht erschlossen hatte, war: »Könnt ihr das Herz denn nicht einfach herzaubern? Ihr seid doch Elfen.«

»Du sagst es, Liebes«, antwortete Karen, »wir sind Elfen und Riesen; keine Hexen und Zauberer.« Sie hob bedauernd ihre Hände.

»Ihr könnt den Baum also auch nicht wieder gesund machen und so stark, dass er nicht gefällt werden kann?«

Helge schüttelte ungeduldig den Kopf. »Wie naiv bist du denn? Wenn, dann hätten wir das doch längst getan. Und wir können auch keinen wirksamen Schutzbann um den Baum ziehen. Als du uns auf der Lichtung beobachtet hast, haben wir es versucht. Aber außerhalb unserer Welt ist unsere Magie viel zu schwach dafür.«

»Dann gebt ihr also auf?«, entfuhr es mir.

»Nein«, schaltete sich die Frau mit den kurzen Locken ein. »Aber uns fällt nichts mehr ein, was wir noch tun können. Wir haben dafür gesorgt, dass es auf der Lichtung so grün ist und dass dort so viel blüht, und bis zu diesem Jahr haben wir uns jedes Jahr die Genehmigung vom Bürgermeister geholt, an Samhain ein Fest zu feiern, damit wir einen Vorwand hatten, Yggdrasil in dieser Nacht keinen Augenblick aus den Augen zu lassen.«

Aha! Ich hatte mich tatsächlich schon länger gefragt, wieso Karlsson überhaupt so lange auf eine Genehmigung gewartet hatte. Ich hielt ihn nämlich für skrupellos genug, auch ohne Erlaubnis tätig zu werden. Wenn er den Baum nur an Samhain fällen konnte, die Elfen ihn in dieser Nacht aber bewachten, war alles klar.

»Wir haben uns sogar mit den Menschen zusammengetan, die eine Protestbewegung gegründet haben«, fuhr sie fort. »Aber leider ist unser gieriger Bürgermeister auf Karlssons Seite und alle Demonstrationen und alle Einwände von uns haben überhaupt nichts gebracht.«

»Am besten beantragen wir irgendwo Elfenasyl«, sagte der rundliche Mann betrübt. »In Schweden soll es sehr schön sein, habe ich von Verwandten gehört.«

»Hast du es immer noch nicht kapiert«, herrschte Helge ihn an und ich war froh, dass sich seine Wut mal gegen jemand anderen richtete als gegen mich. Aber nur bis zu seinen nächsten Worten. »Das nutzt nämlich nichts, du Hornochse. Wenn Yggdrasil fällt, wird nicht nur hier Dunkelheit herrschen, sondern auf der ganzen Welt. – Habe ich es denn hier nur mit Idioten zu tun?« Er stürmte aus dem Haus.

»So schlimm wird es hoffentlich nicht kommen. Wir wissen schließlich gar nicht, ob die Legende wirklich wahr ist«, murmelte der Mann, doch er schien genauso große Angst zu haben wie ich.

Karen seufzte. »Ich weiß leider auch nicht weiter«, sagte sie zu mir. »Ohne das Lavaherz können wir Yggdrasil nicht retten, aber vielleicht gelingt es uns, sein Sterben zumindest ein bisschen aufzuschieben. – Da kommt María Sigurdardóttir!« Sie nickte in Richtung der Straße, wo sich neben Marías knatterndem Motorrad noch weitere Autos dem Holzhaus näherten. »María hat die Bürgerinitiative gegründet, der wir beigetreten sind. Sie weiß allerdings nicht, dass wir Elfen sind, also bitte erwähne das ihr gegenüber nicht. Die Menschen … die meisten glauben nicht mehr an uns und diejenigen, die vorgeben, es zu tun, so wie María, würden wir nur erschrecken. Es ist besser, wenn es niemand erfährt.«

Inzwischen war María von ihrem Motorrad abgestiegen und zu einem Kleinlaster gegangen, aus dem ein Mann mit schütteren Haaren und einer Wachsjacke gerade eine Kiste auslud. Zusammen trugen sie die Kiste, die ziemlich schwer zu sein schien, zum Holzhaus. Ob das die Kiste war, die ich von Hakon für sie in Empfang genommen hatte? Als sie mich bemerkte, wurde ihre Miene skeptisch.

»Es ist in Ordnung«, sagte Karen. »Das Mädchen ist auf unserer Seite. – Hast du die Handschellen bekommen?«

»Hier in der Gegend nicht«, antwortete María, »aber Jón und ich sind gestern noch bis nach Reykjavík gefahren und ich habe welche besorgt. Ich hoffe, es sind genug.«

Handschellen? Ich runzelte die Stirn. Was wollte sie denn damit?

»María hatte die Idee, eine Sitzblockade zu organisieren. Auf die bereiten wir uns nun vor«, sagte Helges Vater und hörte sich ziemlich resigniert dabei an.

»Ihr wollt euch an den Holunder ketten?« Ich war schockiert. Diesen Vorschlag hatte ich Gunther gegenüber gestern auch schon gemacht. Zum Scherz! Schließlich konnten wir nicht bis in alle Ewigkeit um den Baum herumsitzen.

»Ja«, sagte Karen, die genauso wenig begeistert wie ihr Mann wirkte. »Wir wollen gleich den möglichen Ablauf proben. Aber zuerst wird gegessen.« Mit einem geringelten Topflappen umfasste sie die Henkel des Suppentopfs und trug ihn zu einem Tisch.

Mariá bedachte mich mit einem langen Blick. »Weiß deine Mutter eigentlich, dass du bei uns mitmachst, Mädchen?«

Ich schüttelte den Kopf.

»Finde ich klasse, dass du auf unserer Seite bist.« Sie schlug mir mit der Hand so fest auf die Schulter, dass ich in die Knie ging. »Aber wir müssen uns darauf verlassen, dass du ihr gegenüber kein Wort von unserer geplanten Aktion erwähnst, hörst du?« Sie sah mich so streng an, dass ich mir gar nicht vorstellen wollte, was passierte, wenn ich dieses Versprechen brach.

Ich räusperte mich. »Natürlich. Ich werde nichts sagen.« Wieso war ich nur hierhergekommen? Anstatt das Heimatmuseum mit Gunther nach Informationen über das Lavaherz zu durchforsten, hing ich nun in einer Aktion drin, die nicht nur peinlich war, sondern auch absolut nichts bringen würde. Ganz davon abgesehen, dass Mum mich lynchen würde, wenn sie feststellte, dass ich mich mit ihren Gegnern verbündet hatte.

Nur wenig später lehnte ich an dem Stamm einer mächtigen Esche, während María um mich und andere Menschen und Elfen eine dicke Eisenkette aus einem weiteren Karton zog, um uns damit an den Baum zu ketten. Sie war in dem Paket gewesen, das Postbote Hakon ihr gebracht hatte, wusste ich mittlerweile. Zu unseren Füßen saßen weitere Männer und Frauen, die ihre Arme fest ineinander verschränkt hatten. Auch in der Krone der Esche hockten welche. Mit Handschellen hatten sie sich an deren Äste gekettet. Zwei Männer hatten die Rolle der Polizisten übernommen. Mit Gewalt brachen sie erst die Sitzreihe vor uns auf und machten sich dann mit einem Bolzenschneider an der Kette zu schaffen, die María um meinen Bauch geschlungen hatte.

»Oh nein, oh nein, oh nein. Das muss alles noch viel besser werden«, murmelte der rundliche Mann, der über meinem Kopf auf einem Ast saß.

»Das wird besser werden«, sagte María resolut. »Wir haben noch ein wenig Zeit und wir werden die Elfenwelt retten.« Ihr Blick ging in die Ferne. Ein blonder bärtiger Mann näherte sich der Esche. Es war Laurin, der Bibliothekar. Nun trug er wieder den olivgrünen Parka, den er mir gestern kurz umgehängt hatte und der so beruhigend nach Erde gerochen hatte.

»Laurin! Wie schön!«, rief sie. »Du bist doch noch gekommen.«

KAPITEL 39

Immer wieder wurde Laurin auf seinem Weg zu uns von Leuten angehalten, die sich mit ihm unterhalten wollten. Sein Auftauchen hier schien eine Sensation zu sein. Aber Lilja hatte ja erwähnt, dass er sich kaum im Dorf blicken ließ und lieber für sich blieb.

»Was will der denn hier?«, motzte Helge. War ja klar, dass diese Miesmuschel etwas zu meckern hatte!

Auch die Gesichtszüge seines Vaters froren ein. »Ich werde ihm sagen, dass er auf unserem Grundstück nichts zu suchen hat.«

»Kein Wort wirst du sagen!« Seine Frau öffnete ihre Handschellen und sprang vom Baum hinunter. »Wir können froh sein, wenn er uns unterstützt. Je mehr wir sind, desto besser.«

Aber nicht nur Helge und sein Vater, auch andere beobachteten Laurin mit skeptischer Miene. Ganz offensichtlich rief sein Erscheinen auch in dieser Gruppe zweigeteilte Reaktionen hervor.

Er steuerte auf uns zu. Als sein Blick an mir hängen blieb, flog ein erstaunter Ausdruck über sein Gesicht. »Wenn ihr mich noch wollt, mache ich bei euch mit«, sagte er zu Helges Mutter.

Ernsthaft! Dadurch sank er in meiner Achtung.

»Wie kommt es, dass du deine Meinung doch noch geändert hast?«, fragte Karen.

»Es gab ein paar unerwartete Veränderungen«, antwortete er ihr. »Weiß deine Mutter, dass du hier bist?«, stellte er mir die gleiche Frage wie María.

Ich schüttelte den Kopf. »Nein, und ich denke, das ist auch besser so. – Aber sie ist nicht so, wie hier viele denken.« Ich fühlte mich verpflichtet, Mum in Schutz zu nehmen, und auf einmal spürte ich einen dicken Kloß in der Kehle. »Sie ist keine von diesen skrupellosen Architekten, denen es nur um Profit geht. Sie hat mir immer erzählt, dass sich die Pläne eines guten Architekten an die Natur anpassen müssen und nicht umgekehrt, und sie wollte sich beim Gemeinderat dafür einsetzen, dass der Baum stehen bleibt, aber …« Der Rest des Satzes verklang.

»Ich weiß«, sagte Laurin sanft, und obwohl ich mich fragte, woher er das denn wissen wollte, schließlich kannte er Mum gar nicht, war ich froh über seine Worte.

Als sich die Versammlung – gefühlte Stunden später – endlich aufzulösen begann, machte ich mich auf die Suche nach ihm. Bisher hatte sich noch keine Gelegenheit ergeben, mich ungestört mit ihm zu unterhalten, weil ich die ganze Zeit an diese blöde Esche gefesselt gewesen war. Nun wollte ich unbedingt wissen, wieso er uns heute Morgen besucht hatte.

Während ich auf der Suche nach ihm ziellos durch das riesige Grundstück streifte, bekam ich zufällig eine Unterhaltung zwischen Helges Eltern mit, die nebeneinander auf einer Bank saßen.

»Das bringt doch alles nichts«, sagte Helges Vater zu seiner Frau. »Ich kann es nicht fassen, dass wir hier mitmachen und auch noch unser Grundstück zur Verfügung stellen. Eine Sitzblockade …« Er stieß ein verächtliches Zischen aus und ich konnte ihm nur beipflichten. »Kein Wunder, dass sich die meisten Elfen weigern, sich uns anzuschließen. Das ist genauso eine schwachsinnige Idee wie die unseres Sohnes: Sich an den Baumaschinen zu schaffen zu machen, war ein völlig unnötiges Risiko.«

Das war ja interessant! Helge hatte also vorgegeben, dass er es war, der den Bagger zerstört hatte? Das passte zu diesem komischen Typen: sich feiern zu lassen für etwas, was Aron getan hatte …

»Alles andere hat auch nichts gebracht«, sagte Karen. »Und auch die Hecke, die wir dem Mädchen zu verdanken haben, ist längst abgeholzt. Vielleicht erreichen wir durch die Sitzblockade wenigstens einen Aufschub.«

»Glaubst du ihr?«, fragte Helges Vater. »Sie könnte eine Spionin sein.«

»Nein, auf keinen Fall. Ich frage mich zwar, wieso sie diese Fähigkeit hat, und sie ist ein seltsames Mädchen, aber sie wirkt aufrichtig.«

Ich spürte, dass ich rot wurde. Seltsames Mädchen … Wie lautete das Sprichwort doch gleich: *Der Lauscher an der Wand hört sein eigen Schand.* Ich wollte mich schon unauffällig verdrücken, als Helges Vater auf einmal seine Hände zu Fäusten ballte und ausstieß: »Das haben wir alles Laurin zu verdanken.«

»Er hat es nicht absichtlich gemacht.« Karen streichelte seinen Arm. »Er war jung, er war verliebt …«

Ihr Mann blies abfällig Luft aus. »Als ob das als Entschuldigung reichen würde. Er hätte sie nie zu uns bringen dürfen. Damit hat er uns alle ins Unglück gestürzt.« Seine Stimme klang hart. »Komm, wir gehen wieder zurück ins Haus.«

Ich duckte mich hinter einen Strauch und wartete mit angehaltenem Atem, bis sie verschwunden waren.

Was hatte Laurin, jung und verliebt, nur getan, dass Helges Eltern ihm die Schuld für die ganze Misere in die Schuhe schoben? Laurin musste auch ein Elf sein. Hatte er vielleicht etwas mit dem Diebstahl des Lavaherzens zu tun? Aber wenn es so war, dann könnten die anderen Elfen doch bestimmt seine Spur nachverfolgen und hätten es längst wieder an seinen Platz gebracht. Die ganze Sache wurde immer mysteriöser.

Ich fand Laurin an einem Tümpel, der von Gräsern so zugewachsen war, dass man kaum sein schlammig braunes Wasser sehen konnte. In seiner Hand hielt Laurin einen Frosch und streichelte ihm über den grünen Kopf.

Bei meinem Anblick leuchtete sein Gesicht auf. »Hast du mich gesucht?«, fragte er. Er bückte sich und ließ das Tier davonhüpfen.

Wenigstens *ein* Mann, der sich freut, wenn er mich sieht, dachte ich. Auch wenn der schon über vierzig war …

Ich nickte. »Ich habe gehört, wie du heute Morgen mit Mum gesprochen hast.«

»Was genau hast du denn alles gehört?« Mit seinen tiefblauen Augen schaute er mich aufmerksam an.

»Dass du mit Mum über den Überfall sprechen wolltest. Wieso?«

»Ich wollte ihr einfach noch einmal sagen, dass du und sie nach Einbruch der Dunkelheit besser nicht mehr alleine draußen herumlauft«, wiegelte er ab, aber ich merkte ihm an, wie unangenehm ihm meine Frage war.

»Und wieso hast du versucht, Mr. Karlsson die Tür vor der Nase zuzuschlagen?«, bohrte ich weiter.

Er seufzte. »Ich kann ihn nicht leiden. Daher habe ich wohl ein bisschen überreagiert.«

»Karlsson dich wohl auch nicht.« Dass Karlsson vor Mum behauptet hatte, dass er, Laurin, schon mehrmals mit dem Gesetz in Konflikt geraten war, erwähnte ich besser nicht. Es war schließlich erst ein paar Tage her, dass ich selbst auf der Polizeiwache gesessen hatte …

»Wieso machst du eigentlich bei María und ihren Freunden mit? Wenn deine Mutter davon erfährt, ist Ärger vorprogrammiert«, wechselte er übergangslos das Thema.

»Was soll sie denn machen? Mir Hausarrest geben oder das Taschengeld streichen? In einem halben Jahr werde ich achtzehn«, erwiderte ich trotzig.

»Gefällt es dir auf Island?«

Ich nickte. »Ja. Auch wenn ein paar Leute hier glauben, dass ich jeden Moment mit Karlsson und meiner Mutter anrücke und sie verpetze, und ich die Sitzblockade für einen totalen Schwachsinn halte. So etwas bringt doch nichts! Grundsätzlich finde ich es aber total cool, wie sehr sie sich für ihre Sache einsetzen. Zu Hause bin ich in einer Gruppe, die dafür eintritt, dass unsere Stadt grüner wird. Wir bauen Gemüse an auf Flächen, die brach liegen, und pflanzen Blumen. Und wir haben an einem Moosgemisch experimentiert, mit dem man graue Wände verschönern kann.«

»Das hört sich toll an.«

Ich nickte.

»Wieso höre ich dann aus deiner Stimme ein *Aber* heraus?«

Ich senkte den Kopf. »Weil ich befürchte, dass ich nicht richtig zu ihnen passe. Am Anfang war ich so stolz, dass ich bei ihnen mitmachen durfte. Aber irgendwann habe ich mal gefragt, warum wir uns eigentlich *Green Devils* nennen – *Green Angels* wäre doch viel besser, schließlich tun wir etwas Gutes –, und sie haben mich ausgelacht. Und als meine Freundin Doro und ich letztens dagegen waren, dass wir das leer stehende Fabrikgelände im Norden bepflanzen, weil dort eine seltene Eidechsenart lebt, hat überhaupt niemand auf unseren Einwand reagiert.« Mit der Spitze meines Stiefels zog ich Kreise in den schlammigen Boden. »Ich glaube, im Gegensatz zu den Leuten hier auf Island wollen sie gar nichts bewirken, sondern einfach nur rebellieren …«

»Manchmal dauert es eben ein bisschen, bis man weiß, wo man hingehört. Und welche Menschen einem guttun und welche nicht. Wichtig ist nur, dass man am Ende genau dort ankommt, wo man hinwill.«

»Bist du schon angekommen?«

Er schüttelte den Kopf. »Nein, aber ich denke, ich bin auf einem guten Weg.«

Wir lächelten uns an und mir wurde ganz warm. *Er* tat mir gut, so viel war sicher. Obwohl ich ihn kaum kannte und trotz all der Geschichten, die ich bisher über ihn gehört hatte, fühlte ich mich in seiner Nähe wohl.

Auf einmal richtete sich Laurins Blick auf einen Punkt hinter meiner rechten Schulter.

»Schau mal, wer uns da besuchen kommt!«, raunte er.

Eine kleine weiß-braune Schnauze lugte zwischen zwei bemoosten Steinen hervor.

»Ein Fuchs!«

»Ja. Ein Polarfuchs.«

»Er ist nicht komplett weiß.«

»Polarfüchse sind nur im Winter grau oder weiß. Im Sommer sind sie dunkler. Er befindet sich gerade im Fellwechsel.«

Der Fuchs hob den Kopf und der Blick aus seinen schwarzen Murmelaugen ging unruhig hin und her. Langsam schlich er sich vorwärts, immer eine Pfote vor die andere setzend, als wartete er auf ein Zeichen von Laurin oder mir, dass er zu uns kommen sollte.

Laurin streckte ihm die Hand entgegen.

»Pass auf!«, wollte ich ihn warnen. Wenn Füchse zutraulich wurden, hatten sie meist Tollwut. Das hatte ich im Biologieunterricht gelernt. Aber da streichelte er schon über das gescheckte Fell des Tieres.

»Du musst keine Angst vor ihm haben!«, sagte er leise.

Mit pochendem Herzen kniete auch ich mich hin und der Fuchs stupste mich mit seiner spitzen Schnauze an. Ich hatte noch nie einen Fuchs gestreichelt und der kleine Kerl war unfassbar schön. Vorsichtig berührte ich ihn am Nacken. Sein Fell fühlte sich viel weicher an, als ich gedacht hatte, so seidig. Meine Finger vergruben sich darin und ich bildete mir ein, dass die Haare sich auf einmal verfärben und immer dunkler werden würden, als würde ihm die Sonne auf den Pelz scheinen und ihm vorgaukeln, es sei Sommer. Doch als ich sie herausnahm, war sein Fell wieder grau und weiß.

Mit seinen klugen Augen schaute das Tierchen zu mir auf und dann drangen ganz seltsame Töne aus seiner Kehle. Sie klangen wie eine Mischung aus leisem Bellen, Schnattern und kläglichem Jammern.

Laurin beobachtete uns fasziniert. Ich sah Überraschung in seinen Augen aufblitzen, Freude und fast so etwas wie Stolz, was ich nicht verstand.

»Es hört sich an, als ob er dir etwas erzählen will«, sagte er lächelnd.

»Glaubst du?« Ich nahm den Kopf des Fuchses zwischen meine Hände.

»Du kannst gut mit Tieren umgehen. Polarfüchse sind normalerweise sehr scheu.«

»Ich mag Tiere. Genau wie Pflanzen. Deshalb möchte ich auch Biologie studieren. Aber ich habe ein wenig Angst, dass mein Abitur nicht gut genug dafür ist. In Mathe bin ich nämlich ziemlich mies.« Der Fuchs drückte sich an meine Beine wie eine Katze.

»Mit Zahlen hatte ich es auch nie. Mehr mit Wörtern.«

»Deshalb arbeitest du vermutlich auch in einer Bibliothek. Als ich dort war, habe ich gesehen, dass du in einem alten Buch gelesen hast. Um was ging es darin?« Der Körper des Fuchses versteifte sich unter meinen Händen, sein Kopf fuhr nach oben und er wetzte davon.

Ich schaute auf. Helge stand vor uns.

»Ihr müsst jetzt gehen«, sagte er. »Meine Eltern wollen das Grundstück absperren.«

»Wohnt ihr denn gar nicht hier?«

Er schüttelte genervt den Kopf. »Das ist nur unser Wochenendhaus.«

»Kannst du Faye nach Hause fahren?«, fragte Laurin. »Es wird bald dunkel.«

Ich schaute zum Himmel. Laurin hatte recht. Der Himmel begann sich ins Violette zu verfärben und auch das Zwitschern der Vögel war bereits verstummt. Darüber, wie ich wieder nach Hause kam, hatte ich mir noch überhaupt keine Gedanken gemacht.

Helge sah zwar nicht begeistert aus, aber zu meiner Erleichterung war er einverstanden.

Kurz bevor ich zu ihm ins Auto stieg, hielt Laurin mich noch einmal zurück.

»Versprich mir, dass du dich nach Einbruch der Dunkelheit nicht mehr allein draußen herumtreibst. Das ist momentan viel zu gefährlich. Und achte darauf, dass eure Türen und Fenster fest verschlossen sind. Das musst du auch deiner Mutter sagen! Vergiss es nicht.« Er sah mich so eindringlich an, dass ich eine Gänsehaut bekam. »In der Zeit um Samhain treiben sich eine Menge seltsamer Gestalten draußen herum.«

KAPITEL 40

Die Fahrt zum Cottage verlief erwartungsgemäß schweigsam. Helge war ja nach wie vor immer noch nicht mein allergrößter Fan und mir gingen Laurins Warnung und das Gespräch, das ich zwischen Helges Eltern belauscht hatte, nicht aus dem Kopf.

Erst als wir Kirkjuvík schon fast erreicht hatten, wagte ich es, Helge darauf anzusprechen. »Als ich durch euren Garten gegangen bin, bin ich zufällig an deinen Eltern vorbeigekommen«, gestand ich ihm. »Sie waren der Meinung, Laurin sei daran schuld, dass der Holunder abgeholzt werden soll. Weißt du, warum?«

Helges Augenbrauen schnellten in die Höhe. »Du kannst Isländisch?« Ein feindseliger Ton lag in seiner Stimme.

»Wie kommst du denn darauf?« Das hatte ich doch gar nie behauptet.

»Du hast meine Eltern belauscht …« Er trat hart auf die Bremse und hielt den Wagen am Straßenrand an.

»Nein! Ich bin nur zufällig an ihnen vorbeigekommen.«

»Aber du hast sie verstanden.«

»Ja, wieso sollte ich sie nicht verstehen?« War er jetzt endgültig übergeschnappt?

»Weil sie Isländisch miteinander sprechen. Wieso hast du uns nicht gesagt, dass du Isländisch kannst? Warum lässt du uns alle Englisch mit dir reden?« Helge fasste das Lenkrad fester. »Ich habe es gleich gewusst, dass mit dir etwas nicht stimmt, als ich dich auf der Party gesehen habe. Du steckst mit Karlsson unter einer Decke.«

»Nein, tue ich nicht.« Dieser Kerl litt doch unter Verfolgungswahn. »Und woher bitte soll ich auf einmal Isländisch können? Ich war vorher noch nie hier und so eine Weltsprache, dass man sie in der Schule lernt, ist Isländisch nun auch wieder nicht.«

Helge schnaubte. »Ich fand ja schon immer, dass Mädchen, die so blond sind wie du, die kleinsten Brüste haben«, murmelte er.

Das hatte ich gehört!

»Spinnst du? Was haben denn meine Brüste mit meiner Haarfarbe zu tun? Außerdem sind meine Brüste überhaupt nicht klein. Und sie gehen dich einen Scheißdreck an!« Ich dachte an das Emanzipationsthema, das wir in der Schule bis zum Erbrechen durchgekaut hatten. »Es dürfte dir gar nicht auffallen, dass ich überhaupt Brüste habe, du Blödmann!«

»Wusste ich es doch!« Helge grinste hämisch.

»Hä? Was wusstest du?«

»Dass du Isländisch kannst. Jetzt hast du dich endgültig verraten.«

Ich schnappte nach Luft. »Soll das heißen, dass du meine Brüste gerade auf Isländisch beleidigt hast?«

»Jap!« Helge grinste immer noch. Ich konnte sogar seine Backenzähne sehen.

Ich kam ins Grübeln. Ehrlich gesagt hatte ich es auch hin und wieder komisch gefunden, dass hier auf Island jeder Englisch sprach. Ich konnte mich an keine einzige Situation erinnern, in der ich jemanden nicht verstanden hatte.

»Komm mal mit! Ich zeige dir etwas!« Helge stieg aus dem Auto und ging zu seinem Kofferraum. »Was heißt das?« Er tippte auf einen Aufkleber, der auf die Heckklappe geklebt war.

Ich verzog das Gesicht. »Brustvergrößerung durch Handauflegen. Nur 1 Euro. Infos beim Fahrer. Haha, sehr witzig!« Seine Brustfixierung war wirklich bedenklich. »Ich wusste gleich, dass du ein Vollpfosten bist. Sollte man mit Ü20 nicht langsam erwachsen werden?«

Helge sah mich nur erwartungsvoll an und da verstand ich, worauf er hinauswollte. »Das steht da auf Isländisch, oder?«

Er nickte. »Ich will doch, dass die Mädchen, die hinter mir fahren, auf jeden Fall von dieser revolutionären Sache erfahren.«

»Aber ihr habt doch hier jede Menge Touristinnen. Vielleicht willst du dich nicht nur auf deine Landsfrauen beschränken, sondern international sein. Du hättest schließlich viel mehr Auswahl«, hielt ich dagegen, während mir gleichzeitig langsam dämmerte, dass das englische Wort für Fahrer Driver und nicht Ökumaðurinn war. Oh mein Gott! Ein paar Augenblicke stand ich starr wie ein Eiszapfen da, bevor ich meine Hände vors Gesicht schlug und anfing zu kreischen: »Ich kann Isländisch sprechen und verstehen. Einfach so. Wie cool ist das denn?«

Helge betrachtete mich kopfschüttelnd. »Du bist so eine miese Schauspielerin. Glaubst du echt, dass ich dir die Nummer abkaufe? – Komm jetzt, ich fahr dich nach Hause!«

»Das musst du nicht, ich fliege«, trällerte ich.

»Was?«

»Das war ein Witz.« Fliegen konnte ich ja leider nicht. Noch nicht. Aber wer wusste, was noch alles kommen würde? Ich hatte schließlich auch in null Komma nichts Isländisch gelernt. Und vielleicht fielen mir Russisch, Finnisch und Chinesisch ja genauso leicht. Pflanzen taten, was ich wollte, scheue Polarfüchse ließen sich von mir anfassen, das Licht beherrschte ich auch. Mächtige Elfen, die das Fällen des Holunders noch verhindern konnten, gab es wohl leider nicht – die Truppe, die ich gerade getroffen hatte, war ziemlich einfallslos gewesen –, aber die brauchten die Isländer auch gar nicht mehr. Schließlich hatten sie jetzt mich: Wonder Woman. Ich ballte die Hand zur Faust und hob sie triumphierend in die Luft. Yes!!! Dieses Land hatte eine Superheldin aus mir gemacht!

»Will der zu dir?«, knurrte Helge, als wir uns in seinem uralten Auto dem Cottage näherten.

»Wer?« Ich war so damit beschäftigt gewesen, mir mein neues Leben als Superheldin auszumalen, dass ich auf meine Umgebung gar nicht geachtet hatte.

»Na der! Brauchst du eine Brille?«

Oh! Jetzt sah auch ich, wer am Zaun der Weide lehnte und Halli über den grauen Kopf strich.

»Du triffst dich also mit Aron.« Helges Augen wurden zu Schlitzen, und seine Stimmlage sank auf Gefriertruhenniveau. »Ich wusste, dass man dir nicht trauen kann.« Er bremste vor dem Cottage mit quietschenden Reifen ab, und Aron drehte sich zu uns um. Durch die Windschutzscheibe kreuzten sich unsere Blicke.

»Jetzt reg dich doch nicht schon wieder auf«, sagte ich, während mein Herz mehrere Doppelsaltos hintereinander schlug. »Ich habe überhaupt nichts mit ihm zu tun. Bestimmt will er mir nur etwas von meiner Mutter ausrichten. Die ist nämlich heute den ganzen Tag auf irgendwelchen Sitzungen.«

»Hast du kein Handy, auf dem sie dich erreichen kann?«

»Doch, und im Gegensatz zu deinem funktioniert es sogar«, parierte ich lässig.

Hach, ich war ja so cool!, dachte ich freudig. Nicht nur, dass ich ein Sprachgenie und Herrin über das Licht war, nun konnte ich mich auch noch Miss Schlagfertig nennen. Und Aron würde mich auch gleich in Bestform erleben. Ohne Helge auch nur noch einen Blick zu gönnen, schwebte ich aus dem Auto, nur um im nächsten Moment mit dem Fuß an einer abstehenden Gummidichtung hängen zu bleiben und mit der Nase im feuchten Matsch zu landen. So viel zum Thema *Superheldin* …

»Hast du dir etwas gebrochen?«, fragte Helge. Besonders besorgt oder hilfsbereit klang er nicht.

»Nö. Aber eventuell verklage ich dein Auto trotzdem auf Schmerzensgeld. Ich an deiner Stelle würde also so schnell wie möglich schauen, dass ich wegkomme.« Ich rappelte mich wieder auf und vermied dabei den Blick auf Aron. Wie peinlich! Wie unfassbar peinlich!

»Okay, aber kein Wort zu ihm über unsere Sache,« Helge beugte sich über den Beifahrersitz nach dem Türgriff, »sonst …« Mit Zeige- und Mittelfinger zeigte er erst auf seine, dann auf meine Augen.

Ich wedelte mit der Hand, als wollte ich eine lästige Fliege verscheuchen. »Jaja, ich weiß. Sonst hetzt du mir deine Cousins auf den Hals.«

Die Autotür fiel zu, Helge fuhr los, und ich konzentrierte mich auf die nächste Herausforderung: auf den Weg zu Aron. Meine Beine hatte ich wohl inzwischen mit Pinocchio ausgetauscht, so hölzern stelzte ich auf ihn zu.

»Wo warst du denn den ganzen Tag?«, fuhr er mich anstelle einer Begrüßung an.

Obwohl ich erleichtert darüber war, dass er meinen uneleganten Ausstieg aus dem Auto unerwähnt ließ, fühlte ich mich, als ob er mir einen Eimer Wasser übergekippt hätte. Erst Helge, jetzt er … »Was geht dich das denn an?«, motzte ich zurück. Ich hatte die Nase gestrichen voll davon, mich ständig rechtfertigen zu müssen.

»Du warst mit Helge unterwegs.«

»Ja, und?«

»Ich habe dich gesucht.«

Oh! »Was wolltest du denn von mir?«, fragte ich betont gleichgültig, aber ich befürchtete, dass meine blöde piepsige Kleinmädchenstimme mich verriet.

»Ich wollte dich sehen«, sagte er, ohne jedes Anzeichen von Verlegenheit.

Echt? Im ersten Augenblick war ich entzückt über diese Antwort, doch dann wich sie Verärgerung. Aron musste sich seiner Sache ja sehr sicher sein … Und er war gestern Hand in Hand mit dieser Elín verschwunden, nachdem er mich vorher bestimmt zehn Minuten lang wie verhungert abgeknutscht hatte.

»Pass auf, Aron«, sagte ich, »Lilja hat mir schon erzählt, dass die

Mädchen hier in der Gegend total auf dich abfahren, aber ich bin nicht wie die meisten Mädchen.«

Aron hakte seine Daumen in den Gürtelschnallen seiner schwarzen Jeans ein und bedachte mich mit einem langen, trägen Blick. »Ich weiß …«

Was für ein arroganter Arsch! Lilja hatte ja so recht gehabt, mich vor ihm zu warnen.

»Gut«, stieß ich aus. »Das ist gut. Denn unser Kuss gestern … der hatte überhaupt nichts zu bedeuten. Ich hatte auf der Party zu viel von eurem Schnaps getrunken, diesem Schwarzen Tod, der hat bei mir total reingehauen. – Aber ich bedauere ihn auch nicht«, fügte ich nach einem Moment des Überlegens gönnerhaft hinzu, »er war nämlich nicht schlecht.« So wie ich mich dabei an ihn geklammert hatte, hätte er mir alles andere sowieso nicht abgekauft.

»Okaaay.« Aron wirkte überrumpelt. »Das … freut mich.«

»Gut«, sagte ich noch einmal. »Dann ist ja jetzt alles geklärt.« Ich zog den Schlüssel zum Cottage aus meiner Jackentasche und drehte mich um.

»Warte!«

»Was ist denn noch?« Ich war froh, ihm gegenüber endlich einmal Oberwasser zu haben. Meine Superheldinnenkräfte waren durch den Sturz zum Glück wohl nur kurzzeitig geschwächt gewesen.

»Ich würde mich wirklich gerne noch einmal mit dir treffen«, antwortete Aron und auf einmal kam er mir doch ein bisschen verlegen vor. »Einfach nur so, zum Reden. Ich … fand es nämlich gestern wirklich schön mit dir. Also … das Polarlicht und … dass du mit mir Motorrad gefahren bist …« Seine Mundwinkel zuckten. »Hast du Lust, mit mir heute Abend etwas trinken zu gehen?« Der Blick aus seinen Nougataugen traf meinen, und leider genügte das vollkommen, um meinen sorgsam errichteten Schutzwall zum Einsturz zu bringen. Aron war manipulativ, und er wusste genau, was er machen musste, um die Mädchen um den Finger zu wickeln, aber ein Getränk … Was war das schon? Doch ganz so leicht durfte ich es ihm natürlich nicht machen.

Obwohl meine Entscheidung längst gefallen war, tat ich, als ob ich gründlich über seine Einladung nachdenken müsste, bevor ich gelangweilt ausstieß: »Meinetwegen. Wir können was trinken gehen. Aber heute habe ich schon was vor. Wie sieht es bei dir morgen aus?«

Aron zuckte mit den Achseln. »Ich habe Zeit.« Er nahm eine Packung Tabak aus seiner Lederjacke, zog eine bereits gedrehte Zigarette heraus und zündete sie an. Offensichtlich hatte er zu seiner gewohnten Coolness zurückgefunden. »Hast du Lust auf einen Ausflug?«, fragte er nach einem tiefen Zug.

»Ein Ausflug?« Das war etwas mehr, als nur miteinander etwas trinken zu gehen. »Äh … wohin denn?« Cool, Faye! Sehr souverän! Ich verdrehte innerlich die Augen.

»Warst du schon mal auf Jökulsárlón?«

»Ist das eine Insel?«

»Nein, eine Eislagune. Touris sind ganz begeistert davon.« Arons Tonfall klang ein wenig abwertend, und sofort begann ich es zu bedauern, dass ich mich darauf eingelassen hatte, mich mit ihm zu treffen. »Ist wirklich schön dort«, fügte er angesichts meiner zusammengezogenen Augenbrauen hinzu.

»Kann man in der Lagune Wale sehen?«

»Nee. Zum Glück nicht. Wale tauchen eher im Norden oder Südwesten auf. Hier verirren sie sich nur ganz selten in die Nähe der Küste. Aber Seehunde gibt es.«

Schade! Er schien sie ja nicht besonders zu mögen, aber ich liebte Wale. Wobei Seehunde auch niedlich waren. Und viel hatte ich von der Insel bis jetzt wirklich noch nicht gesehen. Ich würde Aron einfach als kostenlosen Chauffeur und Tourguide ansehen. Ein Tourguide mit den wunderschönsten braunen Augen der Welt und Lippen, die viel zu gut küssen konnten … Ich musste mich anstrengen, um den tiefen Seufzer, der in meiner Kehle steckte, zurückzuhalten.

»Soll ich dich morgen früh um zehn abholen?« Aron warf die Zigarette weg und schob sich einen Streifen Kaugummi in den Mund.

»So früh? Ich dachte, vor zwölf bist du überhaupt nicht in der Lage dazu«, zog ich ihn auf.

»Wenn es sich lohnt, schon.«

War das ein Versuch, mit mir zu flirten? Dieser Kerl war wie das isländische Wetter. Man wusste nie, was einen als Nächstes erwartete.

»Bis morgen«, sagte ich. »Und sei pünktlich. Am Nachmittag habe ich schon was vor.«

»Mit Helge?«

Ha! Egal war ich ihm ganz offenbar nicht. Ich wollte mich schon triumphierend abwenden und im Haus verschwinden, aber Aron hielt mich noch ein zweites Mal zurück.

»Faye!«

Hach! Ich liebte es, wenn er meinen Namen sagte. »Was ist denn noch?« Ich legte eine gehörige Portion Ungeduld in meine Stimme.

»Du hast da was im Gesicht.« Er streckte seine Hand aus.

Ich schluckte. Bestimmt würde er mir gleich eine Haarsträhne hinter das Ohr streichen, mich an sich ziehen und erneut küssen. Aber das durfte ich nicht zulassen, oder?

»Was denn?«, stellte ich mich dumm. Meine Stimme war heiser. Sehr heiser. Oh Gott! Ich klang, als würde ich Kette rauchen.

Aron legte seine Hand auf meine Wange. Sie war kühl und rau. Unter seinem intensiven Blick wurden meine Knie ganz weich, und als er seine Hand wieder von meiner Wange löste und mir seine Fingerspitzen zeigte, wurden sie gleich noch ein bisschen weicher. Denn die waren ganz braun und krümelig.

»Dreck!«, sagte er. »Du siehst aus, als hättest du ein Moorbad genommen!«

KAPITEL 41

Auch wenn ich mir vorgenommen hatte, total abgeklärt an dieses Date, also den Ausflug, heranzugehen, wachte ich schon vor dem Morgengrauen auf. Dabei musste ich nicht einmal aufs Klo … Mit Mum hatte ich gestern nicht mehr gesprochen. Sie hatte mir eine Nachricht geschrieben, dass ihr letztes Meeting länger dauern würde, und ich hatte schon geschlafen, als sie nach Hause gekommen war. Heute Morgen war sie mir im Nachthemd entgegengewankt, als ich aus dem Bad kam.

»Ich gehe nachher auch los. Ich mache heute einen Ausflug mit Aron«, schaffte ich es gerade noch zu sagen, bevor die Tür hinter ihr ins Schloss fiel.

»Schön, dass du so schnell Freunde gefunden hast! Ich weiß vor lauter Arbeit gerade nicht, wo mir der Kopf steht.« Die Klospülung rauschte. Ein paar Sekunden später ging die Dusche an.

Obwohl ich Sonjas Rat, Mum direkt auf meinen Vater anzusprechen, auf jeden Fall umsetzen wollte, war ich froh, dass ich noch einen kleinen Aufschub hatte.

Ich schaute aus dem Fenster, vor dem Ragnar stand und gerade eine Zigarette austrat. Wie von Karlsson angekündigt, hatte er sein Auto direkt vor unserem Cottage geparkt und uns die ganze Nacht bewacht. Als er bemerkte, dass ich ihn anstarrte, hob er seine blasse Hand zum Gruß. Ich nickte nur und wandte mich ab. Ich war echt froh, wenn er Mum gleich ins Dorf fuhr und ich ihn nicht die ganze Zeit sehen musste.

Um die Zeit bis zehn Uhr totzuschlagen, besuchte ich Winda und Halli. Ich spielte mit Miska Stöckchenfangen. Ich beobachtete Hugin, der mit aufgeplusterten Federn vor einem etwas kleineren und ausgesprochen hübschen Raben hin und her stolzierte. Ich ließ sämtliche Lampen im Haus an- und wieder ausgehen, sogar die im Backofen. Ich schminkte und frisierte mich so, dass es hoffentlich aussah, als hätte ich mir überhaupt keine Mühe mit meinem Aussehen gegeben. Ich versuchte sogar, mal wieder Integralrechnung in meinen Kopf zu bekommen, was natürlich überhaupt nicht funktionierte, und ich gab es auf.

Aron war pünktlich; er kam sogar ein paar Minuten zu früh. Das wunderte mich. Zu seinem Ich-bin-ja-so-cool-Auftreten hätte es eher gepasst, wenn er mindestens eine Viertelstunde zu spät aufgetaucht wäre. Auf jeden Fall schien zehn Uhr morgens wirklich nicht seine Zeit zu sein, denn obwohl in einem Getränkehalter die leere Dose eines Energydrinks stand, wirkte er unausgeschlafen und unter seinen Augen schimmerten dunkle Schatten. Aus den Boxen dröhnte der Song einer isländischen Band. Ich fragte mich, ob Aron die Musik so laut aufgedreht hatte, um wach zu werden oder damit er sich nicht mit mir unterhalten musste. War er gestern noch ganz scharf darauf gewesen, sich mit mir zu treffen, schien er heute nicht so recht zu wissen, was er mit mir anfangen sollte. Vermutlich wäre es doch sinnvoller gewesen, auch heute noch einmal zu der Elfen-Menschen-Protestgruppe zu gehen als mit Aron durch die Gegend zu fahren. Obwohl die Elfen untereinander so zerstritten waren und keine andere Lösung wussten, als María und ihre Freunde bei ihrer geplanten Sitzblockade zu unterstützen. In zwei Stunden wollten sie sich treffen, und wenn ich nicht auftauchte, würden sie mich später fragen, weshalb ich nicht gekommen sei.

Durch den Vorhang meiner Haare warf ich einen Blick auf Arons Profil. Auf die dunklen Augen, die konzentriert auf die Straße vor ihm blickten, die leicht nach oben gebogene Nase, die vollen Lippen, seine braun gebrannten Hände, die nun locker auf dem Lenkrad lagen. Vorgestern Abend hatten sie sich in meinen Haaren vergraben … Mein Pulsschlag wurde schneller und ich wandte meinen Blick ab. Wieso musste er nur so verdammt anziehend sein?

Kurz bevor wir unser Ziel, die Eislagune, erreichten, hielt Aron an einem Imbisswagen an, der am Straßenrand stand, und kaufte bei einer unglaublich hübschen jungen Frau mit langen dunklen Locken und vollen Lippen zwei Becher Kaffee. Einen für sich und einen für mich. Nachdem er seinen Kaffee (schwarz und ohne Zucker – igitt!) in zwei Zügen hinuntergestürzt hatte, schien er fitter zu werden, er drehte die Lautstärke der Musik runter und sagte: »Du hast mir noch gar nicht erzählt, wo du gestern mit Helge warst.«

»Wir sind nur ein bisschen durch die Gegend gefahren«, wich ich ihm aus.

»Gefällt Helge dir?«

»Wie kommst du denn darauf?«

»Du triffst dich mit ihm, auf der Party hast du ihn fotografiert ...«

»Hab ich gar nicht. Ich habe einfach in den Raum hineingeknipst, und er stand zufällig da. Das habe ich dir doch schon vorgestern gesagt.« Meine Beziehung zu Helge schien Aron immer noch zu beschäftigen. Sehr gut! »Aber er ist nett«, behauptete ich deshalb, auch wenn das gar nicht stimmte. Mir gegenüber war er es zumindest nicht.

»Nur nett?«

»Netter als du zumindest«, entgegnete ich mit einem freundlichen Lächeln, obwohl auch das nicht unbedingt der Wahrheit entsprach.

»Oh. Ich kann sehr nett sein, wenn ich will. Ich dachte, das hättest du mittlerweile bemerkt.« Aron grinste anzüglich, und ich fragte mich, ob er dabei an unseren Kuss dachte.

Ich jedenfalls dachte gerade kein bisschen daran, auch wenn sich mein Kopf anfühlte, als hätte ich ihn bei 180 Grad in den Backofen gesteckt. Um auf Nummer sicher zu gehen, rief ich mir noch einmal meinen Vorsatz von gestern ins Gedächtnis: Du bist nicht hier, um mit Aron zu flirten, Faye! Er soll dir nur etwas von der Gegend zeigen – und dich davon ablenken, dass schon morgen Samhain ist.

Ich hatte das Internet bereits nach Fotos von der Eislagune durchforstet. Sie waren spektakulär, doch dem, was mich eine knappe Viertelstunde später erwartete, wurden sie nicht gerecht.

Begeistert schaute ich mich um. Vor einer Kulisse aus weiß gezuckerten Bergen trieben Eisschollen in unterschiedlichen Größen über einen See, dessen intensives Türkisblau ich bisher nur auf Bildern von tropischen Südseeinseln gesehen hatte. Langsam und majestätisch suchten sich die schillernden Gebilde aus Eis und Schnee ihren Weg ins Meer zurück, während Hunderte von Vögeln in Schwärmen über sie hinwegflogen und das Wasser nach Essbarem durchsuchten. Ganz gefangen von diesem unwirklichen Ort stand ich minutenlang still da. Ob es die imposanten Skulpturen aus Eis waren, die mich so in ihren Bann zogen? Oder die schon fast unheimliche Stille, die trotz der Vögel in der Lagune herrschte? Ich konnte es nicht sagen.

»Schau mal! Dort hinten!« Aron machte mich auf einen feucht schimmernden graubraunen Kopf aufmerksam, der zwischen zwei Eisbrocken durchschwamm.

»Ein Seehund!« Ich spürte, wie sich ein bestimmt unglaublich dümmlich aussehendes Lächeln auf mein Gesicht legte. »Es ist so schön bei euch!«

»Ja, das ist es«, bestätigte Aron und er schien selbst ein bisschen verwundert über seine Worte.

Wir lächelten uns an und die Eisenmanschette, die meinen Brustkorb in den letzten Tagen fest umklammert hatte, lockerte sich ein wenig. Dass es in zwei Tagen vielleicht schon für immer Nacht sein würde, konnte ich mir im Augenblick wirklich nicht mehr vorstellen. Seit heute Morgen schon schien strahlend hell die Sonne, ganz so, als ob sie sich für das Wetterchaos der letzten Tage entschuldigen wollte.

An einem kleinen Fluss entlang, der den See mit dem Meer verband, schlenderten Aron und ich später in Richtung Strand. Eine Entenfamilie begleitete uns auf unserem Weg, und im spärlichen Gras der Uferlandschaft konnte ich das Nest einer Seeschwalbe sehen. Mit jedem Schritt, den wir uns von der Lagune entfernten, stiegen die Temperaturen an, und das erste Mal in diesem Urlaub zog ich meine Jacke aus.

Aron erzählte mir, dass der Strand, zu dem der Fluss führte und an dem das Boot seines Onkels lag, Diamantstrand genannt wurde. Der machte seinem Namen wirklich alle Ehre: Große und kleine Eisbrocken lagen wie kostbare Edelsteine im schwarzen Sand und glänzten mit der unvermindert brennenden Sonne um die Wette.

»Schade, dass es keine echten Diamanten sind!« Ich nahm einen der Eisbrocken hoch und betrachtete, wie er in meiner Hand zerschmolz, bis nichts mehr als eine Pfütze von ihm übrig war. »Ich gehöre nämlich leider nicht zu den Leuten, die besonders gut mit ihrem Taschengeld haushalten können. Irgendwie gibt es immer etwas, was ich unbedingt brauchen kann …«

»Für was gibst du dein Geld denn aus? Für Schminksachen?«

Empört schürzte ich meine Lippen. »Sehe ich so angemalt aus? Ich benutze nur Wimperntusche. Und das auch nur, weil meine Wimpern ohne sie so kurz und farblos wie die von einem Ferkel sind.«

Aron schaute irritiert, und ich spürte, dass ich rot wurde. Oh Mann, Faye, das kannst du vielleicht zu Doro sagen, aber doch nicht zu einem Typen, den du heiß findest! Also … ähm … ganz gut. Dass Aron mich immer so aus dem Konzept bringen musste! »Ich gebe mein Geld für Pflanzen aus, wenn du es genau wissen willst. Und für meine Zwergbartagame. Sie heißt Nala«, sagte ich, um das Gespräch so schnell wie möglich auf ein anderes Thema zu bringen. »Willst du ein Foto von ihr sehen?« Ohne seine Antwort abzuwarten, öffnete ich meine Tasche und zog mein Handy heraus.

»Ein Mini-Drache«, sagte Aron, und ich nickte geschmeichelt.

»Aber sie spuckt kein Feuer, und wenn ich am Wochenende wieder zurück bin, wird sie schon in der Winterruhe sein. Dann ist sie ein Mini-Schlafdrache.«

»Bei euch zu Hause sieht es aus wie in einem Dschungel.«

»Nur im Wintergarten.«

»Wie hast du es geschafft, dass die Pflanzen so groß werden?« Er klang wirklich beeindruckt.

Ich zuckte mit den Schultern. »Ich gieße sie, ich dünge sie ab und zu – und ich lasse niemals meine Mum in ihre Nähe. Die hat nämlich einen tiefschwarzen Daumen.« Aron musste nicht wissen, dass ich sie auch jeden Tag mit Wasser einsprühte, weil sie das ganz besonders gerne mochten, dass ich ihre Blätter abstaubte und dass ich manchmal – aber wirklich nur ganz selten! – mit ihnen sprach. »Hast du irgendwelche Hobbys?«

»Motorräder. Und Schlafen. Zumindest tagsüber.« Er grinste.

»Lieblingstier?«

»Äh … keine Ahnung. Ich hatte nie eins. Hund?«

»Das sagen die meisten. – Lieblingsfarbe?«

»Schwarz.«

»Diese Frage hätte ich mir schenken können. – Lieblingsessen?«

»Pizza.«

»Lass mich raten: Diabolo?«

»Ja.«

»Das war klar.«

»Fragst du mich gerade aus?«

Ich nickte. »Freiwillig lässt du ja nichts über dich raus. Aber leider ist nichts von dem, was du mir gerade erzählt hast, besonders überraschend. Ich befürchte, du bist ziemlich durchschaubar.« Ich stieß einen theatralischen Seufzer aus. »Erzähl mir etwas von dir, mit dem ich nie rechnen würde!«

Ich erwartete eine coole Antwort und dass Aron auf meinen flapsigen Tonfall einsteigen würde. Doch stattdessen verdunkelten sich seine Züge wieder. »Das möchtest du nicht wissen«, sagte er. »Komm, du wolltest doch unbedingt Boot fahren!«

Ich verdrehte die Augen. Oh Mann! Lilja hatte recht. Dieser Junge war so verschlossen wie ein Safe.

KAPITEL 42

Aron steuerte einen niedrigen Schuppen an und zog ein Motorboot ins Wasser. *The Dark Prince* stand in weißen Buchstaben auf seinem glänzenden schwarzen Bug.

»Hast du das Boot so getauft?«

Aron hielt es fest, damit ich einsteigen konnte. »Nein, mein Onkel.«

Sein Onkel? So fantasievoll hatte ich ihn gar nicht eingeschätzt. Vorsichtig setzte ich einen Fuß nach dem anderen ins schwankende Boot.

Aron sprang ebenfalls hinein und ließ den Motor an. Wir fuhren ein Stück aus der Lagune hinaus.

In und um Kirkjuvík war das Meer gefährlich wild und voller meterhoher Wellen gewesen. Hier breitete es sich glatt und schimmernd wie ein Seidentuch aus, das nur hin und wieder von dahingleitenden Eisschollen durchbrochen wurde. Nur ganz weit draußen sah ich Gischt aufspritzen. Als eine Eisscholle dicht an uns herantrieb, brach Aron etwas davon ab.

»Hier! Schon mal jahrtausendealtes Eis gegessen?«

Ich probierte davon. »Hm, köstlich! Welcher Jahrgang?«, fragte ich kichernd, obwohl ich den Gedanken ziemlich merkwürdig fand und es natürlich nach nichts als Wasser schmeckte.

Mein Blick fiel auf feine Fäden, die sich silbern und fließend wie die Haare einer Fee auf das Wasser legten.

»Was ist das?«

»Nebel.« Aron stöhnte auf. »Am besten fahren wir zurück.«

»Aber es sind doch nur ein paar dünne Schwaden«, protestierte ich. Ich wollte nicht, dass diese Bootsfahrt zu Ende ging. Wir waren schließlich gerade erst losgefahren.

»Doch, hier auf der Insel kann sich das rasend schnell ändern.«

Aron hatte recht. Aus den feinen Fäden war jetzt eine dicke Watteschicht geworden, die bereits bis an den Rand unseres Boots reichte. Es sah aus, als ob wir in einer Schäfchenwolke saßen, und der Nebel stieg immer weiter. Zwar hatte María mich vor solch plötzlich aufziehenden Nebelwänden gewarnt, aber dass sie wirklich innerhalb von Sekunden die Welt um einen herum verschwinden ließen, damit hatte ich nicht gerechnet.

Aron fluchte und stellte den Motor aus.

»Was machen wir denn jetzt?«

»Abwarten. In dieser Suppe kann ich mich nicht orientieren, und ich habe keine Lust, aus Versehen noch weiter aufs Meer hinauszufahren.«

»Werden wir dort jetzt nicht sowieso hingetrieben?« Meine Stimme klang selbst in meinen Ohren unangenehm schrill.

»Die Strömung ist hier nicht besonders stark. Und der Nebel wird sich schon irgendwann wieder verziehen.«

»Was genau heißt *irgendwann*?«

»Keine Ahnung, das kann ganz schnell gehen oder ein bisschen dauern. Was mir persönlich sehr recht wäre ...«

»Echt? Mir überhaupt nicht«, sagte ich piepsig. Inzwischen waren die Schwaden so undurchdringlich, dass ich selbst Aron, der direkt neben mir saß, nur schemenhaft wahrnehmen konnte.

»Wir beide, allein auf dem Meer«, fuhr Aron unbeirrt fort, »alles ist weiß um uns herum. Man kann nichts mehr sehen und muss sich auf seine anderen Sinne verlassen.« Mit dem Daumen fuhr er sanft über meinen Handrücken, und obwohl ich mich gerade wirklich fürchtete, konnte ich nichts anderes denken, als wie nah wir einander waren. Es konnte doch nicht sein, dass er mich durch eine so kleine Berührung derart aus der Fassung brachte!

»Also meine anderen Sinne sind überhaupt nicht gut ausgeprägt. Ich bin ein total visueller Mensch.«

»Entspann dich!« Aron löste seine Hand aus meiner und fuhr nun mit dem Daumen über meine Lippen, die sich unter dieser Berührung unwillkürlich öffneten. Von dort ließ er seine Fingerspitzen weiter nach unten gleiten. Meinen Hals hinunter, bis zum Ausschnitt meines Pullovers. Das Atmen fiel mir nun mehr als schwer. Unsere Nasenspitzen berührten sich fast ...

Plötzlich hörte ich ein Geräusch. Es klang wie eine Mischung aus Zischen und Prusten. »Was ist das?«

Auch Aron war zusammengezuckt. »Wenn es das ist, was ich denke, dann haben wir ein Problem!«

»Na toll, musst du dich so rätselhaft ausdrücken? Was denkst du denn, was es ist?« Vor meinem inneren Auge stiegen die fantastischsten Wesen auf. Eine bösartige Nixe wie die aus *Der Fluch der Karibik* war noch das netteste davon.

»Ich schätze mal, das ist ein Wal.«

»Was? Du hast doch gesagt, dass Wale sich hier im Süden nicht so nah an die Küste verirren.« Zwar hatte ich mir schon immer gewünscht, einmal einen Wal zu sehen. Aber doch nicht, wenn ich in dieser Nussschale saß, inmitten von Nebelschwaden.

»Das tun sie normalerweise auch nicht.«

Ich verfluchte ihn dafür, dass er sich so nervös anhörte.

Wieder ertönte das Geräusch, dieses Mal schon ein bisschen lauter. Der Wal kam näher. Mein Herz hämmerte fest gegen meine Rippenbögen. Wir mussten weg. Aber wohin? Um uns herum war alles weiß. Wenn ich doch nur etwas sehen könnte ... In diesem Augenblick kam mir ein Gedanke! Wenn ich elektrisches Licht beeinflussen konnte, vielleicht klappte es auch mit dem natürlichen. Auf dem Weg zum Wasserfall hatte ich mir gewünscht, dass diese blöde Regenwolke verschwand, und die Sonne war herausgekommen. Und waren mir die Glühwürmchen nicht gerade in dem Moment zu Hilfe geeilt, als ich auf dem Weg zur Lichtung schon umdrehen wollte?

Ich kniff die Augen zusammen und stellte mir einen glühenden Ball vor, dessen Schein so stark war, dass er es schaffte, die weiße Suppe um uns herum aufzulösen. Es klappte, stellte ich euphorisch fest, als ich die Augen wieder öffnete. Über unseren Köpfen war ein kleines Loch aufgerissen, durch das Sonnenstrahlen drangen. Ich konzentrierte mich stärker, und das Licht dehnte sich aus. Schon bald umgab es uns wie einen Heiligenschein. Ich konnte Aron wieder sehen, das Boot, in dem wir saßen, das Wasser um uns herum – und eine Fontäne, die nur ein Stück entfernt von uns meterhoch aus dem Wasser schoss.

KAPITEL 43

Ein breiter Rücken wölbte sich über der Wasseroberfläche auf. Dann erschien eine mächtige Schwanzflosse. Wassertropfen perlten von ihr herunter wie von einem Wasserfall. Der Wal befand sich nun auf gleicher Höhe wie unser Boot, er war mindestens fünf Meter lang. Und ich sah noch eine andere Fontäne, etwas weiter links. Und noch eine. Und noch eine … Immer mehr graue Rücken hoben sich aus dem Wasser.

»Unglaublich!«, rief ich. »Sieh nur, wie viele es sind!«

Aron erwiderte nichts.

»Alles okay mit dir?«

»Sie werden unser Boot umwerfen«, erwiderte er tonlos und ohne seinen Blick von den Walen abzulassen.

Ich sollte eigentlich ebenfalls Angst haben. Doch die Panik, die mir gerade in dem dichten Nebel noch fast die Luft abgeschnürt hatte, war einer ruhigen Gewissheit gewichen.

»Nein«, sagte ich zu ihm. »Die Wale wollen uns nichts tun. Sie sind nur neugierig.« Fasziniert beobachtete ich die Meeresriesen, wie sie in gleichmäßigen Kreisen unser Boot umrundeten und hin und wieder ihren kugelförmigen Kopf aus dem Wasser streckten, als wollten sie Hallo sagen. Ich hielt meine Hand ins Wasser, und einer der Wale drückte seinen Rücken dagegen.

»Hör auf mit dem Mist!«, fuhr Aron mich an.

»Er macht nichts, das siehst du doch.« Die Haut des Wals war fest wie Gummi und fühlte sich gleichzeitig weich und zart wie Seide an. Ganz versunken strich ich darüber.

Doch auf einmal wurde der Wal unsanft beiseitegedrängt. Ein anderer, viel größerer Wal tauchte auf und schob sich dicht vor uns hoch aus dem Wasser.

»Der schon.« Aron hörte sich richtiggehend panisch an. »Lass uns abhauen.« Seine Hand ging zum Motor.

»Nein, das wird sie nur erschrecken.« Ich hielt sein Handgelenk fest.

Der Wal drehte mir seine rechte Seite zu und sah mich mit seinem kleinen blauen Auge so intensiv an, dass ich kaum wagte zu atmen. So nah war er mir, dass ich beobachten konnte, wie sich seine Pupille wegen des Lichts zu einem schmalen Schlitz zusammenzog. Und auf einmal hatte ich das unbändige Bedürfnis, auch ihn zu berühren. Es war, als würde er nur darauf warten, dass ich meine Hand auf seine hohe gewölbte Stirn legte, als drängte er mich geradezu. Vorsichtig fuhr ich mit den Fingern über die dicke Wulst oberhalb der Augen, und im selben Moment durchzuckte mich ein scharfer Schmerz. Erschrocken wich ich zurück, und das Boot kam ins Schwanken.

»Faye!« Arons Finger krallten sich an meinem Pullover fest, als hätte er Angst, dass ich über Bord gehen würde.

»Es ist … nichts«, sagte ich schnell.

Der Wal tauchte kurz unter Wasser. Doch nur Sekunden später war er wieder bei mir. Das Meerwasser perlte über seine glatte Haut wie über Glas. Als meine Finger diesmal seine Stirn berührten, war ich auf den Schmerz gefasst, weshalb er mir nur noch halb so schlimm vorkam. Meine Finger brannten, trotzdem zog ich die Hand nicht fort, weil ich glaubte, dem Wal dadurch auf eine diffuse Art Linderung zu verschaffen. Tiefe Ruhe breitete sich in mir aus, dann spürte ich, wie etwas in mir kaputtging. In meiner Brust, in meinem Kopf, ja selbst in meinen Beinen konnte ich einen Schmerz fühlen, als hätte ich etwas verloren. Als wäre mir etwas herausgerissen worden.

Das Lavaherz kam mir in den Sinn, und wie schmerzhaft es für diesen Baum sein musste, ohne sein Herz zu existieren. Kaum hatte ich das gedacht, ebbte das Stechen in meinem Körper ab.

Noch einmal suchte der Wal meinen Blick, dann tauchte er in einem eleganten Bogen ab. Die anderen Wale folgten ihm.

»Was war das denn gerade?«, fragte Aron, während ich den Tieren nachschaute, die aufs offene Meer zurückschwammen. Mit ihnen verzog sich der Nebel endgültig, und es wurde hell.

»Der Wal«, stammelte ich, »ich glaube, er hat mir etwas gesagt.« Nur sehr ungern und mit einem seltsamen Gefühl des Verlusts löste ich den Blick von den Fontänen und Schwanzflossen der wegschwimmenden Wale.

Aron schaute mich so entgeistert an, dass ich mein Geständnis schon zutiefst bedauerte, dann sah ich, wie er Luft holte und fragte: »Konntest du ihn denn verstehen?«

»Ich glaube, es ging um das Herz von Yggdrasil und dass ich es dem

Baum wieder zurückbringen soll.« Ich massierte mir die schmerzenden Schläfen. »Aber das … das ist doch total verrückt …«

Eine ganze Zeit lang sagte Aron gar nichts. »Wale sind Erfahrungsträger«, meinte er schließlich zögernd. »Sie geben ihr Wissen von Generation zu Generation weiter. Es kann schon sein, dass sie Dinge wissen, von denen niemand sonst etwas weiß.«

»Wieso soll gerade ich dieses Herz finden können? Und warum verstehe ich sie überhaupt?«

»Keine Ahnung.« Sein Blick lag dunkel und unergründlich auf mir. »Aber ohne Grund haben sie sich bestimmt nicht so nah an den Strand gewagt.«

»Selbst wenn sie glauben, dass ich dazu in der Lage bin: Ich weiß doch gar nicht, wo ich anfangen soll zu suchen. In der Bibliothek habe ich nichts gefunden und im Zeitungsarchiv auch nicht.«

»Warst du schon im Heimatmuseum in Kirkjuvík?«

»Nein. Ich wollte gestern Nachmittag dorthin, aber … es kam mir etwas dazwischen.« Ich hätte so gern mit Aron über Helge und die anderen Elfen gesprochen, aber ich hatte Angst, dass er mir nicht glaubte.

»Lass uns dorthin fahren. Dort sind alte Chroniken ausgestellt. Vielleicht finden wir darin etwas.« Er ließ den Motor des Boots wieder an.

Wir! Er hatte *wir* gesagt! In meinem Magen breitete sich ein warmes Gefühl aus. »Wieso haben dich die Wale eigentlich gerade so fertiggemacht? Sie haben doch überhaupt nicht gefährlich gewirkt.«

Ich sah, wie sich Arons Brustkorb schwer hob und wieder senkte. »Meine Eltern und mein kleiner Bruder sind bei einem Bootsunfall gestorben.«

»Das wusste ich nicht. Wie ist es passiert?«

»Ein Fischer hat ihr Boot gefunden, wie es umgedreht auf dem Meer trieb. Dabei ist das Meer an diesem Tag ganz ruhig gewesen. Die Leute haben vermutet, dass ein Wal das Boot umgeworfen haben muss. Ein paar Kilometer weiter wurde eine ganze Schule gesehen. Seitdem hasse ich diese Viecher. Und ganz ehrlich, wenn ich nicht sicher gewesen wäre, dass vor der Lagune niemals Wale auftauchen, wäre ich nie mit dir rausgefahren.«

»Und es macht dir gar nichts aus, überhaupt in ein Boot zu steigen? Ich glaube, ich wäre nie wieder aufs Meer hinausgefahren.«

»Nicht, wenn dich dein Dad immer zum Angeln mitgenommen hätte. Ich war zwar erst fünf, aber meine schönsten Erinnerungen an ihn sind mit dem Meer verbunden.«

»Wo warst du eigentlich, als der Unfall passiert ist?«

»Zu Hause. Ich hatte Fieber. Ich kann mich noch daran erinnern, wie enttäuscht ich war, weil ich bei unserer Nachbarin bleiben musste, dabei hatte ich mich so auf den Ausflug gefreut. – Es gab Momente, in denen ich mir gewünscht habe, dass ich damals dabei gewesen wäre«, fügt er so leise hinzu, dass ich ihn kaum verstand.

»Das darfst du nicht sagen.« Ich rückte dicht an ihn heran und nahm seine Hand. »Ich bin froh, dass du nicht mit in dem Boot gesessen hast, denn sonst hätte ich dich nie kennengelernt.«

KAPITEL 44

Der Widerstand gegen den Bau des Hotels war ungebrochen. Nach wie vor standen überall Schilder herum mit der Aufschrift »Stoppt den Hotelbau!« und »Rettet das kleine Volk!«. *The Soup Company* bot jetzt sogar eine Protestsuppe an.

Anders als im Zeitungsarchiv waren die Chroniken, von denen Aron gesprochen hatte, noch nicht digitalisiert worden. Nur weil er vorgab, dass wir in der Schule ein Referat halten mussten, erklärte sich die mollige Frau mit den lila getönten Haaren, die den Diebstahl des Hammers vor ein paar Tagen so sehr betrauert hatte, letztendlich dazu bereit, uns einen Blick hineinwerfen zu lassen.

An Schiffsmodellen, in isländische Trachten gekleideten Schaufensterpuppen, Bronzefiguren und einer umfassenden Ausstellung über den Vulkanausbruch von 2010 vorbei führte sie uns in einen Raum mit niedriger Decke, in dem ein gläserner Schaukasten lag. Mehrere Bücher standen darin. Einigen sah man ihr Alter deutlich an; sie wirkten, als ob sie jeden Moment auseinanderfallen würden.

»Vor allem die alten Chroniken sind sehr kostbar. Ich kann euch nur unter meiner Aufsicht einen Blick hineinwerfen lassen«, sagte die Frau. »Erst vor ein paar Tagen ist eines unserer kostbarsten Exponate gestohlen worden.«

»Ich weiß. Meine Freundin und ich sind vorbeigekommen, als Sie mit dem Polizisten darüber gesprochen haben. Hat die Polizei denn mittlerweile etwas herausgefunden?«, fragte ich.

Sie schüttelte bekümmert den Kopf. »Der Hammer ist spurlos verschwunden. – Worum genau geht es in eurem Referat? Dann hole ich das entsprechende Buch heraus.«

»Um den Holunder, der in Kirkjuvík gefällt werden soll«, sagte ich. »Wissen Sie vielleicht, wann er das erste Mal urkundlich erwähnt wurde?«

»Das muss bereits gleich im ersten Band der Fall sein. Er stammt aus dem 14. Jahrhundert.« Die Frau nahm vorsichtig eines der Bücher aus dem Schaukasten und schob sich die Lesebrille auf die Nase. Mit spitzen Fingern klappte sie es auf und blätterte vor. »Hier steht etwas über den Baum.« Sie wies auf eine Stelle auf dem vergilbten Papier. Die Handschrift des Verfassers war altmodisch verschnörkelt und für mich kaum lesbar. »In früheren Zeiten ist die Lichtung ein bekannter Thingplatz gewesen. Volksversammlungen und Gerichtsverhandlungen wurden unter dem Holunder abgehalten.«

Das musste ein anderer Baum gewesen sein. Auch wenn María ebenfalls behauptet hatte, dass der Holunder schon ein paar Hundert Jahre auf dem Buckel hatte: Das konnte einfach nicht sein. Holunder wurden nicht so alt. Das war unmöglich. Doch niemals hätte ich mich getraut, dies der Frau gegenüber anzumerken. Mit der Ausstrahlung einer strengen Lehrerin blätterte sie sich durch die Bände, wies mal auf die eine, mal auf die andere Textstelle hin, in der der Baum erwähnt wurde. Unter ihm wurden Hochzeiten abgehalten, Bündnisse geschlossen und während einiger Jahrzehnte diente er sogar als Galgen. Ich spürte, wie Aron neben mir ungeduldig wurde und mehrere Male sein Handy checkte.

Mit den Jahrhunderten wurden die Einträge über den Holunder spärlicher. Der letzte Eintrag, er stand in einem neuen Buch mit gelbem Einband, handelte von der Gemeinderatssitzung, in der beschlossen wurde, dass der Baum gefällt werden sollte.

»Es ist wirklich ein Jammer. So viel hat der Holunder erlebt.« Die veilchenblauen Augen der Frau saugten sich über den Rand ihrer Lesebrille an Aron fest. »Und nun soll er einfach abgeholzt werden, weil dein Onkel dort ein Hotel errichten will, das hier in dieser Gegend niemand braucht.«

»Tja, man kann sich seine Verwandtschaft nicht aussuchen«, sagte Aron, aber er wich ihrem Blick aus, und ich konnte ihm ansehen, dass ihr Vorwurf ihm nicht egal war.

»Da hast du allerdings recht. Meine Schwester möchte sich dort um eine Stelle als Zimmermädchen bewerben.« Die Frau wirkte schon viel milder. »War unter den Einträgen etwas dabei, was ihr gebrauchen könnt?«

Aron schüttelte den Kopf. »Nein, das Referat soll sich mehr um die Sagen und Mythen drehen, die sich um den Baum ranken.«

»Dann solltet ihr in die Bibliothek gehen.«

»Da waren wir schon«, sagte ich enttäuscht.

Auf dem Weg zum Ausgang fiel mir beim Blick in einen Nebenraum eine leere Vitrine auf. Ihre obere Seite wies ein fast kreisrundes, scharfkantiges Loch auf.

»Lag hier Thors Hammer drin?«, fragte ich die Frau.

Sie nickte.

»Die Vitrine ist aber ziemlich klein. Ich hatte mir den Hammer viel größer vorgestellt.«

»Sein Schaft ist nur sehr kurz, weil der damalige Zwergenschmied von einer Fliege in die Stirn gestochen wurde und deshalb für einen Moment den Blasebalg losgelassen hatte.« Sie seufzte. Der Verlust schien sie immer noch schwer zu treffen.

Als Aron und ich schon fast wieder am Ausgang angelangt waren, machte er mich auf eine gerahmte Zeichnung aufmerksam, die rechts oberhalb einer alten Kirchentür hing. Ein Baum war darauf abgebildet.

»Sieht genauso aus wie unser Holunder.«

Tatsächlich! Da sich sein Stamm noch nicht bis fast zum Boden krümmte, sondern stolz und stark zum Himmel emporwuchs und seine Äste dicht belaubt waren, hatte ich ihn zunächst nur an den Worten *The Ellertree* erkannt. In kunstvollen Schönschriftbuchstaben standen sie unter der Zeichnung. Was mir aber sofort ins Auge stach, war der Hohlraum in seinem Stamm. Darin befand sich ein Lavastein. Aber es war kein gewöhnlicher, sondern er war herzförmig. Und er hing an einer Kette. Mir stockte der Atem! Wieso hatte Gunther das denn nicht erwähnt? Dann wäre ich doch schon viel früher darauf gekommen!

»Was ist?«, fragte Aron.

Ungläubig trat ich näher an die Zeichnung heran. Sie war schon ein bisschen verblichen, aber es konnte keinen Zweifel mehr geben. Bei diesem Schmuckstück handelte es sich um nichts anderes als … um Mums Anhänger!

KAPITEL 45

Das Schmuckstück in dem Stamm, das ist der Anhänger, den Mum immer trägt. Vielleicht ist er das Herz!«, rief ich aufgeregt.

»Bist du dir ganz sicher?«

»Nein. Aber es würde Sinn ergeben. Schließlich ist bei uns eingebrochen worden, und Mum und ich sind überfallen worden. Der Typ hat nach ihrer Kette gegrapscht.«

»Wieso sollte denn ausgerechnet deine Mutter das Lavaherz haben?« Etwas an seinem Tonfall irritierte mich. Seine Verwunderung klang unecht, und für einen Moment fragte ich mich, ob er die Zeichnung schon einmal gesehen und selbst eine Verbindung zu Mums Anhänger gezogen hatte. Aber das war totaler Blödsinn! Wenn es wirklich so wäre, hätte er mich doch einfach darauf ansprechen können.

»Vor achtzehn Jahren war sie schon mal auf Island«, erklärte ich Aron. »Mit ihrer Klasse. Vielleicht hat sie es irgendwo gefunden. Wir müssen sie fragen.« Ich machte ein Foto von der Zeichnung und stürmte aus dem Museum. Noch im Laufen rief ich Mum an.

»Bist du noch zu Hause?«, keuchte ich, als sie abnahm.

»Ja, aber nicht mehr lange. Ich treffe mich gleich mit dem Bürgermeister.«

»Kommt dein Chef auch mit?« Ich musste die Kette unbedingt an mich bringen, bevor er herausfand, dass seine Architektin etwas um den Hals hängen hatte, was seine Pläne empfindlich stören konnte.

»Nein, er ist zwar auch eingeladen, aber er hat abgesagt, weil er sich nicht wohlfühlt.«

Den Grund dafür konnte ich mir vorstellen. Schon beim Gedanken daran, dass Elric Karlssons Gesicht vielleicht jetzt in diesem Moment über und über mit entzündeten roten Pusteln übersät war und er mit etwas Glück sogar mit Fieber im Bett lag, wurde ich ganz ekstatisch. Vor allem, weil die Chancen gut standen, ihm auch noch einen Strich durch seine weiteren Pläne zu machen. Doch nun war keine Zeit dafür, vorschnell zu triumphieren.

»Warte auf mich!«, sagte ich Mum. »Ich muss mit dir über etwas reden. In zehn Minuten bin ich da.«

Ich sprang zu Aron ins Auto, und der heizte los, als sei ein ganzes Heer kampflustiger Orks hinter uns her. Sträucher, Cottages und die vereinzelt stehenden Bäume verschwammen zu einem Film, aber dieses Mal war ich ihm dankbar für seine Raserei. Kaum waren wir angekommen, riss ich die Autotür auf.

»Bleib du hier!«, bat ich Aron noch. »Es ist besser, wenn ich allein mit meiner Mutter spreche.«

Auch wenn ich ihm ansah, dass er von der Aussicht, im Auto sitzen bleiben zu müssen, überhaupt nicht begeistert war, gehorchte er. »Meinetwegen. Aber lass dich nicht von ihr abwimmeln!« Er legte seine Hände auf meine Schultern. »Sie muss dir den Anhänger geben. Und sobald du ihn hast, bring ihn sofort her. Ich warte hier auf dich. Wenn der Anhänger wirklich das Lavaherz ist, darf er auf gar keinen Fall in die falschen Hände geraten. Es steht viel zu viel auf dem Spiel.«

»Mum!«, rief ich, kaum dass ich die Haustür aufgeschlossen hatte.

Doch niemand antwortete. Ich ging hinauf in den ersten Stock. Aus dem Badezimmer heraus hörte ich ein Plätschern. Sie duschte.

Auf dem Weg dorthin kam ich an ihrem Schlafzimmer vorbei. Mein Blick fiel durch die geöffnete Tür auf ihre Kommode, und dort lag … die Kette. Ich biss Ober- und Unterkiefer aufeinander, damit mir kein Jubeln herausrutschte. Was war ich denn nur für ein unglaublicher Glückspilz! Mum nahm die Kette niemals ab. Ich konnte mich an keine einzige Gelegenheit erinnern, bei der sie nicht um ihren Hals gehangen hatte. Und nun … wurde sie mir quasi auf dem Präsentierteller serviert! Obwohl Mum noch immer unter der Dusche stand, schlich ich auf Zehenspitzen in das Zimmer. Noch vier Schritte, noch drei, zwei, eins. Tiefschwarz lag das Lavaherz vor mir, doch trotz seiner massiven Substanz ging das sanfte Leuchten von ihm aus, von dem mir Gunther erzählt hatte, das mir aber nie aufgefallen war, wenn es auf Mums Haut lag. Es musste von der Flamme kommen, die der Legende nach in ihm eingeschlossen war. Entschlossen griff ich nach der Kette, nur um im nächsten Moment aufzuschreien. Der Geruch von verbranntem Fleisch stieg mir in die Nase und dort, wo ich die Kettenglieder berührt hatte, zeichnete sich nun eine mehrere Zentimeter lange Brandwunde ab. Glühend heiß hatten sie sich in meine Haut gefressen. Einen Moment lang musste ich mich mit der gesunden Hand an der Kommode abstützen, weil mir vor lauter Schmerz ganz schwindelig war.

Die Tür zum Badezimmer öffnete sich, und Mum trat heraus. Sie trug einen Bademantel, und ihre nassen Haare hatte sie unter einem Handtuch versteckt.

»Warum stehst du in meinem Schlafzimmer?«, fragte sie mit einem Stirnrunzeln.

»Ich … ich bin gerade heimgekommen und habe dich gesucht«, sagte ich so fest, wie es mir möglich war. Meine pochende Hand hielt ich an meinen Oberschenkel gepresst.

»Worüber wolltest du mit mir denn so dringend reden?«

»Über Mathe«, log ich. »Aber das hat sich erledigt. Ich bin selbst auf die Lösung gekommen.«

»Ach so«, sagte Mum und griff nach ihrer Kette.

Nein! Mach das nicht, wollte ich ausstoßen, doch da hatte sie sie schon hochgenommen und sich um den Hals gelegt. Sie verzog vor Schmerz das Gesicht, aber anstatt sie sich hektisch wieder herunterzureißen, rieb sie sich nur kurz den Nacken. »Wenn ich den Mistkerl erwische, der uns vorgestern überfallen hat, kann der etwas erleben«, murrte sie. »Mir tut immer noch der Hals weh, so fest hat er an der Kette gerissen. Ich bin nur froh, dass sie so stabil ist.« Liebevoll umfasste sie das Herz.

»Woher hast du sie eigentlich?«, zwang ich mich zu fragen. Meine Stimme klang ganz dünn und zittrig. Hoffentlich fiel es ihr nicht auf.

»Wieso willst du das wissen?« Mums Blick wurde wachsam, ihre Körperhaltung angespannt.

»Nur so … Du hast sie schließlich schon ganz schön lange.«

»Ich habe sie auf einem Flohmarkt gefunden.« Sie ging zum Kleiderschrank und öffnete ihn. »Jetzt muss ich mich aber wirklich beeilen, wenn ich noch rechtzeitig beim Essen sein will.«

»Wo ist eigentlich Ragnar?«, fragte ich, während ich fiebehaft überlegte, wie ich sie unauffällig davon überzeugen konnte, die Kette noch einmal abzulegen. Aber ich war vor Schmerz so benebelt, dass mir nichts einfiel.

Mum stieß einen Seufzer aus. »Ich habe ihn weggeschickt. Langsam geht es mir auf die Nerven, dass er seit dem Überfall ständig hinter mir steht. Ich bin doch nicht die Queen. Du hast María gehört: Es war bestimmt nur so ein verrückter Naturschützer, der versucht hat, mir Angst einzujagen.«

Sie schlüpfte in ein dunkelblaues Wollkleid und eine dicke Strumpfhose und lief auch schon die Treppe hinunter. »Warte nicht auf mich!«, rief sie mir noch zu, als sie das Haus verließ. »Es kann spät werden.« Die Tür fiel ins Schloss.

Ich schloss die Augen. Sie war weg. Und mit ihr die Kette.

Obwohl meine Hand brannte wie Feuer, nahm ich mir nicht die Zeit, sie unter kaltes Wasser zu halten, sondern lief gleich zu Aron hinaus. Er lehnte am Jeep. Erwartungsvoll schaute er mir entgegen.

»Deine Mum ist gerade hier vorbeigerauscht, als sei der Teufel hinter ihr her. Hat sie dir den Anhänger gegeben?«

Ich schüttelte stumm den Kopf.

»Was?« Seine Züge versteinerten.

»Die Kette lag auf ihrer Kommode, aber sie … sie war so heiß, dass ich sie nicht anfassen konnte. Ich habe mich an ihr verbrannt.«

Aron stieß einen lauten Fluch aus. »Das kann doch nicht sein!« Als ich nichts darauf erwiderte, setzte er nach: »Mann! Du hättest eine Zange holen oder dir Handschuhe anziehen können.«

»Jetzt ist mir das auch klar, aber in dem Moment … ich war so erschrocken. Und es hat so wehgetan …« Tränen bildeten sich in meinen Augenwinkeln.

»Wir müssen ihr nachfahren!« Aron riss die Autotür auf.

Ich hielt ihn zurück. »Aber Mum hat gar nicht gesagt, wohin genau sie will. Nur, dass sie sich mit dem Bürgermeister trifft. Am besten warten wir, bis sie zurück ist, und dann rede ich mit ihr …«

»Das geht nicht. Uns läuft die Zeit davon. Wir brauchen die Kette jetzt!« Aron sah fuchsteufelswild aus. Er hieb mit der Faust so fest auf die Motorhaube des Jeeps, dass eine Beule zurückblieb. »Wir waren so nah dran.«

»Aron.« María war aus ihrem Hexenhäuschen herausgetreten. »Was ist denn los?«

»Nichts, alles super!«, zischte er und zu mir gewandt sagte er: »Ich fahre jetzt. Vielleicht hole ich sie noch ein.« Aron sprang ins Auto.

María sah ihm kopfschüttelnd nach. »Dass dieser Junge immer gleich auf 180 sein muss. Habt ihr euch gestritten?«

»Nein. Er … er hat sich nur über etwas geärgert.«

Marías Blick ruhte einen Augenblick auf meinem bestimmt wachsweißen Gesicht, bevor er zu meiner Hand rutschte, die ich vollkommen verkrampft vor meinen Bauch hielt.

María trat näher und stieß einen leisen Pfiff aus. »Das sieht übel aus. Wie ist das denn passiert?«

»Ich habe mich … verbrannt. An einer Pfanne.« Meine Unterlippe fing bei dieser Lüge an zu zittern.

María musterte mich einen Moment lang skeptisch, dann nickte sie. »Komm mit ins Haus, ich verarzte dich.«

KAPITEL 46

María brachte mich in ihre gemütliche Küche, wo ich mich auf die mit Spitzenkissen übersäte Eckbank setzen musste. Aus einem kleinen Holzkasten, der auf der Arbeitsplatte stand, holte sie eine Kartoffel heraus. Sie schälte die Knolle und schnitt sie in dicke Scheiben, die sie mir vorsichtig auf die Brandstelle legte. »So, das kühlt die Wunde erst einmal. Jetzt hol ich dir noch eine Salbe. Lass dich in der Zwischenzeit ein wenig von Miska trösten.« Wie auch beim letzten Besuch in Marías Küche lag die Katze zusammengerollt auf einem Stuhl und döste.

Kartoffelscheiben auf einer Brandwunde … Davon hatte ich noch nie gehört. Doch sie kühlten wirklich ganz angenehm und ich bildete mir ein, dass der Schmerz langsam ein bisschen nachließ. Noch immer war ich erschrocken darüber, was die Kette mit mir angestellt hatte. Und auch darüber, wie heftig Aron mich angefahren hatte. Er schien die Geschichte von Yggdrasil wirklich zu glauben!

Ich streichelte Miska mit meiner gesunden Hand über das tröstlich weiche Fell und die Katze blinzelte mich verschlafen an.

»So ein Mist!«, sagte ich zu ihr. »Wie konnte das alles nur passieren? Und jetzt habe ich mich auch noch so schlimm verbrannt.« War vorher noch ein Rest Zweifel geblieben, so war ich mir nun endgültig sicher, dass es mit Mums Kette etwas Besonderes auf sich haben musste. Es war, als ob sie sich dagegen wehren würde, von ihr getrennt zu werden. Als hätte die Kette ein Eigenleben wie Saurons Ring, dachte ich mit Schaudern. Auch dem schwarz gekleideten Angreifer war es vor ein paar Tagen schließlich nicht gelungen, sie ihr zu entreißen.

Miska erhob sich elegant und streckte sich. Dann sprang sie zu mir auf die Eckbank und stupste mit ihrem Kopf an meine gesunde Hand. Ich dachte, das sei ein Zeichen, dass ich sie weiterstreicheln sollte. Aber Miska schien keinen Wert auf Liebkosungen zu legen. Sie wand sich unter meiner Berührung heraus und stupste mich erneut an.

»Was willst du denn?«, fragte ich sie verwundert.

Mit ihrer Pfote schob die Katze vorsichtig eine Kartoffelscheibe von meiner Hand. Sie kullerte in meinen Schoß.

»Hey!«, protestierte ich.

Miska schob die anderen beiden auch noch fort. Dann drückte sie mit ihrem Kopf energisch gegen meine gesunde Hand und schob sie zu der verbrannten. Sie schaute zu mir herauf, gurrte leise und plötzlich wusste ich genau, was sie von mir erwartete. Ich konnte nicht genau sagen, wieso, ich wusste es einfach.

Vorsichtig, weil ich höllische Angst vor der Berührung hatte, hielt ich meine Hand über die Wunde. Wärme traf meine Haut wie ein Heizstrahl. Vielleicht bildete ich mir das aber auch nur ein. Mein Herz klopfte heftig. Millimeter für Millimeter senkte ich meine Hand, bis sie direkt über der Wunde war. Die Haut darunter fühlte sich mittlerweile so heiß an, als wäre ein Feuerzeug auf sie gerichtet. Es fiel mir schwer, meine Hand nicht wegzuziehen. Erst als ich fest davon überzeugt war, es nun wirklich keine weitere Sekunde mehr auszuhalten, gab ich diesem Drang nach. Ich schaute auf meine Hand und versteifte mich. Die feuerrote Wunde hatte sich geschlossen, und nur noch eine schmale Naht bewies, dass sie gerade noch da gewesen war.

Ich starrte Miska an, und sie starrte zurück.

»Hier bin ich wieder!« María kehrte mit einem Tiegel und einer Mullbinde zurück.

Ich sprang auf und versteckte gleichzeitig meine Hand hinter dem Rücken. Die Kartoffelscheiben spritzten in alle Richtungen.

»Das … das ist nicht mehr nötig«, stotterte ich. »Deine Kartoffeln haben sofort gewirkt. Trotzdem … vielen Dank für deine Hilfe.«

Ohne abzuwarten, ob María noch etwas sagen wollte, hetzte ich nach draußen. Ich musste Aron suchen. Auch wenn er gerade sauer auf mich war: Er war der Einzige, mit dem ich über das, was gerade geschehen war, sprechen konnte.

Doch auf meinem Weg ins Dorf kam mir kein Jeep entgegen, und auch in Kirkjuvík sah ich das Auto nirgends. Erst als ich meine Suche schon aufgeben wollte, entdeckte ich es ein Stück hinter dem Ort auf einem ansonsten verwaisten Parkplatz. Dahinter erstreckte sich der schwarze Strand. Ein einziger Pfad zweigte von dem Parkplatz ab. Ich runzelte die Stirn. Was machte Aron denn hier? Er konnte doch unmöglich denken, dass meine Mum von dem Taxifahrer ans Meer gebracht worden war. Was sollte sie auch da? Außerdem wurde es bald dunkel.

Ich war schon ein paar Minuten gelaufen, als auf einmal ein Flugzeugwrack vor mir auftauchte. Damit hatte ich in dieser gottverlassenen Gegend wirklich nicht gerechnet.

Inmitten dieser Steinwüste hatte es etwas Surreales an sich. Von Einschusslöchern durchsiebt und von jahrelang darüber hinwegfegenden Polarstürmen gequält, war es kaum mehr als ein Gerippe. Sein Rumpf war ausgehöhlt und von seiner früheren Technik waren nur noch ein paar krumme Drähte übrig geblieben. Die postapokalyptische Szene wurde von dem Wind, der durch das Wrack heulte, und dem Mond, der bereits jetzt als blasse kreisrunde Scheibe über allem wachte, noch verstärkt. Im Metall der schmutzig weißen Abdeckung hatten etliche Menschen ihre Namen verewigt.

Aron fand ich im Inneren des Flugzeugs auf dem Boden sitzen. Seine Stirn hatte er auf den angezogenen Knien abgelegt. Bei meinem Eintreten hob er den Kopf. »Was machst du denn hier?«, fragte er mürrisch.

Was war denn mit dem schon wieder los? »Du wolltest meiner Mutter nachfahren, schon vergessen?«

»Ich habe sie aber nicht mehr eingeholt. Irgendwann wird sie schon wieder auftauchen.«

»Irgendwann? Du warst es doch, der gesagt hat, dass wir nicht mehr viel Zeit haben. Und dass wir die Kette jetzt brauchen.«

Aron zuckte mit den Schultern. »Vermutlich haben wir uns das eingeredet, dass wir irgendwas ändern können. Der Baum wird gefällt werden, und nichts, aber auch gar nichts wird sich ändern.« Er sprang auf.

»Das ist alles, was dir dazu einfällt?« Ich konnte gar nicht begreifen, dass Aron jetzt aufgeben wollte. »Du wolltest den Baum doch auch retten.«

»Hast du das wirklich geglaubt?« Er warf mir einen dunklen und unergründlichen Blick zu. »Dann bin ich ein viel besserer Schauspieler, als ich gedacht habe.«

Ich biss auf meine Unterlippe. Ja, ich hatte ihm geglaubt. Nachdem er mir die Lagune gezeigt hatte und wir den Nachmittag in einem Boot auf dem Meer verbracht hatten, habe ich ihm alles geglaubt. Sogar, dass er mich ein wenig mochte. »Wieso bist du dann eben wie ein Wahnsinniger hinter meiner Mum hergefahren, als du erfahren hast, dass ich den Stein nicht bekommen habe? Was hast du dir von dem Ganzen erhofft?«

Ein Schatten huschte über sein Gesicht. »Was wohl? Dass ich dich dadurch schneller rumkriege, habe ich gehofft. Ich weiß ja, was für ein Naturfreak du bist.« Seine Stimme wurde von den Wänden der Flugzeugruine zurückgeworfen.

»Und jetzt hast du deinen angeblichen Plan, mich rumzukriegen, aufgegeben? Das ist doch bescheuert.«

»Tja, vielleicht habe ich meine Meinung einfach geändert. Außerdem dauert mir das zu lange. Dir kann man ja alles Mögliche bieten: Nordlichter, Eislagunen, sogar Wale, und du lässt mich trotzdem nicht ran …«

Ich zuckte zurück, als hätte er mich geschlagen. »Du Arsch!«, stieß ich aus. »Du beschissener Arsch!« Ich stieß ihm mit beiden Händen so fest gegen die Brust, dass er ins Straucheln geriet. Ich sah noch das Entsetzen in seinem Gesicht, aber ich blieb nicht so lange, um mir zu überlegen, ob er über meine Worte schockiert war oder doch über seine eigenen. Blind vor Tränen stolperte ich davon.

»Faye! Warte!«, rief Aron. »Du läufst schon wieder in die falsche Richtung.«

Ich wischte mir über die Augen. Stimmt, ich war auf dem Weg zum Meer. Aber das war mir egal. Wenn ich dort immer entlanglief, käme ich auch zurück nach Kirkjuvík. Auf keinen Fall würde ich mir die Blöße geben und umdrehen. Egal, wie dunkel es mittlerweile geworden war.

»Faye!«, rief Aron noch einmal. Ich hörte, dass er mir nachlief. »Jetzt bleib endlich stehen!«

Ich beschleunigte meine Schritte, doch in dem weichen Sand sanken meine Füße ein wie in Pudding. Schon bald hatte Aron mich eingeholt. Seine Finger krallten sich in meinen Arm.

»Lass mich in Ruhe!«

»Nicht, wenn du in die falsche Richtung unterwegs bist. Du wirst dich verirren, und es wird gleich dunkel.«

»Ja, und? Das kann dir doch vollkommen egal sein.« Ich versuchte, mich aus seinem Griff zu befreien, und als es mir nicht gelang, trat ich ihm, so fest ich konnte, gegen das Schienbein. Aron stieß einen Fluch aus und ließ los. Doch nach einigen Metern hatte er mich erneut eingeholt, und dieses Mal packte er mich nicht nur am Arm, sondern er umklammerte meinen gesamten Oberkörper.

»Faye! Jetzt beruhige dich!«, hörte ich seine Stimme dicht an meinem Ohr.

»Hau ab!« Verbissen wehrte ich mich. Aber Aron war viel stärker, und schließlich gab ich mich geschlagen.

»Lass mich los! Wieso lässt du mich nicht los?«, schluchzte ich, aber Aron hielt mich weiterhin fest.

»Es tut mir so leid«, flüsterte er.

»Was?« Mein Körper versteifte sich wieder. Dass er mich festhielt? Das konnte er leicht ändern.

»Das, was ich gerade zu dir gesagt habe. Denn es stimmt nicht«, stieß er aus und klang richtig verzweifelt dabei. »Weißt du, du bist einfach so gut, so verdammt gut. Viel zu gut für mich und ich … ich wollte dich von mir wegstoßen. Weil du etwas mit mir machst.« Er ließ mich abrupt los. »Weil du alles veränderst …«

KAPITEL 47

Ich drehte mich zu ihm um. »Ich … ich verstehe nicht …«

»Ich verstehe es ja selbst nicht.« Arons Schultern sackten nach unten, und er rieb sich mit der Hand über den Hinterkopf, sodass seine Haare verstrubbelt wegstanden. »Schon als ich dich das erste Mal gesehen habe, ist mir aufgefallen, dass du anders bist. Alles an dir ist so hell und leuchtend, und als unsere Hände sich berührt haben, hat deine Haut sich so unglaublich warm angefühlt. Irgendwie habe ich in diesem Moment schon geahnt, dass ich mich mal an dir verbrennen würde. Und so war es auch. Weißt du, die ganze Zeit bin ich davon ausgegangen, dass ich niemand brauche. Ich wollte niemand brauchen. Aber seitdem du hier aufgetaucht bist, ist das nicht mehr so. Ich habe noch nie jemand wie dich getroffen. Seit unserer ersten Begegnung denke ich an nichts anderes mehr als an dich. Und das«, er schaute auf, »macht mir Angst.«

Wow! So viel am Stück hatte Aron noch nie gesprochen. Und obwohl er mich mit dem, was er gerade erst zu mir gesagt hatte, tief getroffen hatte – und mich immer noch traf –, spürte ich, wie meine Abwehr nachließ.

»Ein bisschen kann ich es ja nachvollziehen. Ich hab ja auch keinen Vater, und du hast gleich deine ganze Familie verloren.« Ich wischte mit den Fingerspitzen die Tränen aus meinen Augenwinkeln. »Aber für mich ist es schwierig. Mal bist du gemein zu mir und stößt mich von dir weg. Mal bist du nett und küsst mich. Ich weiß überhaupt nicht, woran ich bei dir bin. Ich weiß nicht, was mich erwartet, wenn wir uns sehen. Und das … macht *mir* Angst.«

An der Bewegung seines Kehlkopfs sah ich, wie Aron schluckte.

»Ich hasse mich selbst dafür, dass ich oft so launisch bin. Und es tut mir wirklich leid, dass ich gesagt habe, dass ich dich nur rumkriegen wollte.«

»Du willst das gar nicht?« Wieso klang meine Stimme denn jetzt so enttäuscht? War ich noch ganz dicht?

»Na ja. Nein sagen würde ich nicht, wenn du es mir anbieten würdest.« Er grinste leicht, aber trotz der dunklen Tönung seiner Haut war nicht zu übersehen, dass er rot geworden war. »Aber das ist nicht der Grund, wieso ich mit dir in die Eislagune gefahren bin, ehrlich nicht! Ich wollte einfach mit dir zusammen sein.«

Er senkte den Blick, und auch ich wusste nicht, was ich sagen sollte. Ich schlang meine Arme fest um meine Taille, weil mir auf einmal entsetzlich kalt war. Der Wind zerrte an meinen Haaren, und mein Ober- und mein Unterkiefer schlugen laut aufeinander.

»Du frierst ja.«

»Es ist ja auch nicht gerade warm hier«, sagte ich, obwohl es viel wahrscheinlicher war, dass es vor allem das ganze Gefühlswirrwarr war, das meine Zähne zum Klappern brachte.

»Komm, wir gehen zum Auto. Ich fahre dich nach Hause!«

Ein paar Sekunden überlegte ich, ob es nicht vernünftiger wäre, mir ein Taxi zu rufen, das mich am Parkplatz abholen kam, dann gab ich nach. Aron war mir ein Rätsel, und seine Worte hatten mich tief verletzt. Aber gerade hatte er sich aufrichtig angehört und ich wollte ihm so gerne glauben …

Da Aron behauptete, dass er eine Abkürzung kannte, gingen wir nicht den Weg zurück, auf dem ich gekommen war, sondern querfeldein. Wieder einmal fiel mir auf, wie gut Aron sich in der Dunkelheit orientieren konnte. Lautlos und geschmeidig wie ein Panther bewegte er sich vorwärts, obwohl es abgesehen von der schmalen Mondsichel und ein paar Sternen inzwischen stockdunkel war. Ich dagegen stolperte unelegant hinter ihm her.

»Weiß dein Onkel, dass der Holunder der Sage nach Yggdrasil ist und welche Folgen es hat, wenn er gefällt wird?«

Aron schwieg einen Moment, bevor er antwortete: »Klar. Ich habe es dir ja schon gesagt, jeder hier kennt diese Geschichte. Aber er glaubt nicht an solche Dinge. Ihm geht es immer nur ums Geld. Das ist das Einzige, was ihn interessiert. – Wenn das Fällen des Baums die Welt wirklich in ewige Dunkelheit stürzt, wäre er der Erste, der dann einen Handel mit Glühbirnen aufmacht.«

Eine Unebenheit im Strand brachte mich zum Straucheln. Aron griff nach meiner Hand.

»Was hast du?«, fragte er, als ich zusammenzuckte. Seine Finger waren an die Stelle an meiner Handfläche gestoßen, in die sich die heißen Kettenglieder gefressen hatten. Die Haut war immer noch berührungsempfindlich.

»Ich habe dir doch erzählt, dass Mums Kette so heiß war, dass ich sie nicht anfassen konnte. Ich habe mich an ihr verbrannt.«

»Es tut mir leid, ich war so ein Idiot.« Aron strich zart mit seinem Daumen über meine Haut. »Man sieht gar nichts.«

Ich atmete gegen den Druck in meinem Brustkorb an. »Weil es nichts zu sehen gibt. Marías Katze … Miska … sie hat mich dazu gebracht, meine andere Hand auf die Wunde zu legen, und der Schnitt ist sofort verheilt.« Ich schaute zu Aron auf, der immer noch meine Hand in seiner hielt. »Irgendetwas passiert mit mir«, flüsterte ich, und plötzlich merkte ich, dass sich schon wieder Tränen in meinen Augenwinkeln sammelten. Sie kullerten über meine Wangen und hinterließen feuchte Spuren darauf, bevor sie in der Wolle meines Schals versickerten.

Aron strich sie vorsichtig weg. Er sah aus, als ob er etwas zu mir sagen wollte. Doch dann zog er mich lediglich an sich und hielt mich fest. Ich ließ mich gegen ihn sinken. Es tat so gut, von ihm gehalten zu werden. Egal, wie schwierig es manchmal mit ihm war: Aron war der Einzige, bei dem ich momentan das Gefühl hatte, dass er mich verstand.

Hinter dem großen Stein neben uns raschelte es, und ich erschrak.

»Das war nur ein Vogel«, beruhigte mich Aron. »Schau! Da fliegt er.« Er sah dem winzigen Kerl nach und ließ sich dabei einen Moment vom silbrigen Licht des Mondes bescheinen. Er sah aus, als würde er es tief in sich aufsaugen, und in seinen Augen lag ein Ausdruck, der so wehmütig war, dass sich in meinem Hals ein Kloß bildete.

»Du liebst die Nacht, nicht wahr?«

»Ja. Alles ist so ruhig und friedlich, und nichts lenkt einen vom Wesentlichen ab.« Arons Augen leuchteten. »Hast du zum Beispiel gewusst, dass Newton das Geheimnis des Lichts und die Farben des Regenbogens erst entschlüsseln konnte, als er damit anfing, in einem dunklen Zimmer zu experimentieren? Heute gilt er als einer der größten Physiker der Neuzeit, aber eigentlich war er Alchemist und der letzte Magier des Mittelalters. Die Dunkelheit hat ihn schon immer fasziniert. Genau wie Einstein und Hawking. – Die Dunkelheit ist so viel mächtiger als das Licht.« Aron sprach mit so viel Leidenschaft und Nachdruck, dass sich eine Gänsehaut auf meinem Körper bildete.

»Dann müsstest du dich ja eigentlich freuen, wenn es nach Samhain nie wieder hell werden würde, oder?«, sagte ich schnippischer, als ich es beabsichtigt hatte.

»Nein. Denn ich weiß genau, wie sehr du dich davor fürchtest.« Aron zog mich so nah zu sich heran, dass unsere Hüften aneinanderstießen und sein Gesicht nur wenige Zentimeter von meinem entfernt war. »Aber ich lasse es nicht zu, dass es so weit kommt. Das verspreche ich dir. Alles wird so bleiben, wie es war. Wobei … das wird es sowieso nie wieder.« Sein Blick war ernst geworden und ein wenig traurig. Aber es lag auch noch etwas anderes darin; etwas, das ein fast schon schmerzhaftes Pochen in meinem Unterleib auslöste. »Was machst du nur mit mir?«, flüsterte er, und in diesem Augenblick war es um mich geschehen.

Gerade hatte ich mich noch angespannt, ängstlich und von allem, was in den letzten Tagen passiert war, vollkommen überfordert gefühlt, doch nun stellte ich mich auf die Zehenspitzen und küsste ihn. Seine Lippen schmeckten süß und gleichzeitig salzig von der Meerluft, und als seine Zunge meine fand, seufzte ich leise auf. Ich schmiegte mich fest an ihn, Arons schwerer Atem vermischte sich mit dem Geräusch meines Herzschlags. Seine Hände streichelten über meinen Rücken, meine Hände vergruben sich in seinen Haaren. Während Arons Lippen meinen Hals hinunterstrichen, bog ich den Kopf zurück und mein Blick verlor sich in dem samtig schwarzen Himmel. Endlos weit spannte er sich über unseren Köpfen, und nur wenige Sterne funkelten auf uns hinunter.

Vielleicht war es das letzte Mal, dass ich sie sah.

»Aron!«, flüsterte ich, denn plötzlich war die vertraute Panik wieder da. In ihrem Versteck hatte sie nur darauf gelauert, mich anzuspringen.

»Ja?« Er hörte auf, mich zu küssen, und sah mich fragend an.

»Bitte lass uns zurückfahren und mit meiner Mum sprechen. Vielleicht kann ich sie doch davon überzeugen, dass sie uns den Anhänger gibt. Ich habe solche Angst, dass die Sage von Yggdrasil und dem Herz wahr ist.«

KAPITEL 48

Mum war noch nicht zu Hause, und auf dem Handy erreichten wir sie nicht. Auch Arons Onkel ging nicht ran.

»Komm, wir warten in deinem Zimmer auf sie!«, sagte Aron.

»Sollen wir nicht lieber noch einmal ins Dorf fahren und nach ihr suchen?«

»Nein. Dann laufen wir vielleicht aneinander vorbei. Und jetzt beruhige dich. Sie wird schon irgendwann wieder auftauchen.« Er führte uns in den ersten Stock hinauf.

»Warst du eigentlich schon mal hier?«, fragte ich, als wir auf der obersten Treppenstufe angekommen waren.

»Nein, nur bei María drüben. Wieso?«

»Weil du weißt, wo mein Zimmer liegt. Es hätte auch im Erdgeschoss sein können.« Ich löste mich von ihm.

»Sind Schlafzimmer nicht immer im ersten Stock?«

»Keine Ahnung. Bei uns in der Stadt hat kaum jemand ein ganzes Haus«, sagte ich, während ich gleichzeitig fieberhaft über den Zustand meines Zimmers nachdachte. Aufräumen war nämlich nicht meine große Stärke. Hoffentlich hatte ich wenigstens die Ringelsocken von meinem Bett geräumt, die ich die letzten zwei Tage getragen hatte und die rochen, als hätte man damit einen Kaninchenstall ausgewischt. Verdammt, ich konnte mich nicht erinnern!

»Du musst einen Moment warten«, befahl ich Aron. »Ich muss noch etwas erledigen.« Schnell schlüpfte ich in mein Zimmer, wobei ich darauf achtete, die Tür wirklich nur einen kleinen Spalt zu öffnen.

»Eine Duftlampe musst du nicht unbedingt anzünden«, hörte ich Aron von draußen hineinrufen, »mir reichen ein paar Kerzen. Und eine Ed-Sheeran-CD.«

Ich verdrehte die Augen. Er machte sich über mich lustig.

Wie befürchtet lagen all meine Klamotten verstreut herum. Auf dem Boden, auf dem Bett, über der Armlehne des Sessels. Ich raffte sie eilig zusammen und warf sie in den Kleiderschrank. Die leere Chipstüte kickte ich unter das Bett. Danach zog ich noch schnell das Nachtlicht aus der Steckdose und ließ es verschwinden. Aron musste nicht unbedingt wissen, dass ich nachts immer noch eins brauchte. Stattdessen schaltete ich die Nachttischlampe an. Ihr Schein war angenehm gedämpft und super dazu geeignet, den kleinen Pickel auf meiner Schulter wie ein Muttermal aussehen zu lassen. Unentschlossen schaute ich auf mein zerwühltes Bett. Ich schüttelte die Decke aus, strich das Laken glatt und drapierte sie darüber. Nein! Das war viel zu spießig. Sofort schob ich die Decke zu einer Rolle zusammen und knüllte das Kissen, bis es aussah wie ein Boxsack. Und wo ich schon beim Thema Bett war: Welche Unterwäsche hatte ich heute Morgen eigentlich angezogen? Ich öffnete den Reißverschluss meiner Jeans und Minnie Maus mit einer rosa Schleife auf dem Kopf blinzelte mich unter langen Wimpern an. Auch wenn ich ohnehin nicht vorhatte, mit Aron zu schlafen: Meine Hose musste auf jeden Fall da bleiben, wo sie war. Vor allem, weil ich meine Beine schon ewig nicht mehr rasiert hatte. In den Wintermonaten nahm ich es damit leider nicht so genau.

Ich zog den Reißverschluss wieder nach oben, dann holte ich tief Luft und öffnete die Tür. »Du kannst reinkommen.«

Aron sah sich um. »Gemütlich hast du es hier oben.« Viel zu lange ließ er seinen Blick auf meinem Bett liegen.

Ich schluckte gegen den Kloß in meinem Hals an und überlegte, ob ich mir noch einen Schluck Cola genehmigen sollte. War das Laken überhaupt sauber? Selbst von hier aus konnte ich ein paar Chipskrümel sehen. Nie wieder würde ich im Bett essen, nahm ich mir vor, und von nun an viel mehr Ordnung halten. In meinem Kopf sah ich schon, wie Aron sein Bein unter die Decke schob und mit dem Fuß an die Stinkesocken stieß, von denen ich immer noch nicht wusste, wo sie waren. Oh Gott! Ich musste Aron noch einmal rausschmeißen und nach ihnen suchen. Doch da hatte er mich schon in den Arm genommen und küsste mich so stürmisch, dass meine Beine schwach wurden und ich nicht mehr dazu kam, intensiver über den aktuellen Aufenthaltsort meiner Sachen nachzudenken.

Später schlüpften wir unter die Bettdecke und lagen eng umschlungen da. Aron schaltete die Nachttischlampe aus und der Schein des Monds, der durch einen Spalt im Vorhang floss, war nun die einzige Lichtquelle. Aber in Arons Armen machte mir die

Dunkelheit keine Angst. Leise sprachen wir über alles Mögliche. Wohin wir immer schon einmal reisen wollten, welche Musik wir mochten. Ich erfuhr, dass Aron ein bisschen Gitarre spielen konnte, dass er in der Schule gut in den Naturwissenschaften gewesen war und dass er Auberginen genauso wenig mochte wie ich. Wir erzählten uns Geschichten aus der Schule und aus unserer Kindheit und irgendwann waren wir bei meinem Vater angelangt.

»Wieso erzählst du eigentlich nie von ihm?« Aron hatte seine Wange auf seiner Handfläche abgestützt und schaute zu mir herunter.

»Weil ich keinen Schimmer habe, wer er ist. Ich habe ihn nie kennengelernt und meine Mutter weigert sich, über ihn zu sprechen.«

»Genau wie mein Onkel. Kein Wunder, dass die beiden ein Herz und eine Seele sind!«, sagte Aron zynisch. »Angeblich ist es viel zu schmerzhaft für ihn, über meine Familie zu sprechen!«

»Er hat dir wenigstens ein Foto von deinen Eltern und deinem Bruder überlassen.«

»Das hat er nicht. Ich habe es zufällig auf dem Dachboden gefunden.«

»Ich weiß überhaupt nichts über meinen Vater.« Mit den Fingerspitzen strich ich über Arons nackten Unterarm. »Nicht das kleinste bisschen. Es ist, als ob es ihn nie gegeben hätte. Aber in der Bibliothek habe ich etwas gefunden.« Ich berichtete Aron von dem Zeitungsartikel, auf den ich im Archiv gestoßen war, von meinem Gespräch mit dem alten Christian und den anderen Puzzleteilen, die ich im Laufe der letzten Tage zusammengetragen hatte. »Ich frage mich, ob Mum meinen Vater hier auf Island kennengelernt hat und ob sie mir vielleicht nur nichts von ihm erzählt, weil er nichts mit mir zu tun haben will … Wieso sonst sollte sie so tun, als ob es ihn nie gegeben hat? Sie muss doch wissen, wie furchtbar es für mich ist, so überhaupt nichts über ihn zu wissen.«

Ein Ausdruck huschte über Arons Gesicht, den ich nicht zu deuten wusste. Einen Moment lang bildete ich mir ein, einen Anflug von Schuldgefühlen in seinen Zügen zu lesen, doch dann sagte er mit weicher Stimme: »Das kann ich mir nicht vorstellen. Es muss einen anderen Grund geben. Und wenn du magst, höre ich mich im Dorf mal um. Vielleicht weiß irgendjemand etwas.«

Dankbar lächelte ich ihn an.

Aron nahm mich in den Arm und streichelte mich, bis ich merkte, dass mein Körper sich entspannte und meine Augenlider schwerer wurden.

Ich wollte nicht einschlafen, wollte jede Minute mit ihm auskosten und den morgigen Tag und Samhain so lange wie möglich von uns wegschieben. Doch ich war so furchtbar müde, dass ich schon bald nichts mehr spürte außer seinen Fingern, die fest mit meinen verschlungen waren, und dem Geräusch seines Atems in meinem Ohr.

KAPITEL 49

Verschlafen blinzelte ich ins Licht. Mein Kopf lag auf Arons Brust und unsere Beine waren ineinander verschlungen. So könnte ich immer aufwachen! Ich spürte, wie sich ein zufriedenes Lächeln auf meine Lippen legte, und kuschelte mich noch ein bisschen näher an ihn.

»Na, schon wach?« Aron streichelte meine Schulter.

Mein Lächeln wurde noch breiter. »Ja.«

Er strich sacht über mein Haar. »Wir haben ziemlich lange geschlafen. Es ist schon nach elf.«

Das wohlige Gefühl verschwand. »Oh nein! Hoffentlich ist Mum noch da.«

Meine Beine fühlten sich ganz schwer an, als ich sie über die Bettkante schwang und nach draußen tapste. Ich klopfte an die Tür meiner Mutter. Es kam keine Antwort.

»Mum!« Ich klopfte noch einmal.

Wieder erfolgte keine Reaktion.

Leise drückte ich die Klinke nach unten und öffnete die Tür einen Spaltbreit. Das Bett war leer und bereits gemacht. Ich ging hinein und versuchte herauszufinden, ob sie heute Nacht überhaupt da gewesen war. Aber das war total sinnlos, denn sie war schon fast krankhaft ordentlich und ließ nie etwas herumliegen. Alle Kleider waren in den Schränken verstaut. Auf ihrem Nachttisch lagen wie immer nur ein paar langweilige Fachbücher über Architektur. Ich wollte schon an ihnen vorbeigehen, doch dann fielen mir die weißen Etiketten auf, die auf dem Buchrücken klebten. Bibliotheksaufkleber! Ich zog eines der Bücher aus dem Stapel und fuhr mit den Fingern über den leicht wulstartig hervorstehenden Buchtitel *Von Elfen und anderen Wesen – Magische Begegnungen in und um Kirkjuvík*. Dann nahm ich das nächste zur Hand. *Sagenhaftes Kirkjuvík* stand auf dem grünen Einband. Das dritte schien uralt, sein Lederumschlag war schon ganz brüchig und es beschäftigte sich ganz allgemein mit der nordischen Mythologie. In ihm musste Mum als Letztes gelesen haben, denn die Quittung des Restaurants, in dem wir zusammen essen gewesen waren, steckte als Lesezeichen zwischen zwei Seiten.

Ich schlug das letzte Buch an der Stelle auf, die Mum gekennzeichnet hatte. Offenbar konnte auch sie Isländisch. Ich kniff die Augen zusammen und fing an zu lesen. Die Buchstaben waren klein und altmodisch verschnörkelt, aber schließlich konnte ich den Text entziffern. Der Autor berichtete von den wichtigsten und kostbarsten Gegenständen der nordischen Mythologie. Von dem Speer Gungnir, dem Schiff Skidbladnir, von dem goldenen Haar der Göttin Siff, dem Eber Gullinborsti, dem Ring Draupnir und – ich hob die Brauen – Thors mächtigem Hammer. Mjölnir. Er sei aus einem sterbenden Stern geschmiedet worden und verleihe dem, der würdig genug ist, ihn zu tragen, unermessliche Kräfte. Eine

Zeichnung zeigte mir, dass sein Schaft wirklich so kurz war, wie die Frau aus dem Heimatmuseum es behauptet hatte. Entfernt erinnerte er an einen Anker. Wieso hatte Mum sich die drei Bücher denn nur ausgeliehen? Und warum hatte sie eine Textstelle markiert, in der es um den Hammer ging, der aus dem Museum gestohlen worden war? Einige Augenblicke blieb ich mit dem Buch in der Hand stehen, dann klappte ich es mit einem Schulterzucken zu und legte es zu den anderen, um meine Suche fortzusetzen.

Im Bad war Mum nicht. Genauso wenig wie in der Küche. Aber eine Tasse stand auf der Anrichte, in der noch ein Rest kalter Kaffee vor sich hintrocknete. Daneben lagen ein paar Geldscheine und ein Zettel.

> *»Ich bin bis heute Abend weg und nicht auf dem Handy zu erreichen. Ab morgen habe ich wieder mehr Zeit für dich, versprochen! Kuss, Mama«*

Vor Erleichterung bekam ich ganz weiche Knie. Einen Moment lang hatte ich befürchtet, dass sie gar nicht nach Hause gekommen war. Obwohl sie darauf hingewiesen hatte, dass sie nicht zu erreichen war, versuchte ich es auf dem Handy. Aber wie gestern Abend hörte ich nur die Mailbox.

Ich rannte wieder zu Aron hinauf. »Wir haben sie verpasst. Und ihr Handy ist immer noch ausgeschaltet.«

»Weißt du, ob sie heute Morgen einen Termin hat?«

Ich schüttelte den Kopf. Ehrlich gesagt hatte es mich in den letzten Jahren nie besonders interessiert, was Mum den ganzen Tag machte. »Kannst du deinen Onkel anrufen und ihn fragen?«

»Das muss ich nicht.« Arons Blick war zum Fenster gehuscht. Karlssons Mercedes hielt vor dem Haus, und Ragnar stieg aus.

Ich ging zur Tür. Von Nahem betrachtet war der Kontrast zwischen seiner milchweißen Haut und den dunklen Flecken noch viel gruseliger.

»Mr. Karlsson schickt mich, um deine Mutter abzuholen. Ist sie fertig?« Seine Haltung war gebeugt, so als würde er ein Gewicht auf seinen Schultern tragen.

»Nein. Sie ist schon weg.«

Ragnars blasse Augen huschten umher. »Bist du sicher, dass sie nicht da ist?«

Obwohl Ragnar schmächtig und kaum größer war als ich, musste ich mich anstrengen, um nicht vor ihm zurückzuweichen. Seine leise heisere Stimme und dieser leblose Blick konnten wirklich Gänsehaut verursachen. »Ja. Wieso sollte ich lügen?« Ich verschränkte meine Arme vor der Brust, damit er nicht sah, wie meine Hände zitterten.

Ragnar zuckte mit den Schultern. »Vielleicht hat sie die Besprechung mit dem Chef vergessen. Richte ihr aus, dass sie sich sofort bei ihm melden soll, wenn sie wieder hier auftaucht. Und Aron kannst du sagen, dass er nach Hause kommen soll. – Sofort!« Das letzte Wort klang eindeutig drohend.

»Das kannst du mir auch selbst sagen.« Aron war hinter mir erschienen. »Und ich komme, sobald ich hier fertig bin.« Sein Gesicht war wieder die undurchdringliche Maske, die ich schon so oft an ihm gesehen hatte.

»Beeil dich!«, zischte Ragnar. »Dein Onkel hat sich heute Nacht große Sorgen gemacht, als du nicht nach Hause gekommen bist.«

Sobald Ragnar wieder im Auto saß und ich sicher sein konnte, dass er mich nicht hörte, platzte es aus mir heraus: »Das ist ja seltsam. Ich dachte, sie wäre längst mit deinem Onkel unterwegs. Wo kann sie denn nur sein? Mum ist so spießig und genau, ich habe noch nie erlebt, dass sie einen Termin vergessen hat.«

»Vielleicht hat sie gedacht, dass die Besprechung auf dem Bauplatz ist und nicht im Büro.«

»Dann lass uns bitte dorthin fahren und nachschauen!«

Das Erste, was mir auffiel, war die ungewohnte Stille, die auf der Lichtung herrschte. Als ob die Natur den Atem anhielt. Kein Vogelgezwitscher war zu hören, kein Rascheln und Knistern. Nichts. Über Nacht war es Herbst geworden. Die Bäume hatten ihre Blätter verloren und die vorher noch so grüne Wiese war gelb und von welkem Laub bedeckt. Das einzig Bunte waren ein paar Blumen, die zwischen den trockenen Grashalmen hervorleuchteten.

Der Holunder sah schlimmer aus denn je. Düster ragte der Baum in den nebelgrauen Himmel. Mehrere Äste waren abgeknickt und sein Stamm neigte sich so weit zu Boden, als wollte er zurück in die Erde kriechen.

»Der nächste Sturm wird ihn umwerfen.« Ich griff nach Arons Hand.

»Ein Sturm ist dazu nicht nötig. Die nächste Windböe reicht.« Aron kickte einen dürren Ast weg.

Ich untersuchte den Stamm nach Astlöchern. Ob man das Herz in ein ganz bestimmtes werfen musste, fragte ich mich. Aber zu meiner Erleichterung gab es sowieso nur eins. Es war riesig, ich hätte meinen ganzen Kopf hineinstecken können.

Den Morphofalter sah ich erst, als ich fast auf ihn getreten wäre. Bewegungslos saß er im Gras. Ich ging in die Knie, um ihn aus der Nähe zu betrachten. Seine zarten Flügel waren von einem unglaublich intensiven Blau, das zum Rand hin in ein tiefes Schwarz überging. Er war wunderschön.

»Warum fliegst du nicht fort?«, fragte ich ihn. »Hier kannst du nicht sitzen bleiben.«

Sacht stupste ich ihn mit dem Finger an. Der Schmetterling kippte zur Seite.

Oh nein! Ich hob ihn hoch.

»Faye!« Aron zeigte nach vorn, und erst jetzt erkannte ich, dass das, was ich gerade noch für Blumen gehalten hatte, weitere Schmetterlinge waren. Die ganze Wiese war übersät davon. Kalt und starr lagen sie im hohen, feuchten Gras. Tote blaue Farbkleckse.

»Sie sind gestorben! Sie sind alle tot. Sieh dir das an.« Ich berührte einen blauen Flügel, der sich sofort grau verfärbte und zu Staub zerfiel.

»Das ist nichts Ungewöhnliches, es ist Herbst, und diese Art sollte gar nicht hier leben. Ich habe mich sowieso schon gewundert …«

»Das ist ein Zeichen«, unterbrach ich ihn und schlug die Hände vors Gesicht. »Ein Zeichen dafür, dass alles zu Ende geht. Wir müssen Mum finden.«

»Okay. Ich fahre zu meinem Onkel. Ich frage ihn, wann er deine Mutter das letzte Mal gesehen hat.« Auch Aron klang nun nervös.

»Und was mache ich?«

»Du bleibst zu Hause. Und wenn sie zurückkommt, rufst du mich sofort an.«

»Wieso kann ich denn nicht mit? Mum hat geschrieben, dass sie erst heute Abend wieder da ist.«

»Sicher ist sicher. Gestern Abend und heute Morgen haben wir sie verpasst. Das darf uns nicht noch einmal passieren.«

Als Aron und ich das Wäldchen verließen, sahen wir, dass ein Polizeiwagen davor parkte.

»Glaubst du, dass etwas passiert ist?«, fragte ich beunruhigt.

Aron hielt an und ließ die Scheibe hinunter.

»Hey, Arian! Was macht ihr hier?«, fragte er einen blonden Polizisten, der nicht viel älter sein konnte als er.

»Der Bürgermeister und Karlsson haben Angst, dass sich wieder jemand an den Fahrzeugen zu schaffen macht oder auf die Idee kommt, über Nacht eine Hecke zu pflanzen. Und jetzt können wir uns die ganze Nacht die Beine in den Bauch stehen und die Lichtung bewachen.« Arian verdrehte die Augen.

Oh Mist!, hätte ich das mit der Hecke doch nur gelassen! María und die Elfen würden nun bestimmt denken, dass die Aktion aufgeflogen war, und ich konnte mir gut vorstellen, wem sie die Schuld dafür in die Schuhe schieben würden.

»Was soll ich eigentlich machen, wenn Mum auftaucht und sich weigert, mir den Stein zu geben?«, fragte ich Aron.

»Sorg dafür, dass sie bei dir bleibt, bis ich wieder zurück bin. Sperr sie zur Not ein. Uns bleiben nur noch wenige Stunden, um Yggdrasil zu retten.« Arons Stimme und sein Blick waren so eindringlich, dass sich eine Gänsehaut auf meinem Körper bildete.

Er war sich also sicher: Wenn wir scheiterten, und davon war auszugehen, war das unser letzter Tag.

KAPITEL 50

Nachdem Aron mich am Cottage abgesetzt und mir seine Handynummer gegeben hatte, strich ich unruhig um das Haus herum. Wo zum Teufel war Mum? Und wieso nur hatte sie ihr Handy ausgeschaltet? Das tat sie doch sonst auch nie.

Hinter meinem Rücken näherten sich Schritte. »Mum!« Ich fuhr herum.

Doch es war Gunthers zwergenhafte Gestalt, die vor mir stand. Hugin, der Rabe, saß auf seiner Schulter.

»Na, wieder zu Hause?«, fauchte er mich an. »Auf dich aufzupassen ist schlimmer, als einen Sack Flöhe zu hüten. Wie bitte soll ich dich denn beschützen, wenn du ständig weg bist und du mir nie sagst, wo du hingehst? Wenn meine Gunda gestern nicht zufällig gesehen hätte, dass du dich mit Aron herumtreibst, wäre ich vor Angst tausend Tode gestorben. Es sind gefährliche Zeiten …«

Ich achtete nicht auf sein Gezeter. »Weißt du, wo meine Mutter ist?«

»Nein, wieso? Sie ist doch zu Hause.«

Ich schüttelte den Kopf. »Als ich aufgewacht bin, war sie schon weg und ich habe keine Ahnung, wo sie hin ist. Ihr Handy ist auch aus.«

Gunther starrte mich aus kreisrunden Augen an. »Ist sie bei Karlsson?«

»Nein. Vor einer Stunde hat er diesen Ragnar hierhergeschickt, um sie abzuholen.«

Die Antwort schien ihn komischerweise zu erleichtern, denn er blies die angehaltene Luft aus. Dann schwenkte er mit vor Zorn blitzenden Augen zu Hugin herum. »Wann wolltest du mir denn sagen, dass sie nicht da ist?«

Der Rabe krächzte.

»Du wusstest es nicht? Du wusstest es nicht??? Aber du solltest sie doch keine Sekunde aus den Augen lassen, du unnützer Vogel. Es war abgemacht, dass du auf die Mutter aufpasst und ich auf die Tochter.«

Hugin krächzte erneut und wackelte so heftig mit dem Kopf, dass Gunthers Mütze in Schieflage geriet.

Gunther rückte sie wieder zurecht. »Nein, nein, nein! Versuch jetzt nicht, die Schuld von dir auf andere abzuwälzen. Um mich geht es hier gar nicht. Mir ist Faye vielleicht auch schon ein- oder zweimal entwischt, aber ich habe keine Flügel. Und hin und wieder muss ich mal schlafen. Außerdem ist sie im Gegensatz zu ihrer Mutter nicht verschwunden, sondern hier. – Ich bin wirklich schwer enttäuscht von dir, mein Freund! Du hast im Moment nichts außer dieser Aili im Kopf. Dabei weißt du doch genau, um was es hier geht. Also: Sieh zu, dass du die Frau auftreibst! Worauf wartest du noch? Schsch!« Er schubste Hugin, der erneut angefangen hatte zu krächzen, von seiner Schulter, und der Rabe flog widerwillig davon.

»Glaubst du, er findet sie? Ich mache mir langsam ein bisschen Sorgen.«

»Ich wünschte, ich könnte Ja sagen. Aber gerade weiß ich nicht, ob ich diesem unzuverlässigen Federhaufen noch trauen kann. Wegen seiner Tollpatschigkeit und seiner Sehschwäche war er noch nie der allerzuverlässigste Bote. Aber immerhin hat er sich bemüht. Seit er das Rabenmädchen kennengelernt hat, kann man ihn jedoch zu überhaupt nichts mehr gebrauchen.« Mit düsterem Gesicht schaute Gunther dem Raben nach.

»Was ist mit Mums Schutzriesen? Ist das vielleicht auch ein Cousin von dir? So wie Fred? Können wir zu ihm gehen und ihn nach ihr fragen?«

»Fred … Ähm …« Plötzlich wirkte Gunther ganz kleinlaut. »Das geht leider nicht. Er … er ist gerade verreist.«

»Verreist? Wohin denn?« Ich bohrte meinen Blick in seinen, denn ich glaubte ihm kein Wort.

»Nach Norwegen.«

»Dann ruf ihn an. Er hat doch bestimmt ein Handy. Du hast schließlich auch eins.«

»Ach Faye!« Gunther stieß einen lauten Seufzer aus. »Hast du mir die Geschichte wirklich geglaubt? Es gibt doch gar keine Schutzriesen. Und Fred ist immer noch in der Elfenwelt. Ich habe dir das nur erzählt, damit du dich nicht wunderst, wieso ich dir ständig nachlaufe.«

Dieser blöde Zwerg! »Und wieso tust du es?«

»Ich habe dir doch erzählt, dass die Elfen nicht gut auf mich zu sprechen sind. Das kommt daher, dass ich vor achtzehn Jahren einen schlimmen Fehler begangen habe«, antwortete Gunther, die Stirn in bekümmerte Dackelfalten gelegt, »und dass es einige gibt, die der Ansicht sind, dass ich daran schuld bin, dass das Lavaherz verschwunden ist. Ich wollte meinen Fehler wiedergutmachen. Dazu habe ich dich gebraucht.«

»Weil du zu klein bist, um an ein Astloch ranzukommen, oder was?«, fragte ich pampig.

Gunther knetete seine Hände. »Nein, wozu gibt es Leitern? Ich dachte, dass es dir ganz leicht gelingt, das Lavaherz deiner Mutter abzunehmen, wenn du erst einmal die ganzen Zusammenhänge durchschaut hast.«

Ich horchte auf. »Du wusstest, dass sie es hat?«

Gunther nickte kleinlaut.

»Aber wieso hast du mich dann angelogen? Wieso hast du mir nicht gesagt, dass Mums Anhänger das Lavaherz ist?« Am liebsten hätte ich ihn geschüttelt.

»Hättest du mir denn geglaubt?«

Ich schwieg.

»Siehst du! Erla hat es mir gleich gesagt: Du hättest mir nicht geglaubt. Ihr Menschen seid so furchtbar skeptisch und verkopft. Man kann sich den Mund fusselig reden, ihr glaubt doch sowieso nur Dinge, auf die ihr selbst kommt.«

»Erla?« Den Namen hörte ich zum ersten Mal. »Wer ist das?«

»Sie ist die Herrin über den Holunderbusch und Göttin über Leben und Tod«, sagte Gunther feierlich. »Erla ist unglaublich mächtig, und sie weiß alles.«

Er wollte mich doch an der Nase herumführen! »Wenn diese

Erla so mächtig ist und alles weiß, müsste sie uns das Herz doch eigentlich in null Komma nichts besorgen können, oder?«

Er schüttelte den Kopf. »Leider nein. Denn Erla kann den Menschen nur Hilfestellungen geben. Ihr Schicksal beeinflussen darf sie nicht. Deshalb riet sie mir auch, dir nichts zu sagen. Aber jetzt ist es Zeit, dass du die ganze Wahrheit hörst. Ich bringe dich zu ihm.«

»Zu wem?« Dass dieser Typ immer in Rätseln sprechen musste.

»Zu wem wohl? Zu deinem Vater.«

»Du kennst meinen Vater?« Mein Herz setzte für einen Taktschlag aus und alle anderen Fragen, die mir auf der Zunge gelegen hatten, lösten sich augenblicklich auf. Er kannte meinen Dad! »Wer ist er? Bin ich ihm schon einmal begegnet?«

»Das wirst du gleich sehen.«

»Sag mir doch wenigstens, wie er heißt!«

Doch Gunthers volle Lippen blieben verschlossen.

Nur mit Mühe schaffte ich es, mich so weit zu beruhigen, dass ich Mum neben einer WhatsApp auch einen Zettel schrieb, auf dem stand, dass sie sich sofort bei mir melden sollte, wenn sie wieder da war, dann machten wir uns auf den Weg. Als Erstes überquerten wir die grüne Brücke.

»Ist er … bei Laurin?«, fragte ich, als ich merkte, dass er in Richtung des Wasserfalls unterwegs war.

Gunther nickte. »Und jetzt gib endlich Ruhe, du Nervensäge. Du musst dich nur noch ein paar Minuten gedulden. Ist das zu viel verlangt?«

Ja! Ich würde meinen Vater sehen! So lange hatte ich auf diesen Moment gewartet. Was, wenn er mir auf Anhieb unsympathisch war, so wie Karlsson? Wusste er überhaupt, dass es mich gab? Unzählige Fragen wirbelten durch meinen Kopf.

Als wir vor dem winzigen Holzhaus standen und Gunther mit seiner Faust an die rote Tür klopfte, war ich kurz davor, in Ohnmacht zu fallen.

Ich hörte, wie ein Stuhl gerückt wurde und dann Schritte, die sich der Tür näherten. Mein Herz klopfte nun so heftig, als wollte es meinen Brustkorb durchbrechen und sich im fliegenden Galopp davonmachen. Laurin öffnete uns die Tür.

»Plan B tritt in Kraft. Der Rabe war mal wieder im Liebesrausch und jetzt haben wir deine Juli aus den Augen verloren«, sagte Gunther anstelle einer Begrüßung und schob sich an ihm vorbei in das Häuschen.

Laurin wurde blass. »Aber ich habe ihm doch deutlich gesagt, dass er sich keinen Meter von ihr wegbewegen darf, bis ich endlich mit ihr gesprochen habe, verdammt!«

»Wieso musst du auch immer alles auf den letzten Drücker machen?«

»Wann hätte ich es denn tun sollen? Elric hätte mir Helmutson und seine Kumpels auf den Hals gehetzt, wenn ich mich ihr auch nur auf fünf Meter genähert hätte. Du weißt, dass der nur darauf wartet, dass er mich auf seiner Polizeiwache wieder festhalten kann!«

»Schon gut, schon gut. Du hast ja recht. Hinter Gittern wärst du noch nutzloser gewesen als auf freiem Fuß.«

»Denkst du, dass sie bei Elric ist?«

Gunther schüttelte den Kopf. »Laut deiner Tochter sucht er sie selbst.«

Wieso nur wollten die beiden denn nicht, dass Mum bei Karlsson war, er war doch ihr Auftraggeber?, fragte ich mich, um nur einen Augenblick später zu begreifen, was Gunther eben gerade gesagt hatte. »Du meinst, dass Laurin … mein …« Ich hielt inne und überlegte, ob es in dieser Situation wohl angebracht war, einen hysterischen Anfall zu bekommen. »Du bist mein Vater? Ist das wirklich wahr?«

Laurin nickte. »Ich hoffe, du bist nicht enttäuscht.« Wir schauten uns an, und im nächsten Moment warf ich mich in seine Arme. Meine Augen brannten, während er mit seinen Händen sanft über meine Haare und meinen Rücken strich. Ich schluchzte in seinen Pullover, der genau wie sein Parka nach Erde roch. Laurin war mein Vater! Insgeheim hatte ich mir das seit unserer Begegnung mit dem Polarfuchs gewünscht. Und das nicht nur, weil er Mathe genauso wenig mochte wie ich. Er war groß – meine Nasenspitze reichte gerade einmal bis an sein Schlüsselbein – und er liebte Bücher und Tiere. Ich hätte nie zu hoffen gewagt, dass ich meinen Dad auf Anhieb so sehr mögen würde. Dann wurde mir noch etwas anderes bewusst, und ich hob meinen Kopf von seiner Schulter.

»Aber du bist ein Elf«, sagte ich erschüttert.

»Ja, das ist er«, bestätigte Gunther. »Genauer gesagt, ein Lichtelf. Und nicht nur irgendeiner: Laurin ist der Prinz der Lichtelfen.« Er hörte sich richtig stolz an. Ich dagegen fühlte mich, als ob man mir eins mit dem Vorschlaghammer auf den Kopf gegeben hatte.

»Aber wenn du ein Elf bist, dann bin ich ja …« Mir wurde schwindelig.

»Eine Halbelfe«, beendete Gunther meinen Satz. »Das hast du messerscharf erkannt.«

KAPITEL 51

Laurin beugte sich zu mir herunter. »Das Licht und die Wärme … du musst es doch gemerkt haben.« Er griff nach meiner rechten Hand und öffnete sie. Sanft legte er seine Fingerspitzen auf meinen Handteller und strich über die fast verheilte Wunde. Sofort durchströmte mich eine Hitze, die mich aufstöhnen ließ. Ich wollte meine Hand wegziehen, doch Laurin hielt sie fest, und ich sah zu, wie die feine rote Narbe nach und nach verblasste und schließlich ganz verschwand.

Behutsam löste Laurin sich von mir. »Ich kann verstehen, wie verwirrt du bist, Faye, und ich verspreche dir, dass ich dir alles erklären werde. Aber zuerst müssen wir deine Mutter finden. Hast du eine Ahnung, wo sie sein könnte? Es ist sehr, sehr wichtig, dass wir sie so schnell wie möglich finden.«

»Ich weiß.« Ich zog meine Nase hoch. »Aber ich habe keinen Schimmer.«

»Ich werde sie suchen gehen.« Er griff nach seinem Parka.

Gunther stellte sich ihm in den Weg. »Ich habe den Vogel längst losgeschickt, und der ist sowieso viel schneller als du. Und bessere

Augen hat er auch. Du kannst dich jetzt nicht dünnemachen, erst hast du deiner Kleinen noch etwas zu erklären. Ich habe ihr erzählt, dass nur sie das Lavaherz zurückbringen kann. Für den Rest bist du zuständig.«

Laurin schloss kurz die Augen, und ich sah, dass er mit sich rang, bevor er den Parka widerstrebend über die Lehne eines Stuhls warf. »Gut, komm erst einmal rein. Du bist bestimmt vollkommen durcheinander.«

Ich unterdrückte ein Lächeln. »Willst du mir wieder einen Whisky gegen den Schock anbieten?« Ich konnte es immer noch nicht fassen, dass ich einen Dad hatte.

»Alkohol habe ich leider keinen im Haus. Was ist mit Tee?«

»Mir reichen Antworten.« Ich setzte mich auf einen der beiden Holzstühle und Laurin ließ sich mir gegenüber nieder. Ich wusste überhaupt nicht, wo ich anfangen sollte, so viele Fragen schwirrten mir im Kopf herum. Deshalb begann ich mit der nächstliegenden. »Wieso hat Mum denn bei euren letzten beiden Begegnungen nur so getan, als ob ihr euch nicht kennt?«

»Sie hat nicht nur so getan. Sie kann sich wirklich nicht mehr an mich erinnern.«

»Wie kann das sein?« Ich rutschte auf meinem Stuhl hin und her. »So etwas vergisst man doch nicht einfach. Man vergisst seine Mathehausaufgaben oder den Rechenweg für irgendwelche blöden Gleichungen, aber man vergisst doch nicht den Mann … mit dem man ein Kind hat.«

Bei dem letzten Teil des Satzes war Laurin zusammengezuckt. Er schüttelte den Kopf. »Ihr Vergessen war der Preis, den sie zahlen musste.«

»Der Preis wofür?«

»Dafür, dass sie wieder in die Menschenwelt zurückkonnte.«

Deshalb hatte sie mir also nie gesagt, wer mein Vater ist. Sie wusste es nicht. Sie war schwanger und konnte sich nicht erinnern, von wem. Ich wollte mir gar nicht vorstellen, wie sehr sie das alles belastet hatte. Mein Herz wurde schwer, als ich daran dachte, wie oft ich ihr deswegen Vorwürfe gemacht hatte.

»Oh Mann!« Gunther schnaubte. »Jetzt lass dir nicht jedes Wort einzeln entlocken, Elrondson! Und red endlich Klartext. Sonst tu ich es für dich, und ich sag dir: Meine Version wird nicht so schmeichelhaft für dich ausfallen.«

Laurin schluckte, bevor er die Schultern straffte und nickte. »Gut! Weißt du, Faye«, er nahm meine Hand, »ich habe nie an die Liebe auf den ersten Blick geglaubt, aber als ich deine Mutter zum ersten Mal gesehen habe, da wusste ich, dass sie wirklich existiert. Es war, als hätte ich mein ganzes Leben lang eine dunkle Brille getragen, und erst Juli hat mich dazu gebracht, Farben zu sehen. Deine Mutter war so wunderschön und klug und lustig. Wenn ich bei ihr war, dann …«

»… hing der Himmel voller Geigen und Konfetti ist durch die Luft geflogen. Das volle Programm eben. Oh Mann, Laurin!« Gunther schürzte seine Lippen. »Bevor das Mädchen von deinem Gesülze noch ganz rote Ohren bekommt, werde ich weitererzählen.« Er setzte sich auf den Tisch. »Also, Faye, nicht nur Laurin hat sich damals in deine Mutter verliebt, sondern sie sich auch in ihn. Ich weiß, man kann es sich heute nicht mehr vorstellen, aber er hat damals unglaublich gut ausgesehen. Groß, schlank, glatt rasiert. Viel besser als jetzt. Genauso ein Typ, wie er euch Frauen gefällt.

Leider war unser kleiner Prinz so verdammt besitzergreifend und eifersüchtig. Er hat deine Mutter mit in die Elfenwelt genommen, obwohl das verboten gewesen ist.«

»Ja«, schaltete sich Laurin ein. »Aber ich habe ihr auch gesagt, dass sie immer ein Kleidungsstück von sich in der Menschenwelt zurücklassen muss. Das hier hat sie immer in eine Astgabel des Baumes gelegt.« Er griff in seine Hosentasche und zog ein grünes Seidentuch heraus.

»Du hast es all die Jahre aufgehoben?«

»Ja, ich habe es am Schwarzen Strand gefunden, als ich nach deiner Mutter gesucht habe. Es ist das Einzige, was mir von ihr geblieben ist.« Zärtlich ließ er es durch seine Finger gleiten.

In meinem Hals bildete sich ein Kloß. »Du musst Mum sehr geliebt haben.« Vielleicht tat er es immer noch. »Aber wieso hast du es? Und was ist damals schiefgelaufen?«

»Ich war so ein Narr.« Laurin ließ den Kopf hängen. »Gunther hat recht mit dem, was er gesagt hat. Ich war eifersüchtig und besitzergreifend, ich hatte Angst, dass ich Juli verlieren würde, wenn sie erst einmal wieder in Deutschland war. Und deshalb …«, es fiel ihm sichtlich schwer weiterzusprechen, »habe ich das Tuch von der Astgabel genommen und ihr zugesteckt.«

Geschockt riss ich die Augen auf. »Du hast was? Das hättest du nicht tun dürfen. Bestimmt wäre sie freiwillig zu dir zurückgekommen.«

»Ich weiß«, sagte Laurin matt.

»Und wie genau ist sie dann wieder in die Menschenwelt zurückgekommen?« Ich hatte diese Frage kaum gestellt, als mir die Antwort schwante. »Nein, sag nichts.« Ich wandte mich Gunther zu. »Das hat sie dir zu verdanken, habe ich recht?«, sagte ich zu dem kleinen Riesen. »Du hast ihr dabei geholfen, das Lavaherz zu stehlen. Deshalb möchten die Elfen mit dir genauso wenig zu tun haben wie mit Laurin.«

»Nicht zu stehlen«, protestierte Gunther. »Ich wollte es nur ausleihen.« Er war in sich zusammengeschrumpft wie ein zu heiß gewaschener Pulli. »Leider habe ich nicht gewusst, dass sich das Tor selbst für uns magische Wesen für immer schließt, wenn man die Elfenwelt mit ihm verlässt.«

»Wie habt ihr es überhaupt gestohlen?«

»Ja, das würdest du gerne wissen, nicht wahr?« Gunthers Schultern strafften sich wieder. »Du hast doch die Schmetterlinge auf der Lichtung gesehen?«

»Ja, die Morphofalter. Mum hat sie als Wächterschmetterlinge bezeichnet.«

Gunther nickte. »Genau das sind sie. Sie beschützen Yggdrasil. Und vor achtzehn Jahren haben sie auch das Lavaherz beschützt und niemand an den Baum herangelassen. Ich kann dir sagen: Diese Falter können wirklich unangenehm werden. Aber ich habe durch einen Zufall herausgefunden, womit man sie ablenken kann.« Ich konnte sehen, wie sich seine Brust vor Stolz förmlich auf die doppelte Größe aufblähte. »Die Schmetterlinge haben nämlich genau dieselbe Vorliebe für Honig wie ich. Genauer gesagt: für einen bestimmten Honig, einen mit Akazienblüten, und den gibt es in der Elfenwelt nur in der *Honigbiene*.«

»Von der *Honigbiene* hat Mum erzählt, und dass sein Besitzer ein Gesicht wie eine Walnuss hat.«

Gunther kicherte. »Das beschreibt Manfred ziemlich gut. Manfred ist ein Zwerg – und übrigens ein ganzes Stück kleiner als ich.« Er stellte sich so aufrecht hin, dass es aussah, als würde er gleich auf Zehenspitzen stehen. »Deine Mutter und ich sind also ins Dorf marschiert, haben Manfred ein Glas abgeschwatzt und sind damit zu Yggdrasil. Wir hatten die Lichtung noch nicht ganz erreicht, da kamen die Schmetterlinge schon angeflattert. Wie Motten vom Licht sind sie von dem Honig angezogen worden, und wir konnten uns in aller Ruhe das Herz holen. Den Rest kennst du.«

Ich nickte. »Eine Sache würde mich allerdings noch interessieren: Wieso hast du mir erzählt, dass das Lavaherz damals von einem Meerwesen gefunden und an den Strand zurückgebracht wurde? Das war gelogen. Es war immer bei meiner Mutter.«

Gunther schlug die Augen nieder. »Ja, aber das konnte ich dir zu diesem Zeitpunkt doch noch nicht sagen. Außerdem war ich mir lange Zeit nicht sicher, ich habe es erst später von Erla erfahren, dass deine Mutter das Herz immer noch hat. Nachdem deine Mutter und ich aus der Elfenwelt herausgeschleudert worden waren, fand man deine Mutter schlafend am Schwarzen Strand, ich dagegen wurde auf der Lichtung wach. Natürlich wollte ich sie suchen, aber ich war zu schwach dafür. Richtig krank bin ich geworden. Tagelang habe ich in einem verlassenen Schuppen auf Stroh gelegen und zwischen Leben und Tod geschwebt.« Er umklammerte seinen Oberkörper mit seinen Armen, als ob ihm kalt sei.

»Ich selbst war zu dem Zeitpunkt, an dem sich das Tor schloss, draußen und habe zufällig mitbekommen, dass nach Juli gesucht wurde«, erzählte Laurin weiter. »Als ich gemerkt habe, dass das Tor geschlossen ist und ich nicht mehr zurückkonnte, war mir klar, dass ihr irgendwie die Flucht gelungen sein musste.«

Juli! Puh! Daran, dass jemand meine strenge Mutter so nannte, musste ich mich erst noch gewöhnen. »Wieso hast du nie Kontakt zu ihr aufgenommen?«

Laurin seufzte schwer. »Du kannst dir gar nicht vorstellen, wie sehr ich mir das gewünscht hab. Aber ich hatte sie nie nach ihrer Adresse gefragt, nicht einmal nach der Stadt, in der sie lebte, oder ihrem Nachnamen.«

»Das war ein Schock, sage ich dir, als ich festgestellt habe, dass ich ausgesperrt bin.« Gunthers Augen schimmerten feucht. »Ich konnte nicht mehr zu meiner Familie und meinen Freunden zurück. Irgendwann habe ich festgestellt, dass ich nicht der einzige arme Tropf war, dem das Schicksal so hart mitgespielt hatte. Ich habe Laurin getroffen, und auch noch ein paar andere Elfen, die sich zu dem Zeitpunkt, an dem sich das Tor geschlossen hat, draußen befunden haben. Leider hat es sich unter ihnen schnell herumgesprochen, welchen Anteil Laurin und ich an der ganzen Sache hatten.« Nervös knibbelte er am Saum der rot karierten Tischdecke. »Niemand wollte mehr etwas mit uns zu tun haben. Mit mir nicht, weil ich deiner Mutter geholfen habe, das Herz zu stehlen, und mit Laurin nicht, weil er sie in die Elfenwelt gebracht und damit das ganze Unheil heraufbeschworen hat.«

»Die Stelle in der Bibliothek habe ich angenommen, weil ich wusste, dass dort uralte Schriften lagern. Ich habe gehofft, darin einen Hinweis auf eine andere Möglichkeit zu finden, wie sich das Tor öffnen lässt.«

»Und ich habe mich mit Gelegenheitsjobs herumgeschlagen. Ein paar Monate musste ich sogar als Clown in einem Wanderzirkus auftreten. Sie dachten, ich sei ein Zwerg.« Gunthers Unterlippe zitterte bei der Erinnerung an diese Demütigung. »Aber gut, auch die anderen Elfen mussten sich menschliche Berufe suchen, um überleben zu können. Elric hat sogar Karriere gemacht. In unseren Kreisen munkelt man allerdings, dass ihm das nicht aufgrund seiner herausragenden Fähigkeiten gelungen ist, sondern weil er von einem Dunkelelfenschatz wusste, der in der Menschenwelt versteckt lag. Aber wie auch immer er an sein ganzes Geld gekommen ist, als es ihm nach Jahren gelungen ist, sich die Genehmigung für das Hotel zu erschleimen, wusste Erla, dass sie nicht länger tatenlos zusehen darf, wenn Yggdrasil gerettet werden sollte. Sie hat Hugin beauftragt, deine Mutter nach Island zu locken, und von da an hatte ich endlich wieder eine richtige Aufgabe!«

»Dann hat er die Ausschreibung für die Hotelplanung und die Annonce von Marías Cottage in unseren Briefkasten geworfen! Bevor Mum und ich nach Island gekommen sind, habe ich ständig einen Raben bei uns vor dem Haus gesehen.«

Gunther nickte. »Bis Samhain war es nicht mehr lange. Der Baum ist am Ende seiner Kräfte. Von dem Tag an, an dem er sein Herz verloren hat, sind sie immer mehr geschwunden. Selbst wenn wir es geschafft hätten, zu erwirken, dass er stehen bleiben darf, war klar, dass er nicht mehr lange überleben wird.«

Dann hatten es Mum und ich also dem Raben und dieser mysteriösen Erla zu verdanken, dass wir nun auf Island waren. Allmählich wunderte mich nichts mehr. Und plötzlich ergab vieles – wenn auch nicht alles – einen Sinn: Eine Superheldin war ich nicht, aber eine halbe Lichtelfe. Deshalb konnte ich das Licht beeinflussen und deshalb war die Natur bereit, mir zu helfen. Die

Lücke im Stamm des Holunders, die sich auf einmal vor mir aufgetan hatte, die Glühwürmchen … Nun wusste ich auch, wieso ich auf einmal so ausgesprochen gut hörte, weshalb ich Isländisch verstand, ohne auch nur eine einzige Vokabel gelernt zu haben. Nun war klar, wieso ich instinktiv wusste, was Miska und der Wal von mir wollten, und warum ich von Karlssons Haushälterin, der Frau mit dem Hund und dem Pärchen auf dem Parkplatz so schräg angeschaut worden war, als ich mich mit Gunther unterhalten hatte. Sie dachten, ich würde Selbstgespräche führen. Gunther konnte sich tatsächlich unsichtbar machen, aber als Halbelfe konnte ich ihn immer sehen. Genau wie die Elfen, die ich an meinem ersten Abend auf Island gesehen hatte, aber nicht fotografieren konnte.

»Wo bleibt denn nur Hugin?« Ich ging zum Fenster, um nach ihm Ausschau zu halten, doch am Himmel war nichts zu sehen.

»Er wird schon bald kommen«, sagte Laurin, doch beruhigen konnte er mich damit nicht.

»Ich hasse mich dafür, dass Aron und ich uns keinen Wecker gestellt haben. Wären wir früher aufgewacht, hätten wir Mum noch erwischt und alles wäre gut.«

»Aron?« Laurin zog seine Augenbrauen so fest zusammen, dass sie eine nahezu durchgehende Linie bildeten. »Redest du von Elric Karlssons Neffen?«

Ich nickte.

»Und er hat bei dir … übernachtet?«

»Ja.« Mein Gesicht lief heiß an.

Laurin sprang auf. »Bist du total verrückt geworden?«

KAPITEL 52

Was hatte er denn jetzt auf einmal? Ich runzelte die Stirn und ärgerte mich darüber, dass ich rot geworden war. Ich hatte nicht mit Aron geschlafen. Und selbst wenn … Ich war siebzehn und nicht mehr sieben. Und es ging ihn auch gar nichts an.

Gunther war der gleichen Ansicht. Er schnalzte mit der Zunge. »Laurin! Jetzt ist wirklich nicht der richtige Zeitpunkt, sich so aufzuspielen.«

»Aron!« Laurin griff sich an die Stirn. »Ich fasse es nicht. Sie weiß doch überhaupt nicht, mit wem sie sich da eingelassen hat.«

»Hör auf, so zu reden, als wenn ich nicht da wäre.« Langsam wurde ich wütend. »Ich weiß eine Menge über Aron. Auch, was über ihn alles erzählt wird. Aber so ist er gar nicht, wenn man ihn näher kennt.«

Laurin schnaubte. »Du denkst wirklich, du kennst ihn? Du hast ja keine Ahnung.«

»Ach, dann klär mich bitte auf!«

Laurin seufzte. »Ach Faye, ich kann verstehen, dass du es unmöglich findest, dass ich nicht möchte, dass du Kontakt zu Aron hast, doch ich habe meine Gründe. Sein Onkel ist ein sehr, sehr gefährlicher …«

»Mensch!«, fiel ihm Gunther ins Wort. »Aber das weiß deine Tochter längst, Elrondson. Sie kann ihn doch genauso wenig ausstehen wie wir. Aber es ist nicht fair, dass du Aron mit diesem Fiesling über einen Kamm scherst. Denn im Grunde seines Herzens ist er ein guter Junge. Das sagt auch Erla. Und die muss es wissen.«

Laurin schnaubte. »Vielleicht war er das mal. Damals, als seine Mutter noch gelebt hat. Aber inzwischen ist er jahrelang von Elric bearbeitet worden.« Er griff nach meinem Handgelenk und umfasste es so fest, dass es wehtat. »Ich erzähle dir jetzt mal etwas über ihn und seinen Onkel, Faye …«

Etwas Schwarzes flog mit voller Wucht gegen die Scheibe und prallte daran ab.

»Hugin!«, rief Gunther und sprang vom Tisch herunter. »Dieser ungeschickte Vogel treibt mich noch in den Wahnsinn. Hoffentlich ist noch genug Leben in ihm, dass er uns verrät, ob er deine Mutter gefunden hat und wenn ja, wo!« Er riss die Tür auf.

Der Rabe lag auf der Fußmatte und war dabei, Flügel und Beine zu sortieren. Er sah ziemlich zerrupft aus. Als er uns sah, hüpfte er wie ein Huhn auf und ab, sein Krächzen klang matt und ein bisschen pfeifend.

»Pssst! Ich verstehe kein Wort. Jetzt komm erst mal wieder zu Atem!« Gunther nahm den Raben hoch und setzte ihn sich auf die Schulter. Das Herz des Vogels schlug so heftig, dass ich Angst hatte, dass er sofort wieder hinunterpurzeln würde.

»Hast du verstanden, was er gesagt hat?«, fragte ich Laurin, obwohl es mich wirklich nervte, dass er sich gerade so aufgeführt hatte. Aber ich wollte endlich wissen, wo Mum war.

Er schüttelte den Kopf. »Hugin hat einen Sprachfehler. Er kann das S und das R nicht aussprechen. Gunther ist der Einzige, der sein Kauderwelsch versteht.«

Ich stöhnte auf. Gab es in diesem Land denn gar keine normalen Wesen?

Schließlich hatte Hugin sich wieder gefangen und krächzte Gunther so laut ins Ohr, dass dieser zusammenzuckte.

»Dort ist sie, bist du sicher?«

Der Rabe krächzte lauter.

»Schon gut, schon gut, ich frage mich zwar, was sie da macht, aber ich glaube dir. Und ich werde Gunda sagen, dass sie den Rabenbraten heute Abend noch einmal vom Speiseplan streichen darf.«

Hugin kreischte entsetzt.

Gunther schmunzelte. »Das war ein Scherz, du Federhaufen. Das hast du gut gemacht!« Er strich dem Vogel flüchtig über das Gefieder und, zu uns gewandt, sagte er: »Sie ist in Seljavallalang.«

»Wo ist das denn?«

»Das ist ein altes Schwimmbad in den Bergen, eine gute halbe Stunde Fußmarsch von hier. Mit dem Auto kommt man dort nicht hin.«

»Und was macht sie da?«

»Schwimmen, meint Hugin. Das Wasser dort kommt aus dem Berg und ist ganz warm.«

Mir fiel ein Stein vom Herzen. Ach was, ein Felsbrocken! Mum war nicht von dem maskierten Angreifer mit der Darth-Vader-Stimme entführt und dazu gezwungen worden, mir einen Zettel zu hinterlassen – so wie ich es insgeheim schon befürchtet hatte. Jetzt würde alles gut werden!

Auch Laurin war seine Erleichterung deutlich anzumerken. Seine zuvor immer leicht hängenden Schultern hatten sich gestrafft, seine blauen Augen blitzten voller Tatendrang, und einen Moment lang konnte ich den jungen Mann in ihm sehen, in den Mum sich vor achtzehn Jahren verliebt hatte.

»Holen wir uns das Lavaherz und bringen es an seinen angestammten Platz zurück!«, rief er.

Es tat mir zwar leid, seiner Euphorie einen Dämpfer versetzen zu müssen, aber ich musste noch etwas einwerfen: »Wie willst du das eigentlich machen? Die Lichtung ist doch bewacht.« Da Laurin keine Ahnung hatte, wovon ich sprach, erzählte ich von den Polizisten, die ich heute Morgen auf meiner Suche nach Mum gesehen hatte. »Dort kommt niemand durch.«

Doch Laurin grinste nur. »Das stimmt. Zumindest niemand, der sich nicht unsichtbar machen kann. – Bist du wieder fit genug, um nach Seljavallalang zu fliegen und Juli im Auge zu behalten, Hugin?«

Der Rabe nickte.

»Gut. Dann fahre ich jetzt mit Faye zusammen zu Juli nach Seljavallalang. Und du, Gunther, läufst ins Dorf und trommelst alle zusammen.«

»Ich weiß nicht …« Gunther wiegte seinen Kopf hin und her. »Ich kann ja verstehen, dass du so schnell wie möglich zu deiner Angebeteten möchtest, aber die Elfen … Wenn sie mir überhaupt zuhören, werden sie nur denken, dass ich mich wichtigmachen will. Niemals werden sie mit mir mitkommen. Es ist besser, wenn du das Ganze zusammen mit deiner Tochter übernimmst, und ich hole deine Juli. Falls ich ihr zu wenig vertrauenswürdig erscheine, rufe ich dich an, Faye. Dann kannst du ihr sagen, dass ich zwar vielleicht gefährlich aussehe, aber ein ganz netter Riese bin. Lass also dein Handy an!«

Laurin zögerte. Ich sah ihm an, dass ihm Gunthers Vorschlag nicht schmeckte. Dann nickte er. »In Ordnung.«

Gunther machte sich mit Hugin zu Fuß auf den Weg in die Berge, und Laurin ging zu dem rostigen Fahrrad, das gegen die Wand seines Häuschens gelehnt war.

»Damit willst du ins Dorf fahren? Hast du denn kein Auto?«

»Doch, also, das heißt, ich hatte eins.« Plötzlich wirkte Laurin kleinlaut. »Aber ich hatte vor etwa einem Jahr einen Unfall …«

Ich stöhnte auf. »Lass mich raten! Und seitdem ist das Auto futsch und der Führerschein weg.«

Er nickte. Das Ganze war ihm sichtlich unangenehm. Mir nicht. Denn ich war immer noch verstimmt darüber, was Laurin über Aron gesagt hatte. Gerade einmal eine Viertelstunde war er mein Vater und schon führte er sich schlimmer auf als Mum. Total überreagiert hatte er. Am liebsten hätte ich ihm gehörig die Meinung gegeigt, aber ich war mir sicher, dass er sich nicht von Arons Unschuld überzeugen lassen würde, egal, was ich sagen würde. Er musste selbst darauf kommen. Genauso, wie ich selbst darauf hatte kommen müssen, dass Mums Anhänger das Lavaherz war.

»Und wie, bitte schön, soll ich ins Dorf kommen?«, fragte ich deshalb. »Willst du mich auf dem Gepäckträger mitnehmen?«

»Ja, wieso? Hast du ein Problem damit?«

»Jaaaa. So kommst du doch viel zu langsam voran, und die Zeit eilt. Ich bleibe besser hier.«

»Allein? Das kommt gar nicht infrage.«

Laurin wirkte unentschlossen, doch letztendlich nickte er. »Aber ich bringe dich zu María, und bei ihr bleibst du, bis ich wieder zurück bin. Und wenn Gunther und Juli zurück sind, sollen sie auch hierbleiben.«

María war nicht da, ihr Hexenhäuschen lag im Dunkeln.

Ich musste Laurin versprechen, niemanden hereinzulassen, dann verzog er sich endlich in Richtung Dorf. Er hatte die Tür kaum hinter sich zugezogen, da hatte ich schon das Handy am Ohr und rief Aron an.

»Wo bist du?«, blaffte er.

»Zu Hause.« Meine Stimme klang vor Aufregung ganz hell. Am liebsten hätte ich Aron sofort alles erzählt, was ich eben erfahren hatte, aber sein gereizter Tonfall verunsicherte mich.

»Und wo warst du eben gerade? Ich habe dich überall gesucht. Du hättest doch im Cottage auf mich warten sollen.«

»Ich weiß. Aber es ist etwas total Geniales passiert. Ich habe nämlich erfahren, dass …« Ich hielt inne. »Ich meine, ich habe herausgefunden, wo meine Mum ist.«

»Hat sie sich bei dir gemeldet?« Auf einmal klang er nicht mehr gereizt, sondern alarmiert.

»Nein. Der Ra… äh … jemand hat sie in einem Schwimmbad in den Bergen entdeckt. Seldingsbums heißt es, und es muss ganz in der Nähe von hier liegen.«

»Das kann nicht sein«, sagte Aron so fest, als hätte ich behauptet, dass die Erde eine Scheibe ist.

Was war denn in den gefahren? Er sollte sich doch freuen, dass Mum endlich wieder aufgetaucht war. »Ich weiß, das hört sich verrückt an, aber ich habe in der letzten Stunde noch viel verrücktere …«

»Dieser Jemand muss sich geirrt haben«, unterbrach er mich. »Deine Mutter ist nicht in Seljavallalang, sondern bei meinem Onkel auf dem Bauplatz. Ich habe gerade mit ihr gesprochen. Bleib, wo du bist. Ich hole dich ab.« Er legte auf.

Verdutzt ließ ich mich auf eine Treppenstufe sinken. Mum war auf dem Bauplatz? Das konnte doch nicht sein. Gut, es war schon eine ganze Weile her, dass wir auf der Lichtung gewesen waren und dort nach ihr gesucht hatten, aber Hugin … er hatte sie in dem Schwimmbad gesehen. Oder hatte er das vielleicht nur geglaubt? Ich rieb mir das Gesicht. Möglich war es. Schließlich hatte Gunther erwähnt, dass der Rabe ein bisschen kurzsichtig war. Wie blöd, dass ich Gunther nie nach seiner Handynummer gefragt hatte! Von Laurin wusste ich nicht einmal, ob er ein solches Gerät besaß. Wie sollte ich die beiden denn jetzt erreichen?

KAPITEL 53

»Steig ein!« Aron winkte mich ungeduldig heran.

Ich hatte die Tür noch nicht einmal richtig geschlossen, da raste er schon los. Ich hätte ihm gern von Laurin erzählt. Und von Gunther und Hugin. Aber wahrscheinlich würde Aron dann denken, dass ich übergeschnappt war. Sein Blick war auf den holprigen Weg vor uns gerichtet und seine Hände hielten das Lenkrad fest umklammert. War er wirklich sauer, weil ich nicht im Cottage gesessen, Däumchen gedreht und auf seine heldenhafte Rückkehr gewartet hatte?

Mittlerweile parkten gleich drei Polizeiwagen am Rand des Wäldchens, und mehrere Beamte patrouillierten herum.

»Duck dich!«

»Wieso das denn?« Arons machohaftes Gehabe ging mir gehörig auf den Keks.

»Die Polizisten haben die Anweisung, niemanden durchzulassen.«

»Ich bin mit dir hier. Was sollen sie denn dagegen haben, wenn du mich mit auf den Bauplatz nimmst?«

»Jetzt mach schon! Ich habe keine Lust, blöde Fragen gestellt zu bekommen.«

Mit einem Aufstöhnen tat ich, was er sagte. Seine Launenhaftigkeit nervte. Aber wahrscheinlich würde er sich beruhigen, wenn wir erst einmal bei Mum waren und ich sie davon überzeugt hatte, uns ihren Anhänger zu geben.

Die Dunkelheit hatte die Lichtung bereits mit einem blaugrauen Schimmer überzogen, und eine schmale Mondsichel leuchtete zwischen zwei Wolken hervor. Noch immer regte sich kein Windhauch, noch immer waren keine Vögel zu hören. Die Lichtung wirkte wie die Kulisse eines Theaterstücks, leblos und eingefroren.

»Deine Mutter ist im Bauwagen.«

Ich stieg aus und versuchte, nicht auf die toten Falter zu achten, die auch hier überall herumlagen.

Aron öffnete die Tür. Durch das Fenster fiel nur ein schummriges Licht hinein, und ich brauchte einen Moment, um mich zu orientieren. Karlsson saß mit übereinandergeschlagenen Beinen auf einem Klappstuhl. In einer Ecke stand Ragnar.

»Herzlich willkommen in meiner bescheidenen Hütte, kleine Faye!«, begrüßte mich Karlsson.

Hatte er bei unseren bisherigen Begegnungen immer ausgesehen, als sei er direkt aus einem Katalog für englische Herrenmode herausgestiegen, war sein Erscheinungsbild heute ziemlich ramponiert. Sein Hemd hing knittrig über seinem Gürtel, auf dem Knie seiner hellen Cordhose prangte ein großer Fleck, und seine lackschwarzen Haare lagen nicht wie sonst platt am Kopf an, sondern standen am Hinterkopf in zwei großen Büscheln ab. An seiner rechten Hand hatte er die Kuppen von Daumen, Zeige- und Mittelfinger mit Pflaster beklebt, und er hatte tatsächlich einen richtig fiesen Ausschlag im Gesicht. An einigen Stellen hatten sich sogar Blasen gebildet.

»Wo ist meine Mutter?« Meine Hand suchte nach Arons, aber als ich ihn berührte, zog er sie fort.

»Bei mir zu Hause.«

»Was?« Ich schwenkte zu Aron herum. Er hatte den Kopf gebeugt, sodass sein schwarzes Haar tief in seine Stirn fiel und ich seine Augen nicht sehen konnte. »Aron hat gesagt …«

Karlsson unterbrach mich mit einem langsamen Kopfschütteln. »Mein Neffe redet viel, wenn der Tag lang ist.«

Ich verstand überhaupt nichts mehr. »Aber wenn sie bei Ihnen zu Hause ist, wieso war Ragnar dann heute Morgen bei uns, um sie abzuholen?«

»Es stimmt. Deine Mutter ist heute Morgen nicht zu einem Termin erschienen. Ich war schon äußerst beunruhigt.« Er nahm seine Brille ab und putzte sie mit einem Zipfel seines Hemds. »Doch gegen Mittag tauchte sie auf einmal auf. Sie war äußerst erregt. Denn sie hatte ein paar Tage zuvor wohl zufällig etwas in meinem Büro gesehen, von dem sie nun der Ansicht war, dass es mir nicht gehört.«

»Was soll das sein?« Ich zog die Augenbrauen zusammen.

Ein leichtes Lächeln umspielte Karlssons Mund, als er seine Brille auf den Tisch legte und stattdessen etwas in die Hand nahm. Er streckte mir einen Gegenstand entgegen, der entfernt die Form eines Ankers hatte. Das Mondlicht spiegelte sich im Silber seiner fein ziselierten Ornamente.

Der Hammer des Thor. »*Sie* haben ihn gestohlen!«

»Nein. Ich doch nicht.« Karlsson lachte gönnerhaft. »Wofür gibt es Angestellte? Ragnar hat ihn für mich besorgt. Ich habe mich voll und ganz auf deine Mutter konzentriert. Denn auch sie hat etwas, von dem ich der Meinung bin, dass es ihr nicht gehört.« Er legte seine Brille auf den Tisch und fixierte mich über den Rand seiner zusammengelegten Fingerspitzen.

»Was denn?«, fragte ich mit trockenem Mund, obwohl ich die Antwort natürlich kannte. Er meinte das Lavaherz. Wozu er dagegen unbedingt diesen Hammer brauchte, war mir schleierhaft.

»Verkauf uns nicht für dumm!« Ragnar, der bis jetzt geschwiegen hatte, schoss aus seiner Ecke hervor und gab mir einen Stoß. Ich taumelte gegen Karlssons Knie.

Karlsson schnalzte mit der Zunge. »Weißt du, kleine Faye, als ich gesehen habe, was genau deine Mutter um ihren schlanken Hals trägt, war ich zunächst furchtbar erschrocken. Denn in den falschen Händen kann der Anhänger all meine so sorgsam geschmiedeten Pläne zunichtemachen. Aber dann habe ich auch meine Chance darin erkannt.« Er streichelte schon fast zärtlich über die Ornamente des Hammers. »Natürlich kann ich den Holunder fällen. Ich kann auch seine Wurzeln herausreißen lassen. Aber nur wenn ich sein Herz zerstöre, kann ich mir ganz sicher sein, dass er für immer vernichtet ist. Du kannst dir gar nicht vorstellen, wie lange ich versucht habe, es an mich zu bringen. Erst konnte ich es dem Baum nicht entreißen, und als ich es bei deiner Mutter gesehen habe, es mir wie auf dem Präsentierteller dargeboten wurde, schien die Sache fast schon zu einfach. Aber dann …« Er warf einen hasserfüllten Blick auf seine verbundenen Fingerspitzen und seufzte schließlich. »Ich habe deine Mutter zwar in meine Gewalt gebracht, aber dummerweise muss die Kette freiwillig hergegeben werden. Deshalb brauche ich dich. Ich bin mir sicher, dass du deine Mutter überzeugen kannst.«

Meine Kehle schnürte sich zusammen. Oh Gott! Dieser verdammte Rabe hatte sich wirklich geirrt. Mum hatte nie in einer heißen Quelle gesessen, sondern sie war heute Morgen zu Karlsson ins Büro gefahren. Weil sie mithilfe der Bücher aus der Bibliothek herausgefunden hatte, dass er der Hammerdieb gewesen war. Er hatte sie überwältigt und versucht, ihr den Anhänger abzunehmen, und sich genauso daran verbrannt wie ich. Karlsson war verrückt. Total verrückt!

»Aron!« Noch einmal streckte ich Hilfe suchend die Hand nach ihm aus, aber obwohl Aron nur wenige Zentimeter neben mir stand, schien er unendlich weit von mir entfernt zu sein.

»Soll ich die Mutter herholen?« Seine Augen waren zu Schlitzen verengt.

Was redete er denn da? Ich suchte in seinem Gesicht nach irgendeinem Anzeichen, dass er seinem Onkel nur etwas vormachte. Nach einem verschwörerischen Blinzeln oder sonst einem versteckten Hinweis. Aber seine Miene blieb hart und sein Körper strömte eine Kälte aus, die mich zum Zittern brachte. Und da verstand ich.

KAPITEL 54

Du hast mich verraten!« Mein ausgestreckter Arm fiel hinab.

»Na, na! Mein Neffe hat doch nur getan, was ich von ihm verlangt habe«, tadelte Karlsson mich und, zu Aron gewandt, sagte er: »Sei doch nicht so ungeduldig. Ein wenig musst du schon noch warten. Ich möchte Yggdrasil schließlich nicht zu einem x-beliebigen Zeitpunkt zerstören. Es soll in der dunkelsten Stunde dieser magischen Nacht geschehen, in der das Alte geht und Platz für etwas Neues geschaffen wird. Eine neue Ära.« Er stand auf und breitete die Arme aus, als würde er sich einem Publikum präsentieren. »Meine Ära.«

»Wieso hassen Sie den Baum eigentlich so sehr?«, fragte ich erstickt. »Warum muss er unbedingt vernichtet werden? Haben Sie wirklich so große Angst, dass er ihr Hotel verschandelt und die Gäste wegbleiben, wenn er stehen bleibt?«

Karlsson lachte auf. »Du dummes Ding.« In seinen Augen sah ich das gleiche unheimliche Glimmen, das mir auch auf der Lichtung schon einmal aufgefallen war. »Hast du es immer noch nicht verstanden? Es geht mir doch gar nicht um das Hotel.« Er legte den Kopf in den Nacken und ließ sein Gesicht vom hereinströmenden Mondlicht bescheinen. »Ich will endlich wieder Dunkelheit. Eine Dunkelheit, die schwärzer ist als alles, was du dir vorstellen kannst, und die mir unendliche Macht verleiht.«

Die Erkenntnis traf mich so hart, als hätte Karlsson mir mit Thors Hammer eins über den Kopf gezogen. Aron hatte doch nie damit hinter dem Berg gehalten, wie sehr ihn alles Dunkle faszinierte. Spätestens aber, als ich erfahren hatte, dass nur magische Wesen andere magische Wesen sehen können, wenn sie unsichtbar sind, hätte es mir klar sein müssen: Im Gegensatz zu allen anderen hatte Aron Gunther nämlich auf dem Parkplatz gesehen … »Ihr seid Dunkelelfen!«

»Endlich hat es Klick gemacht!« Arons Stimme klang völlig emotionslos. »Ich habe mich schon gefragt, wann du es endlich kapierst. Für eine Lichtelfe bist du nicht besonders helle.«

Ich biss mir auf die Unterlippe. *Er* brauchte keinen Hammer, um meinem Herz den Todesstoß zu versetzen.

»Schluss jetzt mit dem Geplänkel! Binde das Mädchen an einen Stuhl, damit sie keinen Ärger macht!«, befahl Karlsson Aron. Als ich nach Luft schnappte, bedachte er mich mit einem Stirnrunzeln. »Am besten stopfst du ihr auch einen Knebel in den Mund, damit sie nicht rumschreit oder uns die Ohren vollheult.«

»Los!« Aron drängte mich zu dem Stuhl, auf dem sein Onkel kurz zuvor noch gesessen hatte.

»Vergiss es!« Ich machte eine 180-Grad-Wendung, um zur Tür zu gelangen, doch Aron packte mich am Handgelenk und riss mich so unsanft zurück, dass ich aufschrie.

Dieser Mistkerl! Wir hatten die Nacht miteinander verbracht. Ich hatte ihm vertraut. Ein Schluchzen kroch meine Kehle hinauf, doch ich würgte es hinunter. Aron durfte nicht wissen, wie sehr er mich verletzt hatte. Ohne auf die Flüche und Verwünschungen einzugehen, die ich ihm mit einem letzten Rest von Gegenwehr an den Kopf warf, band Aron mir erst die Hände auf meinem Rücken zusammen und fesselte mich dann auf einen Stuhl. In meinen Mund stopfte er ein Tuch. Ich fing an zu würgen, versuchte, das Ding mit der Zunge wieder herauszuschieben, was mir aber nicht gelang. Ein erstickter Laut drang aus meiner Kehle.

Aron hielt inne. Das erste Mal, seit wir im Bauwagen waren, traf sein Blick meinen, und für einen Moment meinte ich, ein schwaches Aufleuchten darin zu erkennen.

»Bist du endlich fertig?«, fuhr ihn Karlsson an.

Aron nickte, sein Blick war wieder starr. »Können wir es jetzt endlich zu Ende bringen?«

»Hetz doch nicht so«, knurrte Karlsson ihn an. Seine Stimme wurde sanfter. »Schließlich ist Vorfreude doch die schönste Freude. Und das halbe Elfchen soll doch erst noch erfahren, wieso ich den Moment, in dem Yggdrasil fallen wird, gar nicht erwarten kann.« Er stolzierte im Bauwagen auf und ab. »Nicht nur, weil die Dunkelheit mein Lebenselixier ist, sondern auch, weil ich dadurch endlich Rache an deinem Volk nehmen kann. Niemand wird mehr da sein, um euch Lichtelfenpack zu helfen, wenn ich euch heute Nacht endgültig den letzten Todesstoß versetze. Denn voller Stolz kann ich behaupten, dass ich – abgesehen von Yggdrasil – in den letzten Jahren alle Orte, an denen weiße Magie herrschte, durch meine Hotelanlagen zerstört habe. Dabei musste ich ganz von vorne anfangen. Schließlich hatte ich nichts, als sich das Tor zwischen den Welten schloss. Aber davon habe ich mich nicht abhalten lassen. Stonehenge ist gefallen, genau wie Carnac und noch so viele mehr.« Sein gerade noch so triumphierendes Lächeln erstarb. »Jahrhundertelang hat mein Volk unter deinem gelitten. Ihr habt uns unsere Kräfte genommen und uns wie Aussätzige in Höhlen unter der Erde hausen lassen. Aber das ist nun endgültig vorbei.« Karlsson rieb sich die Hände. »Wenn ewige Nacht herrscht, werde ich Trolle und andere Dunkelwesen aus den Bergen rufen. Mit ihnen werde ich mir eine Armee aufbauen und euch alle vernichten. Obwohl …«, er hielt inne, »warum sollte ich euch schnell von eurem Leiden erlösen? Viel mehr Spaß wird es doch sicherlich machen, euch dabei zuzusehen, wie ihr hilflos durch die Dunkelheit irrt und langsam dahinsiecht.« Ein böses Kichern stolperte über seine Lippen. Er schaute auf seine goldene Uhr. »Nun wird es aber wirklich Zeit zu gehen. Bevor wir die entzückende Juliane hierherholen und zum finalen Akt übergehen, möchte ich mich noch ein wenig frisch machen.«

»Was ist mit dem Mädchen?«, fragte Aron. »Soll ich währenddessen auf sie aufpassen?«

»Nein, es ist nicht nötig, dass du Kindermädchen spielst. Ragnar bleibt hier. Außerdem wird die Lichtung streng bewacht. – Ist das nicht eine furchtbare Ironie des Schicksals?« Karlsson brachte sein Gesicht nah an meins. »Hätten unsere lieben lichtdurchfluteten Brüder und Schwestern nicht diese Hecke wachsen lassen, gäbe es hier draußen jetzt auch nicht dieses Polizeiaufgebot.«

Obwohl mich mein schlechtes Gewissen fast überwältigte, hielt ich seinem Blick mit erhobenem Kinn stand. Schade, dass ich den

Knebel in meinem Mund hatte! Mit Freuden hätte ich ihm in seine fiese Visage gespuckt. Und in die von Aron. Ihn hasste ich noch viel mehr als seinen Onkel. Wie hatte ich nur so dumm sein können, auf ihn hereinzufallen?

»Los! Worauf wartest du noch?« Karlsson schubste Aron zu Ragnar in Richtung Tür. »Und du, kleines Glühwürmchen!« Er hob mein Kinn an, sodass ich gezwungen war, in seine glimmenden Augen zu schauen. »Koste die Dämmerung noch einmal so richtig aus. Denn danach … hat es sich für dich ausgeleuchtet.«

KAPITEL 55

Karlssons diabolisches Lachen dröhnte noch in meinen Ohren, als sie die Bauhütte längst verlassen hatten. Zitternd schaute ich den dreien durch das Fenster nach, wie sie mit der Dunkelheit verschmolzen. Diese verfluchten Dunkelelfen! Durch den Knebel konnte ich nur flach und mit einem pfeifenden Geräusch atmen. Ich musste das verdammte Ding loswerden, bevor ich daran erstickte. Ich sah mich in der Hütte nach einem Gegenstand um, mit dem ich meine Fesseln auftrennen konnte. In Filmen lag in solchen Fällen immer etwas Scharfkantiges herum. Blöderweise war die Auswahl hier sehr begrenzt. Es gab nur einen winzigen Kühlschrank und einen klapprigen Tisch, auf dem zwei Bierflaschen standen. Und Karlssons Brille. Na toll! Was sollte ich denn damit anfangen?

Ich zerrte an meinen Fesseln. Doch je mehr ich mich gegen sie wehrte, desto tiefer grub sich das dünne Seil in meine Haut. Aber ich hatte nichts gegen den Schmerz. Im Gegenteil! Denn er lenkte mich zumindest hin und wieder von der Erkenntnis ab, dass alles, was Aron und ich zusammen erlebt hatten, nur Teil eines

Plans war. Dieses Schwein hatte mich nur benutzt. Und bald würde Mum hier auftauchen, sie würde Karlsson das Lavaherz geben und dann war alles vorbei.

Durch das schmale Fenster beobachtete ich, wie aus dem Grau des Abends das Schwarz der Nacht wurde. Hin und wieder sah ich, wie Ragnar vorbeipatrouillierte. Irgendwann nickte ich trotz meiner Angst vor lauter Erschöpfung ein.

Als ich wieder hochschreckte, fühlten sich meine auf dem Rücken zusammengebundenen Arme ganz taub an. Wie lange ich wohl schon hier saß? Ich konnte es beim besten Willen nicht sagen, denn inzwischen hatte ich jegliches Zeitgefühl verloren. Aber mein Kampfgeist war nach dem Schläfchen wieder erwacht. Noch einmal sah ich mich in der Hütte um und mein Blick blieb an den beiden Bierflaschen der Bauarbeiter hängen. Vorhin musste mein Geist ganz schön vernebelt gewesen sein, denn ansonsten hätte ich doch sofort sehen müssen, dass sich mit den beiden etwas anfangen ließ. Wenn ich es nämlich irgendwie schaffen würde, sie zu erreichen und zu zerschlagen, könnte ich versuchen, meine Fesseln mit einer Scherbe zu durchtrennen. Zumindest wenn ich auch wirklich das Seil traf – und nicht meine Pulsadern. Ich schob die Vision beiseite, wie ich mich blutbesudelt und vor Schmerzen schreiend krümmte, und stemmte meine Füße in den Boden. Der Stuhl hopste in Richtung Tisch. Das klappte ja prima. Doch dann wurde ich wohl zu übermütig. Ich machte gleich mehrere Hopser hintereinander. Der Stuhl kam ins Schlingern, er kippte um und ich lag hilflos wie ein Käfer auf dem Boden. Mist! So durfte Aron mich auf gar keinen Fall auffinden. Es musste doch irgendeine Möglichkeit geben, mich aus dieser entwürdigenden Situation zu befreien. Ich strampelte wild mit den Beinen und meine Wut loderte so heiß, dass das verdammte Seil um meine Handgelenke längst hätte zu Asche zerfallen müssen.

Silbernes Mondlicht strömte plötzlich in den Bauwagen. Es spiegelte sich so hell im Glas von Karlssons Brille, dass ich mich kurz geblendet abwenden musste.

Hm! Ich biss mir auf die Unterlippe. Auch wenn ich nun wusste, dass ich keine Superheldin war, ich war immerhin eine Lichtelfe. Eine halbe zumindest. Blöderweise saßen meine Fesseln immer noch unverändert fest. Vielleicht konnte mir das Mondlicht helfen, sie zu lösen.

Ich schloss die Augen und stellte mir vor, wie es sich zu einem schmalen Strahl bündelte. Zu einem Strahl, der sich im Glas der Brille brach und mit der Gewalt eines Lasers auf meine gefesselten Hände gelenkt wurde. Ich konzentrierte mich so sehr, dass mein Kopf anfing zu brummen. Einige Sekunden lang tat sich nichts. Doch dann hörte ich ein Knistern, und ich spürte Wärme an meinen Händen. Eine Wärme, die sich zur Hitze ausweitete. Ich presste die Lippen fest aufeinander, um nicht laut loszuschreien. Schon zweimal hatte ich diese Hitze ausgehalten: Einmal, als Miska mir zeigte, dass ich dazu in der Lage war, Wunden zu heilen, und einmal, als Laurin die Narbe auf meiner Haut verschwinden ließ. Dieses Mal würde ich es auch schaffen. Doch das war viel leichter gesagt als getan. Denn diese Hitze war viel brennender. Schweißtropfen rannen meine Stirn hinunter, und vor lauter Schmerz wurde mir ganz schlecht. Jede Faser meines Körpers war verkrampft. Warum tat sich denn nichts? Ich biss die Zähne zusammen, dachte an das jahrtausendealte Eis des Diamantstrands und daran, wie ich ein besonders spitzes Stück davon in Arons ebenso kaltes Herz rammte … *Ritsch!* Die Fesseln rissen durch, und in der gleichen Sekunde, in der meine Hände auseinanderfielen, ließ auch die Hitze nach. Ich riss mir den Knebel aus dem Mund – endlich konnte ich wieder durchatmen! –, dann drückte ich mich nach oben und schlich zum Fenster. Wo Ragnar wohl war? Es war schon eine ganze Zeit lang her, dass ich sein hässliches Gesicht das letzte Mal gesehen hatte. Fieberhaft überlegte ich, wie ich am besten von hier verschwinden konnte. Selbst wenn Ragnar nicht direkt vor dem Bauwagen Wache hielt: Der Wagen stand mitten auf der Lichtung. Bis zu den ersten Büschen und Bäumen waren es ein paar Meter, auf denen ich vollkommen ungeschützt seinen Blicken ausgesetzt sein würde. Aber ich musste es riskieren. Auf Zehenspitzen ging ich zur Tür und ich hatte sie schon fast erreicht, als mich ein Quietschen dazu brachte, stehen zu bleiben. Die Türklinke bewegte sich und wurde nach unten gedrückt. Scheiße! Ich sprang zurück und kroch unter den Tisch. Keine Sekunde zu spät! Denn die Tür ging auf.

KAPITEL 56

Ragnar kam herein.

»Na, hast du deine letzten hellen Minuten genießen können, kleine Halbelfe?«, fragte er, dann fiel sein Blick auf den am Boden liegenden Stuhl.

Ich fing an zu zittern, nun wusste er, dass es mir gelungen war, mich zu befreien! Und mein Versteck war wirklich nicht das originellste. Da ich zumindest momentan leider noch nicht über die Fähigkeit verfügte, mich unsichtbar zu machen, brauchte er nur auf den Boden zu schauen, um mich zu sehen. Außerdem hörte er doch bestimmt, wie laut ich atmete!

Meine Finger hielten immer noch den dünnen Strick, mit dem Aron mich gefesselt hatte. Wenn ich nicht gleich wieder einen Knebel im Mund spüren wollte, musste ich jetzt etwas riskieren. Ich ließ ihn fallen, schoss nach vorne und warf mich auf Ragnar. Mit einem Schrei fiel er auf den Boden und stieß mit dem Kopf auf den Bretterboden. Mit meinem ganzen Körpergewicht lag ich auf ihm. Ich konnte seine Körperausdünstungen riechen und seinen fauligen Atem, der feucht mein Gesicht streifte. Mir wurde schlecht und ich drehte den Kopf weg. Diesen Augenblick nutzte er, um sich herauszuwinden und mich von sich herunterzustoßen und hart am Handgelenk zu packen. »Du hältst dich wohl für besonders clever, Halbelfchen, was?«

Statt einer Antwort trat ich ihm gegen das Bein. Ragnar zuckte zusammen. »Was werde ich es genießen, dir dabei zuzusehen, wie du winselnd und jammernd durch die Dunkelheit kriechst.« Er schaute mich hasserfüllt an. »Schade, dass der Chef mich nicht damit beauftragt hat, in euer Haus einzubrechen, um ihm die Kette zu beschaffen. Ich hätte deine Mutter und dich im Schlaf kaltgemacht und uns allen wäre eine Menge Ärger erspart geblieben. Aber er musste ja seinen nutzlosen Neffen schicken!«

Aron war der Einbrecher gewesen, der mich vor ein paar Tagen nachts zu Tode erschreckt hatte! Daher hatte er gestern also so genau gewusst, wo sich mein Zimmer befand. Wieso er ewig neben meinem Bett stehen geblieben und nicht gleich zu meiner Mum rübergegangen war, als er seinen Irrtum bemerkt hatte, war mir jedoch ein Rätsel. Und noch etwas anderes würde ich gerne wissen.

»Hat Aron auch meine Mutter und mich nachts überfallen?«

»Nein.« Ragnar lachte verächtlich auf. »Der Chef war so enttäuscht über den Versager, den er großgezogen hat, dass er mich geschickt hat. Wenn ich gewusst hätte, dass ich mich an der verfluchten Kette verbrennen würde, hätte ich eine Axt mitgenommen und deiner Mutter den Hals abgehackt. Und dir gleich mit.« Aus irgendeinem Grund konnte ich diesen Wicht trotz seiner offensichtlichen Mordlust nicht ernst nehmen. Was wohl auch daran lag, dass er mir kaum bis zur Nasenspitze reichte. Blöderweise hatte er mehr Kraft als ich. Wie eine Eisenmanschette krallte sich seine Hand um mein Handgelenk. »Geh jetzt! Der Chef wird gleich da sein.«

»Genau wie die Polizisten, die vor der Lichtung Wache halten. Seid ihr wirklich so blöd, zu glauben, dass sie nicht mitbekommen, wenn ihr den Baum absägt?«

Ragnar grinste. »Viel Macht hat der Chef nicht mehr, aber zum Glück reicht sie aus, um eine unsichtbare Glocke über die Lichtung zu legen. Die Penner werden gar nichts mitkriegen.« Er trieb mich nach draußen.

Ein blasser runder Mond beleuchtete die Lichtung. Nebelschwaden kündeten bereits den nahenden Morgen an. Sie stiegen von dem feuchten Gras auf und hüllten den Holunder in ihrer Mitte ein. Wie eine kalte Hand legten sie sich auf meine Haut, erschwerten mir nicht nur die Sicht, sondern auch das Atmen. Wie auch gestern schon war es unglaublich still. So still, dass ich jeden Schritt hören konnte, den Ragnar und ich machten. Hoffentlich kam das leise Knacken vom Laub und kleinen Ästen und nicht von den zerbrechenden Körpern und Flügeln der Morphofalter!

Ragnar schubste mich vor sich her, und als ich einmal ins Straucheln kam und fiel, riss er mich so heftig am Arm hoch, dass ich aufschrie.

»Kannst du nicht etwas vorsichtiger sein?«, fauchte ich. »Schließlich braucht ihr mich noch.«

»Oh, das Elfchen fährt die Krallen aus!« Er raunte in mein Ohr: »Wenn wir erst den Stein zerstört haben, werde ich sie dir eine nach der anderen ziehen.« Er verstärkte seinen Griff noch, presste mich richtiggehend an sich, und wieder streifte sein Atem mein Gesicht.

»Finger weg!« Mein Körper fing an zu glühen. Vor Abscheu, aber auch vor Zorn. Richtige Funken sprühte er, die wie winzige Geschosse auf Ragnar einprasselten. Er jaulte auf und ließ mich los.

»Du kleiner Feuerdrache …« Er wollte sich erneut auf mich stürzen. Doch da war ich schon weg.

Wie ein Hase, der versuchte, seinem Jäger zu entkommen, lief ich im Zickzack über die Lichtung. Ich wollte weg von Ragnar, seinem Atem und den feuchten Fingern, die sich in meine Haut gegraben hatten. Aber wohin? Das Wäldchen war zu weit entfernt. Ich musste zum Holunder. Die Nische in der Krümmung seines Stamms fiel mir wieder ein. So schnell ich konnte, raste ich auf den Baum zu, Ragnars wütende Schreie in meinem Ohr. Ich duckte mich unter den herabhängenden Zweigen hindurch, kroch hinter den gekrümmten Stamm. Die Nische! Sie war noch da! Ich atmete auf und quetschte mich hinein.

Ragnar stieß einen Fluch aus. Er stand ganz in der Nähe von mir. Sein rasselnder Atem verriet ihn.

»Komm raus, du verdammtes Halbblut«, zischte er. »Es hat keinen Zweck, sich vor mir zu verstecken. Ich kann dich riechen.«

Pfft! Da ich im Gegensatz zu ihm nicht wie eine Mischung aus Misthaufen und Gruft stank, konnte er das garantiert nicht.

Ragnar war noch eine Weile umhergeirrt, als ich durch die morschen Zweige drei Gestalten auf den Holunder zusteuern sah. Karlsson schritt voran. Er sah vollkommen verändert aus. Wenn sein Gesicht nicht immer noch vom Ausschlag entstellt worden wäre, hätte ich ihn vielleicht gar nicht erkannt. Seine sonst lackschwarzen, mit Gel an den Kopf geklatschten Haare reichten ihm auf einmal bis weit über die Schultern und sie waren schlohweiß. Über einem schwarzen Anzug, in dessen Brusttasche eine blutrote Rose steckte, hing ein langer Umhang, der so hell und silbern glänzte, als wäre er aus Mondlicht gewebt. Seine Augen glühten noch viel intensiver als damals auf der Lichtung. Was ich aber noch viel erschreckender fand, war Aron, der ihm folgte und Mum so rücksichtslos hinter sich herzerrte, als wäre sie ein Vieh auf dem Weg zum Schlachthof. Ich musste meine Zähne aufeinanderbeißen, damit sie nicht anfingen zu klappern.

KAPITEL 57

»Wo ist meine Tochter?«, fragte Mum mit hoher, heller Stimme.

»Verschnürt wie ein Weihnachtspäckchen im Bauwagen«, antwortete Ragnar nach kurzem Zögern.

»Wieso das denn?«, fauchte Karlsson. »Ich habe dir doch gesagt, dass du sie herbringen sollst.«

»Ich will sie sehen!«, verlangte Mum. Sie versuchte, sich aus Arons Griff zu befreien, doch er hielt sie fest.

»Du bleibst hier!«, sagte er scharf.

In meinem Magen bildete sich ein Knoten.

»Schsch!« Karlsson zog Mum von ihm weg. »Es ist doch nur verständlich, dass Juliane ihr Goldkind wieder in die Arme schließen möchte. – Und ich versichere dir, meine Liebe, dass ich dir deine Kleine keine Sekunde länger vorenthalten werde.« Er schaute Ragnar fragend an, der schüttelte fast unmerklich den Kopf und die Flammen in Karlssons Augen loderten auf. »Aber erst möchte ich die Kette«, fuhr er fort, und wahrscheinlich konnte nur ich die leichte Unsicherheit in seiner Stimme wahrnehmen. »Ragnar brennt nämlich darauf, deine Tochter in winzig kleine Einzelteile zu zerlegen. Wer weiß, wie lange ich ihn noch davon abhalten kann.«

Zur Bestätigung ließ Ragnar seine Finger knacken.

»Tut ihr nichts«, schluchzte Mum.

»Das liegt ganz an dir, Juliane. Also …« Karlsson streckte seine Hand aus, und Mum begann sofort an dem Verschluss ihrer Kette zu nesteln.

Oh Gott! Ich musste sie davon abhalten. Ich war schon aus meinem Versteck herausgekrochen, als ich es aus Richtung des Wäldchens donnern hörte: »Gib ihm die Kette nicht!«

Ein Rabe flog über die Lichtung, und Laurin löste sich aus dem Schatten der Eschen. Gefolgt von Gunther und einem Dutzend Elfen marschierte er über die Lichtung. Die meisten hatte ich auf dem Grundstück von Helges Eltern schon einmal gesehen. Aber auch Hakon war dabei. Er war also ein Lichtelf, kein Dunkelelf, wie María gedacht hatte. Wenn die Situation nicht so furchtbar gewesen wäre, hätte ich vermutlich über diese Ironie gelacht. Alle Elfen trugen weiße, bodenlange Gewänder und hatten Schwerter bei sich, einer etwas, das wie ein Morgenstern aussah. Das Schlusslicht bildete eine schwarze Katze. Miska!

Das konnten doch unmöglich alle sein. Es musste doch noch mehr ausgeschlossene Elfen geben. Helges Vater hatte schließlich erwähnt, dass sie nur bei so etwas Unsinnigem wie einer Sitzblockade nicht mitmachen wollten. Spätestens jetzt hätten sie aktiv werden müssen. Versteckt von den Zweigen des Holunders richtete ich mich auf, um zu sehen, ob noch mehr Elfen auftauchen würden, und als das nicht der Fall war, biss ich mir vor Enttäuschung auf die Unterlippe. Wen wollte Laurin denn mit dieser

Truppe beeindrucken? Hatte er denn noch nie etwas davon gehört, dass solche Waffen absolut oldschool waren und dass es inzwischen weitaus effektivere gab? Auf Karlsson machten er und seine Lichtelfen auf jeden Fall keinen Eindruck.

»Elrondson!«, rief Karlsson. »Hast du die Polizisten etwa mit dieser kümmerlichen Armee ausgeschaltet?«

»Nein«, sagte Laurin ebenso ungerührt. »Das war nicht nötig. Durch dein krankhaftes Verlangen nach Macht scheint dein Verstand in den letzten Jahren gelitten zu haben oder hast du einfach nur verdrängt, dass wir uns unsichtbar machen können? Es nutzt also leider auch nichts, wenn du deine uniformierten Helfer rufst. Sie können nichts festnehmen, was sie nicht sehen.«

»Aber wieso sollte ich sie denn rufen?« Karlsson war sichtlich erheitert. »Leider seid ihr mit eurer dilettantischen Aktion viel zu spät dran. In ein paar Minuten taugt Yggdrasil nur noch als Brennholz. Und ihr könnt nichts mehr machen, als zuzusehen, wie eure Welt erst in Flammen aufgeht und danach in ewiger Dunkelheit versinkt.«

»Nein«, sagte Aron, »das werde ich nicht.« Obwohl er laut und deutlich sprach, glaubte ich einen Moment, ich hätte mich verhört – und dass meine Augen mir einen Streich spielten. Denn Aron ließ Mum los und rannte zu Laurin und den anderen Lichtelfen.

Auch Laurin wirkte verdutzt, bevor er einen Sprung auf ihn zumachte und ihn in den Schwitzkasten nahm.

»Ich auch nicht«, sagte Laurin. »Jedenfalls nicht, wenn du deinen Nachfolger in einem Stück wiederhaben willst. Lass Juli los!« Er zog sein Schwert aus der Scheide und hielt es Aron an die Kehle.

Ich schnappte nach Luft.

»Ach Laurin!« Karlsson lachte, ein wildes Bellen und so laut, dass es als Echo von den Bäumen widerhallte. »So naiv kannst noch nicht einmal du sein. Glaubst du wirklich, dass ich alles, wonach ich mich schon so lange sehne, hinwerfe? Für meinen Neffen, diesen kleinen Verräter? – Ich wusste, dass ich mich nicht auf ihn verlassen kann, wenn es drauf ankommt, und ich bin froh, wenn ich ihn los bin. Wahrscheinlich hätte ich mich seiner in Kürze selbst entledigt. Genau wie ich mich seines Vaters und seiner Mutter entledigt habe. Mein Bruder war ein Schwächling, der sich mit einer Lichtelfe verheiratet und mit ihr zwei Halbblüter gezeugt hat!«

Was? Ich blickte zu Aron hinüber. Selbst in der diffusen Beleuchtung konnte ich sehen, dass sein Gesicht bei den unfassbaren Enthüllungen seines Onkels gespenstig blass geworden war.

»Jetzt schau nicht wie ein weidwundes Reh«, fuhr Karlsson ihn an. »Denkst du wirklich, dass dieser Bootsausflug ein Unglück war? Es war kein Zufall, dass du krank geworden und zu Hause geblieben bist. Damals habe ich dich noch gebraucht, weil ich hoffte, dass ich dich formen konnte. Deine Mutter war außer sich, als sie gesehen hat, wie du mit nur zwei Jahren einer Spinne jedes Bein einzeln ausgerissen hast und es dir ein hässliches Vergnügen bereitet hat, dabei zuzusehen, wie ihr Körper am Boden zuckte, bevor du ihn zerdrückt hast. Mir jedoch hat es gezeigt, dass trotz deines Erbes sehr viel Dunkles in dir steckt. Dunkles, das ich für meine Zwecke einsetzen wollte. Ich habe dein Herz geöffnet und dir noch mehr davon eingeflößt, um auch den letzten Funken Licht in dir auszumerzen. Ich wollte dich zu meinem Nachfolger heranziehen, zum nächsten dunklen Prinzen in unserer Linie. Und dann machst ausgerechnet du genau denselben Fehler wie dein Vater, dieser Waschlappen. Verguckst dich in ein blondes Püppchen und stellst dich auf die Seite des Feindes. Nachdem ich dich jahrelang wie einen Sohn behandelt habe.« Damit war ich gemeint. Ich presste eine Hand vor den Mund, um ein Aufschluchzen zu unterdrücken. »Heute Nacht war deine Chance, mir noch einmal zu beweisen, dass deine Ausbildung all die Jahre nicht vollkommen umsonst war«, fuhr Karlsson mit hasserfüllter Stimme fort. »Aber das Erbe deiner Mutter ist doch schwerer, als ich es befürchtet hatte. Du bist eine einzige Enttäuschung, Aron, und Elrondson tut mir einen Gefallen, wenn er dich mir vom Hals schafft. – Also, Elrondson, worauf wartest du? Vollende dein Werk!«

»Lass dich nicht verunsichern«, sagte Helge. »Der Alte blufft doch!«

»Lasst es drauf ankommen!« Karlsson verzog keine Miene.

»Okay, dann mach es!« Helge nickte Laurin zu. »Selbst wenn nicht: Um keinen von diesem dunklen Gesocks ist es schade!«

»Nein!«, ging Gunther dazwischen. »Es muss doch eine andere Lösung geben. Also eine, bei der kein Blut fließt. Würdest du deinen Neffen wirklich opfern, Elric? Überleg es dir gut. Der Junge ist dein Fleisch und Blut. Und Laurin ist zu allem entschlossen.«

Das war er nicht. Ich sah es ihm an. Sein Blick flackerte nervös zwischen Gunther, Helge und Karlsson hin und her.

Helge verdrehte die Augen. »Oh Mann! Hör nicht auf den Zwerg und töte Aron. Dann sind wir wenigstens eine der beiden dunklen Gestalten los.«

»Zwerg? Hast du mich wirklich gerade Zwerg genannt?«, fauchte Gunther und baute sich vor Helge auf.

»Dieser Kindergartenkram wird mir zu dumm. Außerdem habe ich keine Zeit mehr.« Karlssons Blick wanderte zu den Wipfeln der Eschen, wo sich der Horizont schon ein wenig aufzuhellen begann. »Ich versichere dir noch einmal, Elrondson, dass du mit meinem Neffen tun und lassen kannst, was du willst. Spieß ihn auf, vierteile ihn, iss ihn auf – was auch immer dir Spaß macht. Und jetzt will ich die Kette!«

»Die bekommst du nicht«, zischte Laurin. Er drückte die Schneide des Messers noch ein wenig tiefer in Arons Haut.

Laurin würde ihn umbringen.

»Lass ihn los! Bitte lass ihn los!« Ich trat ins Mondlicht.

»Faye!« Das war Mum.

Sofort wurde ich von Ragnar gepackt. »Da bist du ja wieder!« Er presste mich an sich. »Ich habe mir schon gedacht, dass es nicht allzu lange dauert, bis du aus deinem Versteck gekrochen kommst.«

»Faye!«, sagte jetzt auch Aron. »Wieso …?«

Unsere Blicke verschmolzen für einen Moment ineinander, bevor ich leise fragte: »Ich verstehe das alles nicht. Wieso hast du mich hierhergelockt, wenn du jetzt …?« Meine Stimme brach.

»Ich habe es getan, damit mein Onkel mir wieder vertraut, nachdem Ragnar mich heute Morgen bei dir im Cottage gesehen hat«, sagte Aron genauso leise. »Damit er mich weiterhin in seine Pläne einweiht … Deshalb habe ich ihm den Vorschlag gemacht, dass ich dich zur Lichtung schaffe und wir so deine Mutter dazu bewegen, uns ihre Kette zu geben. Ich wollte sie in das Astloch werfen, bevor mein Onkel es zerstört. Dann hättest du gewusst, dass ich es ehrlich meine. Und vielleicht hättest du mir sogar geglaubt, dass es meine Welt überhaupt gibt, du sogar ein Teil davon bist, wenn du alles mit eigenen Augen gesehen hättest.« Laurin ließ sein Schwert sinken, und Aron trat einen Schritt nach vorn. »Bevor wir uns begegnet sind, war mein Leben so unkompliziert. Tagsüber habe ich geschlafen, und abends bin ich ausgegangen und bis zum Morgen um die Häuser gezogen … Ich habe alles getan, um mich nicht mehr so verdammt leer und allein zu fühlen. Aber dann kamst du. Was ich am Flugzeugwrack gesagt habe, war nicht gelogen: *Du* hast alles verändert.«

»Was für eine rührende Szene! Wenn ich eine Hand frei hätte, würde ich jetzt klatschen«, höhnte Karlsson. Er schaute zu Mum hinunter, die er immer noch festhielt, und lächelte gemein. »Juliane, jetzt, wo du dich persönlich davon überzeugen konntest, dass es deinem Töchterchen an nichts fehlt, dürfte dich nichts mehr davon abhalten, mir die Kette auszuhändigen.« Er bohrte seinen Blick in ihren. »Oder möchtest du, dass Ragnar der Unversehrtheit deines Elfchens ein Ende bereitet, indem er ihr jeden Knochen einzeln im Leib bricht?«

»Nein!« Mum riss an ihrer Kette, die Glieder gaben nach, und sie warf sie ihm förmlich entgegen.

»Warum denn nicht gleich so? Vielen Dank!« Er machte eine kleine Verbeugung und ließ sie los.

Mum lief zu mir. Schluchzend klammerten wir uns aneinander.

Karlsson hielt den Anhänger hoch in die Luft und betrachtete ihn einen Moment, bevor er ihn vor sich ins Gras legte. »Gute Nacht, Yggdrasil!« Er hob Thors Hammer.

KAPITEL 58

Ich vergrub mein Gesicht in Mums Haaren und schloss die Augen. Würde Yggdrasil lautlos sterben? Oder würde er sich wehren? Und der Mond und die Sterne – würde ihr Licht einfach erlöschen, oder würden sie mit einem lauten Knall explodieren? Meine Finger krampften sich so sehr zusammen, dass sich die Abdrücke meiner Nägel in die Haut meines Handballens gruben. Auch Mums Körper war steif vor Angst. Ich hörte, wie der Hammer mit einem dumpfen Geräusch auf den Boden krachte. Gleich würde vor meinen Lidern die Dunkelheit einsetzen. Halt! Ich riss meine Augen auf und hob den Kopf. Wieso dumpf?

»Was zum Teufel …!« Karlssons Gesichtsausdruck wechselte zwischen Ungläubigkeit und fassungslosem Entsetzen.

Erneut schwenkte er den Hammer nach oben, und zum zweiten Mal ließ er ihn auf den Lavastein sausen. Aber im letzten Moment änderte er, wie von einer unsichtbaren Hand gelenkt, seine Flugbahn. Wieder traf er nur das Gras. Karlsson schlug noch einmal auf den Anhänger ein. Und noch einmal. Wie von Sinnen tobte er um ihn herum, bevor er schwer atmend und mit offenem Mund stehen blieb.

»Was hast du erwartet?«, fragte Helge hämisch. »Als ich gesehen habe, dass du das Lavaherz mit Thors Hammer zerstören willst, habe ich mich schon gewundert. Hast du die Edda nicht richtig gelesen, oder leidest du wirklich noch viel mehr an Selbstüberschätzung, als ich gedacht habe?« Er gluckste. »Thors Hammer kann nur von dem benutzt werden, der würdig genug dafür ist, seine Macht zu nutzen.«

»Und du bist es offensichtlich nicht!«, fauchte Aron, seine Stimme vibrierte vor Hass. Er rannte auf seinen Onkel zu und hieb ihm seine Faust in den Magen. Der sank überrumpelt zu Boden.

»Attacke!« Gunther ließ einen Kampfschrei folgen, wie ich ihn nur aus Karatekämpfen kannte, bevor auch er sich auf Karlsson stürzte. Genau wie Hugin. Die vier wurden zu einem rasenden Knäuel aus Armen, Beinen und Flügeln. Ich hörte, wie Karlsson aufschrie, und gleich darauf ein hohes Quieken, das von Gunther stammen musste. Aron, Gunther und Hugin wurden durch die Luft gewirbelt, und Karlsson verschwand in einer Fontäne aus Licht. Es kam aus den Händen von Laurin und seiner kleinen Elfenarmee. Sie hatten sich um ihn herum aufgestellt.

»Beeil dich!«, rief Laurin Mum zu, die am nächsten an dem Anhänger stand. »Wir werden ihn nicht ewig in Schach halten. Du musst die Kette in ein Astloch werfen. Schnell!«

»Nein, tu's nicht«, widersprach eine brüchige, aber doch ziemlich laute Stimme. Auf einmal stand eine uralte bucklige Frau mit einem Holzbein auf der Lichtung. War sie Karlssons Gehilfin?

Gunther, dessen Hemd ganz zerfetzt war und der aus einer

Wunde am Oberarm blutete, stellte sich ihr in den Weg. Ich erwartete schon eine weitere, heldenhafte Tat, doch er rief »Erla!« und presste seinen Kopf gegen ihren Bauch. Sie strich ihm kurz über den Kopf und humpelte dann mit ihrem knorrigen Stock in der Hand auf Mum zu.

Erla! Das war sie also, die Herrin über den Holunder und mächtige Göttin über Leben und Tod, von der Gunther mir erzählt hatte.

»Du darfst die Kette nicht in das Astloch werfen, hörst du?« Die alte Frau war bei Mum angekommen und packte sie am Arm.

»Wieso nicht?« Mums Blick wechselte zwischen Laurin und der alten Frau. Sie sah vollkommen verwirrt und fix und fertig aus.

»Weil nur ein Wesen, das aus beiden Welten stammt, die Macht hat, diese wieder zu vereinen. – Deine Tochter muss es tun! Nur sie kann die alten Zustände wiederherstellen.« Sie streckte ihre Hand aus und winkte mich zu sich heran.

Doch etwas von dem, was sie gesagt hatte, ließ mich wie gelähmt stehen bleiben.

»Worauf wartest du, Faye?«, rief Aron. »Nimm den Anhänger. Wir haben nicht mehr lange Zeit. Es wird schon hell.«

»Ich kann nicht!«, wimmerte ich. »Sie hat von den alten Zuständen gesprochen. Wenn Yggdrasil sein Herz zurückbekommt, werden die Dunkelelfen den Tagesanbruch nicht überleben. *Du* wirst den Tagesanbruch vielleicht nicht überleben!«

Aron kam zu mir und nahm mein Gesicht in meine Hände. »Ich weiß. Das wusste ich die ganze Zeit. Aber das müssen wir riskieren. – Bitte!« Er ließ seine Arme sinken. »Nimm die Kette!«

Nur zögernd gehorchte ich. Kühl und glatt gruben sich ihre Glieder in meine Haut. Von ihrer früheren vernichtenden Hitze war nichts mehr zu spüren. Trotzdem hätte ich sie so gerne von mir geschleudert. Aber ich wusste, dass Aron recht hatte.

Hand in Hand liefen wir zum Holunder und kämpften uns dabei durch die umherliegenden Zweige. Wo war denn nur dieses verdammte Astloch? Seit gestern Morgen schien der Baum noch mehr in sich zusammengefallen zu sein. Da war es! Gestern Morgen war es mir nicht besonders unheimlich erschienen. Nun wirkte es auf mich wie ein Schlund, der nicht nur das Lavaherz, sondern auch Aron verschlingen würde.

»Jetzt mach schon!«, drängte er.

»Ich kann nicht.« Tränen rannen über meine Wangen und verschleierten meine Sicht.

»Doch, du kannst es! Wir tun es gemeinsam.« Aron legte die Kettenglieder um meine Hand und seine Finger verkreuzten sich mit meinen, er führte meine Hand nach oben und unsere Arme verschwanden im Astloch. Noch einmal schaute ich Aron an, versuchte, mir jedes Detail seines Gesichts genau einzuprägen, seine Schokoaugen, die weich geschwungenen Lippen, die Stelle auf seiner Wange, an der das Grübchen erschien, wenn er sich über etwas amüsierte …

Ein Brüllen zerriss die atemlose Stille, die in den letzten Augenblicken auf der Lichtung geherrscht hatte. Irgendwie war es Karlsson gelungen, sich aus dem Lichtstrahl der Elfen zu befreien. Den Kopf nach vorne gestreckt wie ein verletzter Kampfstier raste er auf uns zu. Fast hatte er uns erreicht. Er setzte zum Sprung an.

»Jetzt!«, schrie Aron.

Aron ließ los. Und ich auch. Die Kühle der Kettenglieder verschwand, aber auch die Wärme von Arons Haut. Ein wildes Heulen übertönte Karlssons Brüllen. Ein Windstoß, so plötzlich, dass er sich nicht durch das kleinste Lüftchen angekündigt hatte, riss mir die Füße weg. Ich spürte Gras unter meinen Händen und kleine Äste. Ächzend und knackend richtete sich der Stamm des Holunders wieder auf. Äste peitschten durch die Luft – ich konnte mich gerade noch wegducken –, und auf einmal war es auf der Lichtung taghell. So hell wie in meinem Traum. Der Mond war verschwunden, und stattdessen schien der feurige Ball der Sonne über die Baumwipfel. Karlsson schrie auf, wand sich unter ihren Strahlen. Quälende Sekunden gellten seine Schreie in meinen Ohren, bevor sich seine zuckende Silhouette immer mehr zersetzte. Wie Asche tanzten und wirbelten die Teilchen in der Morgenröte, dann sanken sie langsam zu Boden. Zurück blieben nur die Blätter der rubinroten Rose, die in der Brusttasche seines Jacketts gesteckt hatte.

Es war vorbei! Erst jetzt merkte ich, dass ich die ganze Zeit den Atem angehalten hatte.

Ich drehte mich nach Aron um, doch der war nicht mehr neben mir. Ich schrie auf.

»Achtung!«, rief Mum. Im nächsten Moment traf mich ein Ast an der Schläfe. Im Fallen hörte ich, wie Sirenen aufheulten und Motorengeräusche. Dann war alles schwarz.

KAPITEL 59

Als ich die Augen wieder aufschlug, lag ich im feuchten Gras und Mum war bei mir.

»Gott sei Dank ist dir nichts passiert! Ich hätte das nicht ertragen können.« Sie presste mich an sich.

Auch Laurin kam angelaufen und kniete sich neben mich. »Ist alles in Ordnung mit dir?«

»Ja«, antwortete ich, obwohl mein Kopf pochte, als wäre ein Specht darin gefangen.

Mum half mir, mich aufzusetzen. Dabei kreuzte ihr Blick den von Laurin.

»Laurin?« Ihre Stimme war kaum mehr als ein Flüstern.

Er nickte. Langsam zog er den grünen Schal aus seiner Jackentasche.

Ich sah, wie Mum schluckte. Ihre Augen waren feucht geworden. »Wo bist du denn nur all die Jahre gewesen?«

Er legte ihr das Tuch um den Hals. »Nicht dort, wo ich hingehöre.«

Offensichtlich war meine Anwesenheit hier nicht mehr nötig. Immer noch etwas benommen stand ich auf und ging herum.

María diskutierte ein paar Meter entfernt von uns lautstark mit Helges Eltern. »Wieso lässt Ivanson euch durch und mich nicht?«, polterte sie. Ihr Motorrad parkte neben ihr, und mit der eng anliegenden Kappe und der großen Brille, die sie immer noch trug, sah sie mehr denn je wie Puck die Stubenfliege aus. »Dabei habe ich ihm sein erstes Mofa frisiert. Na, dem werde ich gleich den Marsch blasen.« Wutschnaubend ging sie auf Arian, den jungen Polizisten, los, der seinen Polizeiwagen neben einem anderen vor dem Holunder geparkt hatte und ausstieg.

Der Baum stand nun wieder aufrecht. Vögel zwitscherten in seinen dicht belaubten Ästen. Auch die Falter waren wieder da. Einige tanzten im Licht der frühen Morgensonne. Andere hatten sich bereits wieder auf dem Stamm von Yggdrasil niedergelassen. Wie ein samtiger blauer Teppich bedeckten sie die graubraune Rinde. Das Astloch, in das Aron und ich die Kette geworfen hatten, lag viel höher als zuvor. Aron! Mein Brustkorb wurde so eng, dass es schmerzte, und all meine Gefühle und Wahrnehmungen schmolzen zu einem einzigen Gedanken zusammen: Wo war er? Ich sprang auf und prallte gegen etwas Weiches.

»Pass doch auf, wo du hinläufst!«, fuhr der Bürgermeister mich an, bevor er sich einem der Polizisten zuwandte. »Ihr Idioten!«, brüllte er die Männer an. »Ich habe euch strengste Anweisung gegeben, niemand auf die Lichtung zu lassen, aber ihr habt mal wieder nur herumgesessen und Karten gespielt. Was machen denn die ganzen Leute hier? Und was ist überhaupt mit dem Baum passiert?«

»Faye!« Lilja rannte mir entgegen. Ihr folgten Raik und Helge. Sie schlang ihre Arme um meinen Hals. »Helge hat uns gerade erzählt, was passiert ist. Es tut mir so leid. Wenn ich gewusst hätte, um was es geht, hätte auch ich bei der Bürgerinitiative mitgemacht. Aber meine Eltern …« Sie schniefte. »Ich habe dir doch erzählt, dass sie darauf angewiesen sind, dass das Hotel gebaut wird.«

»Es ist ja noch einmal gut gegangen«, sagte Helge großzügig. »Ich bin stolz auf dich!« Er tätschelte meine Schulter. »Einen Augenblick hatte ich echt befürchtet, dass du es wegen dieses Kerls nicht schaffst, die Kette loszulassen.«

»Weißt du, wo er ist?« Mein Mund war so trocken, dass ich es kaum schaffte, diese Frage auszustoßen.

»Keine Ahnung. Ist doch auch total egal.«

»Es ist so schlimm, die Sache mit seinem Onkel …«, begann Lilja.

Ich ließ die drei stehen und rannte weiter, fragte jeden, der mir über den Weg lief, nach ihm. Niemand hatte ihn gesehen. Wo war Aron denn nur? Er musste doch irgendwo sein! Und wo war diese verdammte Erla? Sie wusste doch alles. Aber auch von der alten Frau fehlte jede Spur.

Ich lief in den Wald. Vielleicht hatte er sich dort vor dem Licht der Sonne versteckt. Ich fiel hin und schürfte mir das Knie an einer Wurzel auf, stand auf, lief ein paar Meter, fiel wieder hin. Dort, wo gerade noch mein Herz geschlagen hatte, klaffte nun ein dunkles Loch. Was für eine Ironie des Schicksals. Dem Holunder hatte ich sein Herz wiedergegeben – und dafür meins verloren. Ich ließ mich gegen den Stamm einer Esche sinken und krallte mich mit den Fingernägeln an ihrer Rinde fest. Aron! Er war fort. Genau wie sein Onkel. Seine Lichtelfenseite war nicht stark genug gewesen. Mein Brustkorb zog sich so fest zusammen, dass ich keine Luft mehr bekam. Meine Augen waren blind vor Tränen. Mit einem Stöhnen sank ich auf den weichen Waldboden.

Aron hatte gewusst, dass er das Morgenlicht nicht überleben würde, wenn Yggdrasil seine volle Kraft wieder entfaltet hatte. Er hatte es gewusst und trotzdem das Lavaherz mit mir zusammen in das Astloch geworfen. Er hatte sich selbst geopfert. Für mich und alle anderen. Wie ein stumpfes Messer bohrte sich dieser Gedanke in meine Haut.

Irgendwann ging ich zu den anderen zurück. Auf der Lichtung ging es inzwischen zu wie auf einem Jahrmarkt. Es waren unglaublich viele Leute dort. Einige kannte ich. Doch die meisten hatte ich noch nie gesehen. Und es wurden immer mehr. Wie aus dem Nichts heraus standen sie auf einmal da, alleine, zu zweit oder in einer kleinen Gruppe. Sie schauten sich zunächst ein wenig orientierungslos um, bevor sie in der nächsten Sekunde von irgendjemandem in den Arm genommen wurden, sie jubelten, sie weinten.

Der rundliche Mann, der vor ein paar Tagen das Vogelnest auf dem Kopf getragen hatte, kniete vor einem kleinen Jungen, der schüchtern hinter einer großen Frau mit hüftlangen silberblonden Haaren hervorlugte.

»Weißt du, wer ich bin?«, fragte er.

Der kleine Kerl schüttelte den Kopf und presste sein Gesicht gegen das Bein der Frau.

»Ich bin dein Großvater.« Eine Träne lief über seine rundliche Wange.

Voll Abneigung starrte ich die drei an. Wie konnten sie nur feiern, wo Aron doch tot war? Wie konnte die Sonne nur so hell scheinen und die Vögel so laut zwitschern? Wie konnten diese bescheuerten blauen Schmetterlinge es nur wagen, so fröhlich herumzuflattern?

Gunther saß inzwischen neben dem größten Mann, den ich jemals gesehen hatte, auf einer Decke und bekam gerade seinen Oberarm von einer Frau verbunden. Ich hatte sie schon einmal gesehen. Es war die unglaublich hübsche Frau mit den langen dunklen Locken und den vollen Lippen, die Aron Kaffee verkauft hatte, als wir auf dem Weg zur Eislagune waren.

»Das ist mein Cousin Fred.« Gunther zeigte auf den Hünen. »Du erinnerst dich doch bestimmt an ihn. Ich habe dir von ihm erzählt. Und das ist meine Gunda.« Sein Brustkorb schwoll bei diesen Worten merklich an.

»Ist mein Gunni nicht ein Held?« Die Frau verdrehte verzückt ihre himmelblauen Augen.

Ich schaute mich nach Laurin und Mum um. Sie standen ein wenig abseits. Mum hatte ihren Kopf gegen seine Schulter gelehnt, und er streichelte ihren Rücken. Sie bewegten sich leicht hin und her, es sah aus, als ob sie tanzten. Ich wollte sie nicht stören. Genauso wenig wie Lilja und Raik. Die beiden lehnten am Stamm des Holunders. Er flüsterte ihr etwas ins Ohr, was sie zum Kichern brachte. In den Ästen über ihnen saßen Hugin und Aili. Stolz überreichte er ihr gerade ein glitzerndes Kaugummipapier. Dabei berührten sich ihre Schnäbel.

Überall war so viel Liebe. Selbst María schien ihre Vorurteile gegen Hakon vergessen zu haben.

»Hakon!«, rief sie ihn zu sich. »Komm doch mal her!«

Mit eingezogenem Kopf folgte er ihrem Befehl. »Was ist denn?«

»Wie lange bringst du mir jetzt schon die Post? Fünfzehn Jahre? Wieso hast du mir denn nie gesagt, was du bist?«

Sichtlich erleichtert, dieses Mal keine Standpauke von ihr gehalten zu bekommen, atmete Hakon auf. »Ach so. Na ja, weißt du, der Glaube an Elfen ist den meisten Menschen in den letzten Jahren abhandengekommen, und du hättest mir doch sicherlich nie abgenommen, dass ich ein Lichtelf bin.«

»Das stimmt.« María lachte.

»Siehst du!«

»Ich dachte, du wärst ein Dunkelelf.«

»Wirklich?« Hakon sah erfreut aus. Seine Wirbelsäule streckte sich, sein Kopf richtete sich auf und seine Schultern rutschten zurück. Er zog einen kleinen Spiegel aus seiner Jackentasche und betrachtete sich. »Ja, jetzt, wo du es sagst«, er schob sein Kinn vor, und sein Gesicht bekam einen ausgesprochen verwegenen Ausdruck, »eine gewisse Ähnlichkeit ist tatsächlich vorhanden. Ich stamme nämlich von einer der dunkleren Linien ab. Mein Haar war früher auch braun.« Er strich sich über seine grauen, kunstvoll über seine Glatze gekämmten Haarsträhnen.

Normalerweise hätte ich diese Szene unglaublich lustig gefunden, aber jetzt … Ich presste die Augen zusammen.

Jemand tippte mir von hinten auf die Schulter und sagte: »Na, Faye Laurinsdóttir? Hast du mich vermisst?«

Ich drehte mich um und stieß einen Schrei aus.

»Aron!« Ich blinzelte, rechnete damit, dass ich halluzinierte, doch er stand immer noch vor mir. Ganz zerrupft, aber er lebte.

Ich warf mich an seine Brust. »Ich dachte schon, du wärst tot.« Mit einem Schluchzen schlang ich meine Arme um seinen Hals, und er strich mir übers Haar. »Wo hast du denn nur gesteckt?«, schniefte ich, als ich mich Minuten später erst wieder von ihm löste.

»Ich wollte sehen, ob du angemessen um mich trauern würdest, wenn ich nicht mehr da bin.« Er grinste.

»Idiot!« Ich knuffte ihn.

»Hey, hey. Das war nur ein Witz.« Obwohl ich mich sträubte, zog Aron mich wieder an sich. »Als der Baum sich aufrichtete, hat mir etwas einen so heftigen Schlag versetzt, dass Sterne vor meinen Augen getanzt haben. Und als ich wieder etwas gesehen habe, war ich auf einmal ganz woanders.«

»Du warst in der Elfenwelt!«

»Ja, das war ich wohl.« Er nickte.

»Wie ist es dort?«

»Du musst es dir selbst anschauen.« Sein Gesicht leuchtete.

»Dann bring mich hin!«

»Gleich.« Aron strich mir meine wirren, bestimmt völlig verfilzten Haare aus dem Gesicht und sah mir tief in die Augen. »Für das nächste Abenteuer bin ich noch nicht bereit. Denn erst habe ich noch etwas anderes vor.«

EPILOG

Arons schwarzer Jeep parkte am Englischen Garten und wurde fast vollkommen von der Finsternis verschluckt.

»Bist du dir sicher, dass du es schaffst?«, fragte Aron.

Ich nickte.

Neben mir stand eine Kiste voller Morphofalter. Aron hatte sie nach Deutschland geschmuggelt. Genau wie ein bildhübsches blaugraues Kätzchen. Seinetwegen hatten Laurin und er die weite Strecke mit dem Auto und dem Schiff und nicht mit dem Flugzeug zurückgelegt.

Am Tag nach Samhain war das Tier auf einmal vor unserem Cottage aufgetaucht, es hatte sich maunzend gegen meine Beine gedrückt und war bis zu meiner Abreise nicht mehr von meiner Seite gewichen. Miska dagegen hatte seit Samhain niemand mehr gesehen. María hatte die Theorie, dass die dreibeinige Katze in Wahrheit Erla gewesen sei. Und sie fühlte sich ausgesprochen geschmeichelt, dass sie all die Jahre eine mächtige Göttin mit Streicheleinheiten und Katzenfutter verwöhnen durfte. Wundern würde es mich nicht, wenn sie recht hätte. Nach allem, was ich erlebt hatte, würde mich so schnell gar nichts mehr wundern.

Doch nicht nur Miska blieb verschwunden, auch Ragnar hatte das Chaos auf der Lichtung genutzt, um abzutauchen, und obwohl wochenlang alle Polizisten in und um Kirkjuvík nach ihm gesucht hatten, hatten sie ihn nicht ausfindig machen können. Schön fand ich es nicht, dass dieser unheimliche Kerl immer noch frei herumlief. Aber ganz ausmerzen lassen würde sich das Böse wohl nie, und Aron gelang es die meiste Zeit, mich erfolgreich von diesem Gedanken abzulenken.

Laurin und er hatten Mum und mich über Weihnachten besucht. Es war so schön gewesen. Zum Sommersemester würde er ganz hierher ziehen, um an der TU ein Physikstudium zu beginnen. Doch morgen musste er erst einmal nach Island zurück, um sich dort als zwar nicht besonders geliebter, aber einziger Erbe um das gigantische Vermögen zu kümmern, das sein Onkel angehäuft hatte. Außerdem wollte er vor seinem Umzug noch ein paar Wochen zusammen mit der Familie seiner Mutter in der Elfenwelt verbringen.

Ich dagegen würde übermorgen eine Matheklausur schreiben. Wegen Arons Besuch hatte ich mich nicht besonders gut darauf vorbereitet. Es war echt traurig! So viele Abenteuer hatte ich in dieser einen Woche auf Island erlebt – und überlebt –, um letztendlich doch immer wieder bei der Integralrechnung zu landen.

Ich seufzte schwer. »Ich weiß gar nicht, wie ich die Zeit ohne dich überstehen soll.« Für einen Moment lehnte ich mich gegen ihn.

»Im März komme ich doch schon wieder.«

»Bis dahin sind es noch acht Wochen.« Acht Wochen, in denen

ich Aron jede einzelne Sekunde vermissen würde. »Bestimmt wirst du dich in der Zwischenzeit in eine wunderschöne Lichtelfe verlieben.«

Aron grinste. »Das habe ich doch schon längst getan.«

War dieser Junge nicht süß!

Die Morphofalter in dem Karton begannen zu flattern. »Jaja, gleich dürft ihr raus!« Ich tippte sacht dagegen.

Im Englischen Garten stand eine alte Eiche, die bald abgeholzt werden sollte. Der Baum war wirklich in keinem guten Zustand. Aber es steckte noch so viel Leben in ihm, dass ich zumindest versuchen wollte, ihn zu retten. Ich hatte schließlich mit eigenen Augen gesehen, dass die Falter ausgesprochen ungemütliche Exemplare werden konnten, wenn man etwas tat, was ihnen nicht gefiel.

»Soll ich nicht doch mitkommen?«, fragte Aron.

»Nein. Das schaffe ich allein.«

Ich hob die Kiste mit den Morphofaltern auf und gab Aron einen Kuss. Dann ging ich los, in der Gewissheit, dass die Nacht nur eine Decke war, die sich über den Tag legte, damit der gut schlafen konnte, dass die Dunkelheit niemals stärker war als das Licht und dass Aron hier stehen bleiben und auf mich warten würde.

LIEBE LESERINNEN UND LESER,

»Schicksal ist, wenn du etwas findest, was du nie gesucht hast.«

So geht es Faye. Obwohl sie die Natur liebt, möchte sie anfangs gar nicht mit ihrer Mutter nach Island. Schließlich steht sie dort den ganzen Tag unter deren Aufsicht. Doch genau hier, an einem Ort, an den sie niemals wollte, löst sie das Geheimnis um ihre Herkunft, verliert ihr Herz an einen Jungen – und verfällt schließlich auch dem Zauber dieses wunderschönen Landes.

Mir ging es ganz genauso. Im Herbst 2017 bin ich nach Island geflogen und habe viele der Plätze besucht, die ich im Roman beschreibe: das verlassene Flugzeugwrack, den Schwarzen Strand, den Wasserfall, in dessen Nähe Laurin wohnt, die Eislagune, selbst das Grundstück von Helges Eltern habe ich gesehen. Nur das Dörfchen Kirjuvík musste ich erfinden, und die Lichtung, auf der der Holunder steht. Schade, nicht wahr?! Ich stelle mir beides so zauberhaft vor. Auf Pinterest könnt ihr euch übrigens Bilder von meiner Islandreise anschauen. Auch auf Facebook und Instagram berichte ich davon. Ihr müsst unbedingt einmal selbst dorthin fahren. Die Menschen dort sind herzlich, und die Landschaft ist genauso magisch, wie ich sie beschreibe. Ganz ehrlich: Wenn auf einmal ein Elf oder Troll hinter einem Felsbrocken aufgetaucht wäre, hätte es mich nicht sonderlich verwundert!

Vielleicht habt ihr euch gefragt, wieso ich meiner Hauptfigur denn einen so außergewöhnlichen Namen gegeben habe. Faye kommt von dem lateinischen Wort »fatum«, »Schicksal«. Im Altenglischen bedeutet »faie« außerdem »Fee«, was ich auch sehr schön und passend fand. Auch wenn aufgrund des isländischen Settings aus der Fee letztendlich eine Elfe wurde.

Nun möchte ich mich aber unbedingt bei den Menschen bedanken, die mir beim Schreiben dieses Buchs geholfen haben und ohne die Fayes Geschichte lange nicht so schön geworden wäre. Ich mag mir also gar nicht vorstellen, was passiert wäre, wenn sie nicht in mein Leben getreten wären. Mit Sicherheit war auch das Schicksal.

Der größte Dank gebührt meiner Tochter Lilly, ohne die ich mich niemals an die Herausforderung »Romantasy« gewagt hätte. Lilly wollte unbedingt, dass ich einmal etwas Fantastisches schreibe. Sie liest nämlich unheimlich gerne dieses Genre und wünscht sich eine Welt, in der viel mehr Platz für Fantasie ist. Lilly hat übrigens ganz viele Ideen zu der Geschichte beigesteuert – ihr habe ich zum Beispiel Gunther und seiner Frau Gunda zu verdanken – und sie war meine Erstleserin.

Danken möchte ich auch dem Team vom Loewe Verlag, das mich so herzlich bei sich aufgenommen hat. Vor allem Susanne Bertels. Keine Lektorin hatte mehr Arbeit mit mir als sie. Unermüdlich wie Lilly hat sie sich durch die verschiedenen Fassungen gekämpft (ich habe sie nicht gezählt, aber mehr als fünf waren es sicherlich), sie ist zu mir nach München gefahren, als ich im Plot feststeckte, und auch sie hat viele gute Ideen zu der Geschichte beigesteuert.

Genau wie meine Kolleginnen Nikola Hotel und Marah Woolf. Von Nikola habe ich das erste professionelle Feedback bekommen und sie hat mich durch ihre, manchmal ziemlich fiesen, Randbemerkungen mehr als einmal laut zum Lachen gebracht – was meine Anspannung in dieser Phase des Schreibens um einiges gemildert hat. Dank Marah habe ich das Exposé noch einmal grundsätzlich überarbeitet. Und den Showdown auf der Lichtung. Es hatte so ziemlich alles funktioniert, nur nicht das Finale, wie ich es ursprünglich geplant hatte.

Zusammen mit meinem ältesten Freund Marco Klein habe ich den Süden von Island erforscht, und obwohl wir tagelang auf engstem Raum zusammengepfercht waren, sind wir uns nie auf den Geist gegangen. Uns verbinden vierzig gemeinsame Jahre und unzählige Erlebnisse, im Land der Elfen sind noch einige dazugekommen. Danke für deine Freundschaft, Marco!

Liebe Leserinnen und Leser, danke, dass ihr mit mir auf die Reise gegangen seid. Ich hoffe, ich konnte euch mit Fayes Geschichte verzaubern und auch ihr habt euch ein bisschen in Aron verliebt. Wenn ihr Fotos von meiner Islandreise sehen wollt, folgt mir auf Facebook, Instagram oder Pinterest. Ich mag es sehr, mich mit meinen Lesern auszutauschen, und wenn ihr Fragen habt oder ihr mir schreiben wollt, wie euch der Roman gefallen hat, könnt ihr das über diese Kanäle genauso wie über meine Homepage gerne tun. Ich freue mich darauf, euch kennenzulernen!

Eure Katharina Herzog

Katharina Herzog begeistert an ihrem Beruf, dass sie als Autorin immer wieder zu Recherchezwecken in die Länder fahren kann, in denen ihre Bücher spielen. Für ihre erwachsenen Leserinnen ist sie schon nach Amrum, an die Amalfiküste und nach La Gomera geflogen. Für Faye reiste sie nach Island, ließ den schwarzen Sand am Diamantstrand durch ihre Finger gleiten und beobachtete die Seehunde in der Eislagune. Katharina Herzogs sehr erfolgreiche Bücher für Erwachsene erscheinen bei Rowohlt Polaris. Faye – Herz aus Licht und Lava ist ihr erstes Jugendbuch.